U0649118

JANUS
IN
SUMMER

双面人格的夏天

孙未 —— 著

湖南文艺出版社
HUNAN LITERATURE AND ART PUBLISHING HOUSE

博集天卷
CS-BOOKY

小说修订完毕于弗兰兹艾德玛雅寓所 Franz Edelmaier Residence，
阿尔卑斯山中的梅拉诺小城 Merano，
感谢该瑞士文学机构提供的灵感空间与清澈空气。

献给 SFY

目

C O N T E N T S | 双 面 人 格 的 夏 天

录

第一部
始・梦之迷径

我们不会像他们那样分离的是吗?
是的, 我们不会, 一定不会的。

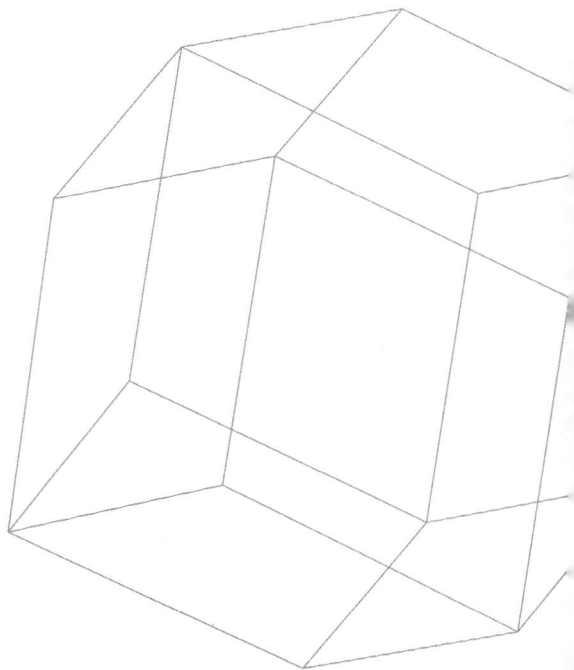

1.

这座城里人人都认识我。

我这张描画精致的脸，带着各式各样的微笑，庄重的微笑、亲切的微笑、甜美的微笑，边上附着"电视台著名主持人邓夏"的字样，在大街小巷随处可见。

今天早上开车上班，刚上街，就看见路边新放了一排灯箱，上面的我微笑着举着右手，在宣讲什么遵守交通规则，一脸的正气凛然。然后我仗着车窗前那块电视台的牌子，连闯两个红灯，给交警留下了一张戴着墨镜的漠然的脸。

一路上，我看见了无数张自己的脸。

广场大屏幕上正在循环播放宣传片，电视台新推出的节目《德赛洛梦想之舞》，我在一大堆特技花瓣中翩翩起舞，姿态如孔雀般灿烂。经过百货公司，外墙海报上的我，穿着职业套装，裙裾飞扬，成功自信，这是去年给微微拉时装做的形象代言。驶过高架桥，又看见户外广告牌上巨大的头像，我正如知心姐姐般地推荐学生文具。

这种局面刚开始的一两年里，我曾经非常害怕在公众场合看见自己。众目睽睽下，总是看见自己用各种陌生的眼神看着你自己，那种感觉实在不好受。

有一回，我和庄庸一起录完节目，出去吃晚饭。可能是太累了，走过一张张自己的脸，只觉得头疼欲裂。好不容易找到餐厅填饱了肚子，出来正好经过一家电视机商店，忽然看见十几个屏幕里同时在播自己的节目，那个女人说笑得那么玲珑自如。我也不知道怎么了，肚子里一下子就感到翻江倒海，趴在墙角拼命地呕吐起来，一直吐到把胆汁都吐尽了。

庄庸吓坏了，以为我得了什么急病，坚持要把我送到医院里。后来，据说他是出于诚挚的关心，一直陪到了我的公寓里，最后陪到了我的床上。这是我们共事以来，第一次关系的飞跃，他好像感慨万千的样子，赤着上身靠在床上抽烟，当然是很注意细节地把我半揽在怀里，让我舒服地靠在他的胸脯上，像所有电影里的恋人镜头。

他用电视人特有的标准普通话，说了一句文艺片里的陈词滥调：

"邓夏，你是不是只有软弱的时候，才会需要我呢？"

我没回答，装着温婉倾听的样子，事实上这么文艺的一句话，需要用更文艺的话才能回答得巧妙，我一时酸不起来。在调动不起文艺情绪的时候，我就不得不站到一边，无聊地瞧着这个恋人。这个比我大出十几岁，是我领导的中年男人，忽然一反严肃持重的模样，说着青春期男孩的傻话，这让我忍不住想发笑。

那个夜晚算是治好了我的呕吐症，至少，我总算不怕上街看见自己了。本来嘛，每个人都在各时各处做着让自己感到陌生的事情，如果随身带一面镜子照着自己，恐怕每个人都会看得人格分裂。好在我们大多数时间，是根本不用审视自己的。

庄庸是个英俊的男人，他有一张长而瘦削的脸，面色白皙，这是他常年在录影棚和剪片室里度过，缺乏日照的结果。他志得意满，却正在老去，除了他那双异常深邃的眼睛，顽固地抵御着时间的流逝，这让他眼角的皱纹线条变得执拗。

这个男人一直以来的理想，就是要做一档自己最满意的节目。只不过六年过去了，我看着他从一个眼光独到、工作玩命的节目编导，成了制片人，继而升任为现在独霸一方的文艺频道总监。但是，他仍然整天唉声叹气，说空间不够，资金不够，可以让他专心做一档理想中的节目。

我却从来不是一个理想主义者，我没有什么理想中的节目，我只会耍些小聪明，把现有的工作做得漂亮一点，好从领导那儿多得到一些机会。这点现实的念头，也让我从一个非电视专业的大学生，成了现在三档节目的主持人兼制片人。马上新开播的《德赛洛梦想之舞》，就是我的第三块领地。

庄庸做任何事，用他的话来说，都"事倍功半"，而我呢，是"事半功倍"。所以，庄庸以前总喜欢拍拍我的脑袋，感慨万千地说："到底是年轻人，聪明啊。"

当然自从他在床上感慨万千之后，他就不再像对一个孩子那样拍我的脑袋了，这个离异多年的男人，开始用一个恋人的眼神炯炯地看我，看得我心里发毛。

有时候我的直觉就是他的理想主义害了他，让他做什么都比别人累。他其实不用那么使劲，不管是爱一档节目，还是爱一个女人。电视节目本来就是给人消遣的，就像男女之爱，本来就是无常中的一些点缀，这么耗心耗力，倒是过犹不及了。

说起以前庄庸自己做节目的时候，那可真是焚香沐浴，就差拜关公了。做节目之前他要左思右想，在现场他会不断喊停，看着导播切割，他不住地比手画脚，恨不得亲自动手，后期领导还没审片，他先自我反省地改上三四遍。每次半夜都是我的上眼皮都挨着下眼皮了，他还精神百倍，痛苦地思索更好的表现方法。

那时候我就发誓，等我独立做节目了，一定不能让他看见我的效率。我只用他三分之一的精力，就飞快地把节目做好了，而且收视率绝不比他做的低。

我轻松，是因为我根本不在乎，这只是播一两遍就放进资料库的带子，我绝不会对一盘带子有额外的深刻感情。只需像外科医生一样冷眼旁观、果断下手，这让我反而游刃有余，发挥得更好了。生活本身也是如此。

不过，今天一切都变得反常。

我开车到台里，开始准备《德赛洛梦想之舞》的首录。我给自己化妆，一笔一笔，眉毛好像有些画歪了，我擦了再补，然后鼻子上的粉底开始出油了，至少我认为是这样的。在画唇线的时候，我觉得手有些僵直，这是从来没有过的事情。

我端详镜子里的自己，第一次挑剔起自己的妆容来。

编导小黄送来了我的主持脚本，本来我只要粗粗扫视一遍，就成竹在胸，不行上去了发挥就是，可是，今天我看了足足三遍，我发现越多看，就越担心漏行，越担心就越记不住顺序，我觉得自己现在特别像当年庄庸做节目的状态。

正式开机以后，我完完全全不在状态，我知道一切糟糕了。我居然像傻子一样站在演播现场，不时地忘词，需要小黄在下面比着口型，一句一句提醒。

以前不是没有过忘词的时候，但我只要随便地插科打诨一下，就混过去了，每每还是一次精彩的发挥。但是这次不是记忆力的问题了，是我在不断地走神。

我老是觉得，三号机好像在移动时不够稳定，不知道这组镜头是不是能用。专业评委的评点好像太苛刻了，其他评委却没说到点子上。参加录制的选手在聚光灯下舞蹈，我怎么发现上次彩排的两组选手，在这次实录，竟然莫名其妙互换了成员。

还有，我总在审视自己，主持的节奏是不是太拖沓了，刚才的那句评点是不是说了错别字……天哪，我居然得了庄庸综合征，难道我把这档名叫《德赛洛》的节目，真的看成自己的理想了？

这么多年跟我合作的所有摄像、导播、编导，还有配合我的男主持刘伟，全都傻了，录影棚里炫目的大灯让我觉得眩晕。到了下午，庄庸放下会议，亲自过来压阵。他这么紧张严峻地往那儿一坐，我倒是突然感到轻松了，说话也稍稍顺溜一些。

录制的进度被拖延，所有的人疲惫不堪，两箱作为晚餐的盒饭也被送来了，本来预计晚饭时间前是可以录完的。一天吃两顿盒饭，让跳舞的孩子们也一脸沮丧。收拾了盒饭的残局后，录完了最后一段选手表演和评委评点，我刚摆起笑容要说结束语，小黄冲上来打断了我。

"还有一段没录！"她叫道。

我的脑袋一片空白。

她说："邓老师，您忘了吗？咱们讨论过，为了节目公众参与性的卖点，我们安排了主持人在第一集表演一段交谊舞。"

我强作镇定地告诉她："刘伟说家里晚上有事，结束语反正是我一个人的词，他就先走了。"

小黄顿时一副要崩溃的样子，今天实在够她受的了。

她结结巴巴地说:"邓老师,这怎么办啊?要再登记使用这个录影棚,凑齐这么多人,不可能啊,节目就要播出了。"

"去掉这一段呢?"我问。

"都算好的,节目拉不出这么大长度。"

我灵机一动,建议道:"评委行吗?我跟评委跳个舞。"

我重新摆起在聚光灯下的微笑,伸手邀请了评委席上的一个帅哥:"德赛洛文化传播有限公司的章总,谢谢,这档节目就是他们公司和台里合作的。章总的节目创意非常棒,舞蹈是一件快乐的事,是每个人灵魂中具有天赋的节奏,所以,请每个人都来快乐地参与吧。下面就请章总跟我共舞一曲,音乐准备——我要那首古巴风格的《鲁本·冈萨雷斯》!"

拉丁舞曲带着古巴阳光的热力,敲打起每个人都忍不住想舞蹈的节奏。他躬身邀请,我高高地举起手臂,静默,忽然踏步扭动,莎莎舞的舞步汹涌绽放。

女人舞动着柔媚的身体,试图接近男人,男人欲擒故纵地避让,又暗含凶猛地不断控制着女人。当女人半推半就地挣脱时,他展示力量,让女人旋转、颠倒、情不自禁,像所有男女欲望丛生的纠缠。拉丁风格的舞蹈总是这个调调。

我们共舞得淋漓尽致,同时默契得惊人。

一曲终了,全场的人都看呆了,静止了几秒,随之是没有排练过的热烈掌声。小黄像是劫后重生一样,带着一点都不夸张的惊喜,尖叫着跑上来问我们:"你们事先真的没排练过啊?不可能啊!"

章总斯文地笑,我在帅哥边上做了个鬼脸。

小黄还是不依不饶,缠着我问:"邓老师,以前没看你跳过这种舞啊,你偷偷在什么地方练的吧?"

我拍拍小黄的肩膀,说了一句比较粗鲁的话:"没吃过猪肉,还没见过猪跑吗？"这一天太累了，我终于可以放下主持人的架势，开始胡说八道了。

小小的胜利，让我没有注意到庄庸极其难看的脸色，就像所有的人都带着疲惫的亢奋，争先恐后地收拾器材，作鸟兽散，完全忘记了这位最高领导也在场。

一片逃难一样的混乱中，庄庸目标明确地穿过人群，招呼我说："邓夏，我看你今天身体有些问题，你不要自己开车了，不安全。我开车送你回去。"

然后，在旁人轻笑的低语和意味深长的目光中，他一把抓起我，撇下众人，往车库走去。

这个男人在生气，每当这个时候，他就眯缝起眼睛，眼角的皱纹深如刀刻，眼神冷硬，一副要与世界作对的样子。

他开着车，比平时更稳地控制着方向盘，好像是要显示他的控制力。车窗外，城市的灯火斑斓掠过，映得他的脸色更显青白。他显然已经后悔了当初同意开播《德赛洛梦想之舞》这档节目，但是他也知道，现在已经势成骑虎，不得不开播了。

"你介绍的德赛洛公司根本没有制作能力，当初你怎么就介绍他们来呢？"他的语气很严厉。

"朋友嘛。"我敷衍着，"民间制作公司一开始总是这样，大家都差不多，所以让他们制作跟台里合作，我先做着，他们先把广告运营好。"

"你那个朋友实在不怎么样，不懂电视！"

"章总还行啊。"

"你跟他在谈恋爱？"矛头指向关键的方向。

"怎么可能，要恋爱也找你啊。"

"我看你们两个挺默契的，年龄也般配。"他在为那段舞耿耿于怀。

"我对恋爱就是没兴趣，否则我也不会自己买房子了，我一个人过挺好的。"

"我看你挺在意他的，你第一次主持节目，都没今天这么紧张，你很失水准知不知道？"庄庸紧追不舍。

"我只是在意这档节目。"

"喜欢这档节目？"庄庸偏过头扫了我一眼。

"只是喜欢这三个字，德赛洛。"

"哦？"他尖利的眼睛又从路上分神，审视了我两秒。我想他一定是认为我说谎词穷了，其实这恐怕是我平时从没有过的，最诚恳的一次回答了。

但凡人说谎的时候，都会努力把话说得合乎常理，大家反而觉得可信，可是只要人一诚恳，多半会被人认为可疑。所以我已经很久没有说诚恳的话了，这次例外。

我们的争吵，因为我的诚恳陷入了僵局，他的一口气不顺，开始不相信我之前所有的话。直到车子开到我公寓的门口，熄火，灭了车灯，他故作自然地问："不请我上去坐坐吗？"

我犹豫起来，让他上去，这显然是一个表白忠心的实际行动，不过这太冒险了。于是我还是像以前很多次那样，留着希望的尾巴，对他说："下次吧，这么晚了，我都困了。"

熄火以后，车里的空气很快开始变得湿润暖热，那里面，也有两个人的体温，彼此掺杂。僵持也好，暧昧也好，在这个仲夏闷热的夜晚，显然维持不了太久。

"好吧，你下车。"庄庸的手越过我的身体，从里面为我打开了车门，一边重新发动车子。我下车刚刚站稳，车子立刻一个急转弯，飞速地扬长而去。

我很想庄庸陪我过夜，我发誓，这句话是诚恳的，而且可能我比他更想。

一个人睡觉是件糟糕的事情，躺在床上，睁眼看着一片黑暗发呆，四周连个活物也没有，一年三百六十五天，天天如此。睡下去，醒过来，身边都是空空的，对一个已经二十九岁的女人来说，感觉尤其失败。

说起这些年追我的人，可以从我二十七楼的门口，一直排到小区大门外，但是我是一个没法跟人过夜的女人。

庄庸跟我缱绻的那一晚，好在他特别感慨，所以抽着烟，搂着我，跟我说了整晚的话，从自己的电视理想、失败的婚姻、被前妻带走的女儿，一直到自己的童年生活，自言自语一样。等到他发现窗帘外天色渐明，我们两个就起来收拾收拾，早早地赶到台里上班去了。这让我逃过了一劫，他没能知道我的秘密。

我不能在他面前睡着，一睡着，就露馅了。我的身体里有两个人，这是从我升入高三那年开始的。

一开始我只以为是自己做梦做得离奇，总是梦见自己变成另一个人，进入另一种生活，遇见那个空间的许多人。直到我上了大学，跟别的同学住在一个寝室里，我才知道，那个人是真的存在的，她常常在我睡着的时候，偷偷出来，使用我的身体。

那时候，有许多恐怖故事流传在女生宿舍里，诸如洗漱间里自动滴水的水龙头啊，四楼窗户外悬浮的脸啊，还有女鬼现身什么的。

讲完恐怖故事的当晚，据说我半夜从床上坐起身，叫着："婆婆，我醒了。"我目光呆滞地下床，在房间里走来走去，然后打开寝室的门飞跑出去，口里喃喃叫着："婆婆，婆婆。"过了一会儿，我手足无措地回到房间，在每张床上疯狂地翻检一遍。传说最可怕的是我的表情，那是一种极度的悲伤。每个人都被吵醒了，惊恐地看着我，不敢作声。

没过几天，又发生了一次。我起床，叠好被子，走到另一张床后面蹲下，然后猛地跳起来，叫着："起火了，起火了！"冲向我自己的床，把被子重新打散，拍了又拍。

同学们说，我这是被女鬼附体了。辅导员比较客观地用科学观点分析说，我有梦游症。不管怎样，在同样的事情频繁发生以后，辅导员很快找到了一间堆放行李的空寝室，而我也乐得一个人住一个房间，反正我从十六岁起就开始一个人住，我很习惯。

在电视机商店前呕吐，只是一个小小的副产品，看见自己装腔作势并不可怕，可怕的是，当我变成另一个人的时候，她的性格和我迥然不同，她的行为我完全不能理解。

所以我没法再次让庄庸上楼。

一旦男女之间有过这种事情，走进同一个房间，就意味着默许这件事再次发生。我很难想象我这样对待庄庸，在缠绵之后，我对他说："时间不早了，我要睡觉了，你可以回去了——当然，你可以洗了澡再回去。"

我还记得有一次，我就是这么对一个男人说的。我从浴室出来，裹着浴巾，站在床前，他疲倦而笑吟吟地在床上望着我。我疯过了，又刚刚冲完热水澡，困得要命，但是我的床被他占领了，我恨不得当时就把他从床上提起来，一把扔出去。

我对他说："你可以回去了。"

他的表情变得极其古怪，转而愤怒，他立时下床，没有接受我让他先洗个澡的美意。他气得穿内裤的时候，甚至都穿反了，骂骂咧咧地脱下来再穿，身上衣服凌乱，像一个被玩弄的少女一样，跌跌撞撞地出门。

后来他在酒会什么的地方再遇见我，就像见到鬼一样，立刻避走。他是一个品牌的公关经理，海归派。我还以为留洋回来的人，会比较拿得起放得下。

另一次的纠缠更久一些，因为我洗澡出来的时候，那个男人已经体力不支地睡着了。我摇醒他，要他离开。他也很吃惊，不过他太困了，哼哼唧唧地问："为什么？"

我说："我不习惯跟人一起睡。"

他说："那我睡你的客房总可以吧？"

我说："不行，我不习惯有人在这套房子里，我睡不着。"

他说："你怎么卸磨杀驴啊？"

他是一个写小说的，比较有语言天赋。我还以为搞艺术的，会豁达一些呢。

我狠狠地把他扫地出门，看着空空荡荡的房间，心里一阵轻松。那一刻我疯狂地想念庄庸，但想到我没有可能在他的臂弯里安睡到天明，我又对所有的男人都反了胃。

我讨厌庄庸，因为我有时候感觉这样需要他。我对自己解释说，这是因为我没有办法完全得到他。我很早之前就懂得，我要尽可能地让别人需要我，但是我决不能感觉需要别人，否则，我就会变得软弱。

今天一切都很邪乎，这一定是因为"德赛洛"这三个字，这是我生命中的一个暗语。我预感到，那个人又要在我身体里出现了。但是，我总不能不睡啊。

周围十分安静，空调在静静地运转，窗帘紧合，床头的荧光闹钟已经指向三点半。

软木地板很凉，我披着丝绸睡衣，赤脚走出卧室，来到客厅，从电视柜下面一个隐蔽的柜子里拿出一瓶黑莓味的伏特加，倒了一杯，从冰箱里找了几块冰放进去。我啜着酸甜的伏特加。落地窗外，是二十七楼可以俯瞰众生的视野，小半个上海正在半明半暗中等待黎明，居高临下的高级公寓，让我感觉自己像一个女王。

无意中，我看见了落地窗上自己的影子，卸妆以后的我。那是一张陌生的脸，素白，眉眼极淡，像一个不谙世事的羞怯的孩子，已经骨肉停匀的身体裹在宽大的睡衣里，看上去像当年一样瘦弱，这让我心头一惊。

我讨厌看见自己这个样子，这像梦中的另一个我，一个瘦小、纯真、内心温暖的孩子，一个又傻又没用的孩子。

我三口两口喝完了伏特加，烈酒在身体内升腾，借着酒力，我沉沉睡去。

然后，我再次醒来，感到周身寒冷，我听到了啁啾的鸟鸣，一声，又是三两声，好像有翅膀的轻拍声，扑棱棱，就在不远处。它们应该就扑腾在狭小的院子里，在石库门老房子斑驳的高墙边，或者是那扇巨大的黑漆木门闲置的门闩上。

我看见清晨的阳光，从八扇一排的格子门外一无遮挡地照进来，在灰色的水泥地上留下斜长的方块。漆面的五斗橱上，老钟指向六点。

我又变成了另一个我，那个孩子，夏夏。

床头的八仙桌上，一碗粥，一碟肉松，是婆婆每天给夏夏准备的早餐。一个用细绳仔细扎好的铁皮饭盒，是婆婆给她准备的带去学校的午饭。

夏夏叫："婆婆。"没有回音。

夏夏翻身下床，缎面棉被从身上滑落。

"婆婆，我醒了。"夏夏一边叫着，一边穿上毛衣、牛仔裤，套上球鞋。

"婆婆，婆婆，你在哪儿啊？"夏夏发现屋里空空荡荡的，角落里的煤球炉熄着。她推开格子门，院子里的小鸟扑棱棱飞去。她推开黑漆大门，弄堂里的人们安闲地进进出出，没有婆婆熟悉的身影。

"陆阿姨，看见我婆婆了吗？"

"一早就没看见，也没见她去买菜啊。"

"张伯，早上见我婆婆了吗？"

"没有啊，我一早起来生煤炉，就没看见她。"

夏夏跑回屋里，环顾四周，就这么一间屋子，她有些犯傻地看了看高高的天花板，那水渍留下的莫名其妙的图案并不能告诉她什么，她甚至看了木板床的床底下。她拉开每一扇门，碗橱的、五斗橱的、衣柜的，婆婆的衣服全部不见了，只剩下她常用的那把圆蒲扇，还悠闲地躺在衣柜底下。

床上，婆婆的那床被子整整齐齐地叠好，被子底下压了一个手绢包，打开，里面有三百元钱。

夏夏意识到，婆婆走了，竟然走了。也许是趁她熟睡的时候，就这么轻手轻脚地拿起包裹，推开黑漆的大门，然后再轻轻合上，走入了将明未明的天色中，不再回头。

那个早上，夏夏十六岁，高一，1987年的隆冬。

2.

自夏夏记事以来，她很少看见父亲和母亲，她几乎不能完整地回忆起他们的相貌。她的世界就是这石库门老房子中的一隅，她生命中只有一个与她相依为命的人——婆婆。

她让夏夏叫她婆婆，她说，在成都，孩子们都这么叫大人。

婆婆这个称谓暧昧不明，因为婆婆自己也不能说清，她和夏夏到底应该怎么相互称呼，她是夏夏母亲一系的远房亲戚，辈分比夏夏的母亲高一辈。

当时，夏夏的父亲要去澳大利亚，母亲就央求婆婆来帮忙带孩子。婆婆从成都大老远地过来，把夏夏抱在手里的时候，夏夏才三个多月大。

夏夏两岁的时候，传来了父亲在澳大利亚车祸身亡的消息，夏夏的母亲赶着过去操办后事，当地的留学生社团说，她可以作为遗孀获得照顾，留在那里打工。母亲觉得机会难得，从此一去不返，后来渐渐音信全无。

婆婆找到了里弄生产组的一份小工作，每天在家里钩手套，她钩啊钩啊，夏夏也就一天天长大，和别的孩子一起念小学，上中学，像一棵小树一样渐渐丰盈茂盛，长成了一个清丽的女孩子，虽然有些瘦弱，功课却永远是班里最好的。

"乖囡，你回来了。"

每天放学回家，夏夏最爱听的，是婆婆这么唤她，用老人低哑委婉的声音。

是的，回来了，在这高敞如露天般的堂屋里，婆婆坐在小竹椅上钩手套，她笑得一脸皱纹，手上绵纸般松软的皮肤，好闻的发油香味，那便是一个孩子长大的全部了。

有时候，夏夏会帮着婆婆钩手套，天再冷，手指也不会僵硬。冬天屋角的煤球炉总是暖的，咕嘟咕嘟地熬着粥，扁扁的小铝锅放在炉子上，盖子一掀一掀的，冒着热气。遇到冷雨的天气，外面小雨也好，大雨也好，任雨点拍打窗棂，更显出屋子里隐秘的温暖。

婆婆一边择着菜，一边跟夏夏絮叨着往事："当年啊，我第一次抱你，你刚刚出生一百零八天，乌溜溜的大眼睛看着我，对着我笑，你好像认识我呢。就这么一抱你，我就再也离不开你了。"

夏夏一直以为，婆婆是她的唯一，她也是婆婆的唯一，她们两个是天下最亲的亲人，如果她是一棵快乐挺拔的小树，那是因为长在婆婆盘根错节的根上，安宁而满足，不用理会世间风雨。虽然，婆婆也跟她说起过，她在成都还有一个养女，总是问她什么时候回去。

夏夏一直相信，婆婆爱她，所以婆婆一定会留在她身边，永远。一个连自己母亲都不想要的孩子，婆婆却爱她。

"乖囡，你不可这么依赖我。"婆婆常半嗔半喜地告诫夏夏。

然后，婆婆真的走了，在十几年后的一个暗夜，没有跟夏夏说一声再见，没有关心夏夏应该如何生活下去，没有告诉夏夏她是否会回来。

夏夏不想哭，因为哭，是给爱自己的人看的，婆婆不在，为什么还需要哭？

人活着，就是不管遇见什么伤心事，总得生活下去，这是夏夏在十六岁的清晨，就不得不明白的一个道理。

老钟指向了六点半，夏夏开始机械地收拾书包，套上棉衣，提着饭盒，走着去学校。冬天的早晨，呼出的热气像一团团的白烟，高低不平的人行道上，梧桐树向天空伸着光秃秃的枝干。

冬天，高一四班的教室门窗紧闭，为了保持四十几个孩子的体温和空气的温度。所以当丝丝缕缕香蕉水的气味从教室后排传来，连坐在第一排的夏夏都闻到了。

夏夏知道，这是玫瑰坐在教室的最后排，低着头，专心致志地给每个指甲涂上珠光的粉红指甲油，伸着丰腴葱白的手指，等着它们次第干透。向明学校的座位是按分数排的，所以玫瑰和夏夏之间，隔着整个教室的距离。

玫瑰是夏夏的朋友，当她们有一天开始手挽着手走在校园里时，所有的同学都惊讶万分。因为在这所市重点中学，好学生和差学生之间是从来不交朋友的，这是阶级的差别。每当这时，玫瑰总是得意万分，耀武扬威地把夏夏挽得更紧。夏夏则温暖地笑着，继续静静地听她说话，天南海北。

课间休息铃一响，玫瑰就扭摆着玲珑的腰肢，大模大样地向前排走去，宛若从一个阶层庄严地走向另一个阶层，前半个教室的同学下意识地躲避开。玫瑰走到夏夏的座位前，俯下身甜蜜地贴近她的脸庞，凑近她的耳畔问："宝贝儿，你也报了前进英语夜校吧？我可是在名单上看见你的名字了。"

"是啊。"夏夏浅笑着回答。

"晚上在校门口等我，我们一块儿去。"

玫瑰低低地弯着腰，她高耸的胸脯几乎碰到了夏夏的铅笔盒，她是一个比同龄人成熟的女孩，有着和夏夏完全不同的丰满身材。她长长的睫毛底下是单眼皮的小眼睛，眼波亮而游移，花瓣一样丰满的嘴唇时时变幻着，这一分钟欢喜，那一分钟就赌气地噘起。她就像一只妖娆的小动物，能够准确地洞察别人的内心，然后毫不胆怯地一击而中。

玫瑰回到自己的座位，夏夏还回头对她笑笑，并且做了一个不见不散的手势。

玫瑰得意地对着旁人做了一个鬼脸。

待到夏夏出去上洗手间的时候，玫瑰尖声对大家宣布："明天，我一定会告诉大家一个大新闻，你们等着瞧吧！"

出现在夜校门口的玫瑰，几乎是全副武装地打扮起来了。虽然气温低得几乎要霜冻，玫瑰却换上了一件黑色低胸的羊毛连衣裙，微胖的身体裹在里面显得凹凸有致。她卷曲的长发放了下来，低垂的刘海下，烟灰色的眼影更衬出眼波流转，上了珠光粉色的嘴唇丰盈欲滴。

前进英语夜校，租用的就是向明中学的校舍。一样的校园，一样的教室，现在，玫瑰终于志得意满地跟夏夏并肩坐在一起了。

夏夏有些不习惯玫瑰的亲昵，她总是凑得特别近地跟人说话，气息喷在夏夏耳边，痒痒的。无来由地，她又会突然挽住夏夏的胳膊，半个身体挂在夏夏身上。第一堂课刚结束，玫瑰就如释重负地扭动着身子，央求般地对夏夏说："宝贝儿，我肚子饿了，陪我出去买点吃的吧。"

玫瑰柔软的肢体在冰冷的黑夜中像猫一样轻巧地穿行，不一会儿就沿着瑞金路，走到了淮海路的大路口。她穿过马路，熟门熟路地来到了一个亮着灯的冷饮店门口。

"你要吗？"她问。

"不了，太冷了。"夏夏第一次看见有人在隆冬时分吃冷饮。

玫瑰买了一支紫雪糕，含在嘴里。

"你不冷吗？"

"我还热呢。"玫瑰说着话，一手拿着雪糕，一手拿起柜台上的公用电话话筒夹在耳边，熟练地拨了一个号码，"喂，翔子，陪我出来跳舞，快啊，别磨蹭，我过去等你。"然后，她挂上电话，招呼夏夏："走啊，跳舞去。"

"走啊，磨蹭什么，下一堂课早开始了，进去也是迟到。"玫瑰冰冷的手，一把抓住了夏夏的手。

夏夏扭头望去，身后的教学大楼，一排窗口灯光齐整，此刻看上去变得遥远。面前黑暗的大路上，空气冷冽清甜，夜的翅膀张开了，是另一个世界，不知尽头。

夏夏不由自主地跟着玫瑰，在黑暗中奔跑起来。

1987年上海夜晚的街道，路灯的昏黄是主要的颜色。夏夏觉得，自己和玫瑰至少疾走了两站路，在寒风中冻得两颊通红，就听玫瑰欢跃地叫了起来，两人一脚踏进了斑斓的光影中，那是巨大的霓虹灯投下的颜色。

"德赛洛"三个大字，让夏夏觉得有点滑稽，她想起婆婆曾经说过的"德先生""赛先生"和"洛先生"，现在，它们变成了围着跑马灯般闪烁霓虹的招牌，旁边还佐以五线谱、酒杯、花朵等招徕客人的图案。

嘈杂的音乐从黑色的门洞里喷涌而出，门口停着几辆时髦的摩托车，还有几个男孩在聊天，他们看见玫瑰和夏夏，挤眉弄眼，吹起尖厉的口哨。玫瑰装作害怕地把手臂伸进了夏夏的臂弯，表演着娇媚与亲热，好像夏夏是一个能保护她的男人。夏夏想象了一下自己的模样，齐耳短发，宽大的棉外套，苍白的脸，她可以把玫瑰衬托得足够漂亮。

这时，忽然有人跟夏夏撞了个满怀，彩色的灯光下，夏夏看见那是一个高大的男孩，干净、温暖，有一双孩子气的眼睛，看上去有些面熟。他的眼睛在微笑，停留在夏夏脸上一会儿，然后，他说着"对不起"，目光却越过夏夏，落在玫瑰身上。

"你想死啊，这么晚才滚过来。"玫瑰显出恼怒的样子，佯装对那个男孩又踢又打。

男孩连连后退，笑着好脾气地说："我去买票，这就去，马上去，好吧？"

一张门票二十元，在那个年代是有些贵的。男孩买了票回来，玫瑰总算脸色好看了一点，草草地介绍说："这是翔子，这是夏夏。"就急着三步两步钻进舞厅里去。

与冷清的街道相比，德赛洛舞厅里完全是另一个世界。

幽暗的舞池里无数双男人和女人的脚，像鱼儿一样游动。激越的音乐配合着旋转的灯光，让人仿佛能听到血液哗哗流动的声音，所有舞动的人，陷落在浩大的旋涡中，欢笑、扭动，彼此相拥。

巨大的弧形吧台泛着蓝色的灯光，无数玻璃酒杯倒挂在那里，让人舞动得干渴的时候，把火热的身体移近那里，似乎就可以有甘冽的美酒，从那里流淌下来。

玫瑰像一个公主一样拨开人群向舞池走去，无数双手臂向她伸了过来，她高扬着圆润的下巴，斜睨地扫视了一下，草草地握住了一个男人的手，瞬间进入了欢舞的人群中。

翔子的脸上现出了极其尴尬的表情，他用手臂护着夏夏往吧台走去。两人在吧台前勉强站定。翔子的眼睛紧张地捕捉着玫瑰在人群中的身影，人头攒动的旋涡中，一张张表情各异的脸，定格般从不停掠过的灯光中浮现，玫瑰欢笑的面孔倏然一现，又很快消失。

夏夏看见翔子僵直着脖子，彩色的光点毫无遮挡地在他脸上扫来扫去。那是一张好看的脸，端端正正，阳光而天真的神情，嘴角带着热情的笑意。他挺拔宽阔，护着夏夏的时候，像一堵温热坚实的墙。夏夏喝着他递过来的可乐，默默地站在他身边。

每一曲终了，翔子显得蠢蠢欲动，接着另一曲开始，他脸上的表情就变得更加失望。玫瑰从一个男人的臂弯，换到另一个男人的臂弯，笑着、扭动着，时而狂舞不止，时而又拥着别人，脚步凌乱，完全没有想要停下来的意思。

夏夏站得脚有些酸了，她偷偷望着翔子，只见翔子脸上神情越来越激动，拿着可乐的手微微发抖。猛然，翔子发狠地把可乐罐捏扁，弯折，一扯两半，深深地捏进了手掌中，殷红的血顺着他的拳头流了下来。

夏夏还来不及惊叫，他就用流血的手，推开人群，长驱直入，一把从另一个男人的怀里揽过玫瑰，玫瑰兀自陶醉地笑着，正与玫瑰共舞的男人并不放手，拉拉扯扯，人群遮挡了视线。夏夏正往那里挤过去，只听见一声尖叫，夏夏看见翔子一拳打在那个男人脸上，那个男人倒在地上，人群拥向了他们，吵嚷声中音乐戛然而止，舞厅的保安正在挤向人群中间，无数双脚踩在夏夏的脚上。一切只发生在刹那间。

夏夏在人群的冲撞中几乎窒息地想，这就是爱情吗？这么烈，这么伤人。

五分钟后，一个肤色黝黑的高个子男孩，一手揽着翔子，一手拉着玫瑰，从人群中走了过来。他问翔子："这就是和你们一起来的朋友吗？"

翔子点头，呼吸还很急促，抱歉地看着夏夏。玫瑰的得意劲已经完全没了，一脸沮丧，头发凌乱，一味恶狠狠地瞪着翔子。

那个高个子男孩似乎颇有一套，他有条不紊地吩咐保安去恢复秩序，又叫来舞厅经理去安抚那个被打的男人。然后他亲热地拍了拍翔子的肩，对着他耳语了一番，把玫瑰的手交到他的手里，示意他们离开。

"我叫杰克，他们都这么叫我。你叫夏夏夏的吧？"男孩满不在乎地把手插在裤兜里，不怀好意地笑着问。

"我不是夏夏夏的，我叫夏夏。"

邓夏看着面前这个人，他看上去像个流氓，穿着古古怪怪的 T 恤和一条包臀的喇叭牛仔裤，脖子上挂着很粗的银链子，黝黑的脸上一双锋利的眼睛，皱着眉看人，脸颊上还有青春痘留下的坑坑洼洼。

他坏笑着上下打量夏夏，说："翔子是我的好兄弟，玫瑰也跟我很熟，现在他们小夫妻俩去谈他们的事了，让我送你回去，走不走？"

这是一个无聊的夜晚，得亏有了打架这么回事。

杰克在德赛洛舞厅门口，发动他那辆自恃很酷的摩托车。每个女孩看见他这辆款式彪悍的巨大摩托车，都会很欢喜地尖叫起来，唯独这个女孩没有，杰克觉得有点泄气。不过也没关系，这个女孩实在相貌平平。

杰克本来想，可以中途带这个落单的女孩去吃一顿夜宵，尝尝最贵的新鲜大虾，或者生食的北极贝，摆一摆阔气，顺便吹嘘一下自己的生意。毕竟这个年月，像他这么做着生意，兜里有钱的人不多。

可惜，这个女孩除了指方向，什么都不多说，真的是把他当成司机了。

　　夏夏从未以这么快的速度疾驶在路上，一盏盏或明或暗的路灯贴着耳朵闪过去。刚才与玫瑰一起走过的来路，宽阔的淮海路，石门路，黑暗的教学大楼，回家的路，如时间飞快地倒带，德赛洛梦境似的一幕，转眼退回到了起点，她最现实的生活中。

　　杰克听见后背上，夏夏轻轻地说："谢谢，我到了。"

　　倒带戛然而止，夏夏一声不吭地下车，月光暗淡，马路上泛着冰冷的光。

　　"你就住在这里吗？大马路上？"

　　"我就住在这个弄堂里。"

　　"那我载你进去啊，傻愣着干吗？再上来啊。"

　　"我自己走进去吧，你的车太响了，会把邻居吵醒的。"

　　"随便你。"

　　夏夏刚扭头要走，杰克又叫住了她："嘿，夏夏夏的，你等等。"

　　"我不是夏夏夏的，我叫夏夏。"

　　"好吧，夏夏，这儿黑洞洞的，你一个人进去不害怕啊？"

　　"不害怕。"

　　"嗬，小姑娘，真不简单嘛，这里面一个灯也没有，你这么走进去，有可能会有白毛鬼啊，黑毛鬼啊，长舌鬼啊，飘过来摸摸你的脸，地上还有洞啊，你一不小心掉下去，明天早上有人发现你的时候，你已经泡得肿肿的……"

　　夏夏的脚步停住了。

　　"好了好了，我好人做到底，送你到家门口，走不走？"

　　夏夏发现这个流氓人还不坏，他推着巨大的摩托车走在黑暗的弄堂里，地上的碎石头弄得他一脚深一脚浅，摩托车更是七扭八歪。倒是夏夏，既没有被白毛鬼摸，也没有踩到洞，好几次，还是她搀扶住了杰克。

穿过弄堂，一拐弯，终于有了路灯。杰克看到了一排齐齐整整的石库门房子，高墙大门，还挺漂亮。夏夏又说："谢谢，我到了。"

"你这么晚回去，你家里人不会骂你吗？"

夏夏摇头。

"那我走啦，拜拜。"

杰克刚要发动摩托车，只见夏夏又折回来，举起一根食指，竖起在嘴唇上。

杰克苦笑着点头，表示明白了。

他看着这个女孩走进门去，黑色的大门在她纤细的身后合上，灯亮了，高墙的半面映出了她一个人走动的身影，很安静，没有人询问的声音，然后灯光灭了。杰克好奇地想，难道这个叫"夏夏夏的"的女孩，是一个人住的吗？

就在这个时候，深黑的天空忽然淅淅沥沥地下起冷雨来，而且越来越大。杰克骂了一声"他 × 的"，赶紧推动他死重的摩托车，往另一个方向疾走，拐弯。他住的地方，就在夏夏这排房子的背后。

当雨越下越大的时候，翔子正一个人站在玫瑰的楼下，一声又一声喊着玫瑰的名字。没有人回应，只有几扇窗户间或打开，有人在骂："神经病，半夜里叫魂啊！"

雨点落到他仰起的脸上，沿着他的发际流下来，沁入脖颈，冷得刺骨。衣袖也开始滴水，手心的伤口钻心地疼。湿透的衣服紧贴在身上，仅存的热气正在散去。

天是黑的，玫瑰的阳台是黑的，他徒劳地仰着头，一声一声绝望地嘶喊，没有体温，没有视力，没有知觉。

玫瑰不见了，在拉扯中，他受伤的手抓不住挣扎的她，她柔软灵巧的黑色身影几个拐弯就消失在他的视野里。他走过了一个转弯，又一个转弯，折回来，又设想从另一条路走下去，他奔跑起来，在粗重的喘息中，每一条空空如也的马路似乎都在嘲弄地冷眼看着他。

世界空旷，每一个角落都是空的，他用开始结痂的两只手捂住脸，疯狂地想念着玫瑰的一怒一笑，想念她柔软的鬈发、火烫的身体，抑制不住在喉咙里发出低沉的呜咽。他愿意拿自己全部的好运，来换得玫瑰此刻忽然站在他的面前。全世界，他只要她一个人。

雨开始下，他站在玫瑰楼下，他不走，他要等到玫瑰出现。

他想到，家里的父亲母亲肯定等急了，那也没办法，没法跟他们解释。

父亲永远端着一副架子教育他，母亲永远事无巨细地照顾他，并委婉地附和着父亲的意见。每个来他家的大人都说，这孩子真优秀。每个同学都说，你父亲母亲真有样子。那又怎么样？没有人了解他。

他几乎从来没有受过委屈，每个逢迎他父亲的人，都会捎带夸奖他，买最时髦的东西给他，在各方面给他提供方便。他成绩也不错，还是篮球运动员，老师说，他将来肯定可以上重点大学。那又怎么样？

他觉得他一直生活得很懵懂，像一个被摆布的漂亮娃娃，直到有一天，他认识了玫瑰，所有最强烈的快乐和烦恼扑面而来，他觉得自己真正的人生忽然开始了。

她明媚起来，像阳光一样耀眼；发怒起来，又像一只无端抓人一脸血印子的小猫。她变化多端，让他的心就像惊涛骇浪里一条颠簸的船，起落不定。她毫无顾忌地在他的心里踩来踩去，这是从来没有人到过的地方。

可是此刻，他浑身湿透地站在黑暗里，呼喊着玫瑰的名字，没有一个人能够了解，他心里铺天盖地的悲哀。

这一夜，夏夏也没有睡。她庆幸去德赛洛舞厅走了这一遭，否则，她的夜会更漫长。

冬雨淅淅沥沥地下着，水痕从整排格子门的玻璃上蜿蜒而下，映着院子高墙外的微弱夜光，令屋子里的昏暗变得游移不定。

五斗橱上的老钟缓慢地走着，这是屋里唯一的声音。床上，婆婆天天晚上盖的缎面被，还整齐地叠着，夏夏不由得摸了摸，光滑的缎面留给她一手的冰凉。

以前，夏夏最喜欢下雨的时候，就这么窝在家里，听婆婆悠悠地讲她过去的故事。

婆婆是有丈夫的，婆婆让夏夏叫他公公。

婆婆说，她年轻的时候，原本是一个大户人家的闺秀，他们家有很大的宅子，许许多多的祖先牌位，香烟缭绕，她每天早上都会被带去给祖先磕头。她已经不记得那些牌位上写着什么，只记得用整块玉雕成的香炉非常漂亮。

她十六岁那年，有一回去镇上游玩，遇见了留洋回来的公公。公公穿着西装，高大英挺，有一张孩子般生机勃勃的脸，婆婆第一眼看见他，就爱上他了。婆婆决意要跟着公公走，不顾家里的阻拦，在一个夜里，翻墙、坐船、火车、汽车，和公公两个人一路私奔下去，无穷无尽崭新的世界在他们面前展开。

公公家境也很好，不过他自己做水泥生意，不靠家里的财产。他们在武汉、上海、成都几处都有房子，因着生意，婆婆跟着他到处走。公公给婆婆买绫罗绸缎、珠宝首饰，带着她坐船在江上旅行，请摄影师给她拍了很多照片，把她呵护得像个公主。

公公总是跟婆婆说起德先生、赛先生和洛先生，说这是病弱的中国最需要的。他和许多一样年轻的朋友，躲在房间里谈国事，慷慨激昂。每次婆婆给他们沏茶，他们就会停下来，等婆婆出去了，再继续他们的讨论。他们好像是冒了很大的危险，悄悄为革命活动运送货物，公公还总是拿出做生意赚来的大笔钱，去支持革命的人。

战乱里，他们还领养了一个生病的孤儿，一个小女孩，就是婆婆的养女天慧。为了照顾这个病弱的女孩，加上终年的奔波，婆婆没来得及生自己的孩子。等到她想生的时候，公公却生病去世了。

婆婆说，当年从成都来得匆忙，只随身带了一张照片，还有很多在成都，将来给夏夏看。

那张唯一的照片，贴身放在婆婆的小袄中，十几年。

照片上，婆婆穿着暗花的旗袍端坐，娴静地笑着，精致的鬓发，弯弯的眉毛，水一样的眼睛。公公一身马球装束，站在婆婆身后，很随意地把一只手插在裤兜里，一只手温柔地揽着婆婆的肩。那真的是一个好看的男人，他有宽阔的肩膀，像树一样挺拔，他笑得亲切而快乐，眉眼间有一种难以言表的纯真。

这张男人的脸，成了夏夏脑海中的另一个亲人，仅次于婆婆的亲人，一张发黄的黑白照片上已经渐渐模糊的影像。

想起公公，夏夏突然意识到，难怪自己刚才第一眼看见翔子，就觉得特别眼熟，原来，翔子的样子竟与公公有几分相似呢。

在公公去世后，婆婆其实孤独地生活了很多年，但是婆婆每次回顾往事，似乎只能记住那与他相处的短短几年。说到他，婆婆的眼神还是水一样的，满脸的皱纹线条变得异常柔软。

"乖囡，要记住，一个女人最大的幸福，就是要找到一个爱你的男人，女人的一生一世也就托付了。"婆婆端详夏夏渐渐长大的脸，一遍一遍地告诉她。

"乖囡，你一定要幸福，这样婆婆才欣慰啊。"婆婆总是这么说。

婆婆在这里时，这石库门的房子丰富得就像一座宫殿，有欢笑，有故事，有温馨的当下，还有幽深的过去，和对未来的幸福无穷无尽的向往。

现在，这个家像被除去了魔法，一切荡然无存。

夏夏像一只小兽一样，躲在这个仅存的阴冷洞穴里，听着一窗之隔的风雨，裹着棉被，在床上缩成一团，瑟瑟发抖。

第二天中午午休的时候，夏夏趴在课桌上打盹，听到同学们嘻嘻哈哈地在叫她："夏夏，外面有人找。"

夏夏猛地醒过来，本能地一阵惊喜，是婆婆回来了，她一定是回家看见夏夏不在，就到学校来找她，急着想看看她。

叫她的几个同学神秘兮兮地指着走廊，夏夏三步两步走出教室，在走廊里四下寻找，这里，那里，都是三三两两的学生在说话、走动，婆婆在哪里？

"夏夏，是我找你。"

翔子不知从什么地方出现，站在夏夏的面前。他看见夏夏的神情，差点给吓住了，他不知道自己做错了什么，让这个女孩的眼睛里竟然流露出这么深的失望。她面白如纸，站在走廊雪白的粉墙前，虚弱得几乎像是嵌在白墙上了。

"你没事吧，夏夏？你不舒服吗？"翔子伸出手扶住她瘦削的两肩，弯下腰看着她的脸，夏夏一下子被看得不好意思了，苍白的脸上起了一抹红晕。这种关切的审视，让她几乎要落下泪来。

"我没事我没事。"她想把翔子的手拿开，却摸到了厚厚的纱布，她惊觉，"你的手……昨晚……现在怎么样了？"

"回家包扎了，一点点小伤。"

"你找我？"

"嗯，"这下轮到翔子局促不安起来，"是这样的，夏夏，玫瑰她不见了，失踪了。"

"啊，怎么会这样？昨晚不是你送她回家的吗？"

翔子开始讲他昨晚的经历，他讲得结结巴巴，他很不习惯在一个刚认识一天的女孩面前，讲那些只属于他自己的糟糕心情，那些甚至连玫瑰也不知道的，他的焦急和伤心。

雨下了一夜，翔子在楼下站了一夜。到天蒙蒙亮时，他上楼敲门，敲了很久，门总算开了一条缝，玫瑰的母亲一头塑料发卷，穿着睡衣堵在门口。她干干脆脆地向翔子宣布："玫瑰不在，一晚上都没回来。"说完，就把门关上了。

翔子回家换了一身干衣服，也没去自己学校上课，就又四处找玫瑰去了，去遍了她所有可能去的地方，可是玫瑰还是影踪全无。

"难怪了，玫瑰今天也没来上课。"夏夏自言自语地说。

"她会不会发生了什么意外啊？半夜在路上遇到了坏人？不小心被车撞了？天哪，都是我不好，昨天晚上不应该惹她生气。我……我……"

看着这个大男孩手足无措的样子，夏夏觉得玫瑰有些可恶。

玫瑰的家，就在出了校门一拐弯的长乐路上，蜿蜒的小路边，零零星星的小店，在这个冬天阴郁的下午，半开半掩着。

这些两层的老房子，原本应该是很美丽的，如果不是门面房子的底层都被一一改装了。但是抬头看二楼，还是能看出昔日的韵致，尤其是在冬季梧桐叶落尽的时候，那暗红的墙面，别致的青瓦屋顶，阳台上美丽的铸铁栏杆，通通一览无余。玫瑰的家，就在二层。

"玫瑰，玫瑰，你在家吗？"

"谁啊？"一个中年妇女干涩的声音。

"我是玫瑰的同学，夏夏。"

"啊呀，是夏夏啊，我在呀，等一下哦。"玫瑰甜腻腻的声音尖声响起。二楼一个阳台上的两扇长门打开了，玫瑰一边擦着湿漉漉的长发，一边弯腰向下看。

她显然刚洗完头，湿发上还冒着丝丝缕缕的热气，卷曲的几缕落在她花一般红润的面颊上，令人眩惑地诱人。身上还是昨晚的那条羊毛裙，当她俯下身子的时候，露出刚刚洗完头而潮湿温润的半个上身，就像是冰冷弯曲的栏杆上，攀爬着的一朵粉红色的花。

玫瑰家的楼梯非常窄小，开始腐败的木头咯吱咯吱地响，穿过暗而长的走道，打开遮着花布帘的门，是一间正对阳台的大屋子，陈旧的细长条地板，漆已经磨淡了。靠墙摆着一个大衣柜、一张大床、一个带着圆弧镶边镜子的梳妆台，都是旧旧的琥珀色。整个屋子散发着一种淡淡的香气。

玫瑰的母亲迎了上来，拉着夏夏就说个没完："啊呀，你就是他们班上的好学生是吗？我一直听玫瑰讲的呀，班主任也在我们面前夸奖过你，我记得的，成绩榜上还有你的名字呢。我们家玫瑰啊，就是应该和你这样的好学生交朋友，不要老是跟一些乱七八糟的人混在一起，我最看不惯了……"

"妈——"玫瑰尖叫着，把母亲数落自己的手指从额头上拨开，支开她说，"你还不去倒茶给人家。"

"你这个小姑娘，你讲不得啊。"玫瑰的母亲愤愤地到里屋去倒茶。这个中年女人有一张颧骨高耸、布满黄褐斑的长脸，她在这不可避免的衰败的脸上，化了精致的妆，还烫了高耸的鬈发。走路的时候，臃肿的臀部还一扭一摆的。

玫瑰挽着夏夏的手，在靠阳台的一张桌前的方凳上坐下，眼珠骨碌碌地转着，狡猾地看着夏夏，也不说话，就等她开口。

夏夏一开口，用自己都有些惊讶的责备的口吻说："玫瑰，你在干什么呀？你吓人也要有点分寸的。"

"什么啊？"玫瑰假装不懂，对着桌上的一面小镜子，专心致志地摆弄起自己的头发来。

"你知不知道你快把翔子吓死了？他在你家楼下站了一整夜，今天还找了你一整天。"

"那是他自己喜欢！"

"你昨天晚上就回来了是不是？你干吗骗他说，你不在家？"

"我喜欢啊。"

玫瑰的母亲端着两杯茶又进来了，郑重其事地放在邓夏和玫瑰面前。这是两个六角形的玻璃杯，和夏夏家里的一模一样，一杯水满，一杯水浅，茶叶的量放多了，水却不够热，茶叶都浮在上面。这个女人显然不擅长做家事，也不常好好待客，这一回，是真的把夏夏当贵客了，才笨手笨脚地隆重招待。

放下茶杯后，玫瑰的母亲干脆也拉张凳子坐下了，接着絮絮叨叨她对玫瑰的抱怨："她这个小姑娘啊，总是不知轻重。书也不好好念，分数一塌糊涂。这也不要紧，女人嘛，总要嫁人的，总算她出落得还算漂亮，那么好好找个男人呀。你不知道追她那个男孩子有多好，爸爸是管外贸的副局长，多少人巴结着，要是能嫁到他们家去，以后就什么也不愁啦……"

"你喜欢他，你嫁给他好了！"玫瑰再次凶狠地打断了母亲。

"你这小姑娘，怎么这么说话的啦，这是对妈妈的态度吗？你问问人家夏夏。"玫瑰的母亲暴怒起来，尖厉的声音震得邓夏的耳朵嗡嗡作响。

"好了好了，"玫瑰急忙往外推母亲，唯恐她继续发作，"你的麻将搭子呢？她们在那里等急了，快点去吧。"

里屋也传来了不耐烦的招呼声，吵吵嚷嚷的："你来不来啊，三缺一，等你这么长时间啦，再等天黑了！"

玫瑰的母亲忽蒙神谕般，兴冲冲地往里屋走，不一会儿，里屋就传来了响亮的洗牌声。

玫瑰看了夏夏一眼，夏夏看了玫瑰一眼，两人都不约而同地松了一口气。

夏夏再次旧事重提："玫瑰，你跟翔子和好吧，别这么作弄他了。"

玫瑰忽然饶有兴味地端详着夏夏，反问她："我们两个人的事情，你这么紧张干什么啊？"

夏夏脸一沉，玫瑰连忙亲亲热热地搂住她的手臂，温言软语地讨饶说："好啦好啦，宝贝儿，我开玩笑的啦，别生气哦。我听你的，我保证跟他和好，好吧？"

"你说话算数的？"

"嗯，当然啦，咱们还是好朋友不是，亲爱的？"

"是的。"夏夏肯定地回答。

玫瑰甜蜜地挽着夏夏，把她送下楼。站在门口，夏夏再次问："你刚才说的话，算数的吧？"

玫瑰咯咯一笑："当然算数啦宝贝儿，你老太婆啊，怎么这么唠叨的啦？"

夏夏望向马路对面，玫瑰也顺着她的视线望了过去，只见萧条的梧桐树下，翔子正站在那儿，俊朗的脸上写着紧张与无辜。

他看见玫瑰，眼神温柔地微笑起来，他大踏步地奔跑过来，紧紧把玫瑰拥抱在怀里。

婆婆你抱抱我。

夏夏每次这么一撒娇，婆婆就伸开胳膊，把夏夏搂在怀里。婆婆的棉衣软软的，大大的塑料扣子蹭着夏夏的脸。婆婆的身体也是软软的，是老人特有的松弛温热，她的手也布满了皱纹，因为常年钩手套和做家事，变得粗糙，手背上散布着褐色的斑点。

夏夏见到婆婆的时候，她就已经是个老人了，但是她很美，笑得轻轻的，走路慢慢的，一举一动都那么温柔。

她的齐耳短发一点点变得灰白，她早早起床，用刨花油把头发梳得整整齐齐，再用一个黑色的塑料发箍，把前额的发都往后拢住，露出干干净净的额头。不管她们的生活怎么贫苦，婆婆都永远把自己和夏夏打理得整洁周正，好像公公在上面天天能看见她们似的。

偶尔里弄生产组多发了一些薪酬，婆婆就会带着夏夏去红房子西餐厅。洁白的桌布上，一个白色的小小瓷瓶里插着一朵塑料红玫瑰。婆婆总是只点一份罗宋汤、一份土豆沙拉，再要一套餐具，分给夏夏一半。

在这里，夏夏还能看见残破的壁炉和墙上隐约的雕花，服务员大踏步地进进出出，像在饮食店一样吆喝着上菜。婆婆说，这里以前有烛光，有音乐，有打领结的侍者。有一次，夏夏听到真的放音乐了，好像是《魂断蓝桥》的主题曲《旧日的好时光》。

她们就在白色的桌布上，小口小口地把东西吃完。婆婆悠悠地笑着，仿佛公公还像四十多年前一样，与她一起坐在这里，那个和翔子很像的英俊男人。

夏夏想，玫瑰真的很幸运，她也是在十六岁，就遇到了一个爱她的男人，按婆婆的说法，作为女人的一生一世，已经可以托付了。

玫瑰一来学校上课，她允诺的大新闻就飞快地散播出去了。

所有的同学都在窃窃私语："知道吗？夏夏去过舞厅了。"

"我们班的第一名好学生，也到舞厅去跳舞交男朋友了，老师知道了非吐血不可。"

"玫瑰你真行，居然能把她带到舞厅去。"

"看她这个样子也不像啊，一本正经的，她去舞厅有人请她跳舞吗？"

"一定是壁花，哈哈。"

玫瑰顿时成了中心人物，隔三岔五就有人跟她窃窃私语，打听内幕消息，玫瑰挤眉弄眼地编派着，这几乎成为教室后半区最振奋人心的话题了。

下午上课前，夏夏被叫到了教导主任刘老师的办公室。刘老师正在跟另一个老师说话，看见夏夏来了，简单地又交代了两句，就让那个老师离开了，办公室里就只剩下夏夏和她两个人。

"唉，邓夏啊，你先坐下。"刘老师似乎要和夏夏进行一场私密的长谈。

刘老师是一个面目严肃的中年女人，戴着一副黑框的眼镜，每天一早站在校门口，目光锐利地检查学生有没有佩戴校徽，毫不留情地让迟到的学生罚站，虽然这并不是她的职责。学校里，没有一个学生不怕她。即使这样，夏夏想，如果自己的母亲是这样，每天在自己身边严厉地训斥自己，那也很好。

"夏夏啊，你真的让老师很失望，你知不知道？"办公室非常安静，只能听见刘老师凌厉的声音，"你真的和玫瑰一起去过舞厅了？"

"是的。"夏夏诚实地答。

"什么舞厅？在什么地方？"

"一个叫德赛洛的地方，就在淮海路上。"

"你为什么要跟她去？为了好玩？寻求刺激？交男朋友？"

"她让我陪她去。"

"她让你陪，你就去了？她就是硬拉你，你也可以不去啊。你知不知道，她去没关系，因为她已经没希望了，你却是一个优秀的学生，老师都很看重的好学生，将来你考进名牌大学，有多好的前途在等着你，你知道吗？"

"刘老师。"

"什么事？"

"玫瑰是我的朋友。"夏夏说。

"她故意带你去舞厅，现在还故意到处告诉别人，闹得其他班级都知道了，老师也知道了，你还跟她做朋友？"刘老师怒火升腾，用手指关节敲着桌子，仿佛在和一个聋子辩理。

"可是，玫瑰说的也是事实啊。"

刘老师叹了一口气，目光忽然变得柔和。她看着夏夏，摇着头说："孩子，你要懂得保护自己，你这个样子，让老师真替你担心。也是的，你妈妈不在身边，你婆婆平时不教你的吗？你真的不要再和这些差学生交朋友了，他们的心思，你比不上的。"

下午的上课时间快到了，刘老师一边拿备课本，一边自言自语地嘟囔着："这些孩子，也不知道把老师当成什么，阶级敌人啊，这样了还护着同学。"

夏夏笑了，她轻声说："谢谢你，刘老师。"

"你说什么？"刘老师没留意，吃了一惊，然后，她刻板的脸上也露出了一丝笑意，示意夏夏和她一起出门，回头锁上了办公室的门。

当夏夏走进教室，每个同学都好奇地看着她，试图从她脸上搜寻到被教导主任训斥的迹象。夏夏神色平静地在第一排坐下，坐好后，还没忘记扭头对后排的玫瑰笑了笑。

玫瑰不甘示弱地也回报了一个笑容，一副满不在乎的神情。

婆婆不辞而别以后，每天晚上，夏夏都是抱着被子坐在床上，睁着眼睛到天明。有一个晚上，她太累了，于是她侧身躺下，很快睡熟过去。

等她在鸟声啁啾中醒来，漆面五斗橱上的老钟指向六点，惯常的生物钟。床头的八仙桌上摆着一碗粥和一碟肉松，这是婆婆每天为夏夏准备的早饭。

一时间，夏夏有些恍惚，几乎又要开始唤婆婆。但是，她蓦然清醒过来。那碗粥、那碟肉松，是婆婆离开的那一天，亲手留下的最后一顿早餐，夏夏一直没有舍得去动，就这样一天天，一直留在桌上。

清晨明媚的光线下，夏夏清楚地看见，那碗粥的表面，已经裂开了，还长出了细细的茸毛，那碟肉松，早已被屋里的穿堂风吹散了，只剩一丝两丝还留在碟子上。夏夏蓦然觉得胃痛得厉害，好像是被人重重地打了一拳，一下子痛得蹲在了地上。

夏夏现在一天只吃一顿饭，每天下课以后，三四点的样子，她背着书包走回家，就在家门口菜场拐角的小饮食店吃一碗面。

这家饮食店叫"屋里香"，就在大沽路口，以前婆婆偶尔带她来吃。

婆婆有时会想念成都，她就带夏夏到这里，买一碗辣酱面自己吃，买一碗大排面或者鳝丝面给夏夏吃。婆婆说，辣酱面太辣了，夏夏吃不惯。

吃着辣酱面，婆婆就会提起自己的养女天慧，第一次见她，七岁了，却只有四五岁孩子的个头，瘦得皮包骨。因为长了一头虱子，怎么洗也洗不干净，头皮上还有疮疤，不得已，婆婆就只能把她的头发剃光了。

"她像个小男孩，光着头，特别招人喜欢，你公公买了一身海军服给她穿，可神气了。"

每当婆婆这么说，夏夏会觉得有些嫉妒。夏夏说："以后我陪婆婆去成都生活吧，等我长大了，我去成都工作，养婆婆一辈子。"

屋里香饮食店只有一个单扇的门面，简陋的玻璃门，里面几张方桌、几条长凳，买东西吃要先到柜台买筹码，柜台上方挂着手写的价目表。

夏夏走到门口的时候，发现小小的门口停了一辆彪悍的摩托车，个头有一般摩托车的两倍大，黑色的底色上有柠檬黄的花纹，好像在哪里见过。

走进去，夏夏买了一碗辣酱面的筹码，刚要坐下，就听到有人在背后叫她："嘿，那个叫夏夏夏的！"

杰克坐在她背后，穿一件满是银环的紧身夹克，拧着两道浓密的眉毛，黝黑而坑坑洼洼的脸上双眸如星，一脸坏笑地瞪着她。

"我不是夏夏夏的，我叫夏夏。"

"你点了什么？"杰克拿起她手里的筹码看，"哦，辣酱面啊，我也在吃辣酱面，我还加了一块大排。"然后，杰克自说自话地对着厨房叫："老板娘，给这个小姑娘加块大排。"

辣酱面送上来，上面果然加了一块大排。

"我把钱给你。"夏夏说。

"不用啦，我请你，就一块大排嘛。喂，你怎么来这儿吃饭？家里人没给你做饭啊？"杰克乐得找到了一个机会，探听这个女孩子家里的情况。

"是啊。"夏夏回答得太简单，这让杰克有点郁闷。

"嘿，你知道吗？翔子发烧了，整整一周，两只手肿得很大，结果你们玫瑰愣是没有去看过他。"杰克没话找话地搭讪。

"天哪，翔子不要紧吧？"

杰克看见这个女孩子忽然一脸紧张，一双眼睛亮晶晶地死盯着他。杰克倒是意外了，连忙摆手说："早好了早好了，这会儿应该已经能去德赛洛跳舞了。"

这个钟点，夏夏是下课来吃饭，杰克则是刚刚起床在吃早饭。

屋里香好像杰克的食堂，他在后弄堂的房子里一觉睡醒，就到这里来填肚子，然后驾着摩托车去几家百货商店的柜台，巡视他的服装生意。

杰克早就知道，他总有一天会在屋里香遇见夏夏。因为她既然是一个人住，就不可能不光顾饮食店。而住在附近的人，唯一可来的，也就是这家屋里香了。

杰克对这个独居的女孩特别好奇。今天，在日光下看见她，他还发现这个不起眼的女孩其实很美丽。她不是玫瑰那样艳丽的女孩子，她是属于白天的，近乎透明的纯真，五官文秀，表情羞怯，眼神柔和。

不知为什么，她看上去恹恹的，一定是遇到了不开心的事情。杰克心中升起了一种愿望，特别希望让这个孩子快乐起来。

他说："夏夏，吃完了没？待会儿我带你去看看我的生意好吗？还带着你在街上兜风，呼呼呼的，不过开得没有晚上快哦。"

杰克知道，夏夏多半会跟他去的。这个女孩不懂得拒绝人。

"你的摩托车，很神气啊。"夏夏上车的时候，总算夸了一句。杰克嘿嘿笑着，心想，她总算把那天晚上的夸奖补回来了。

摩托车一路轰鸣着飞驰，掠过人来人往的南京路。杰克握着夏夏纤细的手腕，在一家家百货商店里穿梭。

"看这里，是我的羊毛衫柜台。"在市百一店里，杰克让夏夏看一排排出样的毛衣。

"小姑娘，我觉得这件鹅黄的衣裳很适合你啊，来，比一比。"杰克拿了一件毛衣在夏夏身上比来比去。

"送给你好不好？你穿着一定漂亮。"

夏夏局促不安地摇头。

杰克又拉着夏夏到华联商厦，参观他羊绒衫的柜台。

"陈姐，今天生意好吗？"

"挺不错的，刚刚又赚了四千多，你看看账簿。"营业员拿出本子，恭维地送到杰克面前。

"我送你一件大衣好不好？你的棉衣太重了，这大衣又轻又保暖。"杰克瞧着快快不乐的夏夏，夏夏又摇头。

天色很快黑了下来，夏夏坐在杰克的背后，继续在夜色中梭巡，都市万点灯火一片片在眼前掠过，宛若飞行在彩色的星空中。再次停下来，夏夏惊讶地看见，自己又来到了德赛洛舞厅的门口。

"这就是我每天要看管的最后一项生意了。"杰克坏笑的时候，总是左边的嘴角高高扯起，在左侧的鼻翼边留下一道笑纹，像是斜着写了个T字。

"这舞厅也是你的吗？"

"没错，是我和胖子合伙的，半个老板。"

杰克揽着夏夏往里走，震耳欲聋的音乐声再次把一切淹没。工作人员自然地给杰克让出一条路来，这让被杰克臂膀保护着的夏夏，像个公主一样走在舞厅里。

杰克凑近夏夏的耳朵大声说："你可以每天来这儿跳舞，我不收你门票！"

夏夏也凑近杰克的耳朵大声说："我不会跳舞！"

杰克领着夏夏在吧台前坐下，自己叫了一杯啤酒，给夏夏一罐可乐。夏夏看见吧台的水池里堆满了没来得及洗的杯子。

杰克又在夏夏的耳边喊："你不会跳舞，也可以常常来玩！"

夏夏也在杰克耳边喊："我不会跳舞，不过我会洗杯子！我可以来你这儿工作吗？"

"为什么？"

"因为我很快就没有饭钱了！"

夏夏用尽力气喊完了这句话。

3.

每次一听到"工作"两个字，我就会马上惊醒过来。

工作对我太重要了，没有工作就没有明天的晚餐，当然以我现在的经济状况，已经完全不用担心这一点了，可是我更依赖工作。工作，意味着有很多人需要我，我需要感觉有人需要我，我不想再被人像垃圾一样扔掉。

所以我立刻醒过来了，从夏夏的梦魇中，她又深深地在我身体中睡去了。

我环顾四周，确定仍然在自己已经买了两年的公寓中。昂贵的进口遮光窗帘，嵌入墙中的平面电视，空调不断散发的凉意，手工绣花的丝绸床单，无一不向我证明，我现在还在 2000 年的夏季，我正是那个长袖善舞的著名电视节目主持人，成功、自信，什么也不缺。

床头的闹钟已经指向了早上九点，手机静静的。

我有些诧异地拿起手机看，没有未接来电。奇怪，平时每天的这个时候，庄庸总会打电话给我，询问我是否已经到台里。大多数情况下，他其实正好叫醒了我，他也深知这一点，但还是乐于用公事公办的口气问我在哪里，听一听我用慵懒的声音含糊不清地说谎："庄头儿，我正在路上啊，车很堵，唉，一会儿见。"

没了他一贯的早点名，我竟然有些心慌起来，一边起床梳洗，一边忍不住胡思乱想。难道是昨晚他真的生气了？我和章总共舞，又因为过分紧张这档节目，屡屡失态被他看在眼里，最糟糕的是，还拒绝了他上楼。

庄庸是个特别敏感的人，任何事情都逃不过他的眼睛，有时候，他甚至能感知我自己都没觉察到的东西。过分敏感，加上特别较真，这就不是我用甜甜的微笑和插科打诨，三下两下可以糊弄住的了。

我化了一个淡妆，选了一身香奈儿的套装穿上，挎上手袋，在把手机放进去的时候，不甘心地又看了看屏幕，"中国移动"几个字也静默地看着我。我昏头昏脑地下到地下二层，四下找不到我的车，这才意识到，因为昨晚是庄庸送我回来的，所以我根本不可能在公寓的车库找到我还停在电视台过夜的车。

我气恼地再上到地面一层，让保安帮我叫了一辆车进来。

坐在出租车上，有好几次，我拿出手机，找到庄庸的名字，想要按拨打键，好在我终于忍住了。因为刚走进十二楼的办公室走廊，我的手机就响了起来。

"邓夏，你到台里了吗？"

"庄头儿，我在走廊里了，一会儿见。"我没好气地回答，这次倒是不用说谎了。

挂上电话，我在自己的位置上坐下，等待庄庸的召唤。这一局我险胜了，我并不觉得快意。他一定是故意不打电话，想看看我的反应，他一定很失望。可是他不知道他的目的已经达到了，他让我明白，他居然成了我早晨起床的一个部分。

分机铃响，他在那头说："邓夏，你过来一下。"

庄庸但凡早上不开会，就多半会在他的总监办公室召见我。

名义上，他是和我讨论工作，实际上，具体的工作讨论得非常少。他总是说着说着，就说到他各种各样的烦心事。

无奈啊！这是他最喜欢的口头禅。

他很多时候，更像是在一个人自言自语，而我，一个最好的听众，似乎扮演了他镜子中的另一个自己，随着他的喜怒哀乐，或点头赞许，或扼腕叹息，或义愤填膺，或不失时机地安慰宽解。

他对我这么推心置腹，并不是在我们有了特殊关系之后。他是一个不断需要和自己对话的男人，从六年前，我第一天来电视台实习，就开始充当这个角色。

那是初夏的一天，风和日丽，电视台当时还在大院的矮房子里，窗外的梧桐茂盛。这个眼睛明亮的男人——我的实习老师，在跟我介绍电视行业现状时，一不小心开始大谈他自己的电视理想和性格悲剧，一讲讲了两个小时，误了午餐时间。我们两个只能空着肚子，带着摄制组下午去外录。

就是那时候，我准确地知道了他的软肋。我只需要坐在他对面，跟随他的情绪，配合他的自言自语，我就能成为他最信任的知己。这些年来，我果然在他的一手提携下，好处占尽，这是我花大量时间耐心倾听的报酬，我应得的。

最近几年，我却开始狐疑，他心里对我滋生的爱，如果是出于我对他一贯的迎合，那就未免太无趣了。

"邓夏，你今天早上来得很早啊。"

"哪儿有啊，庄头儿，是你的早点名晚了。"

一个回合，我们两个彼此心照不宣地笑笑，算是握手言和。

"《德赛洛梦想之舞》那档节目啊，既然已经要开播了，就要漂漂亮亮地开场。一会儿你好好去看看带子，编导小黄还年轻，她不一定把握得好。"

"是，遵命，领导。"

我的笑意已经爬上了眼角，这个男人明确示好了，这就意味着，昨晚的风波过去了，我可以省了哄他。

可是接下来，话题又变得特别敏感起来。

"邓夏，德赛洛公司的章总既然是你的朋友，他为了搞节目合作酬谢我的那些钱，我看你还是拿去还给他吧。"庄庸说着，就把章总给他的银行卡掏出来了。

他是想试探我和章总的关系有多深吗？我连忙拿出最没心没肺的样子，回答说："你不要给我呀！每家公司来合作，这都是规矩，就专门便宜了他们公司啊。他们也是做生意赚钱的，就我们做慈善事业？"

"做生意是赚钱啊。"庄庸忽而又感慨起来，拿着银行卡，却又不放下了。

庄庸辛苦了大半辈子，即使现在做了频道总监，日子还是一样过得紧巴巴。至少跟我比起来，可以用清贫两个字来形容。

他以前做编导，工资加节目奖金，也就够一个月吃饭租房，外加支付女儿在青岛老家的抚养费。后来他升了制片人，薪水高了，努力地攒了些钱，算是交了一套公寓的首付，地方着实偏远了些。当了频道总监以后，做领导的好处就在于，单位配车，吃饭报销，一切日常花费都不必动用工资，每月还按揭，算是不累了，与我相比却还是劳动人民。

庄庸总是揶揄我说："你就是一个卖照片发财的家伙。"

这话没错。像我给学生文具拍平面广告，发布两年就是八十万。给微微拉时装做形象代言，一年一百万。我只要一缺钱，就去卖照片，这个方法比什么都来钱快。当然，我也常常背着台里，主持一些商业的演出，走穴赚点外快。

这让我在前两年买公寓的时候，出手阔绰，一下子就选了石门路靠近大沽路的黄金地段，这是动迁了一个石库门老房子的旧区，花大代价建起来的高楼。

我一直坚信，马无夜草不肥，人无横财不富。所以庄庸借着台里制播分离的试点，手握频道资源的大权，开始半推半就地接受合作公司的现金或银行卡，继而成了一定范围内公开的规则，我并不觉得他做得过分。

他在频道上花的精力，远远超过了一掷千金的我，凭什么他住在乡下的地方，连一双菲拉格慕的皮鞋也不舍得买。我希望他收得安心，花得开心。可是这笔越来越大的横财，好像只是成了他心里越来越重的忧虑。

你说这些钱，我用在哪里比较好呢？

这是最近大半年，庄庸跟我自言自语最多的话题。这个上午，我们的谈话又自动转向了这个内容：

"我也想过买房子。我那房子啊，每天开车这么远，来来回回确实也不方便。"

"那你买市中心的房子吧，旧的租出去。"我一如既往地顺着他的想法附和。

"可是我突然买了这么好的房子，台里的同事们难免要说闲话的。"

他自我否决地摇了摇头。

"你就说，是你向我借的钱。"

"你们年轻人啊，考虑问题就是简单化。再说，这些钱，到底是从节目里来的，我也挺想用来做一档理想中的节目。你知道的，我一直想做一档平民参与的大型选秀类节目，目前国内还没有，美国有一档《美国偶像》，收视率非常高，男女老少都在电视机前追捧平民英雄。这节目在中国做，肯定更加火！"

"《德赛洛梦想之舞》，不就是这样的节目吗？"

"差远了，《德赛洛》充其量只能算是一个参与类节目，小儿科，评委客气地捧捧场，第一第二名到时候意思意思发个奖。我说的选秀类节目，一定要有全国几大赛场的海选，一步一步你死我活的淘汰，全体老百姓都可以参与的投票，还要现场直播——这样的真人秀会非常煽情，调动起每个观众的情绪，甚至成为他们生活中最重要的一项期待！"

"做这样的节目可花钱了。"

"所以说啊，台里就给我一个光光的频道，每年的经费不要说做节目了，连买些最便宜的节目，把时间填满都不够。现在说是跟社会公司合作，玩的还不都是空手道。"

庄庸一边自嘲地笑笑，唉声叹气，一边摆弄着手上的银行卡。

"庄头儿，你打算把这些钱放到频道里做节目啊？"

"哎呀，这也是我最犹豫的地方了，要说放进去做节目是最好了，可是我辛辛苦苦给台里卖命都快一辈子了，再把这笔钱交给台里，赚了钱都归台里……"

"要不这样，你在外面用别人名义注册一个公司，再用这个公司跟台里合作？"

庄庸思忖良久，还是摇头说："不行不行，这样就更乱了，我监守自盗,更说不清了。"

我心想,这件事情本来就说不清,都这样了,哪里还能保持一个"清"啊?

每次都是这样,庄庸一番思想斗争以后,会忽然意识到问题的严重性,仿佛看到了一条条铺满希望的华美大道尽头,都是一幕幕他不敢想象的结局,那笔钱就变得更加沉重起来。

最后,他会叹着气说:"我看过两天,我干脆把这笔钱先交给财务小卢,让她先当小金库收着,可进可退。"

"这样也好,你也安心一点。"我倒是真心这么说,但是从他矛盾的神色,我看出,他又不舍得这笔钱了。

"无奈啊!"他又用这句口头禅结束了今天的自我反省。

从庄庸的总监办公室长谈后出来,我看到办公大厅的隔断里,一大串脑袋又纷纷冒出来,鬼头鬼脑地往这边偷看,还交头接耳地窃笑着。

我忍俊不禁地想,庄庸可真是一个命苦的家伙,从来都是只背黑锅,却尝不到甜头。

就像人人都认定,他和我关系暧昧,其实我跟他不过一夕之欢。而现在,他又生生担着一块受贿的大石头,真金白银却一分都没有享受到。

我最关心的,还是昨天节目录制的效果。

看了带子以后,总算放心多了。我认为摇晃不稳的三号机,拍出来的镜头大部分还顶用。评委的点评,剪辑以后也没有太多的突兀。至于我自己的表现,虽然常常掉线,因为反复的次数多,每一段也权且能挑出一遍顶用的。

最诡异的,还是两组选手中途交换舞伴的事情,我仔细看了回放,发觉这并不是我的神经过敏。

　　星星和月亮这一对孩子，是来自黄浦区的男女双人舞的选手。叫蜻蜓的女孩，则是来自虹口区的单人舞选手。彩排的时候好好的，这次正式录影，星星这个男孩，却和蜻蜓一起跳了双人舞，剩下孤零零的月亮，表演了一段莫名其妙的单人舞。

　　"小黄，这是怎么弄的？你特地帮他们换人了？"

　　"哪儿有啊，我也快被气死了。"小黄和我并排坐在机房里，陪着我看带子，她指着那个叫蜻蜓的女孩说，"这个女孩子年纪小小的，手段很厉害呢。她本来也不认识星星和月亮的，结果彩排的时候，看见星星跳得好，双人舞又更出彩，她就偷偷跟星星说，她跳得比月亮好，如果星星跟她合作，一定更有机会拿第一。"

　　"他们说换，你就让他们换了？"

　　"喏，你也看见了，他们坚持要这么组合，我说什么他们也不听。我那天忙乱死了，他们还来添乱，气死了！最可怜的是月亮了，她一个人跳，傻死了。"

　　然后，小黄赶紧讨好地把带子快进，找到了我和章总共舞的那一段。

　　"看，邓老师你跳得多棒啊！还有章总，他和你很般配呢，他真的挺帅的。"小黄看着屏幕咯咯傻笑着。

　　说真的，在这段发挥精彩的拉丁舞中，我和章总的默契简直宛若天成。他的引导恰到好处，而我摇曳于他的身周，眼睛媚惑闪亮，舞步轻佻而奔放，和着每个节奏的姿态，都散发着深深的渴望。

　　我突然感到眩晕，控制不住胃里的翻转，一路往洗手间奔去。

4.

我冲着水池干哕了许久，这才缓过神来，用冷水冲脸，耳边还嗡嗡响着舞曲《鲁本·冈萨雷斯》。抬头，镜子里映出了我苍白的脸。

我看着镜子，越来越觉得，这也许更像夏夏的脸。

高一的那个冬天，夏夏开始每天晚上在德赛洛舞厅打工。

蓝色的效果光，从吧台底下打上来，映着透明的吧台桌面，泛着幽幽的蓝光，这让巨大的弧形吧台，看上去像一个溢着海水的大鱼缸，矗立在舞厅的中间。在吧台里忙碌的夏夏，感觉自己就像一条众目睽睽下的鱼。

当舞厅里响起拉丁热舞的音乐时，所有要点酒的客人，都要对着夏夏的耳朵，喊出酒的名字来。等转到轻柔的华尔兹舞曲时，人们醺舞方毕，零零星星地坐到吧台前来，加了酒之后，也会有一搭没一搭地跟夏夏聊天。

无数张熟悉的陌生的脸，每天晚上像潮水般从夏夏眼前掠过，笑着、嚷嚷着、大哭着、骂骂咧咧着，或者神不守舍，各自背后藏着不为人知的秘密。

夏夏有些不喜欢德赛洛的另一个老板、杰克的合伙人——胖子。

胖子隔三岔五会带各种各样的朋友到这里谈生意，就坐在吧台角落的一个位置。有时候他满脸堆笑，连连敬酒，点头作揖，恨不得把自己圆滚滚的身体，缩到像一只兔子那样娇小可爱。有时候他却挺着脖子，横眉立目地比手画脚，好像这么虚张声势，就可以让自己看起来比对方强大很多。

谈得不顺利，他就会悻悻地叫骂："你们怎么干活的，你看这吧台上这么多手印，也不擦擦干净！杯子又打破了，不要钱白送的啊！"把吧台的领班弄得灰溜溜的。

对人谄媚的时候，他还招呼夏夏过去，陪客人喝一杯。

"我不会喝酒，你们喝吧。"夏夏把两杯酒送到，就要回吧台去。

胖子一把揽住了她的腰，举起酒杯送到她面前，嘿嘿笑着说："总有第一次嘛，来，尝一口试试。"

酒杯"啪"地被打翻在地上，摔得粉碎，杰克出现在面前，一边笑眯眯地瞪着胖子看，一边装作惊讶地说："啊呀，啊呀，你们看我太不小心了，一来就把杯子打碎了。胖子，你不会要我赔钱吧？"

"没事没事，怎么会让你赔呢，别开玩笑啦。"胖子悻悻地擦着身上的酒渍，摆出一副亲亲热热的面孔，向杰克挤眉弄眼。

玫瑰跳得累了，就来到吧台这边，趴在蓝色的玻璃台子上，跟夏夏搭讪："宝贝儿，一杯马天尼。"

夏夏熟练地依次拧开酒瓶，一盎司金酒、五滴苦艾酒，倒进银色的调酒壶里，加了冰块，哗哗一阵摇匀，再倒入三角形的鸡尾酒杯里，加入一枚酿水橄榄，送到玫瑰面前。

玫瑰满意地眯着眼睛笑，用粉红的长指甲，从杯底拈出橄榄，端起酒杯一饮而尽。她合起长长的睫毛，好像是感觉烈酒进入体内的火热。

少顷，她又一脸烂漫地跟夏夏耳语："一会儿翔子跟我上街去买东西，指甲油、唇膏、香水，我要什么他都付钱，再贵也没关系。你跟我们一起去吧，你看中了什么，我也让翔子给你买？"

夏夏听得有些不舒服，还是笑笑说："不了，我还要上班呢，走不开。"

"那没关系啊宝贝儿，我跟杰克说，他是老板嘛。"

"我拿工钱的，还有好多活儿呢，我去忙了。"

夏夏说着就去洗杯子了。

更多的时候，是玫瑰在舞池里跟别的男人跳舞，翔子一个人孤孤单单地坐在吧台前，耐心地等她。

"夏夏，谢谢你，给我一罐可乐。"翔子有些不习惯地吩咐夏夏。

夏夏应着，从冰柜里拿了一罐可乐，又拿了一只软饮料的细长杯子，加上冰块，把可乐倒进去，在杯口插上一片柠檬，递给翔子。

翔子说："别这么麻烦，你直接给我罐子喝就好了，以前也是一罐一罐直接给的。"

夏夏不说话，把空罐子收起来，扔到水池下的垃圾桶里。下次翔子问她要一罐可乐，她还是倒在杯子里给他。

几次以后，翔子总算明白了，想起自己曾经的过激行为，他托着腮，感激地对着夏夏傻笑。夏夏与他相视而笑，玩着手中刚刚倒空的罐子。

"你看，她真漂亮，是吗？"

翔子总是定定地望着玫瑰跳舞，由衷地赞叹给夏夏听。

"很漂亮。"

夏夏附和，心里责怪着玫瑰又单飞了这么久，也不想着过来陪陪翔子。

"她很与众不同，是吗？"

翔子像是在欣赏一件价值连城的艺术品，尽管这件艺术品现在正在别人的臂弯里，还不时地舞出他的视线。

夏夏好奇地问翔子："你喜欢玫瑰哪一点？"

翔子腼腆地笑了笑，想了一会儿，说："她很特别，跟别人不一样。其实我知道，身边的人都夸我好，那是因为他们觉得我有一个好爸爸，如果没有我爸爸，那我自己就没什么好了。只有玫瑰，总是把我骂得一钱不值的，但是她心里觉得我好。她这样骂我，只是因为讨厌大家这么抬举我。"

夏夏思忖着，玫瑰真的是爱着翔子本人，而不是因为他优越的家境吗？

每个人都可以看出，玫瑰似乎明显地讨厌翔子，她跟翔子在一起，除了让他买舞厅门票，买很贵的指甲油、唇膏、化妆品，也许还需要一个名义上的男朋友陪伴，除此之外，再没别的什么了。她甚至提不起兴趣和翔子跳一支舞，即使是每夜的结束曲——温情的华尔兹《旧日的好时光》。

而每次玫瑰兴之所至，可能是十天半个月一次，召唤翔子共舞一曲，翔子就能在吧台前和夏夏兴奋地絮叨好久。

夏夏想起那天在玫瑰家，听到她母亲的话——

你不知道追她那个男孩子有多好，爸爸是个副局长，多少人巴结着，要是能嫁到他们家去，以后就什么也不愁啦……

翔子自顾自目光灿烂地凝视着玫瑰的身影，嘴角带着甜蜜的笑意，他接着证明自己的观点："我为了她，可以逃学陪她逛街，可以像我爸爸妈妈说的小流氓一样，天天到舞厅来，混到半夜回去，我没做完功课，第二天早上也老是起不了床，爸爸妈妈都说我变坏了，可是玫瑰好像很开心。她平时一直骂我太乖，太没用，只有我这个样子她才喜欢。"

夏夏说："课还是要好好上的，你是明年考大学吧？你比我们高一年级。"

翔子抓抓脑袋说："是啊是啊，就是有时候觉得心里很烦。我也想让爸爸妈妈满意，好好上课，好好参加篮球训练，考进名牌大学，不交女朋友，不到舞厅这种地方来。可是，他们觉得我十全十美的时候，我一点都不快乐。我现在变成他们嘴里不可救药的小流氓了，我却生平第一回觉得非常开心，因为能和玫瑰在一起。"

翔子唠唠叨叨半天，突然意识到自己忽略了夏夏，连忙不好意思地换了个话题："夏夏，恭喜你学会调酒了，让我尝尝你的手艺好吗？"

"你想尝哪种酒？"夏夏帮他把酒单翻到鸡尾酒这一页。

翔子在稀奇古怪的名字里面，云里雾里地琢磨了半天，然后指着一个名字说："就这个，粉红佳人吧。"

玫瑰那天穿了一件粉红色的高腰马海毛洋装，配着她一贯粉红的眼影和唇膏，分外甜美，一条黑色百褶短裙，黑丝袜，高跟鞋，旋转在舞池里，像一只轻巧的蝴蝶。

夏夏用量杯掛了不同分量的金酒、红糖油、白糖油、柠檬汁，倒入调酒壶，打了一个鸡蛋，滤出蛋黄，把蛋清一起加进去，然后加了冰，盖上调酒壶的盖子，抱在胸前，一下一下大力地摇动，哗哗巨响。

翔子问："平时看你，都是一只手就可以摇了，而且玩得上下翻滚的，很好看呢，这次为什么这么费劲呢？"

夏夏说："因为你点的这种酒，要用蛋清发泡，所以必须用这种方法摇。"

翔子抱歉地说："哎呀呀，我是真的不知道，要不我帮你摇吧？"

打开盖子，倾斜壶身，浮着泡沫的粉红色酒液，闪着好看的色泽，柔柔地流入了杯子。在夏夏的想象中，这种酒应该非常美味，甜的红糖油和白糖油，酸酸的柠檬汁，看上去很诱人的颜色和质感。

翔子啜了一口，没作声，然后仰着脖子一饮而尽，赞道："真好喝，夏夏你的手艺真好！"

吧台的领班叫："啤酒用完了，夏夏你去拿一下。"

翔子跳下吧凳，三步两步抢在夏夏前面，帮着她扛啤酒去了。吧台里很少有女酒保，就是因为有很多重活儿，扛啤酒就是每天逃不掉的事务，得亏总有翔子。

晚一些时候，杰克来到吧台，带着醉意跟夏夏说："那个夏夏夏的，你尝过爱情的滋味吗？"

夏夏摇头。

"你刚才给翔子调过粉红佳人了是不是？"

"是啊。"

"你再调一杯来。"

夏夏又费劲摇了一杯，摆在杰克面前。杰克嘿嘿笑着，把酒杯又推回夏夏面前说："你尝尝。"

夏夏端起粉红的酒液，小小舔了一口，满脸鼻子眼睛都挤在了一起，什么啊，这简直像是一杯怪味的飘柔洗发水！

杰克哈哈大笑，拿过洗发水一口喝干，然后摇摇晃晃地走开了。

吧台边，还有一位常客，是数一数二的大美女伊丽莎白。

她喜欢无袖的旗袍式洋装，露出圆润修长的胳膊，及腰的长发披散着，乌黑笔直，像瀑布倾泻而下。她有凝脂般象牙白的肤色，端庄的眉眼，左脸的眼角有一颗痣，当她微笑的时候，更添了妩媚。据说她是含着金汤匙出生的富家女，且家世显赫得很，一副不谙世事的样子，美得看上去毫无瑕疵。

她从来不跳舞，只是坐在吧台前喝酒，果味伏特加，柠檬调配的。

她起身走路的时候，步子很优雅。她说着非常标准的普通话，声音动人，语调悠扬。

她是冲着杰克来的，她的眼神有事无事地跟着杰克的身影移动，每次杰克过来，她就热心地跟他说话。杰克走开，她便若有所失地喝酒，但从不过饮。

看得多了，大家也都觉察到了，就私下逗杰克说："多好的女孩子啊，你也不考虑考虑？"胖子也时常拍着杰克的肩膀说："娶了人家吧，娶了这个千金小姐，你起码少奋斗二十年。"

夏夏有时候也跟杰克说笑："伊丽莎白真的挺不错的，你怎么老不搭理人家？"

杰克耸耸肩说："她这么好，我担不起。"

杰克的身边，总是变换着各种各样的女孩子，艳丽型的、运动型的、小家碧玉型的，还有风骚得看上去不怎么舒服型的。她们占据着他摩托车后的座位，他身边吧台的座位，与他共舞臂弯里的位置，但是那些位置永远是占不久的，她们再努力也占不住。

夏夏看着她们一个个消失，有的从此在德赛洛舞厅销声匿迹，有的稍后疯狂地和别的男人混在一起，在杰克面前示威般地亲热，绝望地买醉。有一个女孩喝醉以后，一个人冲上 DJ 台，坚持要表演唱歌，唱着唱着就大哭起来，被男伴半拖半抱地弄下来，坐在吧台边上，哀哀地哭了整晚。

也有若无其事的，照样开开心心在舞厅玩，见到杰克打个招呼。可能过不了多久，某一段时间，又和杰克混在一起，然后再次互不相干。

夏夏问杰克："你干吗老是换来换去的，你到底爱她们中间哪个？"

杰克歪着嘴笑，从不正经回答，只说："谁都爱，谁也不爱。"

直到有一次，夏夏不得不语带责备地对他说："你总是弄得她们挺伤心的，这样不好。"

杰克才认真回答说："小姑娘，你不懂，爱这个东西很危险，谁在乎谁就玩完。不是我弄得她们伤心，而是她们在乎的，就会伤心，不在乎的，还不是好好的？伤心的，过了一阵也不伤心了，也还是好好的。爱这个东西，就像风，'呼'地一下就吹过去了，谁也分不清是真是假，你敢相信谁？最好的办法就是，你千万不能比别人更在乎。"

夏夏的心被撞了一下，隐隐作痛，一时间竟说不出反驳的话。杰克似乎也并不习惯这样的话题，立刻恢复了油腔滑调的样子，倚老卖老地说："小姑娘，我过的桥比你走的路还多呢，听听我的经验，对你将来有好处。"

夏夏扑哧一声笑了，指着杰克正在长青春痘的鼻子说："你不就比我们大五岁嘛，怎么说话腔调总像小老头一样，我可要管你叫大叔啦！"

夏夏从此真的管杰克叫"大叔"，大叔长、大叔短的。

杰克照旧我行我素，女孩子走马灯一般地换，坐在吧台前，还常常不动声色向陌生女孩介绍夏夏说："这是我侄女，来跟我学习做人的。"

夏夏很配合地叫大叔，装出特别乖的孩子相，然后偷偷在杰克叫的金托尼里面加一把盐。

不过，杰克这个大叔也算做得不错，不管身边有没有女朋友，隔三岔五，总是不忘记往夏夏的吧台底下放一些点心，有凯司令的法式面包、奶油蛋糕、咖喱角什么的。他不知什么时候，知道了夏夏一天只吃一顿饭。

　　德赛洛凌晨两点关张，时间一到，灯光转为明丽柔和，舞厅里响起悠扬的结束曲《旧日的好时光》。双双对对的舞伴，有的草草了事地收拾向外走，有的恋恋不舍地随着乐曲，拥在一起沉醉于最后的时刻。这个时候，翩翩于舞池的，往往舞到最美的极致。

> 怎能忘记旧日的人儿，心中不怀想；
> 故人们怎能忘记，过去的好时光。
> 我们也曾终日逍遥，荡漾于碧波上；
> 而如今劳燕分飞，远隔大海重洋。
> 我们也曾终日逍遥，流连在故乡的青山上；
> 我们也曾历尽艰辛，到处奔波流浪。
> …………

　　一切散尽后，夏夏和大家一起收拾残局，下班由杰克送回家，总要近三点了。早上六点，她又得起床，赶去学校上课。每每到了中午，就支持不住了，胡乱吃一个面包，就趴在桌子上，睡到打呼。

　　夏夏睡得迷迷糊糊时，被人摇醒，同学说："教导主任叫你去一趟。"

　　这回，刘老师一个人坐在办公室里，专等着夏夏来。

　　"邓夏，听说你最近一直在舞厅？"

　　夏夏心里叹气，有玫瑰在，确实也瞒不住什么，于是就干脆地点了点头。

　　"你很喜欢待在舞厅里吗？"刘老师面无表情。

"那个地方，还挺好的吧。"夏夏只能这么回答。

刘老师激动起来了，她习惯地用指关节敲着桌子。夏夏想，这下一定大难临头了。

"夏夏，你为什么不告诉老师呢？出了这么大的事情，你就自己去舞厅打工？你在那种鱼龙混杂的地方会很危险的，你知道吗？你要是出了什么事情，你那些不负责任的家长，他们——嘿，他们怎么能这样！"

刘老师扶了扶眼镜，试图平复自己的情绪，眼圈却微微有些红了。

原来，听了玫瑰的小报告以后，刘老师并不相信夏夏会为了赚钱和好玩，天天流连在舞厅的吧台里。她抽了一天下午去家访，大门紧闭，却从邻居张伯那里，听说了夏夏的婆婆离家出走的事情。

"你妈妈最近给你来信了吗？"刘老师柔声地问。

"没有，她已经十二年没有来信了。"

"那你还能联系到她吗？"

"过去的地址，写信过去，都被退回来了。"

"她怎么能这样？自己的女儿都不要了吗？"刘老师又愤怒起来。

"婆婆说，妈妈可能是在澳大利亚生活得很困难，自己都照顾不过来。等她在那里站稳脚跟了，她一定会给我写信的。"

"十二年，这也太长了一点吧。"刘老师冷冷地评价道，意识到这话伤人，她连忙转回话题，又问，"夏夏，你婆婆为什么又突然走了呢？"

夏夏想了想，用最平静最合理的方式回答："她一定是有了什么紧急的事情，所以临时回成都她女儿那里，太紧急了，她也来不及跟我说一声。我想，她应该很快会回来的。"

"那就好，"刘老师叹了一口气，然后说，"夏夏，你从今天开始，就不要去舞厅上班了，我已经跟校领导商量过了，我们会在老师和同学中间，为你搞一个募捐活动，解决你生活费和学费的问题。"

"不！"夏夏惊叫起来。

"我理解，你是觉得这样很伤自尊心，是吗？"刘老师蹲下来，凑近坐着的夏夏，爱怜地抚着她的短发。夏夏垂下眼睛，点了点头。

其实，不是这样的。

夏夏的第一反应，并不是自己的面子，而是不想让婆婆成为大家的话题，婆婆是那样优雅矜持的一个人，她一定不喜欢学校里，人人都随意地议论她，而且是说她丢下了自己，让自己衣食无着。竟要通过捐款的施舍来生活，婆婆一定是不会喜欢的。

婆婆也不会喜欢夏夏接受施舍，这么多年，她钩了数不清的手套，几千几万针，一年年把夏夏养大，她从未试图让谁资助过她们。

更重要的还是，夏夏始终相信着，婆婆一定是因为什么意外，暂时离开的，她会很快回来的，她不会丢下自己。至少，夏夏努力让自己这么相信。一旦募捐变成了事实，那也就意味着，夏夏承认，婆婆已经离开了她。

尽管夏夏最近频繁地进出教导主任办公室，并且天天待在舞厅里，还成了自己可以随意支使的吧台女郎，玫瑰还是并不觉得满意。她感觉，夏夏还是没有垮下来。

夏夏再困，上课的时候依然昂着脖子，在第一排听得凝神。她的成绩稍有下降，但是依然排在前三名以内。德赛洛的衣香鬓影，似乎并不能让她稍稍心猿意马，她在吧台里和客人闲聊，还是一副淡定无染的学生模样。

至于玫瑰自己，虽然传播一些夏夏的小道消息，使她成了后排同学的焦点人物，那又怎么样，玫瑰觉得自己还是一个靠着夏夏神气活现的配角。

　　她咬着粉红的长指甲，不甘不忿地盯着前排夏夏的后脑勺。她思量着，一定会有更好的办法。

　　"宝贝儿，你和我们一起去看电影吧，最新的琼瑶片。"有一天，玫瑰忽然俯身在吧台上，这样对夏夏说，"翔子也想让你一起去呢，是吧，翔子？"

　　翔子刚刚帮夏夏搬好啤酒，搓着手，气喘吁吁地在吧凳上坐下。

　　玫瑰用迷人的眼睛，斜睨着坐在吧台前的翔子，葱白的手指亲热地捏住了翔子的手，轻轻做了个暗示。翔子毫无准备，连忙点头附和说："是是，当然啦，夏夏你和我们一起去吧。"

　　玫瑰知道，夏夏不会拒绝翔子的邀请，因为凭着她小动物般的直觉，她准确感知到了，夏夏正暗暗地爱着翔子。

5.

已是 1988 年的初春了。

周日下午，阳光和渐暖的天气一样明媚。微风吹来，空中淅淅沥沥飘下了一些雨丝，待夏夏仰头去看，却又晴朗。那雨，仿佛在落下时，就已经消失。

夏夏穿着青果领的毛衣、牛仔裤，带了一本课本，站在电影院门前看了一会儿书。

电影院名叫大华书场，在淮海东路拐弯的一条僻静小路上，很小的门面。原是说书的演出场地，生意寥寥，因为近来港台录像盛行，干脆拉起投影屏幕号称电影院，其实不过是一个录像放映厅而已。

看电影的人已经陆陆续续地来了，吵嚷着，手挽着手，多是年轻的情侣，悄语浅笑，或是打打闹闹的。夏夏收起了课本，有些着急地张望，眼看电影就要开场了。

几乎已经到了开场的最后一分钟，玫瑰挽着翔子出现了。

她原本好像是一路呵斥着翔子，看见夏夏，立刻甜甜蜜蜜地依偎在翔子身上，欢快地对着夏夏挥手。然后，她一手紧紧挽着翔子的胳膊，一手牵着夏夏，女王一样走进狭小的电影院。

说好放映的是《问斜阳》，临时换成了《匆匆，太匆匆》，那也没有什么，都是一样的琼瑶的爱情故事。屏幕上，不沾人间烟火的男女主人公，邂逅，一见钟情，两情缱绻，又因为各种各样的误会，黯然分手，伤心欲绝。一唱三叹的情歌，回放着两人浓情蜜意的往日片段，在海边追逐，在游乐园欢笑，在静谧的树林里紧紧相拥……黑暗的空间里，弥漫着爱情的香气。

翔子就坐在中间，玫瑰和夏夏，一左一右。狭小的座位，让他们紧紧靠着。

夏夏能感到翔子健壮的身体，山一样紧贴在身边，他干净的衬衣上洗衣粉的香味，和着淡淡的汗味，被体温暖热着散发出来，是特别温暖的气味。他的手背和手肘，时常不经意地碰到夏夏的手，随即又礼貌地挪开。当他专心看着电影的时候，屏息静气的神情有天使面目般的纯洁。

夏夏开始感到，答应他们一起来看电影，是一个极其错误的决定。

她羡慕玫瑰可以流眼泪，在所有音乐响起的煽情地方，导演留出空间等着观众落泪。玫瑰总是能够在这个时候，哭得泪流满面，让翔子忙不迭地递手帕，笨拙地为她擦眼泪。有时候，他把强壮的胳膊伸过去，揽住她圆润的肩，他拥着她，轻轻地拍，像哄着一个伤心的孩子。如果玫瑰用婆娑的泪眼给他一些鼓励，他还会飞快地在她的额上吻一下，然后玫瑰便止住眼泪，露出笑容。

"我们不会像他们那样分离的是吗？"

"是的，我们不会，一定不会的。"

这个时候，夏夏觉得自己真的没法哭，不管主人公的故事多么悲伤，她都只能铁石心肠。

玫瑰喜欢在看电影的时候，吃各种各样的零食，沉浸在欢乐的剧情中，翔子就好脾气地帮她捧着大大小小的口袋，听她吩咐橄榄、话梅、陈皮什么的，他就无一差错地把那个口袋递过去，递给玫瑰拿过一个以后，他总记得递到另一边，示意夏夏也拿一个。

夏夏不好推辞，拿过来，放在嘴里，是酸苦的，半天咽不下去。

有一种什么东西，噬咬着她的心。这种奇怪的感觉，渴望与憎恨相混杂，让夏夏无论是在课堂上，还是在吧台里，一不留心，就悄悄地走了神，魂灵回到黑暗的电影院里，窄小的位置，挨着坐在身边的那个人，却是深爱着别人的人。

每逢周日的下午，玫瑰、翔子和夏夏一起看电影，渐渐成了一个惯例。

没完没了的言情片，三个人的电影院。

夏夏好几次想推辞不去，却也不是驳不开翔子的面子，她开始依赖每周的这个时候，翔子坐在她的身边，温热的体温，熟悉的气息，变成深重的瘾。

就这样，春去秋来，转眼大半年的时间过去了。夏夏和玫瑰升入了高二，夏夏的座位退到了教室的中间。

还是一个周日的下午，夏夏照例在大华书场门口等，临近开场时，忽然看见玫瑰失魂落魄地一个人走来了，脚步急匆匆的，东张西望找人的样子。

"喂，玫瑰，我在这儿呢。"夏夏迎上去。

玫瑰就像看见救星，一把抓住了夏夏的手，慌张地说："翔子不见了，他不见了，夏夏宝贝儿，你一定要帮我！"

平日里，都是翔子等玫瑰，玫瑰爽约，或是躲着不见人，已经是家常便饭了，一句"心情不好"就可以解释。而翔子，必定是随叫随到，就算玫瑰故意让他枯等，他也尾生抱柱，无怨无悔。

今天风水逆转。

说好翔子下午一点在玫瑰楼下等，先陪她逛百货商店，然后再去看两点半的电影。玫瑰磨磨蹭蹭地描眉化妆，弄到一点半才下去，这也是常有的事，迟得还不算过分，可是翔子竟然不在那里。

玫瑰以为，他等得累了，到附近买一罐汽水喝。五分钟、十分钟、十五分钟，翔子竟然没有出现。玫瑰被这种从未有过的状况弄得恼怒异常，难道他竟然等不及走了？或者，根本忘了来？这家伙，胆子越来越大了！

玫瑰一个电话打到翔子家里，翔子家的保姆接的，说翔子午饭也没来得及吃，就急急忙忙地出去了。

玫瑰乱了方寸，一会儿担忧地想，翔子是不是在路上出了意外，一会儿揣测，他是不是有什么急事去办，误了时间。随即，她又责骂自己的优柔寡断，怒火中烧地认定，翔子一定是在报复她，躲起来让她干等着急。

电影过半，翔子还是没有出现。夏夏提议，不如到德赛洛舞厅去看一看，也没有别的地方可以再找了。玫瑰的精神几乎崩溃了，她脸色惨淡，头发凌乱，走路一步一拖，平时的劲头全没了。

等到走进德赛洛，舞厅里空空如也，玫瑰再也支持不住了。

"夏夏宝贝儿，给我一杯马天尼好吗？"

她神色慌乱，拿起酒杯一口喝干，又要一杯，喝干，再要。

"你不能再喝了！"夏夏严肃地收拾酒杯，不再给她倒酒。

"夏夏，夏夏，对不起夏夏。"玫瑰潸然欲泪的样子，她向夏夏伸出手，"夏夏，你能抱我一下吗？"

夏夏不是很情愿地从吧台走出来，走向玫瑰，玫瑰一把抱住夏夏，忽而号啕大哭起来。

"夏夏，我早知道会有这么一天，他不要我了，他真的不要我了……我成功了，他再也不会缠着我了……可是，我不能没有他啊……"

玫瑰泣不成声，语无伦次地说着这些话，凄厉的哭声在空旷的大厅里盘旋。她的睫毛膏和彩妆都化开了，整个人看上去狼狈不堪，像是一个自暴自弃的怨妇。

就在这个时候，德赛洛的门打开了，外面的阳光刺眼地照进来，一时看不清是谁来了，就听见焦急变调的声音："有谁在吗？夏夏你在太好了！杰克被打伤了，快跟我去！"

是翔子。

杰克竭力想醒过来，但是流沙一般的意识，把他带到了更模糊的深处。

他记得是在一条乡间的路上，他从郊区车上下来就迷失了方向，两个年轻人给他指了方向，不对，走了很久也看不见厂房的影子，找了一个村子打电话问厂里，说方向反了。

他走在田野中，越走越荒凉，这是一家他从未来过的服装加工厂，据说价格便宜，活儿也漂亮，电话联络过了，带了定金来。

已经是深秋的天气了，他穿了夹克，走了许久，感到周身是汗。刚要脱下外套，突然从前面擦身而过的拖拉机，把他一下撞翻在地，他还没有反应过来，三五个壮汉从拖拉机上一拥而下，对着他拳打脚踢，几只手在他身上搜索，皮夹、装现金的信封、手表。

他顾不上保护自己的财产，举手抱头抵挡着一只只脚踢过来。他瞅了空一跃而起，一拳打在一个人的鼻子上，又抱住另一个人试图把他按到地上，然后他的后脑勺突然受到了沉重的一击，他倒在地上，大口大口地喘气，枯黄野草的芳香和沁凉的泥土气息，钻入了他的鼻孔。

爸爸、妈妈，他在心里呼喊着，但他从来不叫出声来。六岁？五岁？不记得了，他被许多只手摁在地上。"右派的小崽子，吃屎去吧。"狂妄的笑声在耳边嗡嗡作响，鼻子底下泥土的气味，成都特有的终年湿润的土啊。

还有潮湿的爬满青苔的山墙，斜斜向上或向下的路，高高低低的砖石房子，湿漉漉的柔软空气，朦胧中透着蓝色的天。父亲在敞亮的大房间里，往彩色的画布添上一块块明艳的颜色，橄榄油和松节水的气味，成了家里空气的底色。母亲从厨房出来，在围裙上擦了擦手，桌上的小菜有辣椒的鲜红、米饭的白、青瓜的碧绿。

有一天，他们永远从这个世界消失了，像一滴水，蒸发得无声无息。

舅舅和舅妈私下议论说："这下好了，两个右派没了，日子要好过很多，可惜还剩下个小右派的累赘。"

仍旧没有饭吃，没有家回，在街上游荡，被调皮的大孩子摁在地上打。

十岁还是十一岁，某个早上，舅舅和舅妈突然找来，哭哭啼啼地说："孩子，委屈你了，以前是不敢认你，现在好了，要落实政策了，跟舅舅舅妈回家吧。"

辣椒的红、米饭的白、青瓜的绿，舅妈在围裙上擦了擦手，把自己的女儿打发到边上，抚摸着他的头，给他夹菜："来，多吃点，再盛一碗，长得高高壮壮的，好乖。"

"妈妈。"他一时叫错了口。

不久，政策落实下来了，舅舅的房子换了新的，又亮堂又宽敞，舅妈还添了崭新的缝纫机，他们的女儿的衣裳一件比一件鲜亮。他却被赶到了后院里，有一顿没一顿。

舅妈嘴里唠叨着："你要是还像以前一样混在街上，被抓进去，我们就清净了。"

"好，我走！把我爸妈的钱还给我！"他第一次恶狠狠地叉腰站着，学着以前欺负他的小流氓的样子。他不健壮，但是眼神犀利、神情彪悍，站在那里自有一种不要命的气势。被摁在地上这么多次，注定会有这么一天，属于他的凶神找到了躯壳。

他拿着两万元钱离开了成都老家，踏上火车。

现在，这里是另一个无名无姓的人，一个别人看了一眼就会避让三分的人，带着刀一样的眼神和一颗谁也不能走进的心，穿越一个个大城小镇，摔倒了无数回，被骗得身无分文无数回。

每次一无所有地躺在地上，只要闻到泥土熟悉的气息，他就会从昏沉中醒来，一截截地撑起身子，让自己站直在大地上，趔趄着继续往前走，虽然不知道去往哪里。

可是这一次，他恐怕真的站不起来了，浓浓的血腥味溢出嘴角，盖住了一切气味，他努力睁开眼睛，视线却模糊，随之，是黑暗。

轮子推动的声音，颠簸，手术灯，翔子焦急的声音，杰克杰克。

"脑震荡、少量血胸、外伤多处、软组织挫伤，幸而，还没有发现骨折……"

疼痛，沉睡，太累了，可以从此睡下去，长长的甜梦，就像童年时闷热的午后，母亲摇着蒲扇，一下下，一下下，一只柔软的手，轻轻抚摸他的额头。

妈妈！

杰克蓦地睁开眼睛，看见夏夏坐在他的面前，安静地微笑。

"你醒了大叔，饿吗？喝一点粥？"

夏夏拿起床头小桌上的保温罐，打开，香甜的米粥香味飘了出来。

四周，白色的一片，是医院。

"夏夏夏的，"杰克吃力地挪动脖子，"你熬了粥啊？"

"别乱动啊，医生不让乱动的。"夏夏连忙制止他，"你要是饿了，我喂你。"

一动，牵动周身的疼痛，右手臂裹了纱布，左手还在输液。杰克只得放弃，乖乖地让夏夏把粥一勺勺吹凉了，送到他的嘴里。嘴张开，都有剧烈的痛，扯得他呜哇一声。

夏夏说："你千万别乱动，脑震荡还要观察，右手刚缝了针，好大的口子呢。"

杰克嘿嘿地想笑，疼，没笑完整："夏夏你自己熬的粥啊？"

"很难喝吗？"

"没啦，我想你平时不做饭，特地熬粥多麻烦啊。"

"你都天天送我回家呢，熬两天粥算啥。"

"嘿嘿，我是想说，你要是能天天给我做饭的话……"

夏夏把饭盒放下，嗔怪地把手指竖起，举到嘴唇上："你不能多说话，大叔要是乖乖养伤，我就天天给你做饭。"

杰克果然不作声了，夏夏一边喂他，一边告诉他："是翔子送你来医院的。发现你的人，在你身上找到了他的电话号码。翔子和玫瑰刚刚在这儿陪你，我熬了粥过来，现在翔子先送玫瑰回家去了。"

喝了几口粥，睡意又上来了，不知道是不是用药的缘故。

"睡吧大叔，好好睡一觉，我在这儿陪你。"

又是黑暗，安详的。

夏夏望着白色被单里，熟睡的杰克。

这个二十二岁的男孩，平时总是耀武扬威的模样，个子高高地站着，一脸桀骜，风光八面，好像能轻易地摆平全世界的麻烦。这个时候，他躺着，身上到处缠着绷带，脸肿着，眼睛也瘀青，手上还挂着吊瓶，就像一个被弄坏的布娃娃，七零八落地被扔在这里。

虽然平时大叔大叔地叫他，可是他其实也还是个孩子啊，一个会叫妈妈的孩子，他并不像平时看起来那样，谁也不需要。

"别忘了，下班让翔子送你回家。"

他睡着前，还特意叮嘱了这句话。

每个凌晨，靠在他的背后，紧紧抱着他的腰，在无人的夜路上疾驰，每次还推着摩托车，七歪八倒地陪她走进窄弄里，躲避白毛鬼和长舌鬼的袭击，她只当他就是这么强大，所以从来没有在意过。或者，只当他一样是顺路回家，没有想过，他是这样留心她一个人回家不安全。

夏夏拿出课本，一边温习功课，一边专心地看管着点滴瓶，一瓶换了一瓶，直到傍晚，翔子又来接班。

不知为什么，每次看见夏夏瘦弱的身影，就让翔子有一种特别安心的感觉。

当他忧急交加，冲进德赛洛舞厅报告消息的时候，他的眼中第一次没有看见哭得昏天黑地的玫瑰。他意识到，他冲进来，其实就是为了找夏夏来求援。

现在，夏夏坐在病床前，宁静得如一尊塑像，让走到病房门口的翔子，忽而屏息站住，似乎打破这一幕，就打破了他这些日子来，少有感受的一刻祥和。

玫瑰的变化多端，让他的心情总是澎湃不止，像是冲浪的快感。此刻，在病房的一片素白中，他忽然觉得有点累了。

翔子感激地想，幸而有夏夏，杰克受伤这么件大事，也能够按部就班地处理好。也幸而有夏夏和他轮班陪护，他才有一些时间剩下，可以去安抚玫瑰。

意外的是，翔子发现，自从那次失踪以后，玫瑰对他的态度一下子温和了很多。

周五下午下课早，离晚上与夏夏换班还有一段时间，翔子一路飞跑到向明中学，想多陪玫瑰一会儿。

玫瑰说："今天不去百货商店了，咱们在街上走走，说说话吧。"

两人像两颗糖一样，紧紧地粘在一起，拐进了思南路，在雁荡路上走，逛了复兴公园，然后又往玫瑰家方向返回。秋末的天空蓝且高渺，路边的梧桐叶将落尽，地上散落着金黄的枯叶，踩上去咯吱轻响，两个人的相处，很少有这样安静的时刻，翔子和玫瑰到后来都不说话了，走着走着，好像一个人。

忽然，已经到了玫瑰的楼下，两人对看着，都不想分开。

玫瑰说："陪我上去坐一会儿吧。"

窄小的楼梯，掀开花布门帘，翔子刚在大屋子里坐下，玫瑰的母亲就从里屋探出头来："哎哟，我以为谁呢，是翔子啊，贵客贵客，赶紧坐着啊，我去倒茶。"

玫瑰想要阻拦，已经晚了。

满头发卷的母亲穿着一身提花棉睡衣，踩着珠片高跟拖鞋，蝴蝶一样盘旋在房间里，又是沏茶，又是拿瓜子，找糖果，找出最漂亮的盘子，七七八八摆了一桌子，一边嘴里不停招呼着："喝茶，喝茶，吃点这个，就当自己家啊。"

　　玫瑰一声不吭，以为熬过了这一刻，母亲摆出了所有可以吃的零食以后，就可以顺利离开。如果这样收场，只是显得母亲待客热情了一点，不至于因为争执，让母亲说出一些不体面的话来。

　　谁知母亲竟然在翔子边上坐下，拉着翔子的手，左右端详个没完："啧啧啧，瞧瞧，多好的小伙子啊，白白净净的，一看就是大户人家出来的。听说你爸爸是大人物，家里应该住的是新公房吧？不像我们，住在这样的破房子里，你看前前后后，也找不出一个像样的地方来招待你。"

　　说着，母亲又故作温馨地抚摸着玫瑰的背，做出母慈女孝的样子："我们家玫瑰，从小不像你条件这么好，她那个死鬼爸爸成天不回家，家用也不拿回来，玫瑰苦啊，打小就很懂事，一直说要找个好夫婿，将来孝敬妈妈，也不枉妈妈辛辛苦苦把她养大。"

　　玫瑰感觉母亲陌生的手，一下下在她背脊上触摸着，好像是一只毛毛虫在背上爬。

　　母亲的抚摸一次急过一次："我们家玫瑰很漂亮吧？小时候我都没想到，她会出落得这么美。你喜欢我们家玫瑰是吧？喜欢她的男生不知有多少，可是她也就喜欢你一个，家教好，是最重要的。你们将来要是能早些把喜事办了，我就是睡在土里也瞑目了……"

　　"妈——"玫瑰尖叫一声，甩开母亲的手，把桌子上的杯盘猛地扫到地上，哗啦碎了一地。

　　她歇斯底里地冲着翔子咆哮："滚，你给我滚出去，我再也不要见到你，我们今天就分手，永生永世不要再见面啦！"

　　翔子看着玫瑰直直指向门外的手，犹犹豫豫地站了起来。

　　玫瑰母亲故作慈爱的声音，还在一如既往地继续："哎哟哟，玫瑰你这孩子是做什么呀？好端端发什么脾气啊？翔子你别理她，你留在这儿吃了晚饭再走，一会儿我就出去，给你们买条鱼，富贵人家嘛，吃惯了鱼的……"

翔子觉得自己仿佛陷入了一个噩梦中，两个疯狂的女人站在面前，让他一时间不知道自己的玫瑰去了哪里。他跌跌撞撞走出门，留下一串凌乱的下楼的脚步声。

"现在你满意了？"玫瑰的母亲卸下了温和的面目，凶神恶煞地把手指一直戳到玫瑰的脑门上，"你就是不想我享福，好端端一个财神被你赶走了！"

"对，我就是满意，我高兴得不得了呢！"玫瑰继续咆哮着，声音已带着哭腔，"我就是要赶他走，我这辈子都不要再见到他！"

"我这辈子都不要再见到他——"

玫瑰把手指插入浓密的鬈发中，抱着头，跌坐在凳子上，哭得伤心欲绝。

母亲还不依不饶，怨毒地数落着："我看你这副腔调，活脱儿像你那个没良心的爸，一出去就几天不回来，说去做生意，几个月不拿一分钱回来。好好的衣裳买不起两件，打这么小的麻将，我还要欠账……女人漂亮有什么用？就是要男人为你花钱的！好好的一个男人你还不赶紧抓住他！漂亮能有几年？把你生得那么好，都生在狗身上了！"

"你喜欢他，你嫁给他好了！"玫瑰哭着嘶喊着。

"你这个小畜生，越来越没有规矩了……"母亲气哼哼的，无意中看见梳妆台的镜子里，一张扭曲可怖的脸。

这是自己的脸，一张衰老得不可挽回的脸，再厚的粉也无法遮盖纠结的皱纹和两颊的黄褐斑，像柿饼一样，让自己看了也心惊。当年，也是这面镜子里，多么姣好的容颜，丈夫站在她背后，细细从镜子里端详她。

"看看看，老是这么看人家，有什么好看的嘛。"

"就是好看，看一辈子也看不够。"

轻柔地抚摸，吻她的脖颈、耳垂，她的肩。

在那个年代，这是一个工资不低的男人，头脑灵活，懂得把握时机，并且一心爱她，要把最好的给她。她就是要星星月亮，他也给她摘来。

可是他渐渐累了，这么些年，她总是撒娇，总是要这要那，像是一个无所顾忌的女儿。他为她奔忙，兼职，下海做生意。他终于懒得再回家。男人都是没良心的！所以要趁年轻多要一些才好！她有一天看着镜子里的自己，韶华不再，她把这些归咎于自己的衰老，否则，她怎么说服自己。

"有一天，你一定会后悔的，小畜生！到那一天，你老得没人要了，你就是把自己白送给哪个男人，都不会有人要你！你哭着喊着赖在这里，我也不会养着你的！"

"你以为我喜欢和你在一起啊？我恨不得我自己死了！"

玫瑰哭得满头大汗，阳台外清冽的空气飘进来，可是那已经不属于自己，翔子走了，还没来得及带她离开这个家。

在这个散发着霉味的旧屋子里，琥珀色家具泛出的华贵却陈旧的颜色，散不去的淡淡香气，总让人觉得诡异莫名。

就坐在梳妆台前，镶边的圆镜子里，是她年轻娇美的脸，后面还有一张相像而苍老的脸，她的母亲。母亲在她身后为她做发卷，十七、十八、十九。

"哎哟，疼。"

"忍着点，女人就是要打扮得漂漂亮亮的，否则男人怎么喜欢？"

母亲叼着发卡，一根根插上去，狠狠地。这张脸，她就权且当成自己的脸，这个青春的身体，她试图在那里面再活一次，要有更有钱的、更钟情的男人，爱上她，为她一掷千金。女儿的幸福，将证明她人生的路没错，只是当年选错了人。

这个让父亲厌恶得不想回家的母亲，这个只知道自己装扮和打麻将的女人，只在这个时候，是全神贯注在女儿身上的。

这一幕让玫瑰莫名恐惧，心里暗暗盼望，真的有一个男人，某天可以带她逃离这个家。

然后，翔子出现了，正好是一个父亲显贵、家境殷实，并且痴心待她，愿意为她摘下星星月亮的男人。她要风得风，要雨得雨，她得意着、幸福着、满足着，却掩不住心里越来越深的恐惧。

她发现在这个男人身边，自己的一举一动越来越像母亲，一个她从小最憎恶的、一心想要摆脱的女人。她无路可逃，她这一生一世都不可能摆脱母亲了，那在镜子里，她身后的那张脸，她影子般的脸！不论翔子在，或不在。

母亲刻毒的唠叨还在继续："你这样对他，你以为他还会回来找你吗？他家大业大，有的是女人追求，他会稀罕你？脾气像狗一样……"

玫瑰哭得已经断断续续，恶毒的咒语在昏暗的房间里回荡，让她觉得绝望异常。她猛地抄起一张凳子，使尽全力砸向梳妆台的镜子，镜子轰然碎裂。她怀着巨大的快意，扔下凳子，跑到阳台，一脚跨上了弯圆的铸铁栏杆。

"你再多说一句，我就去死！"

母亲被吓住了，停了两秒，忽然哈哈狂笑起来："你去死啊！有本事你去死啊！小畜生翅膀长硬了，会砸东西了。"

她笑得喘不过气来，声音古怪而高亢，随之，她跌坐在灰扑扑的地板上，一声声号哭起来。

夏夏会生煤炉、会买菜、会做饭。

只是自从婆婆走了以后，她再也没有碰过这些东西，这些东西死了。

夏夏第一次一个人生煤炉，清晨寂静的弄堂里，又是入冬了。旧扇子扇着，乌黑的煤饼的六个洞里透出红亮的光，青烟从炉子上笔直地升上去，高而直，令无人的弄堂显得广阔而荒凉。

锅碗瓢盆，久违了。夏夏一刹那有一种错觉，婆婆在自己的身体里活起来了，正和自己在一起。她熟练地择菜做饭，仿佛自己是婆婆，她在照顾夏夏，也许，还可以照顾别的人，需要她照顾的人。

不多会儿，张伯和陆阿姨相继出来了，也生煤炉。看见夏夏，笑呵呵地说："做饭啦，好啊。"

每天空锅冷灶是件可怕的事情，虽然还是吃着饭，很机械地活着，每天看着煤炉在屋角，灰尘堆积，却感觉自己仿佛已经死了很久了。

她很想活过来，其实只需要一个理由，杰克受伤了，她却活过来了。想到大叔在医院，乖乖地一口口喝下她熬的粥，渐渐能够吃饭吃菜，她觉得自己在操持家事时充满了能量。

捎带着，她开始给自己做午餐，装在饭盒里，用绳子扎起来，带到学校蒸，就像婆婆在的时候那样。下午从学校回来，她用炉子的余温热了饭菜，给杰克送去，顺带自己也吃一顿晚饭。

她觉得精力充沛，虽然还要提早一个小时起床。

6.

天蒙蒙亮的时候，夏夏正在生炉子，一个人影挡在了她面前。

"嘿，那个夏夏夏的，好能干啊！"

夏夏大惊，以为见了鬼："你你你，你不是在医院里吗？"

"我昨晚就溜回来了，在医院里睡不好，床太小了。"

"大叔你怎么能这样？医生没让你出院，你就回来，你这么不听话，以后再也不给你做饭吃了！"

杰克被骂得一愣一愣的，连忙嬉皮笑脸地讨好说："夏夏，你做的饭最好吃了，所以我等不及你送来，一早就过来吃了呀。我全好了，真的全好了！我待会儿就回去办出院手续。"

"真的吗？全好了？"夏夏瞪着他。

"看！"杰克就地虎跳几下，摆出了一个中国功夫的姿势，"待会儿我陪你一起去买菜好不好？"

大沽路菜市场，是夏夏心目中最广阔的世界。不从路口走，抄近路从后弄堂穿过去，左拐，还只到菜市场的开头，一条很长很长的路，两边摆满了各式各样的摊子,一眼望不到头。夏天的时候,两旁的行道树浓绿遮天,让这条路显得尤其深邃。即使是现在的初冬,两旁的蔬菜也染出了一片片浓绿,一路走去,幽深绚烂。

记忆中,夏夏从来没有走到过那条路的尽头,因为买菜时总是走几十步,篮子就满满的了。这一回,杰克牵着她的手,走在一排排新鲜欲滴的菜蔬间,大步流星,一下子就走出了好远,到她从来没有到过的摊位。

幽深的世界在他们两人面前渐渐展开,夏夏忽然有一种愿望,想走到这条路的尽头,去看一看,那里究竟是怎样的。

相处久了,夏夏觉得,杰克其实是一个非常难接近的人。

他改变了生物钟,每天清晨出现在夏夏面前,但是陪夏夏买菜,也就那一次。更多的时候,他痛痛快快地提着一大包买好的菜过来,他更喜欢独来独往。

有时候,夏夏问他:"你干吗不多睡一会儿,你不是习惯下午才起床的吗?"

"最近睡不着。"

他简单地回答。

吃了早餐,他继续去睡,夏夏上学。等到夏夏放学,他又过来,一起吃晚饭,然后他去巡视服装柜台,夏夏做功课。晚上,他们又会在德赛洛相遇。

有时候,他吃了晚饭,也不去工作,坐在堂屋里,陪夏夏做功课。

夏夏问:"你不去看账目不要紧吗?"

杰克毫无表情地答:"也没什么大事。"

杰克是个没话的人,一些花哨的俏皮话,都是说给外人听的。和夏夏在一个锅里吃饭以后,杰克与夏夏独处时,基本沉默。而且,夏夏也发现，很难和他搭话。

"大叔，你需要带一份夜宵回去晚上吃吗？"

"我需要？不，我什么都不需要。"杰克也许正在出神，本能地这么回答。

除了"你需要"这样的话很敏感以外，"我给你"也是一个禁忌。

"我给你再添碗饭好吗，大叔？"

杰克也许觉得，他不需要别人给他什么，所以他一般摇头拒绝。但是，夏夏不问，主动给他添来，他狼吞虎咽地就吃完了。即使夏夏不给他添，他也会自己去添，只是不要说"我给你"。

几次以后，夏夏摸到了他的脾气，也就不再说多余的话，该打包让他带回去的，打包给他，该给他添的，自动添来，免得让他反而饿着了。

有一回，夏夏做着功课，杰克在一边趴着睡着了。天冷，夏夏拿了一件棉衣，轻手轻脚地给杰克披上，杰克忽然醒了，把棉衣打落在地上，瞪着半睡半醒的血红眼睛，恶狠狠地对夏夏喊："不要碰我！"

过了一会儿，杰克清醒过来，看着默不作声的夏夏，歉疚地逗她说："夏夏夏的，我是石头缝里蹦出来的，所以脾气坏。"

"是吗，石头给你起了杰克这个怪名字吗？"夏夏没好气地说。

"是这样的，大叔本来没有名字，一个没有名字的人，在社会上混，多不方便啊。有一次坐火车，跟人赌牌，大叔抽了第一张牌，是黑桃杰克。所以大叔就决定，从此以后叫杰克。杰克，这个名字还挺顺耳的吧？"

杰克像给孩子讲故事一样，连哄带骗，夏夏琢磨着，这故事一定是他临时编出来的，却也着实有趣，就扑哧一声笑出来了。

杰克的嘴里没几句真话，可是这个故事是真的。

十五岁那年，他揣着两万元钱离开成都老家，在火车上，遇到了一伙联手赌牌骗人的家伙。杰克抽的第一张牌，是黑桃杰克。他下火车的时候，已经身无分文，只剩下了杰克这个名字。

天气愈加寒冷，做完晚饭以后，夏夏不急着把炉子灭了，拿一个扁扁的小铝锅压在炉火上，用余温慢慢地熬一锅粥。不一会儿，铝锅的盖子一开一掀的，水蒸气突突地冒着，溢了满屋的米香和暖意。

屋外的风像恶魔一样，使劲摇晃着八扇格子门，发出可怕的响声。屋里的玻璃上，却渐渐爬上了水雾，安逸而平静地呼吸。

这隐秘的温暖，阴错阳差，如今属于两个毫不相干的人。

夏夏认真地在八仙桌上做功课，杰克望着她。这个孩子此刻看上去，幸福而满足，像任何一个在长辈注视下的孩子，挺直了脊背，一笔一画工整地写字。可是自己又是谁呢？一个开玩笑叫的大叔，一个随时会消失的人。

杰克这一天忽然想和夏夏说说话："夏夏，你妈妈最近还没有写信来吗？"

"没有。"

夏夏从作业本上抬起头来，神情变得沮丧。杰克有些后悔，打破了这个本来完美的时刻。

"你真的联系不到她吗？"

"嗯。"

"那你今后打算怎么办呢，夏夏？你妈妈真的就这样不管你了吗？她怎么能这样？"

在问出这一串问题的时候，杰克感觉自己像个逃避责任的家伙，他似乎是在提醒夏夏，自己并不是她的家人，也不会一直陪她到将来。当然，这是个事实。

夏夏却并没有听出弦外之音，她只是在努力想回答这些问题。这些问题，她已经对无数人，回答过上千遍了，千篇一律的、温和的、稳妥的、平静的、合理的、善意的回答。只是，今天她不愿意再这样回答了，至少在杰克的面前。

"我妈妈最爱的是她自己，如果我碍了她的事，那我就什么都不是了。"

一刹那，她为自己说出这样伤人的话而感到惊讶万分，随即，她觉得内心的另一扇门，被痛快地一脚踢开了。她开始滔滔不绝地叙说，用她自己都不敢相信的锋利言辞——

"我为什么不能这么说她？

"我总是这样向所有人解释，她在澳大利亚生活艰难，等她情况好一些，她一定会联系我的。这只是婆婆给我的解释，其实不过是最好的想象。为什么要我凭想象爱她？为什么要我替她向大家解释？

"她总是骄傲地挺着胸，穿着很响的高跟鞋进进出出，忙着自己的工作，或者其他重要的应酬。三岁之前，这是她给我唯一的印象。

"婆婆瞒了我很多事，邻居都告诉我了，我不可能不知道。

"据说，她一心想要出国，去一个十全十美的地方。她认为待在这里是不会有前途的。所以她让爸爸先去国外，因为爸爸能够申请到学校，然后，等爸爸站稳脚跟，再让她去陪读。

"爸爸是个唯唯诺诺的书生，可怜我完全不记得他的样子。签证下来正巧是我出生不久，爸爸像一颗棋子一样被放到了澳大利亚。那是我的爸爸，为什么她说支使走，就支使走。听说爸爸是不愿意去的，他是一个安于现状的工程师，只想有个小家庭，好好过日子。

"爸爸遇到车祸，却反而成就了她。她既然有机会去了国外，还有了工作，她当然急忙去过她的新生活了，我是多余的。

"而且，她知道婆婆爱我。邻居说，她以前也偶尔不给每月的家用，都是婆婆自己贴补。她料定了婆婆不会丢下我，或者，她连想都没想过这个问题。"

…………

夏夏的胸脯剧烈地起伏，说出这些话，似乎用尽了她全身的力气。

杰克非常意外，哈哈大笑起来："夏夏，很好，你早该这么说话了。你知道你平时是什么样子吗？你善良，你温和，你不忍心伤害人，没错，可是你把自己藏起来了。你有时候怯生生地迎合别人，不管别人怎么对你，你怕表达了不同的想法，别人会丢下你吗？去他 × 的，不要等别人丢下你，你先丢下他们！"

"不是这样的！"夏夏反驳，"我是真的不想伤害任何人！"

"因为你被别人伤害，你知道这感觉不好受是吗？"

"是的！"

"夏夏，告诉大叔，你婆婆为什么又突然走了？不是像你说的那样，有急事暂时离开，是吗？说出你真实的想法，你会好受一些的。"

"婆婆，婆婆，我是真的真的很爱她，我非常依赖她，我以为她一辈子都不会离开我的……可是，我真的不愿意那么想……"

夏夏紧握着拳头，皱着眉，似乎要把所有的痛都挤压出来——

"是的，是的，她终于走了。我早知道会有这么一天！

"她本来就不算是我的亲戚，本来就不是。这么远的血缘，哪里能维系什么？

"他们告诉我，当初妈妈请她来帮忙，本意是找一个保姆，每月给两个人的生活费，外带少许酬劳。婆婆的女儿在成都工资很低，难以维持一家的开销。婆婆权当是出来找份工作，因为名义上是帮亲戚的忙，也不算抛头露面。

"婆婆第一眼看到我，我相信她喜欢我。后来妈妈走了，她可怜我，没有扔下我，还做手工养活我，我已经很感激了。我凭什么要求她永远陪着我，照顾我，爱我？我只是一个连自己妈妈都不要的孩子。

"她一定是累了，太累了，她走了，回到她女儿那里去了。在那里，她女儿会照管她，在这儿，我却只能拖累她，她没理由照顾我。

"没有一点点理由。"

说完这一切，夏夏近乎虚脱地一头栽在大床上，仰面躺着，像死了一样，心里却有一种说不出的轻松。

杰克也在她身边躺下，两只手枕在脑后，柔声说：

"夏夏，大叔再给你讲个故事，好不好？

"——从前，上帝的儿子耶稣和他的徒弟们，被坏人追杀。有一个徒弟彼得对耶稣说，即使所有的人都离弃你，我也不会离开你。他这么说是因为作为徒弟，他真的很爱自己的师父。

"耶稣却告诉他，鸡叫之前，你会三次不认我。彼得说，这怎么可能，就算要我跟你一起去死，我也不会不认你。

"彼得坐在外面的院子里，这时坏人一派中的一个人，过来认出了彼得，说，你和耶稣是一伙的。彼得否认说，我不知道你在说什么。又有一个人来，向大家说，这个人和耶稣是一伙的。彼得发誓说，我根本不认得耶稣。更多的人质疑彼得说，你和耶稣的确是一伙的！彼得再次赌咒说，我不认得他，如果我说谎，请上帝惩罚我！

"就在这个时候，鸡叫了。彼得想起了耶稣的预言，走到院子外面，痛哭了起来。"

夏夏问："彼得明明说，他不会不认师父的，为什么马上就反悔了呢？"

杰克答："因为人都是软弱的，不管怎么爱，还是会软弱，所以人都是不可信的。"

夏夏好奇地追问："那么耶稣肯定很伤心了？"

杰克笑："他是神，他早就料到了，所以不会伤心了。"

"可是，人就会很伤心啊。"夏夏嘟囔着。

静了一会儿，夏夏也学着杰克的姿势，把双手枕在脑后，侧过头问："大叔，你从哪儿听来的这个故事啊？"

"我妈妈讲给我听的，她是一个基督徒。"

"哦——"夏夏似懂非懂地应着，"那你的爸爸也是基督徒吗？"

"他不是。"

可是，娶了一个基督徒，又画油画，在那个年月，已经足以让他们一起消失了。

"大叔的爸爸妈妈是什么样的人？"

"很善良，很勇敢。我还记得我们三个被一起关在一个小屋子里，没有窗户，好几个月不见阳光。我爸爸就在墙上画了一扇很大的窗，打开的窗，窗外是太阳、绿树、鲜花、开阔的草地、很多可爱的小动物。我们三个一起坐在窗前看，多美丽的世界啊……妈妈从小就教我，要相信爱，相信神。"

"那么你相信爱吗？"夏夏问。

"嗯，好像不。"杰克答。

"那么你相信神吗？"

"你说呢？"杰克坏笑着一跃而起，"不说了，反正他们已经不在这个世界上了。"

然后，他神态自若地披上外套，招呼夏夏说："走啦，咱们该一起去德赛洛了。"

这个世界上，每个人都有自己不如意的往事，除了伊丽莎白。

光怪陆离的德赛洛，混浊的空气，形形色色路过的脸，暗和光，声与色，揭开白天沉静的脸，令每个人内心深处最烈的和最痛的，一览无余。

在这样一个貌似天堂，却更接近地狱的所在，伊丽莎白就像唯一的天使。她娴静地坐在吧台前，一天又一天，喝着她柠檬味的伏特加，酒杯里澄净透明的金黄液体，映着她圆润如白玉的手臂、她丝缎般静止的长发、她永远端庄出尘的表情。只有左眼边俏丽的那一颗痣，写着人世间的愿望。

兴致好的时候，她会跟人说起她的生活。最忠实的听众，一个是总在吧台里忙碌的夏夏，一个是总在吧台前空等的翔子。

"我妈妈的手非常漂亮，雪白柔嫩，手指修长，毫无瑕疵，因为那双手只用来弹钢琴。当然，她不是钢琴家，她只是用来消遣。因为她不需要做饭，每天到了三餐的时间，管家自然会张罗一切。在浆洗过的洁白桌布上，厨师把菜一道道送上来，一周之内，菜都不允许有重复的。

"我爸爸每天都会去看管他的企业，非常大的一个集团，整栋楼里都是他的员工。需要他签的文件，总是堆得高高的，但是一到下班时间，司机一定会准时把他送回来，因为他要陪我和妈妈。

"我们从来不谈论学习和工作的事情，爸爸妈妈说，那些都不重要，重要的是，我们能快乐地生活在一起，反正我们从来不缺钱。

"我在哈佛念了一年书，太闷，又去剑桥待了一年，然后去米兰学了几个月的美术，顺便把欧洲玩了个遍。我也没拿什么学位，反正爸爸妈妈就由着我自己高兴。

"我进出都有司机，所以有一次，我自己出门，看见了公交车，觉得非常好奇。我问他们我能不能上去，他们说公交车就是给大家坐的，谁都可以。然后我就上去坐了一会儿，真好啊，在上海转了很大的一圈，才五角钱。我还从来没见过五角钱呢。

"后来我问罗伯特，就是我一位世伯的公子，他们曾经让我们相过亲，可是我不喜欢他。

"我问他，你见过五角钱吗？我见过的最小票面就是十元钱了。

"你们猜罗伯特怎么回答？他说他连十元钱也没见过。他出门都是带随从的，只要他花钱，就有随从替他付账，所以他基本上只粗粗看见过最大的票面，也就是一百元的。"

……………

夏夏和翔子，像一对傻孩子一样，听得津津有味，不时赞叹着：

"多好啊。"

"真幸福啊。"

这时，杰克晃过来，嘻嘻哈哈揽住翔子的肩膀说："兄弟，流什么口水啊？你家里也不赖啊。你不要，让给我好不好？"

"唉，兄弟，一言难尽啊。"

翔子学着杰克的腔调说话。

"有什么想不开的，来来，喝酒喝酒，一醉解千愁啊。兄弟陪你喝！"

杰克示意夏夏倒酒，把翔子的可乐换了。

夏夏偷笑，小鹿一样动作轻巧地弯腰拿出啤酒，开盖，倒了两大杯啤酒，推到杰克和翔子面前，顺手飞快地撤了翔子的可乐。

"来，兄弟，干杯！干了啊！"

杰克话音未落，一仰脖子，咕嘟咕嘟把一杯酒喝完了。伊丽莎白侧过脸，欣赏地注视着杰克痛饮，含情脉脉。

翔子看着自己满满的酒杯，一把拿起来也往嘴里灌。

夏夏吓了一跳，也不知道该拦谁。

"夏夏夏的，倒满倒满！"

杰克嚷嚷着，夏夏犹豫了一下，还是给加满了。加翔子这杯的时候，她偷偷看了翔子一眼，翔子呵呵笑着，两颊已经有些泛红。

喝了酒，翔子的话马上多了起来："我爸妈现在当我不存在，他们也不骂我，也不再说服教育我，他们就由着我爱干吗干吗，好像我是空气，进进出出是透明的。"

"嘿，那不是挺好的，没人管你了。"

杰克继续跟翔子碰杯。

翔子讲到这个问题，就无精打采地说："我也不在乎他们管不管的，我就是特别不明白一件事，如果我按他们的要求，做得足够好，我就是他们的儿子，如果我不好，那我就不是他们的儿子了？这又不是篮球比赛，我赢了，才能作为运动员加分，我输了就什么都不是。"

"他们无非就是反对你跟玫瑰好呗。"杰克总结说。

"小伙子，那你就要选择一下，到底是要你的爸爸妈妈呢，还是你的玫瑰？"

胖子不知什么时候蹭过来了，亲亲热热地搭话，也不知道安了什么心。

"我当然要玫瑰啦！玫瑰喜欢的是我，爸妈喜欢的只是他们的好儿子，就算我把一切都做得很好的时候，他们也没关心过我这个人，他们只在乎那个优秀生、篮球运动员、称职的儿子！"

翔子愤愤地说，酒意已经上到了鼻梁上。

胖子拍了拍翔子的肩，做出一副过来人的样子，关怀备至地说：

"小伙子，不要轻易下结论，你想想，你弄成现在这个样子，到底是为了讨玫瑰喜欢呢，还是为了引起你爸妈的注意呢？我年轻的时候，也有过这样的时候。父母嘛，总是爱自己小孩的，不过有的时候工作忙，关心不够而已。"

杰克怪笑道："胖子，你今天有问题啊，怎么跟个圣诞老人似的，这不像你啊！打什么主意呢？"

"哪儿有哪儿有，关心一下年轻人嘛，和你们在一起，我也年轻。"

胖子嘿嘿干笑。

伊丽莎白在一边举杯致意，光彩照人地注视杰克。夏夏捅了捅杰克，杰克连忙扭头也对她点头致意，举了举手中的酒杯，伊丽莎白更加灿烂地笑了起来。

翔子去了两次洗手间，回来的时候，脸色恢复了许多。

杰克一向好酒量，加上面色颇黑，就算脸红，也基本看不出来。

翔子忽然问杰克："你下次还去那家服装加工厂吗？"

杰克点头说："还得去。一方面那家新厂的报价便宜很多。另一方面，最近我新打样的几个款式，卖得都不大好，款都没给厂里，我想再尝试一个新款，估计不付完前面的，厂里就不给做了。找了新厂，付个定金，就可以再搏一次。"

胖子在一旁插嘴："就让你老老实实做经销啦，偏要自己打样，款式火了当然赚钱，风险也大，一不小心就定做了一堆垃圾……"

"我的生意干你鸟事！"杰克没好气地打断他。

翔子说："下次你再去那里，我陪你去，免得再出事，那里一路上太不安全。"

"小伙子，你能顶个啥呀？真的碰到一群抢劫的，他一个人打不过，你们两个人就能打跑他们啦……"

胖子又凑了上来。

"你不说话，没人当你是哑巴！"杰克今天脾气颇坏，对付胖子笑嘻嘻的表面功夫，干脆省下了，他转脸郑重地对翔子说："谢谢你，兄弟，有你这句话就够了！这杯我干了，敬你！"

趁着杰克仰脖干杯，胖子"不屈不挠"地继续跟翔子说话："我说，小伙子，如果你想帮杰克，做他的保镖发挥不出你的作用来。最近杰克和我，还真是遇到了一点麻烦，德赛洛的消防检查没过关，逃生通道啊什么的，假如搞不定，舞厅就要关门整顿，要是你肯帮忙……"

"怎么帮？"翔子认真地问胖子。

胖子故意卖了个关子，看翔子跟上，不禁喜出望外，一张脸谄媚得要滴下糖水来："要是你是德赛洛的老板，看在你当大官的爸爸面子上，我想，这么屁大点事，就没有人会为难咱们啦。你和杰克不是兄弟嘛，他只要把股份暂时转让给你，你就是德赛洛的正式法人了，过了这阵风，你们再把股份转回来嘛。"

翔子其实挺怕胖子提到他父亲，听完这番话，算是松了一口气。他觉得这是一个好办法，至少不需要他跟父亲当面去要求什么，又帮到了杰克。但是毕竟涉及杰克要把自己的股份转让给他，翔子抬眼看杰克的反应。

杰克仰面大笑，然后钩着胖子的脖子，说："胖子啊胖子，我真服了你了！就知道没事，你不会这么殷勤地跟着我们。你打什么主意呢，是不是烦了我老是查你的账簿啦？"

"哪里哪里。"胖子笑得比杰克更热情，"我们这不是曲线救国嘛，一切为了共同利益。"

"好！"杰克说，"只要翔子不怕背这个黑锅，我就在这里先谢过我这位兄弟了！"

翔子说："哪儿有背黑锅这个说法，我们是兄弟，你不要见外，这杯酒我先干了！"

说完，他主动干完一杯，把杯子倒过来扣在吧台上，没有滴下一点酒。杰克和胖子也一人一杯干了，一个爽快，一个窃喜。

协议商定，酒过三巡，胖子、翔子和杰克俨然三兄弟一样，杰克对胖子的态度也恢复了往日的亲热。胖子戏话连连："杰克老兄，伊丽莎白一直往这儿瞧呢，嘻嘻，你也太冷落人家了吧，亏得人家千金小姐追了你这么久！"

"咳，胖子，你还不了解我吗？我早就刀枪不入了。"

"刀枪不入，嘻嘻，你最近和夏夏可热络啊，天天吃在一起，别以为我看不出来……"

"人家夏夏是高才生，我没文化，她哪儿能看上我啊？"

夏夏给他们添了啤酒，赶紧躲开。

"报纸上说过，一起吃饭最容易培养感情了，人家夫妻就是一起吃，一起睡，嘻嘻，你们也不远了吧？"

"胖子啊，你就是狗嘴里吐不出象牙来，夏夏这种高才生，怎么也要配像翔子这样的高才生的。"

"对了！"胖子把目标又转向了翔子，"你那个玫瑰有什么好，整天折腾个没完，将来娶进门，累都累死你，瞧人家夏夏多好，又文静，又勤快，也不找麻烦。"

翔子脸又红了一阵，酒意和害羞混在一起："夏夏是很好，可是我现在已经属于小流氓了，夏夏看不上了。"

胖子故意转过身，和杰克说话："翔子不得了啊，怜香惜玉。每天帮着夏夏扛啤酒，我都想让领班发他工钱了。还有在你住院的时候，翔子每天半夜送夏夏回家，可是他还得送玫瑰不是？他就弄来一辆自行车，先把玫瑰送回去，再赶紧回来送夏夏，真是左拥右抱，羡杀旁人了。"

这个时候，玫瑰跳舞跳得满头大汗，过来吧台找饮料喝，看见翔子脸红得像块布，就凶巴巴地问："你发什么疯啊？从来没见你这么喝的！"

马上，她觉察到周围的人神情古怪："你们在干什么啊？背后说我坏话是吧？"

"我们在谈生意，谈生意。"胖子连忙赔笑解释，并急着宣布，"我们刚刚谈妥，让杰克把德赛洛的股份转让给翔子。"他不失时机地找到了一个重要的见证人。

"哦？"玫瑰眼珠一转，神情登时兴奋起来，"这就是说，翔子就要当这里的老板了？"

"没错。"杰克答。

玫瑰立刻尖声招呼夏夏："宝贝儿，给我一杯马天尼！"

待她眯着眼一口将酒喝干，破天荒地，她把那枚拈在长指甲上的橄榄，也放进嘴里嚼了起来。她恨恨地，趾高气扬地，并且还是一脸甜蜜地对夏夏说："宝贝儿，等我做了这儿的老板娘，一定给你涨工资。"

玫瑰这些天似乎特别关注翔子，不知道是真的跳舞累了，还是找个借口看管着翔子，她坐在吧台前，优哉游哉地拿出了粉盒，对着小圆镜子，往鼻子上补粉。

她把一条腿优美地搁在另一条腿上，身体显出完美的线条来。

仔仔细细补完粉，她又从小手袋里掏出唇膏，厚厚地补了两遍，花瓣一样丰满的唇闪耀着迷人的珠光粉色。然后，她又开始补她亮闪闪的眼影，把鬓发拨弄来拨弄去，引得翔子在一边呆呆地瞧着，不忍把眼睛挪开。

这对怨偶不论发生了什么，总是没几天，又厮混到一处，从头开始重复过去的轮回。一开头总是玫瑰变得和颜悦色，然后翔子越迷恋，玫瑰就越想尽方法折磨他，到了终于把翔子赶走的那一天，她就会再次回头，重新在翔子面前表演美丽。

当然，每次复合，总是翔子先去找玫瑰。

这正应了杰克的一句话，有愿打的，必定有愿挨的，人与人就是这么配好的。

夏夏看到这幕情景，自顾自躲得远远的，到水池边洗杯子。

一曲尽，激越的节奏再起，充满了古巴风格的热力，是那种听了就让人想要起舞的音乐。

"哇，《鲁本·冈萨雷斯》！我最喜欢的！"

玫瑰欢呼着从吧凳上一跃而起，拉着翔子，瞬间滑入舞池。

她高高地举起手臂，踏步扭动，奔放的恰恰舞步汹涌绽放。只见她丰满的身体不停地扭动，媚惑无限地试图接近翔子，在翔子欲擒故纵的避让面前，更显热情无忌。当翔子试图控制她的身体时，她又狡黠地挣脱、旋转、避让。她摇曳在翔子健壮的身体边，一刹那，似乎情难自禁，一刹那，又灵巧冷静。

舞池里原本嘈杂的人群，似乎都被他们俩这段欲望之舞迷住了，纷纷停下舞步，在一边观看。一曲终了，全场口哨声此起彼伏——

"玫瑰！我爱你宝贝儿！"

"你这个小妖精，你是德赛洛的皇后！"

"和我跳下一段舞吧！"

这一夜的德赛洛歌舞升平，男人都喝得醉醺醺的，女人都自顾自做着旖旎的美梦，没有人意识到随之而来的一连串灾难。

下一曲，玫瑰继续留在翔子的怀里，杰克破天荒地邀了伊丽莎白共舞，一对对情侣再次塞满了舞池。夏夏站在水池边洗杯子，架子上倒挂的杯子里，映出了无数个缤纷的世界。

"那个夏夏夏的，你来。"

杰克微笑着对她伸出了邀请的手，夏夏身不由己地走出吧台，这样盛大的狂欢，动人的此时此地，她走入杰克的臂弯，一个男人庇佑的怀抱。

正好是最后一曲，《旧日的好时光》。

> 我们也曾终日逍遥，荡漾于碧波上；
> 而如今劳燕分飞，远隔大海重洋。
> 我们也曾终日逍遥，流连在故乡的青山上；
> 我们也曾历尽艰辛，到处奔波流浪。
> …………

只听见杰克在她耳边轻声说："不要紧张，完全地相信我，跟着我一步步走，就这样，对……你往后退时，我是你的眼睛，你往前走时，你是我的眼睛……"

夏夏第一次在熟悉的音乐中，优柔地起舞，她一瞬间有些恍惚，分不清拥着她的是谁，他们舞得这样和谐，每一步是她的，也是他的，一个她此刻全心信赖的男人。

7.

又是周日的下午，三人电影的传统，在杰克出院以后，照旧继续着。

电影散场以后，翔子没有送夏夏和玫瑰回家，他要赶去德赛洛，和杰克、胖子一起商量舞厅的股份转让协议。

好在这一天，是玫瑰约了夏夏去她家吃晚饭，玫瑰再三强调说，是她母亲特地要请夏夏吃饭，似乎这样的邀请，郑重到不容推辞。

夏夏的心里，虽然不喜欢玫瑰的母亲，但是暗暗竟有美好的期待，可能是想起那几个与她家里一模一样的六角玻璃杯，让她忽然有一种强烈的愿望，想要感受一下家人围坐吃饭的气氛，即使那不是她自己的家。

不过夏夏很快就后悔了。

"来来来，吃排骨。现在排骨很贵啊，不是我们这种人家经常吃得起的。"

玫瑰的母亲这么招呼着，往夏夏碗里夹菜，夏夏觉得喉咙都堵住了。这个妖冶的中年女人，照旧打扮得花枝招展，菜做得难吃不堪，嘴却始终不闲着："我苦啊，她爸爸也不管这个家，我辛辛苦苦把这个小丫头拉扯大，不舍得吃，不舍得穿，都供她念书，供她打扮，把她养得这么大，她就像个白眼狼。夏夏，你是好孩子，你会懂得我的苦心的对吧？你啊，就帮她和翔子说和说和，让他们赶紧和好……"

夏夏刚想说，翔子和玫瑰不是早就和好了，忽然脚上被玫瑰一阵乱踩。

玫瑰拼命地使眼色，她母亲继续絮絮叨叨："……夏夏你和翔子都是高才生，你跟他说话是有分量的，你就说，玫瑰心里是喜欢他的，前一次是因为例假情绪不稳定……"

走到楼下，夏夏问玫瑰："你没告诉你妈妈，你和翔子早和好了吗？"

玫瑰一把抓住夏夏的胳膊，神色严肃地跟夏夏说："宝贝儿，帮我一件事，跟翔子说，我要跟他正式分手，我以后再也不见他了。"

夏夏虎起脸，像每一次劝和他们时一样，责备玫瑰："你怎么又这样了，你不知道翔子他对你有多真心！"

"哈哈，哈哈。"玫瑰尖声笑了起来，"别装了宝贝儿，每次你都装得自己跟天使似的，教育我要好好对翔子，你这样装模作样的，累不累？"

夏夏被玫瑰这一笑，心里的杂念通通冒了起来，她意识到自己一直在装，确实。她是生气，她想说的是，玫瑰你这个浑蛋，你根本不配翔子这么爱你，翔子早该一脚把你踢开了，还轮不到你甩他！

玫瑰继续在狂笑："被我说中了吧？你假装撮合我们，还要装多久？还能装多久？你别以为我不知道，你喜欢翔子，你恨不得他甩了我，你要假装单纯，假装置身事外，假装善良地帮助我们，事实上是想衬托出我有多恶劣！"

"我要回家了，你让我走。"夏夏努力克制自己，但是玫瑰紧紧抓住她，长长的指甲嵌进了夏夏棉衣袖口的肌肤里。

"你别走别走！"玫瑰转而一副温顺的面孔，"我跟你商量一件事情好不好？一个协议，我们之间的秘密。你跟翔子说，让他跟我分手，不要再来找我，我也保证不再理翔子，让你跟翔子好，他从此就是你的了，好不好？"

夏夏看着玫瑰的脸，她的表情神秘而坚决，一时没法判断，那算是一种试探，还是一个真正算数的协议。

一瞬间，日夜企盼的美梦，忽然就在眼前。那个和公公面目酷似的男人，微笑的眼睛，健壮的身体散发出的气味，好闻的洗衣粉的香味和淡淡的汗味，近在咫尺的温度。

夏夏本能地回答："不，我不会跟你一起疯。"

然后她挣脱玫瑰，一路往家的方向奔去，冷冽的风贴着她火烫的面颊掠过。她恨不得给自己两个耳光，她后悔为什么刚才没有说，好，一言为定。就这么一言为定了，从此以后，在翔子臂弯里起舞的，不再是玫瑰，而是她，夏夏。

为什么不可以？

晚饭根本没吃饱，加上心情烦乱，夏夏一头钻进屋里香饮食店。沮丧的时候，没有比吃东西更能直接安慰人心的了，况且夏夏总算还有饭钱。

夏夏埋头吃了大半碗辣酱面，一抬头，蓦地看见杰克就在对面桌子前，静静地看着她。

"大叔！你在这儿怎么也不出声，吓死我了！"

杰克说："我一早就坐在这里了，看着你走进来，买筹码，对着一碗热面吹啊吹，然后像饿死鬼一样吃得满脸都是。"

"啊，我满脸都是吗？"

夏夏慌忙摸自己的脸，忽地发现杰克审视的目光。

"夏夏夏的，你神不守舍地想什么呢？不是去玫瑰家吃饭了吗？"

夏夏含糊地应了一声，避开话题地问："大叔，你怎么在这儿吃饭呢？"

杰克苦笑了一下："你总算想到还有大叔啦？你不做饭，我当然只能在这儿吃啦。"

夏夏更加尴尬，努力把脑袋里胡乱的念头赶出去，这才想到问杰克："你真的要把德赛洛的股份给翔子吗？"

"夏夏，你还关心大叔啊？我还以为翔子当老板，你更开心呢。"

杰克又歪着嘴坏笑起来，左脸的笑纹深深的。

夏夏的脸微微一红，又认真地提醒杰克："翔子肯定是帮你的没错，可是你不觉得胖子有点古怪吗？"

"我想也没什么吧，他早就想撵我走了，他总是在账里浑水摸鱼，被我抓住好几次了。他可能觉得翔子会比较好对付吧。"

"可是翔子的爸爸是管外贸的，跟消防通道有什么关系啊？"

"胖子再精明，我看他也翻不起什么大浪。"

"可是……"

夏夏总觉得哪里会出问题，女人特殊的直觉。

"给了翔子也好，反正我也不会在这儿待多久了。"

杰克咕哝着，随即冷下脸，话题戛然而止。

晚上送夏夏回家，到门口，杰克忽然说："那个夏夏夏的，我家里太冷了，让我在你这儿待着吧。"

夏夏吃了一惊，飞快地答："我家只有一张床。"

暗淡的月光映着杰克的脸，让他的神情看上去竟有些凄凉："夏夏，我就借一把椅子坐着，天一亮就走。"

寒风在弄堂里梭巡，似乎很快就要把两个人冻成冰柱。

夏夏用钥匙打开门："进来吧。"

黑色的大门在他们身后合上，灯亮了，高墙的半面映出了两个晃动的身影，没有对话。然后，灯灭了。

于是凛冽的寒风，在无人的黑夜里，更加肆虐地咆哮起来。

夏夏累极了，很快在大床上熟睡过去。

风在拼命地摇晃着格子门，八扇排门的关节在咯吱作响，冷白的月光，落在院子斑驳的高墙上，看上去有些凄厉。杰克像一只野兽，目光锋利，抱膝缩在椅子上，轻轻地发抖。

夏夏睡梦中，猛然感觉有一只手碰到了她。她惊醒过来，看见杰克俯身在床前，正凑近她的脸。月光从他背后照过来，他的脸是黑的，看不清表情，只看见黢黑庞大的剪影向她扑过来。

夏夏惊跳起来，只听杰克的声音有些变调："哦哦，对不起……我只是想拿一床被子。太冷了。"

黑影随即抱着被子走了，婆婆的那床被子。

夏夏再也不得安睡，半夜里几次睁开眼睛，就看见杰克纹丝不动地坐在椅子上，裹着被子，眼睛在黑暗里冷冷地亮着。

连着三个晚上，杰克都在夏夏家过夜，圆睁着眼睛到天明。

他也果然守信，天刚蒙蒙亮，就开门自己离开。夏夏躺在床上，就听见大门吱呀一声，然后轻轻地碰上。过会儿起床看，婆婆的那床被子叠好了，孤零零地放在椅子上。

第四个晚上，杰克终于睡着了。

他的手垂了下来，被子歪在一边，他好像在做梦，偶尔手臂一动一动的，身子有时也跟着起伏。

"妈妈！"他忽然喃喃叫着，"妈妈，我害怕，你别走，你别走！"他的声音高亢起来，嘶哑带着哭腔，手脚扑腾着，被子完全落在地上也浑然不觉。

夏夏下床，把被子捡起来，轻手轻脚地给他盖上。

"不要，不要碰我！"杰克大喊着，一下把被子打落在地上，他睁开布满血丝的眼睛，却显然还在梦魇中，"不要碰我，不要，让我走，让我走。"他举起两只手，似乎要抵挡什么可怕的袭击，他满头大汗，却浑身战抖，努力地缩成一团，大口喘气。

夏夏拼尽全力推醒他："大叔，大叔！"

杰克微微恢复了理智，他安静下来，闭上眼睛，却还在发抖。夏夏摸他的额头，火烫。

"我害怕。"杰克说。

夏夏抱住他，他的肩膀是僵硬的。

夏夏跪在水泥地上，抱着杰克，裹着被子。过了许久，杰克浑身的战抖停下了。风静，高墙的院子里，盛着浅浅的月光。五斗橱上的老钟静静走着。两个人就这样在椅子上相拥睡去，直到第一缕阳光落到了他们的睫毛上。

"夏夏。"

夏夏听到杰克在耳畔唤她。

"大叔，你好些了吗？"

"嗯。"

两个人一起缓缓起身，关节咯咯作响。

"夏夏，我带你去看看我的家，我得告诉你发生了什么。"

后弄堂，打开门，杰克租的房子里，所有的家具荡然无存，只有五颜六色的衣裳凌乱地堆满了大半个屋子。

杰克平静地说："这些全是从店里退回来的，卖不掉了。厂里这两天上门来讨债，我还欠着他们不少钱，但是我只剩这半屋子衣服了。所以这两天，我都不敢睡在这里，我怕看见这一堆废物，我没法和它们睡在一起，我睡不着。"

夏夏说："你不是还在找新厂吗？你不是说，找到新厂，做出了新款式，就能再有机会的吗？"

杰克摇头："太晚了，全都来不及了……所以，我就要走了，在这里，我会被追债的打死的。"

"大叔你要去哪里啊？"

"任何地方，任何别人不认识我的地方。"

"大叔。"

"夏夏你别担心，我这也不是第一次了，这对我来说算不了什么。德赛洛交给翔子，我也很放心。唯一放心不下的就是你啊，夏夏夏的。"

那个清晨，两个毫不相干的人，席地坐在半屋子衣裳旁边。太阳渐渐升了起来，冬日的明亮，也并不能带来多少温暖，只是越过同样的格子门，在地上落下斜斜的方块，一点一点爬过来，爬到两人的膝盖上，爬到高高的衣裳堆上。

"大叔，可不可以不要走？"

"不行。"

"大叔，你会回来的是吗？"

"是的，我会回来。"

"……"

"夏夏，不要告诉任何人，我得悄悄地走。"

"好的大叔。"

"夏夏，你要照顾好自己。"

"等你回来看我？"

"是的，等我回来看你。"

下午放学的时候，夏夏在路上看见了一个公用电话，她犹豫了一下，拨通了翔子家里的电话。

"喂，翔子，我是夏夏。"

"夏夏你好，你有事吗？"翔子好像正在忙着。

"我，想跟你说杰克的事……"

"你等一下啊。"

然后，电话里传来翔子和父亲母亲的说话声。

"又是那个女孩子打来的是吧？翔子你怎么这么没出息，还有半年就高考了，你不想上大学了吗？"好像是翔子母亲的声音。

"你跟她说，你正在填志愿，去把电话挂了。刚才我们说到，国际金融和生物工程，前景都很好，你挂了没，赶紧过来参加讨论。"应该是翔子父亲的声音。

翔子突然咆哮起来："你们填吧，你们考吧，爱填什么填什么，你们都是大人物，你们说的都是对的，你们好得挑不出毛病来，我永远也没法像你们这么好，一辈子也做不到！你们就让我去吧！"

电话那边的声音变得嘈杂起来，压低了声音的争执。

接着，电话那边翔子的声音又响起来："对不起啊夏夏，你刚才说，你有什么事？"

"没事了，你先忙吧。"

夏夏把电话挂了，在行道树注视下，独自回家。

杰克在火车站的窗口买了票，和夏夏会合，两个人手拉手来到站台上。

站台上空荡荡的，两三辆卖方便面和早点的车，刚刚推出来，小贩们还在睡眼惺忪地打哈欠。新的一天刚刚开始，漫长的铁轨伸向不知名的远方，斜斜的朝阳下，不知是小石子，还是碎玻璃，在零星反光。

杰克一反古怪的装束，穿着深色的大外套，一顶棒球帽遮了大半张脸，肩上只是一个不大的旅行包，如同所有穿梭在大地上，风尘仆仆的旅客中最普通的一分子。

"大叔，什么时候的车？"

"六点零五分。"

"那还有一阵子呢。"

"夏夏，你看。"杰克忽然变戏法一样，从兜里掏出一张火车票，一捻，竟然变成了两张，"你跟大叔走好吗？待会儿咱们两个一起走，大叔会照顾你的。"

夏夏本来是依依不舍的，听到这句话，也并不觉得吃惊，有一刹那，她充满了远行的愿望，也许就是刚才，在精力充沛的清晨，当看见没有尽头的铁轨时，闻到站台上混杂着远方气息的空气，她似乎听见了远行的号角——

离开这里，到更远的地方去，去你从不知晓的广阔世界。

可是，当杰克真的掏出两张车票时，她又趑趄不前了。她环顾自己，不知是什么拉住了她。

她已经没有亲人，学费昂贵的大学于她而言，也只是一个遥远的梦，顶多念完高中，找份工作，在哪里工作又不一样？她也并不是不信任眼前这个男人，她没想过依靠他什么，即使他中途丢下她，她也能自己活下去。

她终于发现，这座城市给她的唯一羁绊，竟然是一个爱着别人的男孩，她留恋他身上温暖的气味，这让她心中升起了莫大的羞耻。

看着她复杂变化的神情，杰克叹了一口气，把票子又收回口袋里。

"大叔，我帮你去把票退了，把钱拿回来。"

夏夏伸手。

杰克把票又拿出来，分给她一张，却拉住了她的手："待会儿再去退，夏夏，你多陪大叔一会儿。"

夏夏握着车票，杰克握着夏夏的手，车票的硬纸片扎进手心，有些疼。

想起了什么，夏夏打开书包，拿出一个手绢包，自然地拉开杰克的旅行包，要往里放。

"是什么？"杰克问。

"钱。"

"你哪里来的钱？工钱？那也没这么多啊？"

杰克接过手绢包来看，那里面得有几千元。

"是我妈妈寄来的钱。"

一周前，她竟然收到了一笔来自澳大利亚的汇款，是十二年没有消息的母亲汇来的。没有信，汇款的附录也相当简单，说已在澳大利亚结婚，并生下一个弟弟，以后没有精力再照管这里的一切云云，倒好像她一直在照管这里似的。

夏夏看着那些话，就想起她颐指气使的样子，世界好像是围着她转的，她给旁人任何东西，都是恩赐了。

"夏夏，夏夏。"杰克又笑又叫，"这里又不是上甘岭，你这简直是把生的希望留给我了呀！你不打算过下去了吗？"

"大叔你说什么呢？我有手有脚有工作，不但有钱吃辣酱面，还有钱吃大排呢。"

"好好好，你是富婆行了吧？我承认了好吧？但是这钱你得收着，将来念大学用。男人不能用女人的钱，这比听到乌鸦叫还晦气呢。"

杰克说着一堆歪理，把手绢包还给了夏夏。

临走时，杰克对夏夏说："夏夏，你一定要替我保护好你自己。你把心装进铁盒子里，这样就没有人能伤害你了。你不要心肠软，不要相信任何人，不要依赖任何人，让你的凶神来找到你，你尽管不择手段，去得到自己想要的一切东西！"

夏夏强作笑颜地应："知道啦大叔，你放心，我最近都感觉，我快变成凶神了呢。有时候我头上有个小光环，有时候呢，我就长着小犄角，举着小叉子，恨不得到处抢别人的男朋友呢。"

"那就好啊，记住，不要等你对人彻底失望了以后，再长出小犄角，这样你会多受很多苦。千万记住啊。"

"大叔你摸摸，我已经有犄角啦！"

杰克使劲揉了揉夏夏的脑袋，把她一头短发弄得乱七八糟，两个人哈哈大笑起来。

就在列车开动之前，他们努力说笑，直到汽笛长鸣，杰克上车，从窗口探出头来，向夏夏挥手："我喜欢吃你做的饭，那个夏夏夏的，那个夏夏夏！"

人影随声音远去。

夏夏摸了摸口袋，发现她刚刚又偷偷放进杰克包里的钱，再次回到了她的兜里。

原来，他到底还是"不需要"她给的东西，就像对所有"我给你"

之类的词敏感一样，他事实上不需要任何人。

送走杰克，夏夏一个人来到空旷无人的校园里，深冬的萧瑟已到了极致。

她放下书包，抓住最高的单杠，纵身跃上，一个前翻下去，当脑袋往下的时候，她松开手，寸草不生的地面，似乎向她俯冲过来。她下意识地用脚钩住单杠，人就这样一下子停住下坠，倒挂在上面。

倒挂在单杠上，熟悉的校园在她面前颠倒过来。

在颠倒的世界里，她看见离开她的人，一个一个回来。

杰克走了以后，世界仿佛真的颠倒过来，一切规则倒行逆施。

德赛洛依旧夜夜欢舞，财源广进。胖子却并没有像杰克想象的那样，大权独揽，而是每天恭恭敬敬地找翔子签字，签了这个签那个，所有的财务单据务必有翔子的亲笔签名。

翔子特别感动，倍觉受到了重视，也很负责任地每天赶来签字，即使玫瑰不来跳舞。

至于那些复杂的财务凭证和文件，翔子说，他只能大概看看，基本闹不明白什么，但是听胖子在一旁解释，这是营业收入，这是买洋酒的发票，这是修理制冰机的费用，似乎也头头是道，而且每个月都有大笔利润，甚至比杰克在的时候还多。

翔子对夏夏说："人不可貌相，胖子表面上是挺势利的，其实做事规矩，人也诚恳。是我们以前不知道，误解他了。"

夏夏不置可否，但是看胖子对她也如杰克在的时候一样，对他的看法不免有些改观。

据说人变好了，就会有好报。不知道是不是这个原因，胖子舞厅以外的生意，居然大有起色，以前都是有一搭没一搭，什么赚钱倒什么，现在正儿八经地开起了国际贸易公司，而且来求他做生意的人，几乎排成了队。

来找胖子的人，如今一律是他们点头哈腰了。胖子趾高气扬，胖脸始终呈四十五度角向上看，有兴趣了，指手画脚地教育他们一番，烦了就挥挥手，来人就识趣地闭嘴，买单离开，下次再来找他。

有一回，夏夏听到一个戴着眼镜的中年男人，拉着胖子，唠唠叨叨哀求个没完："您看看，生意都在这儿了，国外的客户催了又催，我们这儿货也堆在仓库了，就是少张批文，您能不能行行好，先给我们解决一下啊？您要多少钱，我们都可以谈啊。"

胖子不耐烦地说："你们出的价钱，买雪糕吃啊？我不跟你们说价钱，免得你们说我漫天要价，你们自己回去反省一下，想做生意的，报个诚心的价钱过来。"

夏夏问翔子："你介绍胖子认识你爸爸了啊？"

翔子答："没有啊，绝对没有。"

胖子的心情越来越好，西装越来越体面，没近视也弄来副金丝边眼镜戴着，手指上还多了一个硕大的钻石方戒。

一天晚上胖子喝多了，硬拉着夏夏喝酒。夏夏看着他油光光的一张脸，本能地反感："我说了，不会喝酒。"

胖子贼笑着，醉醺醺地抓住夏夏的手："你以为我不知道，你陪着杰克做了什么我不知道？别装得跟个圣女一样。他滚蛋了！看看我，要钱有钱，要批文有批文，要风得风，要下雨，他×的就得给我下雨！我哪点比不上那个小流氓？"

玫瑰幸灾乐祸地在一边瞧着，自顾自拿出粉饼，悠闲地在鼻子上扑粉。

胖子正得意忘形，翔子过来挡在了夏夏面前，对胖子说："夏夏真的不会喝酒。"

翔子不会像杰克那样圆滑地处理局面，他说这话的时候，掩不住脸上愤怒的表情，强健的肩膀不小心碰到了胖子，让胖子感觉到了威胁。

胖子的酒登时醒了大半，他恼羞成怒，对翔子扔下了一句狠话："你这小子，你以为你是谁？我分分钟可以让你进班房！你信不信！"

玫瑰登时跳起来，针锋相对地破口大骂："你这头死肥猪，你以为你是谁！也不怕翔子的爸来拧掉你的猪头！"

玫瑰的法宝没有镇住胖子，恰恰相反，胖子就像听到了天大的笑话一样，笑得上气不接下气："他爸爸，哈哈，你让他爸爸来找我啊……还有，你这个贱女人，你以为我不知道？这里所有的人都知道，你傍着翔子，不就是因为他的爸爸吗？"

胖子一路冷笑着离开。

在很长的一段时间里，伊丽莎白还是时常到德赛洛来报到。

她故作镇静地啜着伏特加，虽然每次都看不见杰克，让她日渐不安。

有一天，她终于开口问夏夏："小妹，你们的老板杰克，最近怎么一直没来？"

夏夏诚实地告诉她："杰克已经离开上海了。"

"离开上海？出差还是休假？他什么时候回来？"

"他……恐怕暂时不会回来了。"

伊丽莎白看上去神态如常，但是她左眼边的那颗痣颤动起来，泄露了她的脸正在抽搐。她涵养很好地慢慢把酒喝干，付了账，还给了小费，然后走下吧凳，整理好裙子，拿起手袋，优雅地穿过舞池里的人群，走出德赛洛，从此再也没有出现过。

她常喝的那瓶柠檬味伏特加，久久地放在酒架上，没人动，金橙色的透明瓶子，渐渐积了尘。

过去的好时光，似乎就这样一点点暗淡下去了。

8.

冬去，春逝，夏近。翔子高考的日期渐渐迫近。

这一天下午，夏夏早早到了德赛洛，正穿着汗衫在擦洗吧台，翔子一个人跑来了，说是来替胖子取一个章，报税用。

翔子自行车骑得急了，一头大汗，夏夏绞了毛巾递给他擦。翔子热坏了，干脆跑到夏夏洗杯子的水龙头下，拿凉水把头冲了个遍，然后接过夏夏的毛巾，一边擦，一边说："最近烦死了，天天复习，做的卷子都能堆到天上去。"

夏夏笑："高考嘛，伸头一刀，缩头一刀，还不如干脆考得好一些呢。"

翔子甩着头发上残留的水珠，异想天开地说："我其实盼着考不好呢，有时候我真的希望，我是一个留级生，我爸爸什么都不是，我家里又穷又没地位，这样我就跟玫瑰一样，玫瑰就不会这么讨厌我了。"

他把毛巾还给夏夏，内疚地征求她的意见："你看我这么想，是不是很堕落，很没有良心啊？"

翔子那天下午的谶语，竟然很快成真。

忽然传来消息，翔子的父亲被"双规"了，停止一切公职，由纪委彻底调查他的情况。每天在翔子家前呼后拥的客人，立时像苍蝇一样，"哄"地散了，只剩下空落落的大客厅和常常独坐发呆的母亲。

不久，翔子父亲的问题查实，不妥当地利用职权派发批文，幸而没有受贿行为，留党察看，但是职务是保不住了，被调去做了一个协会的会长。一时间，所有叔叔伯伯对翔子的好脸色通通消失了。学校里也因为翔子长久不参加训练，总算毫无顾忌地把他从篮球队开除了。

夏夏一半是怜爱，一半是私心，打算最近一段时间多宽解翔子。出乎意料的是，正如翔子傻乎乎的预言，玫瑰照旧和他腻在一起，该骂他的时候还骂他，该指手画脚的时候，一样把他使唤得团团转。

认为终于看见玫瑰真心的翔子，仅存的一点对父母的内疚和伤感，也被巨大的幸福掩盖住了。这让他在眼下的状况中，看起来有些没心没肺。

又到了周日下午，按照约定的时间，夏夏照例在大华书场门口，等翔子和玫瑰。

已是初夏，闷热的午后，梧桐树的绿叶疯长，在潮湿的空气中，散发出浓烈的气息。几乎静止的空气里，几只蜻蜓在不安地盘旋，似乎在等待一场暴雨的到来。

电影开场了，这天放映的是《一颗红豆》，音乐的低音从剧院里传来，然后是隐约的台词声。等了小半场电影的时间，还是不见这两个人的身影，夏夏于是找了一个公用电话，打到玫瑰家里。

她母亲接的电话，干涩的声音，说玫瑰早就出门了。

夏夏犹豫了一下，第二个电话拨到了翔子家里。

"夏夏,你快来啊,我们打架了,他要打我,你赶紧……"居然是玫瑰的声音,电话中途被粗暴地挂断。

夏夏惊了,再拨过去,这次是翔子的声音,气喘吁吁地笑着:"你别理她,她在发疯呢,把我们家枕头都撕开了,羽绒飞了满天……"

电话被玫瑰又抢过去:"宝贝儿你别听他的,是他要用枕头来打我,哎哟哎哟,他也在撕枕头呢,搞得满床都是,要把我埋起来……"

电话显然落在了一边,笑闹的声音,争相从电话那边传来。

"不是我埋她,是她扑上来抓我,哇,我明天要没法见人了,脖子都被你抓破了!"

"你不要压住我,啊啊,压死人啦,我喘不过气来了,救命啊……"

电话突然断了,嘀嘀嘀,焦躁的忙音。

夏夏不由自主地再往那儿拨,铃声久久地响着,再也没有人接。

一声连一声刺耳的铃音,在电话的这边,在这个夏日的午后,震耳欲聋。

夏夏不再让翔子送她回家,她把家当搬到了德赛洛,借口要准备期末考试,就干脆住在了舞厅里,反正只是几个小时的睡觉时间。

胖子就说了一句,别费电啊,也没有阻拦。

早上在德赛洛醒来,夏夏看见光秃秃的地板,堆满杂物和电线的DJ台,顶上锈迹斑斑的效果灯一串串垂下来,有如一堆废铜烂铁。前一天夜里,还令人迷醉的梦想之岛,此刻看上去竟是一片荒凉。

很快,一场大火吞噬了这里的一切。那场清晨来势凶猛的火,据说有如焖烧锅一般,把顶上落下来的灯,也烧得扭曲变形。地板焦得陷了下去,酒架倒了,绚丽的酒瓶一律摔成齑粉,音响哑了,电线熔断,引起了整栋楼一度停电。大火过后,什么都没有剩下。

德赛洛不复存在了。

我确信，那场大火对我的意义非凡。

那场大火烧死了夏夏，她从此在白天销声匿迹，只在某些夜晚，在我身体中出现，像一个久久不愿散去的幽灵。

至于她为什么会变成一个隐匿在我身体里的幽灵，这个问题我实在找不到答案。我甚至不记得起火的原因，然而据说当时，我是唯一留在现场，并在最后一秒钟逃出火海的人。

"案发的早上，你说你并不是特意来到案发现场，而是本来就住在那里，是这样的吗？"

"是的。"

"谁可以证明？"

"德赛洛的舞厅经理周胖子，还有吧台领班和其他工作人员，他们都知道。"

男警官边上的女警，侧过头低声与他耳语了两句，把两份文件推到他面前。男警官点点头，继续问："我们勘查表明，最早起火的是一张简易钢丝床，那张床是你平时睡的吗？"

"是的。"

"我们在那张床周围，发现了汽油的残留物，怀疑是有人把汽油倒在棉被上，然后纵火。"

"舞厅里只有酒，没有汽油。"

"起火的时候，你在哪里？"

"就在舞厅里。"

"据德赛洛周围目击的居民反映，他们看到浓烟冒出来以后，你才从舞厅里冲出来的，晕倒在大街上，被他们送到医院，诊断为吸入过多烟雾。这也就是说，你曾经在火场滞留过一段时间。"

"是的，我发现起火以后，曾经努力想把火扑灭。"

"如果按你所说的，你当晚睡在舞厅，直到火势不可扑灭才离开，那么你不可能不知道起火的原因。你再跟我们说一遍当时的情况。"

然后，我继续复述，我说过一千遍的情况——

我早上起床，叠好被子，先到吧台里的水池边洗脸刷牙，然后从酒架下的柜子里拿面包，准备吃了早点，把钢丝床收起来，整理好书包，就赶着去上学。

就在我蹲下拿面包的时候，突然不知怎么的，吧台外面就起火了，我的床全着了，而且火势很猛。我吓坏了，赶紧冲过去，一边大叫，着火了，着火了，希望叫到人来帮忙，一边手忙脚乱地拍打被子，想把火扑灭。火势丝毫没有减弱，而且越烧越猛，烧到了我的手，呛得我喘不过气。

我跑到吧台里，从水池里舀水，想要把火浇灭，一个转身，火舌竟然已经舔到了天花板。因为我的床是靠墙放的，其他地方也都着了起来，我发现我已经被火包围了。

我来不及抢救我的书包和其他东西，冲出火海，冲出了大门。

然后，我就失去了知觉。

"……这些和你前几次说的，完全一样。"

"是的，情况就是这样的。"

"可是你还是没有说清楚，为什么会突然起火，而且是在你的床上？"

"我说过了，当时我在吧台里，蹲着拿面包，站起来的时候，就看见吧台外面，我靠墙的床已经着火了。"

"按你的叙述，你是一个人住在舞厅，也就是，舞厅里这个时候不可能有其他人，是吗？"

"是的，就我一个人。"

"我们假设，有另外一个人，从大门口进入舞厅，走到你的床前，浇上汽油，然后纵火，再离开现场，需要几分钟的时间。你蹲下拿面包，不过几秒钟的时间。就算他是在你蹲下的时候进来的，你站起来的时候，他也一定还没来得及离开现场。告诉我，你看见了谁？"

"我真的只记得，火就这么着了，其他完全没印象了。"

"难道汽油会自己跑出来，火会自己着起来吗？"

"也许是，老鼠，或者别的什么。"

男警官严肃地重申："邓夏，我们希望你配合调查。"

我陷入了巨大的麻烦中。我承认公安局的推理是有说服力的，也就是说，既然我在现场，而且又是非正常起火，我怎么可能对起火的原因毫不知情。当我蹲下的时候，可能没有看见纵火者进来，但是我起身的时候，一定不可能只看见一张起火的床。

我的记忆开了一个不大不小的玩笑，它把最关键的一段擦掉了，或者说，那是专属于夏夏的记忆，我本来就无权拥有它。夏夏死了，我怀疑那个凶手可能是我，所以即便我不是那个纵火者，因为夏夏藏起来的记忆，我也很可能因此获罪。

"邓夏，既然你坚持，案发现场只有你一个人，那么你就是唯一可疑的纵火者。"

问话还在继续，白天连着晚上，无休无止。

"你从什么时候开始，住在舞厅里的？"

"起火的三周前。"

"为什么要搬到舞厅睡觉？"

"我本来就在那儿工作，最近要期末考了，可以节省来回的时间复习。"

男警官翻了两页文件："我们从舞厅的工作人员那里了解到，你一直暗恋舞厅的一个常客，那个常客有女朋友，他们俩总是一同来舞厅跳舞，而且最近关系很亲密，是吗？"

"是的。"

"你是不是因为嫉妒，不想再看见他们两个在你面前出现，所以一时冲动，纵火烧毁了舞厅？"

"不是。"

"你经常看到他们两人搂搂抱抱，你不觉得受刺激吗？"

"我习惯了。"

"舞厅经理周胖子曾经调戏过你，是吗？"

"是的。"

"那你是不是因为想报复他，所以烧毁了舞厅？"

…………

他们挑战我的每一种情绪、每一根神经，试图让我突然间激动，而露出破绽。

如果换了夏夏，恐怕早就崩溃了，这些都是她不能面对的东西。她只能接受自己善良、友好的一面，关于她内心存在的所有怨恨、嫉妒、猜忌、渴望，她一概努力回避，仿佛那些都是美杜莎的眼睛，一旦正面看见，就会立时把活人化为石头。

所以，她无趣且没用。

好在，坐在他们面前的是我，我有夏夏的一部分记忆，但是关于那些时光中的爱与痛，我毫无知觉。那也是只属于夏夏的，她的感情，我感觉不到，只有漠然视之。

我理性地跟他们分析："我为什么要烧了德赛洛呢？我家里没有一个亲人，所以我没有任何经济收入，我吃饭交学费都是靠这份工作，舞厅烧了，我工作也没了，以后靠什么生活呢？我的全部家当都在这儿了。要是我故意放火，我为什么要烧自己的行李呢？而且连我的课本都烧掉了，眼看就要考试了。"

转而，我又装出一副天真的样子："我晚上打工，就是为了白天能上学。为了坚持上学，我一天只睡四五个小时。今天，哦，现在应该说昨天了，你们把我带到这里来，我又一天没上课。而且，我现在很迷茫，将来我怎么办呢？既没工作，也没家人，我还想念书。"

说完这些，我瞪大了无辜的眼睛看着他们，好像在问："你们看，我像个纵火犯吗？"

男警官和女警官也困了，他们相互看了一眼。面前的这个女中学生，不是一个极其阴郁的罪犯，就是一个真正无邪的孩子。他们宁愿相信后者，也只能相信后者，因为没有足够的证据。

在黑沉沉的屋子里待了两天两夜，大门洞开时，外面的光线照得我睁不开眼睛。女警官在耳边对我说："邓夏，我们过两天会去你学校一次，跟他们商量一下你今后的生活。你别担心，好好回去睡一觉。"

我应着，困倦而蹒跚地走上街道，自由的空气扑面而来，让我觉得世界忽然如此美好。

其实我一直很害怕一个事实，在空白的那段记忆里，也许，那是我，蹲下来，拿了面包，本来想吃早点，忽然食欲全无。失恋折磨着我，让我寝食难安，胖子丑陋的脸，更时时寻找羞辱我的机会。

我扔下面包，再次蹲下来，从酒架底下的柜子里，拿出一罐汽油，也许是杰克为摩托车加油留下的。我再次站起来的时候，神态怪异，目光狂热，疯狂寻找合适的地方。我看见墙边的被子和床褥，每晚辗转无眠的所在。我走过去，把整罐汽油均匀地浇了上去，随后掏出打火机，打着，松开手，火苗顺势落下，瞬间变成熊熊烈焰。

看着火光腾起，我猛地清醒过来，连忙大喊，着火了，着火了，拼命扑打被子，试图灭火，但是火势已经张开魔法般的斗篷，很快吞噬了一切。

我想，这一定是长时间问话的后遗症，每个被反复指认的人，最后都或多或少会产生犯罪的内疚感和妄想。记忆如何脆弱而不可信，由此可见。

我告诉自己，那一定不是我，我要摆脱这个疯狂的念头。那也一定不是夏夏，她至少没这么大魄力，那她为什么要把这段记忆藏起来？我无数次在梦境中，化身为夏夏，试图寻找有关那场大火完整的记忆，夏夏似乎也执着于这场大火的意义，反反复复回到那个夏季的清晨，重演火场的噩梦。

每一次，还是如此，正如大学宿舍里的同学曾见的，我在梦游中蹲下，站起来，向床扑过去，喊叫、拍打。

我在梦境中蹲下，站起来，我努力看向那张床，眼前迷蒙一片，恍惚中有人站在那张起火的床旁边，面目模糊，只看见滔天的火光，末日般向我迎面扑来。

9.

《德赛洛梦想之舞》的片头，有一个特技，一把丝绸般舞动的大火，猎猎呼啸着，划过无数画面叠加的背景，随之推出片头字幕。这是三维特技的功劳。

这个片头照例是由我创意，并监督后期技术员完成的。但凡由我负责的节目，我一般不喜欢把片头全权交给技术员，让他们随意拼接一些画面和特技了事。台里实行频道化以后，有了一个新政策，为了提高节目的包装水准，可以把片头交给专门的公司创意定做，频道付费就行。可是，这档节目是德赛洛公司投资的，反过来又委托台里制作，如果再请另一家公司来做片头，关系转得就更复杂了。

所以，我还是相信自己的灵感，我的创意庄庸一直很认可。

说真的，这次的片头设计，几乎没有动用我的脑细胞，那把来势凶猛的火，似乎早就潜伏在我的脑海中，蓄势待发。

片头要使用一些现场的镜头，所以延宕到首录结束，才开始制作。

首录那天的前四集节目，很快由小黄剪辑出来，尽管那一天险事迭起，但成品看上去还算完美。片头和节目几乎是同时完成的，等着庄庸一起审片。

小黄笑眯眯地对我说："邓老师，你去请庄老师来审片吧？"

"片子我都看过了，我觉得没问题，你自己打分机给庄头儿，问他什么时候有空看好了。"

"嘻嘻，帮帮忙嘛，你打给他吧？"

小黄近乎撒娇地在我身边转来转去，她知道，只要我在场，庄庸审片就会客气许多，她也可以省了好多修改。

我打电话给庄庸，他立时就来机房看片子了。

"还过得去。"他看完了第一集，沉吟了一会儿，扔出了这句话，小黄顿时在他背后做无声的欢天喜地状。庄庸还没忘记特地夸奖了一下片头："邓夏，这把火不错啊，挺抢眼球的，也挺时尚的。"

"这是我从咱们新买的三维素材库里找出来的，放在这儿色调正好。"

"嗯，音效可以再激烈一点，音乐调一调。"

"遵命，头儿。"

"希望咱们这个节目，也能一下子火起来。"

庄庸的嘴角露出了难得一见的笑意。

才看了两集节目，德赛洛公司的章总就大步流星走进了机房，庄庸一眼瞥见，表情不悦，看在银行卡的面子上，却又不能发作，只能故作和蔼地招呼道："章总，怎么这么巧啊，有空过来？"

"是啊，庄老师，邓夏说片子剪好了，找我来看看。"

我连忙解释："庄头儿，我本来以为你今天晚上没空审片的。"

偏偏章总过分殷勤，抢着又补充说："我看邓夏和小黄，这两天都为了这个节目辛苦了，想着正好时间差不多，待会儿看完片子请她们出去吃个便饭，不知道庄老师是不是有空一起？"

"你们去吧，我有安排了。"

庄庸的脸色更加不悦，匆匆看过后面两集，也没发表什么意见，就掉头走了。

小黄眨着眼睛问我："邓老师，这片子需要改吗？"

我答："没问题了，就这么合成吧。"

小黄再次欢呼雀跃。

章总笑着说："那么，咱们一起去吃饭吧？"

小黄颇识大体地说："你们去吧，我要回家了，妈妈等我吃晚饭呢。"

我点头说："你早点回吧，都加班很多天了，带子我帮你放回去，我陪章总再看看前两集。"

倒带，重放，片头发出爆裂呼啸的音效，火焰中再次推出片头字幕，节目又从第一集开始，身影缤纷，舞步斑斓。

我的目光停留在屏幕上，随口问起："你说，当年怎么就起了这么大的火呢？"

静默三四秒，我听到章总漫不经心地回答："是啊，听说很大的火呢，还好你不在里面。"

我感慨道："真是烧得干干净净啊，把我的全部家当都烧没了。"

我言语夸张了，毕竟还有很多东西，于德赛洛的大火中幸存，尽管是一些我认为不怎么重要的东西。

自从夏夏在大火中消失以后，她在我的梦境里，反复重演的另一个末日，就是婆婆离开的那个清晨。我习惯于在夜里，翻身下床，叫着婆婆，四处疯狂地寻找。所以我一直怀疑，在那个事件里，夏夏也藏起了什么。

从公安局出来，我回到了石库门老房子。一觉睡醒后，我试图在房子里找到一些有用的东西，钱，或者吃的。

结果，在五斗橱里，我发现了一个显然是精心保存着的布包袱，里面只有二十几封从成都寄来的信，婆婆的落款。算起时间来，应该是杰克走了没多久，婆婆开始来信的，每周一封。从信箱里，我又找到了最近的两封。

我不明白，这些早已抵达的信，为什么从来没有打开过，却又这么珍惜地被保存起来，完好无损得诡异。夏夏多半是觉得，舞厅没有存放私人物品的地方，才把这些信留在这里，因此它们没有随着火灾烟消云散。

只是夏夏没有料到，回到这里的不再是她，而是我。

坐在大床上，包袱打开着，信就堆在面前，我伸出手去，两手粗暴地捏住信封边缘。

忽然，我失去了拆开它们的兴趣。我不是害怕，当然不是，还能有什么伤人的事，我只是没兴趣。

这些关于爱的秘密，跟我早就没有关系了。

正如杰克所说，你不要心肠软，不要相信任何人，不要依赖任何人。现在我的凶神已经找到了我，我终于可以不再受任何伤害，不择手段地去得到我想要的东西。

我来到教导主任办公室，向刘老师提议，为我募捐。

公安局的人显然已经跟刘老师交流过，所以她没有追问什么，风风火火地操办这件事。我自力更生、克服困难、勤工俭学的事迹，很快在校园里传开了。

当我在学校大会上，以一个榜样的身份，貌似诚恳、谦逊地讲述自己的理想与奋斗的时候，所有的人都对我报以善意与钦佩的目光，募捐的钱、衣裳、棉被、学习用品与日俱增。很多家长甚至亲自来到学校，要求见一见这个勤勉上进的孩子，提出要负担我将来念大学的费用。

刘老师对我，无疑是最重要的人，她是否全力帮我，决定了我今后的命运。

"刘老师，有一句话，我一直没有跟您说过。我从小妈妈不在身边，在我心里，其实是把您当成了我的妈妈。"

我对刘老师郑重其事地说出这句话，她黑边眼镜后面的眼眶，又微微红了。她没有注意到，事实上我当时也没有注意到，我对她以"您"相称，而以前，我只称"你"。一个人说谎的时候，用词总会有微妙的不同，似乎有意回避说话的对象。

刘老师把新捐的钱交到我手里："孩子，你要好好学习啊！"

"为了您对我的好，我也要努力念书，考进重点大学。"

我发觉，当我言不由衷地说话时，往往更容易感动人，因为我没有分神去想，怎么表达自己的心情，我只是研究怎么说，才最容易打动对方的心。

课本被烧掉，无疑给我带来了更难得的契机。

我说我不想浪费新的课本，节约起见，我想要旧的。我直觉，我可以因此与比我高几届的同学取得联系，与走在自己前面的人交往，永远有获益的机会。

果然，刘老师通知了前一批毕业的已考上大学的学生，让他们把保留的旧课本捐给我，并且感情真挚地跟他们讲述了我的故事。

这样一来，我的事迹在各所高校也传开了。我不但得到了更多的捐款，而且学长学姐都分外热心，通过学生会和校方沟通，商议为我多做一些事。

不久，很多高校传来意见反馈，如果我将来考进它们中的任何一所，校方会给我提供助学金，不会令我因贫困辍学。这让我早在进入媒体工作前，就体会到了炒作的巨大力量。

这样的好局面，是夏夏一辈子也享受不到的。就她的臭脾气，她只会一个人偷偷打工，不麻烦别人，就算不睡觉，不吃饭，也辛苦死撑所谓的尊严。她不可能获得念大学的机会，为了生计，她顶多熬到高中毕业，找一份工作糊口，一生一世就像磨上的驴，埋头转圈，不得出头。

而我呢，我要获得更多不属于我的东西，我要让自己出类拔萃。我不会像夏夏那样，凭着一颗温存的心，等待别人施舍一点爱。事实证明，那愚蠢至极。

第二部
中·舞之回旋

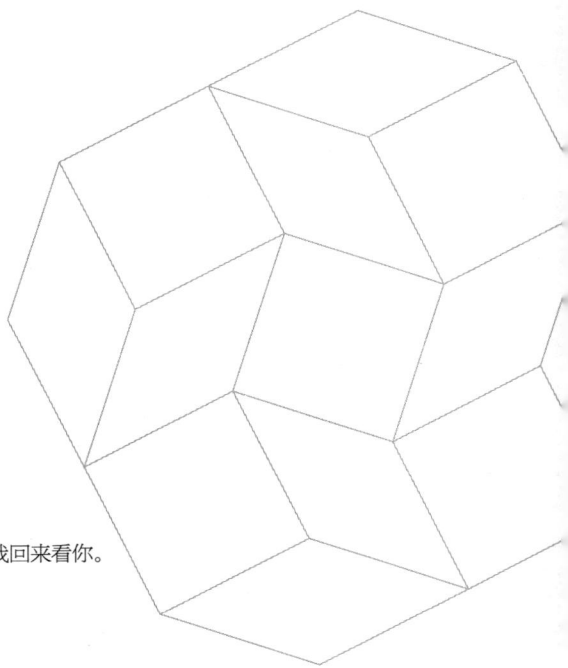

可不可以不要走? 不行。
你会回来的是吗? 是的, 你要照顾好自己, 等我回来看你。

10.

1994 年的初夏，我在电视台当年的矮房子里，与庄庸相遇。

那一年，我二十三岁，作为连续三届学年奖学金的获得者，获得了全班唯一的到电视台实习的名额，如果实习单位看得中，从华师大中文系毕业以后，我就可以顺利留在那儿工作。

那一年，庄庸三十四岁，电视台文艺中心《欢乐时光》这档节目的编导，台里安排给我的带教老师。他两年前从青岛电视台调到上海工作，据说调动的原因是妻子嫌他没出息。结果妻子还是提出了离婚，半年前刚办妥手续，一个五岁的女儿留在了青岛。

当时的我，还素白着一张脸，棉布衣裙，没有现在孔雀开屏般的美丽。

当时的他，脸色疲倦，胡子应该有两天忘了刮，在白皙瘦削的脸上很明显。他的背微微驼着，让他一米八一的身高，看上去并没有实际的那么高大。

我还记得，那是一间非常大的办公室，整个矮房子底层的一半，顶上的日光灯不怎么完好，有的黑着，有的半明半暗，有的却亮得异样。与窗外灿烂的阳光相比，这间大屋子显得有些阴郁。

我看着面前这个男人，任凭我站在一边，自己埋头忙着回电话，呼机不断地响起。后来我才知道，这是录影的前两天，大量的事情需要处理。我注意到，他的衬衣很皱，米黄的长裤上有不明显的汤渍。他的保温杯打开着，里面液体的颜色让人不明就里。他衣袖边的桌上，有几块久未擦去的污渍，似乎已经在桌上生了根。

在他打了一个小时的电话以后，我想，我应该提醒他我的存在。

我可以问他，你需要我做些什么？

一个实习生，比较好的命运是，被他派去打字，打出他密密麻麻的手写稿，只需要耐心地识别，我相信我能做得比别人好。

比较差的命运，无非是扫地、擦桌子和倒茶，即使他不吩咐这些，我也会替他做的。我的眼睛已经瞄到了办公室后排，铁皮柜子上的一块抹布，至少，要帮他把桌上的几块污渍尽快擦掉。不过这些都没关系，只要带教老师有个好评语，我就能留在这儿工作。

我也听说过，实习生最糟糕的命运是被带教老师派去他们家看管装修工人，帮着搬家，帮着他们的老婆带孩子。至于被使唤去买一包烟，那只能算是家常便饭。我也时刻准备，帮这位老师一路跑出去买香烟，不过我发现他是不抽烟的，他的桌上没有烟缸和打火机。

我抓住时机，在他挂上一个电话的当口，问："庄老师，你需要我做些什么吗？"

他回过头，一脸严肃地回答我："我需要你有激情和想象力！"

我试图伸向抹布的手，在半空中停住了，我获得了一个最奇异的指令，这让我的四肢忽然不知道如何自处，这让我的言语也不知如何讨好应对。

我需要你有激情和想象力——

在接下来稍稍空闲的中午，他挥舞着手臂，向我解释这个指令："你必须找到你心灵深处的太阳，比如说，你梦想做一档理想中最辉煌的电视节目，让全世界最多的人，为之喝彩，为之大喜大悲，坐在电视屏幕前不愿离开。这样，你的激情和想象力，就会无穷无尽地从你心里涌出，你会做得比一个最资深的人还要棒，比一个最聪明的人还要棒，你会超越所有人！"

他站起来，在空荡荡的办公室里走来走去，好在几乎所有人都去了食堂。

他微驼的背挺直了，虽然他面容憔悴，在日光灯下显得有些青灰，但是他的眼睛炯炯发亮，映着窗外的阳光和梧桐，他的眼角当时已经有了细小的皱纹，这并不妨碍他的瞳孔里有整个盛夏的葱茏。

"当然你不可能马上做到最好，你可以寻找机遇，也可以等待时机。如果你是这种人，你会遭遇比平常人更多的磨难，你可能不如他们受宠爱，不如他们有钱，不如他们发达，这是正常的，因为他们都在花力气让自己过得更好。现实的很多无奈会让你很不愉快，没关系，只要你心里有太阳，你就不会放弃。总有一天，总有一天……"

当庄庸陷入与自己的交谈中，他不会发现，我虽凝视他的眼睛，精神却正在肆意地开小差。那个时候，我就知道，我和他要的东西截然相反。

他在他精神的世界中，即使没有卡路里也能精力百倍，而我的肚子正咕咕作响，让我觉得血糖降低，每一个从食堂回到办公室的人，身上带来的点滴食物香味，都能让我浮想联翩。

应付这样一个因为理想而孤独的人，最好的方法，是让他觉得，你是他的同类。

他并没有派给我任何具体的工作，一切听凭我自己安排，我只是全程跟着他，在他外出拍摄 VCR 的时候，在录影棚里长时间的反复中，还整夜整夜地陪他坐在机房里，通宵达旦地看带子、剪片、合成。

他偶尔会意识到我的存在，说："你可以先去吃饭，你可以先回家去睡觉了。"

我一概不理，他怎么熬着，我就怎么熬着。我本来就可以一天只吃一顿饭，我在酒吧工作的时候，睡眠时间也绝对不比他的长，我不信熬不过他。

有时候剪片到凌晨，他收工回家睡觉。我说："你先走吧，我整理好带子就回去。"

第二天一早，他来到三楼机房，发现我还在那里，用两盘空带子在练习剪辑。他不说什么，就拍拍我的脑袋。

我站起来，挪动我整夜工作坐僵的身体，熟练地找出他要的带子，陪他继续剪辑。

其实，我熬夜在机房练习剪片，并不仅仅为了向他表演。我心里很恐惧，恐惧自己在这样一套体系复杂的工作中，竟然什么也不会，完全插不上手。没有人需要我，我仿佛是透明的，就如当年在玫瑰和翔子的身边，我是透明的。

地球在转动着，所有的人在忙碌着，编导、摄像、导播、录音、主持人，他们都彼此默契地微笑，做手势，说着工作用语，甚至连他们休息时说的笑话，我都听不懂。

如果我留不下来，那么，我这么多年的努力就白费了，我又将无处可去，一文不名，连一个愿意跟我说话的人也没有。

有一天早上，庄庸忽然对我说："你来剪一段片子，给我看看。"

我选好带子，顺着他昨晚的思路往下剪，我看见他的眼睛里，闪过了一丝惊讶。然后，他恢复了严肃，指出了我拼接镜头中的种种问题和声道的错误。

从那天起，他开始尽心教我。

我熟悉他的习惯，体会他的好恶，努力成为他身体上长出的另一双手。

他外出拍片时，开始不用反复唠叨要带齐每一件器材了。因为出发前，我就帮他清点了一遍，当我们离开一个拍摄场地时，我也抢先检查了遗漏。

每次他不满意摄像的工作，扛起机器自己拍，我总能把三脚架放在正好的机位上。机器的警报一响，我就知道要换带子还是换电池，准确地从背包里拿出来递给他。

他在录影棚里，喊 NG，冲上去指出主持人的问题，却挥舞双手一时忘词的时候，我总能在身边，把他要的那页文稿递给他，然后他继续嚷嚷："应该这样说，你看脚本上就是这样写的，你应该说……"

他剪片的时候，只需要伸出左手，连眼睛都不用从屏幕上挪开，我永远能找到他要的那盘带子，里面正好是他需要的镜头。

当我们彼此配合的时候，他不再对我的每次协助礼貌地点头赞许，他开始完全习惯了这种状态，我似乎成了系统中本来就有的一部分，这让我觉得安心且得意。

默契渐渐培养起来以后，我被允许触碰庄庸更多的东西。他桌上的那几块污渍，已经被我偷偷擦干净了，用了从食堂要来的洗洁精。污渍擦掉后，桌上的那一片颜色变得特别浅，这让我不得不把他的桌子彻头彻尾地擦了一遍。

我终于发现了，他保温杯里，不知底细的液体，竟然是跑光了气泡的可乐。这个大男人酷爱喝可乐，而且是冰冻可乐。于是我每天早上，出门买大瓶冰可乐，倒在他的保温杯里，拧紧保温盖，把剩下的冻在办公室的旧冰箱里。

庄庸不是没有觉察到这些小小的变化，他有些忸怩，不知怎么开口说谢谢，于是假装没有看见。但是，他的衬衣开始干净挺括，有汤渍的长裤也不再穿出来了，胡子尽量刮干净，除非特别忙碌的时候。

短短两个月的时间，我就成功地让这个男人觉得，我是他办公室不可或缺的一部分，他向文艺中心的领导强烈要求留下我，然后我的名额被一路送到组织科。我开始办入台手续，并且把我的行李，从学校寝室搬到电视台宿舍。

石门路的老房子已经动迁，幸而得到这份工作，否则我将连一个睡觉的地方也没有。

庄庸从工作中获得快乐，而我，只在月底领工资时获得快乐。

如果说，一定要我感受工作的快乐是什么，在这种没日没夜、成果又转瞬即逝的电视工作中，那我只能说，也许是极度疲劳，长时间疲劳以后，在工作告一段落时，突然解脱的一刹那亢奋。

请想象一下我们的工作，在这个名为《欢乐时光》的节目组里，你一年有三百多天猫在不见天日的办公室里，打电话联络各种奇人，试图把他们加入你新一期的节目中。你在闪烁不定的日光灯下，对着纸和笔，试图勾勒出新一期节目的框架，那一切有趣的笑料、机敏的对话，都要从你脑子里凭空挤压出来。

接着你必须把你的空想，完全落实到一砖一瓦上。这还远比砖瓦复杂得多，你要控制的是许许多多的活人，除了主持人以外，台上的每个嘉宾都是陌生的。你要让他们愿意这样那样地说话、表演、做游戏，最后按你的设想，在这些人中间产生戏剧性的效果。

你之前要发疯一样地打电话，说服每一个人愿意来参加节目，同时安排录影棚的大事小节，包括盒饭的来源。之后你将更疯狂地在录制现场上蹿下跳，不断地跟每个人说，噢，不是这样的，是那样的，最好能够更那样一点。

当然你不是上帝，你没法控制每个人，最后录制出来的效果可能大打折扣，却也会有很多意外的惊喜超出你安排的范围。然后，你就开始每天与这些录下的图像为伍，还原你当初用纸笔勾勒的节目，挑选好的片段，删去失败的部分，保留意外的部分，加入其中，反反复复地理顺、修补、装饰，让一切变得合理而完美。

因为你大多数时候与世隔绝，当你偶尔要外出拍摄时，你会像一个刚刚出狱的犯人一样，看着街上的凡俗生活，露出茫然的表情。

总而言之，你的生活可以这样概括——

你不知昼夜地在一个盒子里劳作，与阳光隔绝，与正常三餐的饥饱隔绝，与正常的睡眠周期隔绝，你在自己所处的这个空无一物的空间里，殚精竭虑地凭空创造另一个虚拟的世界，那个你一手控制的世界，而且必须是集中了最多欢乐、最多热闹、最多趣味的世界。

真正的上帝恐怕都没有你勤勉。因为一旦你造出这个世界，带子送到总控一播出，这个世界马上就宣告成为"旧节目"。你立刻就要再次开工，创造另一个同样欢乐喧闹，但是主人公和内容迥然不同的世界。

庄庸在这样周而复始的折磨中，总是乐此不疲，即便下一分钟节目就要播出，也就是说，一个小时以后，这个世界就要作废，他仍然精益求精，琢磨每一个细节。

这个时候，他不再念叨"无奈"了，至少在他造的世界里，他是国王，可以让一切不无奈。所以无奈的，就是我这个跟班的苦命人了。

　　我们的节目本来每期就在赶时间，一般台长们就干脆在四楼总控审片，没有大碍就直接播出，反正综艺节目，也不会有什么大问题。但是每次台长都审完片了，庄庸自己会忽然发现一些还可以再修饰的细节，临到播出前半小时，杀到机房再改。

　　有一回，我们做了一个减肥主题的节目，总控里笑声轰然，台长们都乐得直不起腰了。嘉宾请得成功，形象胖得可爱，外加都能说会道的，话题又设置得特别家常，容易引起共鸣，节目巧妙地影射了娱乐圈的八卦，却又不露声色。

　　领导不吝夸奖之词，我撇过头瞟了一眼庄庸，他苍白的脸上颇有得意之色。可是，他忽然又大叫起来："我要在这里做一个音效！"我知道，上帝的考验再次降临。

　　庄庸是注意到，有一位憨态可掬的嘉宾，他有一个习惯动作，这个动作如果配上特殊的音效，会非常逗人。可是，那不是一个音效的问题，他在现场重复过多少次这个动作，就必须加上多少次音效。

　　眼看距离播出就剩下半小时。

　　"庄老师，把带子给我，我去加。"

　　我自告奋勇，因为我确切地知道，凭庄庸磨磨蹭蹭的修改，根本来不及。

　　"你还记得有多少个地方吗？"

　　庄庸不放心地问，事实上他自己也不记得有多少处了，不可能记得清。

　　"我记得。"

　　我也不记得了，但是肯定比他记得清楚。

　　我伸出手，庄庸犹豫着，但还是把播带交给我。他此刻的心情极其矛盾，既不愿意留下这个"无奈"，又在连日的疲劳下，觉得虚弱。我看见他太阳穴的血管一跳一跳的，他这个状态，就怕这次真的改得赶不上播出。

我抢过带子，飞奔到三楼机房，找到音效带，调好声道，依次转动播带，就是凭着脑袋里对这一个小时的节目每个镜头的记忆，找到这个一直被忽略的动作，插入音效。我的耳朵在嗡嗡作响，唯恐一个插入编辑动作的差错，让这盘播带顿时断磁报废。

六个，应该就是这六个了，我飞快地回放看了效果，然后把播带倒回头上，两只手把带子装进带盒里，两只脚已经在往四楼狂奔。

这栋矮房子的四楼，实际上是个假四楼，从三楼到四楼，没有室内的楼梯，除非由电梯上下，否则必须从室外的一个腾空的铁梯子上去。当我奔上梯子的时候，发现雷雨大作，我淋着大雨上到一半，被冰凉的雨水一浇，忽然不知是清醒了，还是糊涂了——

我想到还有一处没加。

我立刻回头往机房跑去，我想我一定是疯了，我冒了太大的风险，只是为了还有一处不够完美，这比起耽误播出，简直是小得不能再小的问题，可能每个人，包括庄庸自己都未必看得出来。我一定是太疲倦了，以至大脑也照着庄庸的习惯在运转。

我回到机房，飞快利落地加了最后一处。

然后我再次跑上大雨倾盆的铁梯，手表上显示离播出还有八分钟。我站在梯子上，忍不住停下来，大喘了几口气，雨把我淋得更湿。我呼吸着室外清新的空气，淋着天空落下的雨，忽然感觉自己是活着的。

我揣好衣裳里裹着的没有被淋湿的播带，三步两步跑到总控门口，像日本鬼子一样，踢开大门，把带子送到导播手上。

庄庸拉着我到门外低声问："一个没漏，全补上了？"

"嗯，一个没漏！"

总控里再次传来哄笑声，播带已经开始播出了，所有的人再次为这期节目发笑。

庄庸握紧拳头，左右打了两个空拳，无声地欢欣鼓舞。我捂住嘴，无声地大笑。他的拳头转而变成手掌，落在我的脑袋上，重重地摸了两下。他忽然感觉到我的头发湿漉漉的，惊讶地将手转而抚摸而下，水珠坠落。

我拉起他的手，发疯一样飞奔到室外的铁梯上。倾盆的雨，痛快地落到我们的脸上、身上。我们两个一起在雨中仰面大笑，无数道雨帘，从高远的天空笔直坠下，越过我们身边，跌落到脚下的苍莽大地。

这一幕，被楼下窗口的一双眼睛，正好看到。

11.

看见我们的这双眼睛，属于付大嘴，这栋楼里，数他的眼睛最闲。

我们的节目总是赶时间，赶得通宵达旦，这不是因为节目组的编导少，而是因为节目组干活的编导少。

电视台是这样一个地方，如果你能干活儿，并且愿意干活儿，你的活儿就会越来越多，你将越来越忙，所有的事情慢慢都会堆到你的肩上。如果你不愿意干活，或者你愿意干活却干不好活，都一样，你会变得很闲，终日养尊处优，无所事事，工资照拿，奖金照发。更要恭喜你，你将会成为干部候选人，早早晚晚，升迁的好运会降临你的头上。

这不是我说的，是庄庸常常挂在嘴边的。

付大嘴和庄庸，本来是资历差不多的同事，付大嘴也是两年前调进台里，是从区有线台来的。同是编导，庄庸能干且肯干，付大嘴却是个彻底的闲人。

半年前，文艺中心班子调整，《欢乐时光》节目组原来的制片人卢存义，升迁为中心主任。新上任的卢主任，努力想要保持中心的工作照常进行。如果让庄庸升为制片人，这个组无疑少了一个最重要的骨干，一半的节目立时要找新编导顶上。但是如果升付大嘴，活儿照干，节目照出，一点都不会有影响。

付大嘴成为《欢乐时光》新任制片人以后，庄庸就总是唠叨着尼采的一句话，说什么庸碌的人总是携起手来当主人。他这话一出口，可是打击了一大片。

其实付大嘴的升迁，也并不是简单地因为他正好闲着，被废物利用了。就我看来，他实际有相当的过人之处。

也许是因为从区有线台来，他是一个懂得享受市井生活的人，特别容易和身边的人打成一片。他如果到食堂买一碗汤回来，一定一路上无比动容地闻着汤的香味，然后沿途跟迎面而来的同事们打招呼，嚷嚷着："啊呀，今天的虾皮冬瓜汤真不错啊，赶紧去打一碗尝尝，香啊！"走向食堂的同事，总会颇感兴趣地应着，就连领导也亲切地点着头，这样的话题实在适合每一个人。

他闲着没事，出门逛一圈，回来的时候报告大家，股票又涨了，证券公司的人说明天还会涨停板，添货添货。或者是，隔壁商店的被套在打折，羊毛毯反季节销售，只有冬天的三折价钱。一下子，男人女人的神经，都被他调动起来了。

他渐渐成了办公室的万事通，大伙有什么要买的，听听他的最新消息准没错。要是有什么家务琐事，找他聊聊，他也乐于展示一下自己的处世经验，再俗的话题也不拒绝，照样分析得有板有眼。

那时候，电视台的气氛还相当好，没有什么森严的等级。中午、晚上，只要有机会，卢主任总是带着办公室的制片人、编导、助理，只要在场的人一概不落，不分领导群众，一起到电视台附近的小饭店吃饭。

饭桌上，庄庸一贯只顾低头吃饭，没什么话。其他人看见领导在，再随便，也不会抢话匣子。其实领导既然和大家同桌吃饭，也不喜欢被供着的感觉，而这场合里，只有付大嘴，就像一个活宝、一台饭桌上的电视机，从头到尾耍宝说笑话，逗得卢主任和大家从头笑到尾。

他简直像一档活生生的综艺节目，可惜这天赋，一次也没被用到节目上。这句话也是庄庸私底下跟我说的。

没有人敢劝卢主任酒，除了付大嘴。他总是装疯卖傻地举起酒杯，站起身，对着领导和全桌人，颇有逻辑地说：

"领导是什么？领导是头，我们是手脚。文艺节目啊，手脚紧张着怎么做得好啊？领导喝了酒，大脑放松了，我们这些手啊脚啊的，也就放松了。我们手脚放开了，节目就做得轻松了。节目有趣了，观众也就轻松了。所以，领导喝一口酒，全上海人民都放松了。"

虽然是拙劣的俏皮话，却也引得全堂喝彩，卢主任一饮而尽，大家也就喝开了。付大嘴明白，领导也想喝酒，但是没人劝酒，自斟自饮，在大家面前非但没样子，而且也无趣，他不能失掉这个助兴的好机会。

但是，一旦看到大家轮番敬酒，醉意上来了，都没了节制，卢主任渐渐难以抵挡，付大嘴又开始另一段说辞：

"领导是什么？领导是人民的公仆啊，我们大家的公仆，所以领导喝多了，就是损坏公物了。我们现在都说，五讲四美三热爱嘛，公物一定是要保护好的。这一杯，我就替领导喝了，下面不要再敬了哦。"

付大嘴替卢主任喝了面前的酒，大家自然心领神会，不再闹酒。

大家也不是都看得惯付大嘴油头滑脑的谄媚相，但是有了他，饭局明显就有趣了许多，至于领导，总要谄媚，有他来抬轿，其他人应和着也省力。

所以每次召集吃饭，大家第一个找的，还是付大嘴。

付大嘴之所以有了这么个雅号，不仅是因为他个子矮小，嘴却长得特别大，滑稽得不成比例，最主要的是，他的嘴实在威力无比，有捧人与杀人于无形的本事。

他特别能说笑话，肚子里总有那么些段子，随时可以拿出来热场。那些段子，都还是台里身边人的，这就让话题变得更加吸引人。

同样是喝醉酒的笑话，他说过两个。

第一个是关于老徐的——

"老徐的酒量好啊，有一回，他去南汇拍那个踩鸡蛋的农民，老白干，一海碗接一海碗，就这么跟人家农民兄弟喝，喝完了没事人一样，招呼司机、摄像和灯光说，回台。

"才开出没多远，他忽然叫，停车停车，我要上厕所交水费。同事问他，你一个人行不行啊？陪你去？他摆手说，不用不用，就飞快地跑到河边，解开裤子。然后，大家就听到扑通一声响，他自己掉到河里去了。

"大家七手八脚把他捞起来，人没事，酒醒了，一身衣服全湿透了。

"老徐上了车，把湿衣裳脱下来，光着身子，就剩一个裤衩，瑟瑟发抖，拿车里的报纸啊什么，勉强给盖上取暖。回台还要赶着录棚，怎么把湿衣裳弄干呢？卢领导您猜猜？"

饭桌上此时已经笑成一团，有人都笑得掉到桌子底下去了。卢主任笑得说不出话，就光摆着手，示意他说下去。

"他们想了个办法，摄像坐左边，灯光坐右边，一人手里各拿一件衬衣、一条裤子，伸到车窗外面，然后司机踩足油门在郊区路上开，风呼呼地吹，大家估计到台里，衣裳也就吹干了。

"结果刚进市区，车子就被拦下来了。司机对警察说，我没违章啊。警察说，你看看，这些是什么，衬衣裤子的，像旗子一样撑在外面，我当什么旗子呢，领事馆的车子也不这样啊。

"摄像和灯光也连忙打招呼，说，你看看这是电视台的车，高抬贵手吧，我们有同事掉河里了。警察看看车子上面，果然印着电视台的标志，再伸头看车里面，老徐正盖着报纸缩在里面，光溜溜的，不敢出来。

"警察也乐了，开了句玩笑，我以为电视台是严肃的单位呢，没想到开车晾衣裳，远远一看，撑着这么多旗子，还以为萨达姆来了呢。"

饭桌上再次哄堂大笑，杯翻酒倒的。卢主任笑归笑，脸色已经不大好看了。

付大嘴说老徐的笑话，是在他荣升《欢乐时光》节目组制片人之前。

当时制片人的候选名单里，除了付大嘴和庄庸，还有这个不巧被抓住话柄的老徐。老徐的名字，就此第一个被卢主任删除掉。

其实老徐那次去南汇喝酒，主要是为了说服那个踩鸡蛋的农民。那个农民从小跟父亲练功，可以踏在鸡蛋上走路，而鸡蛋不碎，类似于武侠小说里的轻功。可是那人脾气颇怪，不愿意上镜。老徐不但要拍到他，而且想请他亲自到节目现场，这才跟他玩命斗酒。

当时的节目做得非常成功，可是这次醉酒，居然成为老徐毕生的遗憾。老徐不久以后就自动要求调到纪实中心，成天去崇明岛拍摄候鸟什么的，不再拍人了。

第二个喝醉酒的笑话，付大嘴说的是大刘——

"那天吃饭您不在，卢领导，大刘被我们几个灌多了，家都不认得了，我们只好派出两个壮小伙子，左一个，右一个，架着他回家。

"两个小伙把他弄到二楼，大刘愣不敢敲他自己家的门，醉得方向都不认识了，他这点清醒倒还有。两个小伙只好帮他敲，咚咚咚，咚咚咚，屋里传来惊天动地的叫骂声，死老头儿，你到这么晚还回来做什么？

"小伙们赶紧帮他说话，师母，刘老师今天加班晚了，跟领导一起吃饭，所以喝多了，你快开门啊。屋里又骂骂咧咧半天，然后有脚步飞奔的声音，她打开门，马上又跑回去。天冷啊，从被窝里钻出来的。

"两个小伙想没事了，放下大刘就下楼了。还没走到一楼，就听到大刘跌跌撞撞的脚步声，然后是啪嗒关门的声音。接着，咚咚咚，咚咚咚。咦？怎么还敲门啊？

"他们不放心，再折回二楼，就看到大刘坐在门口的地上，有气无力地敲门。原来他以为自己走进门了，把门一关，才发现自己还在门外。"

饭桌上有人笑得把汤呛到了喉咙里。卢主任问："那么接下来怎么样啦？"

"接下来嘛，当然是再一起帮大刘说情，求他老婆放他进去。至于他进去以后，怎么跪搓衣板的，不详。"付大嘴得意扬扬地结束了他的故事。

付大嘴利用了男人共有的心理，已婚男人大多有被妻子严管的经验，连卢主任也不例外。所以这么一个出丑的笑话，反而让大刘在卢主任这里留下了一个印象深刻的可爱形象。

大刘是付大嘴的死党，原来在少儿中心做儿童节目，付大嘴升了制片人以后，一直想要把他弄到自己的节目组来，扩大势力。这个笑话讲过以后没多久，大刘调入文艺中心的报告获得了卢主任的批准。

这次吃饭，付大嘴的段子，主人公轮到了庄庸和我——

"立秋过了这么久了，前天还下了雷阵雨，奇怪啊，这雨大得连后面的车棚都被积水压塌了一半呢。"

付大嘴的家常话，立刻获得了饭桌上众人的应和：

"是啊，我的自行车压在底下，昨天才拿出来，送去修了。"

"我办公室有伞的，赶着回去，都淋得湿透透。"

付大嘴吸引了大家的注意后，继续往下讲：

"你们都光顾着看雨了，错过了最精彩的一出啊。前天傍晚，日剧在我们这里都演出过了——有一对我们台里的俊男靓女，在大雨倾盆的时候，手拉着手，在铁楼梯上淋着雨，一起看星星呢，当然那个时候，星星还没出来。最近流行的什么《东京爱情故事》啊，就是那个场面。"

饭桌上的每个人立刻兴奋起来，窃窃议论，有几个同事正好看见，我和庄庸前天湿淋淋地回办公室，所以目光的焦点很快集中在我们身上。

我知道事情糟糕了，不是因为怕别的议论，只因为卢主任的好恶。

卢存义是个四平八稳的人，胖胖的，中规中矩的相貌，不显山不露水的表情。他的四平八稳，不仅体现在他审片的谨小慎微，他照顾方方面面的领导方式，更突出的一个特点，表现在他对于男女关系的保守和慎重上。

他平时都尽量不和女同事搭话，即使有工作不得不找她们谈话，他也总是把自己办公室的门开到最大，然后让那个女同事坐在外面的人都看得见的位置上。

这个特点，付大嘴当然是知道的，他是有备而来。自从他成了庄庸的顶头上司，庄庸功高盖主是当然的，庄庸从不服他，也是众所周知的，他早就想把庄庸赶出节目组，只是苦于没有借口。

我明白这个时候，我得努力做些什么。庄庸的脾气没法和他们周旋，不是沉默，就是闹翻。现在庄庸是我在台里立足的唯一保护人，我不能帮他站住脚跟，滚蛋的将是我们两个。

"付领导，"我学着付大嘴对卢存义的称呼，甜甜地开口，"您可真是最关心下属的领导了，敢情我们底下人的一举一动，您都坐在窗口，天天这么留意看着呀，什么自行车啊，淋到雨了呀，您都时时记下来，准备当故事讲呀。"

付大嘴面露得意之色，不觉桌上另外几个节目组的同事，暗暗露出了警惕的表情。

"我知道付领导的眼睛最尖了，我们宿舍的同事都领教过，谁让我们住在您窗户对面呢。您的望远镜什么时候也借我使使？不但是我们宿舍受到关心呢，连后面花匠的老婆生孩子，您也关注呢。"

付大嘴自从入驻制片人办公室，闲来无事，最大的爱好就是偷窥女同志宿舍，这已经成了公开的秘密。我们都各自把自己房间的窗帘拉得严严的，但是住在大院简易房子里的花匠，显然就没这么敏感，他老婆最近生了孩子，常在窗前奶孩子，付大嘴的望远镜终于有了用武之地。

付大嘴的脸开始青一阵、红一阵，饭桌上窃笑再起，被笑的主角却不再是我和庄庸。

我判断，卢存义在男女关系上的严谨，应该仅限于他紧张自己的仕途，不想在传统单位里，因这个问题被捅了刀子，毕竟，他是一个有家室的男人。然而，如果是正常的恋爱，他应该不会反感。于是我接着说："付领导这么关心下属，也应该关心一下正常的个人问题嘛，像我们庄老师，单身，生活也没人照顾，工作又这么忙，您有机会给他看看有没有合适的女孩子？我也单身，还住宿舍，要是有什么合适的成功男士，也给我看看，最好是有房子的。"

付大嘴很庆幸我又把话题绕回来了，他赶紧抢话说："我觉得你们就很合适嘛，白天在办公室守在一起，晚上在机房一起过夜，日日夜夜不分离啊，夫妻都没这么亲热的。"

付大嘴以为总结得很成功，结果桌上没人理他。

我笑眯眯地对他说："付领导您自己都看出来了，我一个单身女孩子，他一个单身男人，您给安排在一起，日日夜夜做节目，弄得我们很不方便，这不是制造绯闻吗？"

庄庸忽然一本正经地对卢存义说："卢主任，我们规定大学生进台，先要跟着做一年编导助理，但是邓夏这孩子很聪明，也很努力，业务掌握得都不错。她现在正式进台三个月，之前还跟我实习了两个月，我觉得你是否可以考虑，让她从现在起独立开始做编导？"

卢存义居然痛快地点头说："可以，中心正是需要用人的时候，让她放手干吧。"

付大嘴无心插柳，脸都气歪了。他不依不饶地继续兴风作浪："小姑娘，你瞧瞧，你庄老师对你多好啊，你们常常手拉手淋淋雨啊，在机房里睡睡觉啊，很快就可以住到一个屋檐底下了。"

他在卢主任面前这样口不择言，显然已经开始自毁形象了。我心里偷笑着回答："付领导啊，我要找人恋爱，也不能找庄老师啊，他每天从早到晚忙着做节目，哪儿有时间陪我逛街什么的。我要找，也要找付领导您这样的，听说您逛街最在行了，您连哪儿的被套打三折都知道，咱们什么时候交流一下？"

我甜蜜蜜地看着他，周围的人一片哄笑，这次是被我逗乐了。

付大嘴也不好发作，只能讪讪地说："啊呀，荣幸荣幸，今天有女孩子对我说这样的话，回去我都睡不着觉了。"

出了饭店，庄庸偷偷对我说："以后我改口叫你邓大嘴吧？"

我见大家不注意，用胳膊肘捅了他一下："难听死了，怎么当老师的，不正经。"

然后，我们在走回台里的人群中，故意一前一后毫不相干地走着，两个人都拼命忍住笑。

我因祸得福，提前升为编导。不过我和庄庸还是在一起做节目，彼此配合得越来越顺手。

有一阵，我们在台里被誉为"雌雄双煞"，合作做的几期节目，屡屡获得超高的收视率，并且参加全国评比，也一律获奖。

一个人创造世界是孤独的，两个人一起想象，则让这个工作有了游戏的乐趣。有时候我想，是不是因为我们在一起真的很开心，所以让节目也变得笑声不断。

但是我马上否定了自己的想法，这只是工作而已，只是让我自己变得更强大的一个途径，我只是很幸运，有了一个合作默契，且愿意照应我的搭档，或者说，领导。

得罪了付大嘴，显然是件冒险的事情，好在电视台总要有节目播出，既然赶不走我们，对还在为他干活的人，他也没法赶尽杀绝。

一年以后，付大嘴急于再往上爬，不知又攀上了什么关系，兴冲冲地去新闻中心，补了一个副主任的缺。庄庸总算守得云开见月明，在卢主任召集的一次饭局中，被当众宣布为《欢乐时光》节目组的制片人，并且除了眼下这个节目，还要新办一档叫《爱情对对碰》的电视交友节目，也由庄庸一手负责筹建。

庄庸不升则已，一升就成了双料的制片人。

我改口叫他"庄头儿"，既跟付大嘴惯用的"领导"称呼相区别，又显出了亲热俏皮的尊敬。庄庸一听我这么叫，就怪里怪气地瞪我，看似责怪我调皮，实则被叫得很受用。这成了我对他的专用称呼，大家都自觉地不这么叫他，好像这是一个传达着其他含义的昵称。

12.

庄庸没有喜上眉梢，但是从他走路的轻快迅捷，他说话更加地激情澎湃，他整理带子时不经意哼出的流行歌曲，我都可以感觉到，他的意气风发。

对他来说，升迁意味着他的才华得到了承认，意味着他开始有更大的空间，可以试图去实现自己的理想，诸如去做一档让全世界最多的人，看得站不起身的辉煌节目，仅此而已。

金钱和权力，包括安身立命的现实种种，这些付大嘴考虑的、我考虑的、周围所有人考虑的，那时候的他，心里还根本没有多少概念。

在我了解他以后，我就特别理解，他的妻子为什么要跟他离婚，所谓的没有出息，并不是指他庸庸碌碌，而是指他太不庸庸碌碌，以至永远把力气使在不该使的地方，换不回一星半点实际的好处，眼看别人甩着两只手，升官的升官，发财的发财。

不过他的升迁，对我来说，意味着最实际的机会。我盘算着，我可以从他扩大的势力范围内，谋取一个我一直想要的位置。

　　我就像一个登山的人，攀登在没有退路的半途中，前面山峰迭起，背后是无底的深谷。我每跨出一步，都必须先察看前后左右，找到一个最安全、最靠近我，又对登高最有效的位置，让我能踏实地落脚，飞步向上。

　　在电视台这个地方，我环顾左右，发现编导未必是个好位置，辛苦却未必能升迁，闲着也未必能当官，就算升迁了又能怎样，还得不断地向上爬，再说电视台连一个女主任都没有，更不用说台长了。

　　有一天，我休息，坐在寝室的窗前，一边吃方便面，一边望着台里的停车场解闷。一辆辆车开进来，又开出去，近午的阳光照在车顶上，让这些移动的车辆，看上去像一只只闪亮的甲壳虫。

　　我突然发现，这些昂贵的轿车，除了台长和主任的工作用车以外，其他一概是主持人的私家车。这些靠脸蛋、靠嘴皮吃饭的绣花枕头，在台里的工资奖金虽然不高，但是凭着成天出镜的知名度，在外面可以走穴，主持晚会，唱歌跳舞，还可以去拍照，做某种产品的形象代言人，每年收脸蛋的租金。

　　他们比台长有钱，比编导清闲，出门有人找他们签名，自我感觉比谁都良好。

　　我当然不能直接跟庄庸说——

　　我想当主持人，你既然升了制片人，就帮我安排一下吧。

　　他是一个讲原则的人，至少他心里是这样认为的。他也向来厌恶功利的人，如果我提个想下放做摄像的要求，他没准倒会同意。

　　我想，这一切只有我自己安排好了，然后在他的默许下实现。凭他对我的好，一旦万事皆备，在关键的时刻，他一定会不露声色地推我一把。

　　新上马的《爱情对对碰》，是邀请单身男女参加，在现场通过回答问题，参加游戏来实时交友的节目。控制这样的场面，最合理的主持人，应该是一个成熟的女人，智慧从容，幽默风趣，并且具有丰富的人生经验。

本来庄庸看中了湖南台的一位中年主持人，可是因为台里编制紧张，没法调动过来。台领导也似乎更倾向于用年轻漂亮的主持人，他们认为这样能保证收视率，所以对庄庸的报告不甚热心。

卢存义自然是稳妥地察言观色，正好台里新进了一批主持人，刚参加完培训，他就要了一个丰满俏丽的女孩子，派给了庄庸。

这个女孩名叫方芳，我第一眼看见她，就觉得她酷似一个人，圆润的脸蛋，满头鬈发，弯圆的眉毛，媚人的眼睛，还有花瓣一样的嘴唇，胸脯高高的，也许卢主任觉得，这样的形象就是成熟吧。

因为她和玫瑰长得如此相像，我本能地就讨厌她。庄庸也对她不大满意，那只是出于工作上的意见，他觉得一个刚毕业的女孩，还是广播学院毕业的花瓶，怎么能镇住这样一档节目？

方芳还算刻苦，在我们的调教下，把脚本背得滚瓜烂熟，但是临场的反应完全不行。每每遇到嘉宾在对话和游戏中出乎意料的精彩碰撞，她不是顺水推舟地引导他们发挥，反而惊慌失措，不管三七二十一，顺着本子往下背。

剪辑到这种地方，我和庄庸总是双双叹气，眼看最有趣的场面正要出现，中途被阻，也只能忍痛一刀剪掉。

不过，方芳倒要算这批年轻女主持人中，最实心眼的一个。

这群女孩子，花枝招展地拥进电视台，工作不怎么花力气，先交往男朋友。今天这个宣布，我的男朋友是台长的二公子，明天那个给大家看照片，原来和哪家上市公司的老板好上了，还有吹嘘和市长秘书谈恋爱的，后来一曝光，是管后勤的那个小秘书。

　　当方芳在录影棚录节目时，我就注意到，三号机常常越出自己的位置，摇臂上的镜头直直地对着方芳，拍得都忘了嘉宾的存在。三号机摄像的眼睛也直直的，这个男孩的眼神，让我想起了翔子当年是怎么看玫瑰的。

　　方芳录到一半跑出去喝水，她经过三号机摄像的身边，我看见了她微微回头，那种熟悉的媚惑眼神，她对着他在笑，裙子轻轻擦着他健壮的身体飘过去。三号机摄像也笑，脸红红的，眼睛里充满了莫名其妙的神采。

　　待到录影一结束，两个人总是一起不见影踪。

　　方芳的寝室，就在我房间的隔壁第二间。

　　每逢周二，是三号机摄像的轮休日，他棚里的位置，由另一个摄像替补。也就是每个周二，一大早，我总能听见方芳出门的声音，她的门"砰"地关上，然后是高跟鞋下楼的声音，如果我把头伸出窗外，就正好能看见她在楼下打车离开的身影。

　　有个周二，我故意早起在走廊晾衣服，就和正要出门的她"偶遇"了。我亲热地笑着跟她打招呼："方芳，打扮得真漂亮啊，这么一大早出门，赶着和男朋友约会吧？"

　　"哪儿有啊。"

　　她害羞地笑着，拨弄着长长的鬈发，粉红的迷人妆容、粉红的毛衣洋装、黑色的短裙、黑丝袜、黑色高跟鞋，宛若当年的玫瑰从德赛洛走来。

　　我故作羡慕地迎上去，打量她的毛衣："呀，真好看，新买的吧？你男朋友看了一定眼睛都直了，他老是眼睛直直地看着你，组里大家都知道了，你还瞒什么呀？"

方芳一听急了，拉着我的手，央求说："你让他们千万别说出去啊，别让我那些同学听到了，他们会笑话我的。"

"你们约会也不用这么一大早吧？"

我继续试探她。

"不是啦，"她得意地小声跟我说，"他说我一个人在外地工作，老是吃食堂，他做饭做得好，又不跟他爸妈一起住，休息日就让我过去，做一天饭给我吃，我这正赶去跟他一起买菜呢。"

"啊，真羡慕啊，真幸福啊。"

我热烈地赞美着。

"邓夏姐，你可千万别说出去啊！"

"好的，当然啦。"

等方芳走远了，我到食堂吃了早饭，然后悠闲地踱到录影棚，问他们要了份工作人员的联系册来看。

在三号机摄像的名字后面，我看见一个旧电话和地址被涂掉了，边上填着新的，地址是黄兴路的，远在五角场，不堵车的时候打车要三刻钟，高峰的时候就不好说了，一个半小时也到不了。

接下来这期《爱情对对碰》录棚的大日子，安排在周三。

周二一早，我冲进庄庸的办公室，报告说："庄头儿，惨了，这次邀请的男嘉宾都是大华公司的，他们公司说周三临时有会，希望改在今天录。"

"临时说改就改，这怎么行！他们公司怎么这样！"

庄庸最讨厌失控的状况，他恨不得全世界都按脚本来走。

我连忙补充我的汇报："庄头儿，你别着急。女嘉宾公司我已经联系过了，他们愿意配合也改在今天。录影棚今天正好轮空，我已经通知值班的摄像、导播什么的过来了。"

"那么方芳呢？"

庄庸抓住了重点。我们都明白，工作人员都可以替补，除了节目的嘉宾和主持人。现在的大动干戈，无非是为了保证嘉宾，但是主持人也不能丢啊。

我答："我正让实习生小黄打电话找她呢。"

我故意自己不打电话给方芳。

我一边补充说："庄头儿，她一准没问题。你想她就住在宿舍里，一大早的能去哪里，过来也就五分钟，化化妆，换个服装半小时，录影棚正好准备好，嘉宾都已经来了，坐上去就能开始。"

庄庸"嗯嗯"应着，心急火燎地走到外面的大办公室。小黄正在打电话："邓老师，方芳寝室没人啊。"

"打她呼机！这么早，她出门也走不远！"

我语气坚定。

小黄连打了好几次呼机，过一会儿，电话回过来了，小黄赶紧接起来："喂喂，方芳，你快过来吧，这里临时要录节目，最好五分钟内到……什么？你五分钟到不了？那……"

小黄看着我征求意见，我说："半小时内一定要到！所有人都等着呢！"

"……方芳，半小时内一定要到！所有人都等着呢！嘉宾也都到了！什么？你要两小时才能到？你去哪儿了？"

我想象方芳在电话那头支支吾吾。

最后，小黄拿着话筒向我们报告："方芳说她肚子疼，一早看医生去了，一时过不来。"

"噢，生病了也不能勉强人家啊。"

我示意小黄挂上电话，然后看着庄庸，征求他的意见。

男嘉宾公司周三的临时会议，是我跟他们经理私下约定的。女嘉宾公司的时间调动，我早在上周就通知了这种可能性，并取得了支持。录影棚的轮空，我前两天就看过计划表了。现在万事俱备，只等庄庸的一句话。

"得找个替补的主持人！"

庄庸说出了我最想听的一句话，但是他竟然开始翻找通讯录，边翻边说："就让《欢乐时光》的刘伟，来临时顶一顶吧，虽说是个男同志……"

"不行啊，庄头儿，他……不是前两天刚拔过智齿吗？"

我都急得口不择言了。

庄庸看了我一眼，惊讶地转而又看了我一眼，目光深邃，随后他似乎明白了，打着官腔哼哼哈哈地说："邓夏，这个节目的主持人要求很高啊，不熟悉脚本的不行，熟悉脚本的，还要形象好，临场发挥好。刘伟嘛，还从来没看过脚本，相比之下，最熟悉脚本的就是你了，看别人主持看得也多了，不过真要说到上场……你行不行啊？"

不光庄庸担心，我自己也心里没底，不过事到如今，这是唯一的机会了。我急忙大声应战："庄头儿，没问题，我来上吧。"

我一头扎进化妆间，等我出来的时候，周围的人都轻声地惊呼起来，焦躁地等在外面的庄庸，看见我的一刹那，眼神竟一下呆住了，定定地停留在我身上，久久不挪开。我对着他粲然一笑，他的反应竟然有些忸怩。只听见边上的议论低低传来："太美了，平时一点看不出来。"

"人要衣装，佛要金装啊。"

"那也要基础好，你就不成了吧？"

我肤色白皙，眉眼浅淡，平时看上去只落得清秀的评价，一旦上了妆，就大不相同了。当秀丽的眉眼被描绘出来，淡雅的颜色落在细白的肤色上，女人的妩媚娇艳，忽然在我身上绽放了。

今天的服装是一件金色的低胸礼服，是我前两天特地亲自去借的，借了比方芳小一号的尺码，那是我的尺码。我不再像以前一样瘦弱，裹在礼服里的我，骨肉停匀，曲线优雅。

庄庸一定惊奇至极，身边那个总是穿着宽大衣裳，脚步如风的假小子，那个跟他一起缩在机房里，面色憔悴的瘦小女孩，忽然变成了一个美艳的女人。

我自信地笑着，挺直腰杆，矜持而优美地往录影棚走去。

我做主持人，最紧张的经验，不过两次，一次是后来《德赛洛梦想之舞》的首录，一次就是这上场的头一回。

尽管中途错误百出，反复重来，但是从最后制成播带的效果看，我的主持水平，还是远远高于方芳的。

一方面，当然是在后期剪辑上，我花了大功夫，庄庸也亲自上阵，努力帮我修补。另一方面，毕竟脚本是我写的，而且做了这么些年的编导，我一定比一个刚毕业的主持人，更加懂得在什么地方需要说什么。

庄庸拿着播带去给台长和主任审片，我紧张得没敢跟去。庄庸回来跟我说："台领导说了，这女孩平时真看不出来，上镜这么漂亮，说话还特别机智，跟嘉宾一来一去的，精彩得很。"

我都快挂不住脸上的笑了，庄庸又接着说："我跟台长和卢主任当场提了，让你以后就来主持这档节目，那个方芳，就让他们另外再安排到别的节目吧。"

我恨不得当时扑上去亲庄庸一口。就听庄庸还是一板一眼地说："不过主持人要做，节目你也还得自己做，工作量增加了，节目的进度不能慢下来！"

"遵命，头儿！"

庄庸意味深长地看了我一眼，他实在了解我。我蹦蹦跳跳地回到位子上，打电话联络下一档节目，当晚没忘了死拉硬拽，请庄庸去吃了一顿大餐。

方芳临走前，在办公室一个人偷偷掉眼泪，一边整理桌上的东西，看见我走过去，把头扭开，只当没看见。

她很快去了社教中心，主持少儿节目。我想，那种节目的风格应该更适合她，她的头脑如果不是太简单，又怎么会挑一个摄像做男朋友，而不是她同学中的那些达官显贵。

1998 年春天，我开着我的奥迪，路过石门路大沽路口。

当时，我已经成了《欢乐时光》和《爱情对对碰》两档节目的女主持人，知名度日益提高，而且因为同时是节目编导，知性女性的形象特别讨喜，频频有企业请我去做形象代言，包括参加有高额出场费的种种活动。我的钱包殷实，想要的东西，刷卡即得，应有尽有。

我坐在我高级的座驾里，望着这个梦境中熟悉的路口。

在我面前的，是一片相当体面的住宅小区，两栋三十楼的高层建筑在这样逼仄的闹市中心，显然修建得过高了一点，裙楼外围是全透明的商铺，已经开始招租。

那条杰克每晚推着摩托车，送夏夏进去的窄弄呢？那前前后后成排的石库门房子，那些斑驳的高墙、黑漆的大门和清晨次第升起青烟的煤球炉呢？那每天早上，夏夏去买菜，走进去甚至感觉神秘的、幽深的菜场呢？

我停了车，站在高楼下，怔怔地出神。

这曾经是怎样深邃的一片森林，拐了一个弯，又是一个弯的弄堂，鳞次栉比的一排排石头宅子，永远走不到头，也看不到边际。可是现在，我站在这里，视线穿过高楼的缝隙，竟然能清楚地看见，成都路高架桥上的车来车往，近得仿佛挪步即至。

我已经忘了，我当时为什么会突然驾车来到这里，是办什么事情经过吗，还是为了追寻梦境中夏夏的世界？

售楼小姐热情地迎了上来："您要看看这儿的样板房吗？房型很好，又是黄金地段。"

我不知道，你是否有过同样的感受，有时候你看上去应有尽有，生活完美无缺，面对众人艳羡的目光，你硬撑着从容的微笑，却抵御不了内心的虚弱。

白天，我是风光八面的邓夏，领导倚重，同事恭维，名与利，一切应有尽有。夜晚，我却不可控制地化身为夏夏，进入最失败的另一种生活。

可怕的是，随着时间的推移，这种情况不但没有渐渐消失，反而出现得更加频繁了。

噩梦折磨着我，那些场景竟然日渐真切，不似梦境，倒宛若真实的历史再次重演。一次又一次，我经历着被婆婆丢弃的惶恐与哀伤，一次又一次，我重历着德赛洛大火的惊恐和绝望。

隔壁寝室的同事们，有时候会问我："邓夏，你昨晚一个人在房间里叫什么呀？声音好像还挺大的呢，半夜里吓人一跳。"

我有时回答："对不住啊，白天太累了，我大概说梦话了。"有时就说："抱歉抱歉，我昨晚一个人背脚本呢，白天没时间。"然后睡觉前，不敢忘了把窗户关严实，而且还找了封箱胶带，把边边角角有缝的地方都封死了。

越来越真切的梦境中，夏夏的悲伤、恐惧与愤怒，如此强烈地让我感同身受，有如舌尖被烈酒烧灼过的感觉，久久留存，这让我在白天，也时常精神恍惚。

如果我跟人形容这些古怪的感受，多半大家都会以为我疯了。可能，我确实疯了。

我特地去上海图书馆，查阅过很多心理学的书籍。

我曾经一度判断，我是因为生活颠沛流离，缺乏安全感，才让那个胆怯的夏夏，在我的意识薄弱时，主宰了我的身体，让我不断进入那些其实我最害怕重演的场景，被遗弃、被伤害，身陷绝境。

一旦我有了稳定的工作，有了生活的保障，有了更好的位置、更多的钱，一大堆奢侈的名牌衣裳、化妆品，一辆和台长同样规格的车，甚至考虑再买一套高级公寓，一旦我有了这么多让我感觉安全的东西，夏夏就会从此从我的梦境中退出。

但是，我想错了，夏夏霸占着我的黑夜，变本加厉，并试图侵入我的白天。

13.

一度，我希望能在庄庸眼睛里，看见真实的自己，就像庄庸也曾经试图在我的身上，找到他的家乡。

记得还是刚进台的时候，有一天凌晨，我们在机房一起熬夜剪片，困不可当，我好奇地问庄庸："你从来不抽烟吗？"

他答："以前抽，抽得很厉害，哪儿有做节目熬夜不抽烟的嘛。后来女儿出生了，和她在一起的时候抽烟，对她不好，憋着又难受，干脆就彻底戒了。她三岁那年，我调到上海工作，只说过两年就把她们母女俩接过来，所以还是戒着烟，就这么戒着戒着，戒习惯了，也忘了再抽了……"

抽烟哪儿有会忘了的，办公室里、饭桌上，时时有人递烟过来，庄庸总是笑笑，摆摆手，也许他还总是想着有一天，能够和女儿生活在一起。

说到他的女儿，他的眼神变得温柔，话语絮絮的："珊珊聪明得很，会说话了以后，我们就教她数数，也是教着玩的，她很快就能从一数到九，还记住了一个算式，四加五等于九，每次我们当着大家的面，问她，珊珊，四加五等于几啊？她就口齿不清地说，九！后来有人逗她，问，珊珊，那么五加四等于几啊？她想了半天，说，八！我们跟她说，不对啊，怎么会是八呢？你猜她怎么回答？她比画着说，后面的四比前面的五，少了一个啊。你说她是不是很聪明？"

这恐怕是庄庸关于他女儿，最后的记忆了。每次兴致勃勃地说着说着，他就忽然停住了，像在美梦中翻身舒展身体时，突然碰到了伤口，痛得醒来。然后，他就不说话了，沉默许久，眼神从未有过地黯然。

"我还从来没见过我的爸爸。"

我不知怎么脱口而出，说出来以后，我才想到，这倒是很好的迎合之词。

庄庸从屏幕上移转眼睛，扭头看我，夜静，他目光有水一般的柔软，他问："邓夏，你爸爸呢？"

我开始后悔提到这个话题，我简单地回答："他去世了，在澳大利亚留学的时候，车祸……"

我喉咙发干，倍感艰难，我很想尽力地描述他，可是想象软弱无力，我怕一说出来，更变得可笑自欺。想象中，那个被妻子责难支使、远赴异国的父亲，据说个性温和、唯唯诺诺的工程师，可能就是面前这个男人的模样，这个默默想念着自己女儿的父亲。

"哦。"

庄庸很善解人意地没有再追问下去，他照例拍拍我的脑袋，在每次表示爱护、赞赏，或者安慰我的时候。

这个漫长的凌晨，我们断粮了，饼干和方便面前一天就被吃得干干净净，我们忙得忘了在晚饭时去买来添上，到了后半夜，彼此都能听到对方肚子的咕咕叫声。庄庸一个大男人，更是饿得六神无主，几次剪错镜头。

我看看表，三点半，离食堂开门还有三个小时，于是拿起随身的小包，对庄庸说："你先剪着，我去买吃的，马上回来。"

"现在这个时候，哪儿还有商店开门啊？"

"你别管了，我给你买来就是了。"

我做了个鬼脸，闪身蹿出机房，就听庄庸在背后叫："路上小心啊，别跑太远。"

那个年月还没有二十四小时的便利店，但是上海人都知道，淮海路上有一家燎原食品店，是开到凌晨四点的，这家老字号多年来照应着一贯喜欢夜生活的上海人。

我打了一个车，快去快回，二十分钟以后，我又出现在机房，手里拎着大包小包，有方便面和火腿肠，还有大瓶的冰冻可乐。

庄庸惊奇地问："你打哪儿弄来这些的？不会是半夜趁黑，打碎玻璃，抢劫了小卖部吧？"

我笑得得意扬扬。

等庄庸知道了，上海还有这样的店，不禁感慨道："我到底是个外乡人啊，都来了两年多了，还把上海当青岛呢，只当出门以后，还是老街小城，安安静静的海，有时候我低着头走在路上，都有错觉能闻到海水潮湿的气味。"

我试图打破这忧伤的气氛："有我在这儿，你还外乡人不外乡人的，分明是骂我照顾得不好嘛。"

热腾腾的方便面上，焐着剥了皮的火腿肠，这是我们俩机房夜宵的传统至尊美味。当盖子掀开，香味扑面涌出的时候，静谧的机房充满了隐秘的温暖。

两大碗面很快下肚，肚腹的饱暖让精神再度兴奋起来，保温杯里再次灌满了冰冻可乐，一个杯子两个人喝。剪辑进行得非常顺利，不觉间屏幕上渐渐现出窗外的反光，原来不知什么时候，朝阳又升起来了，挂在窗外的民居背后，笑盈盈地看着我们。

升任双料的制片人后，曾经有一天，庄庸央求我陪他去逛逛百货商店："你看，我这个外乡人，来了四五年了，就在台旁边的小店里随便买几件衣裳换，这件衬衫才三十五块，你这个上海人也陪我去大商场走走吧，买一身体面的衣服，让我也开开眼界。"

庄庸故作可怜巴巴的样子特别可爱，他的自嘲总显得雍容，因为他内心是个特别骄傲的人，可是在我面前不一样，他更喜欢有机会撒撒娇，尤其在他开心的时候。

我笑得前仰后合："庄头儿，你一当领导就开始挤对我，这可不好啊。"

庄庸这些年很少出门，这点他没瞎说，电视台的办公室、录影棚和机房，是他的王国，只要不走出这里，他也许真的可以忘记，身处异乡，或者，他一度很讨厌这座过于繁华庞大的城市，因为他走在其间，觉得无措。

不过这个时候，终于有一项任命，让他证明了自己的成功和价值，他迫不及待地想要走到外面这座大城市看看，这已经是座他开始征服的城市了，他要检阅一下，它的疆域究竟有多辽阔。

三四点的样子，我们提前完成工作，偷偷溜出了办公室，南京路上风和日丽，静默的老宅新楼，注视着脚下的人来车往。

我拉着庄庸一脚踏进了市百一店，商场如巨大的迷宫，让女人如鱼得水，让男人不辨东西。庄庸笑呵呵的，任由我摆布，试这件，换那件，不时发表一些保守退缩的意见，诸如：

"你看这件是不是太活泼了一点啊？横条纹的 T 恤衫，还是绿色的。"

"这是墨绿啊，庄头儿，又不是翠绿。"

"邓夏邓夏，这件真的不行，这么多格子，像个小伙子一样。"

"难不成你是老头了啊？"

"是老头子了，早就是了。"

一边的营业员大姐插进来打趣说："看你女朋友待你多好，也不嫌你是个老头子，还陪你出来买衣服，这不就是要把你打扮得年轻一点，否则怎么配得上人家漂亮姑娘啦。"

我瞅瞅庄庸，他总是自恃年轻，才会自嘲为老头子，这下真的被指认为老头子了，他的脸色古怪不已，我哈哈大笑。

上楼时路过女装柜台，庄庸忽然看中一件丝质上衣，他拿了在我身上比来比去："我觉得这件鹅黄的衣裳很适合你啊，来，试一试。"

我愣住了。

"买给你好不好？你穿着一定漂亮。"庄庸亲昵地对我说。

轻描淡写的两句话，如炸雷般在我耳边响过，我惊觉，那不是杰克说过的话吗？简直一模一样。

十年的光阴转瞬即逝，一样的地点，一样的话，只是身边的人换了。

庄庸看我机械地摇头，只能失望地放下衣裳。

扫荡市百一店，战果丰富，庄庸添了一件衬衣，白底藏青格子；一件 T 恤衫，墨绿横条；两条长裤，我知道他喜欢浅色的，挑了米黄和卡其色的；一双皮质凉鞋，庄庸到了上海，还保持他在青岛的习惯，夏日里喜欢一直穿舒服的凉鞋；还有一双系带皮鞋。我跟他说："做领导了，重要场合，还是穿藏起脚趾的鞋子比较好。"

出了市百一店，我们又直奔华联商厦。我拉着庄庸的手，在一家家店铺里穿行，我忽而体会到了当年杰克的心情，他是努力想要逗那个女孩开心。

是的，现在我只想要庄庸开心。

逛街绝对是一个体力活。提着一大堆购物袋，才走到大光明电影院门口，我们两个就都饿得不行了，于是冲进电影院二楼的人民饭店，拍着桌子要菜单。

人民饭店虽然有这样一个宏伟的名字，其实是一家特别家常的小馆子，很多煲和小吃，就在店堂里直接炖着、蒸着，可以让顾客自己拿。

我们还来不及等菜上来，就又拿了两个印度飞饼、一个土豆牛肉煲、一个蹄筋煲，所以等菜上了一桌以后，我们只能摸着胀鼓鼓的肚子，不甘地继续吃，速度却明显慢了下来。

"小姐，给我们一瓶冰冻可乐。"

我总是能在庄庸开口之前，知道他的需要。

庄庸望着我笑，眼睛深邃如海，神情复杂，他说："从小到大，陪我逛过商场的，只有两个女人，一个是我母亲，一个是我前妻，你是第三个。"

我心道，这算什么话！脸上却做出温顺的倾听状，因为我知道，他此时又有很多话，要和他自己说了。

庄庸这天晚上说了很多往事，他自己也惊讶，为什么会在这个小女孩面前，讲这么多琐琐碎碎的童年、失败的婚姻和莫名其妙的抱怨。

喝着冰冻可乐，他忽然很想喝一点酒，又要了一瓶孔府，却只喝了三分之一就满脸通红。

他想起他的父亲，很少喝酒，只有两次，喝了家里存放很久的白酒，表现出少有的不快。第一次是他们厂里的班子调整。

他父亲原来是青岛一家国有大厂的副厂长，主管技术，可是一次权力斗争下的班子调整，他居然被调去做了厂校的校长。他喝了酒，沉默着，第二天还是照常一早起床，兢兢业业去上班。他这一生，总是把工作当成神圣的事情去做，他再三强调的事业。

他父亲第二次喝酒，是厂子宣布关闭的那一天。之后，他去了一家百货公司做办公室主任，专业算是全废了。他依然努力地做着本职工作，尽管是各种事务性的工作，安排会务，接待客户，甚至不厌其烦地为职工排解家庭矛盾。

他退休以后，逢年过节，偶尔公司的同事们上门来看看他，他就会高兴好几天，唠唠叨叨地对家里人说："看，我的工作还是很出色的，同事都还记得呢。"

他母亲是大学中文系的教师，也总是费尽心力把工作做得完美，学生都很喜欢她，常常上门来看望。可是和她差不多资历的同事，都纷纷评了教授，她总还谦让着，直到临退休了，才有了副教授的职称。

庄庸印象中，少年时的自己，温和、快乐而怯懦，大学的最后一年，忽然有个女孩子向他表白，很快他们走到了一起，那就是他的前妻。

后来老同学聚会的时候，大家都说："庄庸，当年你简直就是校园里的白马王子啊，成绩优秀，气质儒雅，个子高高的，还常穿着浅色长裤，玉树临风的样子，有多少女孩子暗恋你，可是你呢，进进出出都很少说话，弄得她们都不敢跟你搭腔。没想到，最后和你好的那一个，是最普通的一个。"

庄庸的前妻确实顶多算一个小家碧玉，无论市井的家庭背景，还是成绩、相貌，都只是一般。庄庸觉得，她最美丽的部位，就是她小巧高耸的鼻子，好像一个感叹号，写在了庄庸平淡无奇的生命里。

庄庸在校园里的出色，并没有能延续到他的工作上，他勤勉认真，但是和他差不多资历，甚至资历比他低的同事，都纷纷分到了房子，升了官，或是调动到油水充足的岗位上，可是他还是日复一日，做着刚进台时的工作，宛如新人。

前妻一开始并没有苛责他，毕竟嫁入了一个环境好很多的家庭，并且很快有了可爱的女儿。她只是若有若无地暗示他，利用每一个可能的机会。庄庸也不是笨人，他感觉到，妻子是在哄着他，像哄一个孩子一样，趁他高兴的时候，鼓动他钻营上进。

庄庸并不是不想满足妻子的要求，只是，他是真的做不来。父母的温厚刻在他的骨髓里，注定了他在权术周旋中的弱智。

女儿两岁的时候，妻子终于不再顾及他的尊严，第一次指着他的鼻子骂："你这个没出息的男人，准备靠什么养家？"她熟练地使出了市井家庭的谩骂腔调，让庄庸觉得震惊并反胃。

女儿三岁那年，庄庸得到了一个调往上海台的机会，他知道妻子要的并不是这个，但这是他可以做的唯一努力，一个曲线救国的方案，既然他没有技巧在本单位钻营上升，不如去一座陌生的城市，一座听上去很体面的大城市，也许在那里，他可以获得意外的承认。

虽然年前庄庸的父母相继去世，这个时候，他照理应该留在家乡丁忧，但是，为了幼小的女儿，他不得不奋力一搏，顾不得那么多了。

庄庸临走的那个晚上，对那个还是他妻子的人说："我会很快在上海做出一番事业，很快会接你和女儿过去一起住。"妻子冷冷地看着他收拾箱子，不说话，也不动手帮忙，她静默地坐在大床的那头，高耸小巧的鼻子在脸上画出一道阴郁的影子。

半年后，庄庸远在上海，收到了她的离婚协议，前妻美丽的高鼻梁，从此成为他深藏于内心的一座立志跨越的险峰。

醉眼蒙眬中，庄庸看着面前这个女孩，她正托着腮，眼神虔诚地听着他的絮叨。

那清亮无邪的眼睛，多么像他的女儿。女儿从襁褓，到开始蹒跚学步，她黑白分明的双眸，总是这样一刻不离地望着他，那样全然的信任，全心的依赖，仿佛偌人的世界，他是这个弱小生命唯一的保护者。

"庄头儿，你别再喝酒了，一会儿喝多了难受，来，喝点可乐吧。"

庄庸看着女孩给他倒可乐，一脸乖巧的笑容，他在心里深深地叹了一口气。

他知道那个女孩要什么，在她温顺的外表下面，其实，心志高远。女人的欲望总让他感觉害怕，她比他的前妻要得更多，前妻只是要一个有出息的男人，她却好像更愿意自己成为那个有出息的人。她的奋发努力、思维灵巧，有时候甚至让他这个男人也感到压力。

而且，她比他的前妻更危险。看着她的眼睛，他居然常常会停止思考，他正不自觉地被她吸引，他知道，这绝不像父亲爱女儿那样简单。

"庄头儿，我们早点回去吧，你回家再试试新衣裳。"

庄庸揉揉泛红的脸，疲惫地笑笑，站起身来，女孩微笑着收拾购物袋。他接过袋子，忍不住又去看她的眼睛，这样清澈的眼神。他宁愿自己相信这双眼睛，丢盔弃甲迷失在那里，只要她能忘记她要什么，或者他能忘记她要什么，一切，就会完美如天地初开。

在流光溢彩的映照下，夜色如黑色威士忌，醇厚明净。

离家久了，就总有回家的念头，好像安泰俄斯在寻找那片给他力量的大地。

1998 年深秋，庄庸终于请了假，回阔别六年的青岛省亲。

当庄庸一脚跨下飞机的时候，他激动得心跳加快，多么熟悉的气味，温润的小城，树木的清香和海的淡淡咸湿。所谓近乡情怯，恐怕就是这种感觉吧。

他像一个梦游者，在街巷里熟练地穿行，梦境中重温千遍的路。他惊异于很多地方新楼矗立，面目全非，怎么就在一夜之间。

昨夜、前夜，之前的每一夜，他待在方寸的屋子里，总还恍惚地以为，外面就是他从小长大的城市，他常有这种错觉。没有错觉的时候，就是想念，家里的一草一木，都是好的啊。

他急切地想要见到他的女儿，上楼的时候，那栋公房意外地老旧，让他充满了不祥的预感。那个九岁的女孩，在旧貌不存的房间里，一脸狐疑地看着他。前妻显然是看在抚养费的面子上，让孩子叫他爸爸，珊珊学舌般叫了，庄庸一把搂住她，却发现她肩膀僵硬着，站得直直的，眼神警惕。

他的女儿不再认识他了，他也不再认识自己的女儿，就这么简单。

他好像陷入了一个不会醒的梦魇，每次沿着熟悉的路，数着拐弯回家，每次认为已经到家门口了，拐过最后一个弯，看见的却是一栋陌生的房子，一些陌生的人。他们嬉笑着对他说："我们一直住在这里，这是我们的家，你是谁？"

他逃也似的离开了青岛，请了一周的假，勉强只待了三天。

庄庸走了以后，我每天晚上独自在卧室喝酒。黑莓味的伏特加，口感柔软，却烈得伤人。

买下了石门路的新公寓以后，我开始觉得，这是个最大的错误。

簇新的楼宇，整修一新的街道小区，把现实和过去残忍地一刀割断，似乎更证明了夏夏的梦境是一片虚妄，而我一次次疯狂地回到梦境，是一种不正常的病。

记得最后一次来看老宅，还是在大学二年级，拆迁的通知下来了，我回来收拾东西，也不剩什么了。我只带走了那个布包袱，里面是婆婆的信，信箱里还有几封，我一起放进去。我没有写信通知婆婆，地址变动，我想象接下来，她的来信将被盖上"查无此人"的邮戳，原封不动地退回去。

在整理包袱时，我无意中发现，那里面还有一张火车票，时间是1988年12月28日6点05分，杰克给夏夏买的票，夏夏忘了退吧。不知为什么，她把这张车票和婆婆的信包在一起了。

我走出屋子，合上八扇格子门，穿过狭小的院子，关上黑漆的大门。我在寂静无人的弄堂里站了一会儿，正是傍晚，一群飞鸟穿过天空，在石库门高墙的夕照里，留下了翅膀的影子。

我一无留恋地离开了这里，过去的生活只让我觉得耻辱，被抛弃的孩子，为了明天的晚餐彻夜打工，无望的单恋和被戏弄的失恋，还有残旧的房子，它并不能遮风挡雨。现在我再次回到这里，住在高级公寓的二十七层，和伊丽莎白一样喝着果味伏特加，过着至真至美的生活。我告诉自己，不要多想，我什么也不缺了。

但是，当酒意袭来，在这片旧宅的土地上，面对窗外陌生的城市喧嚣，过往一无痕迹，我更加感觉孤单、恐惧。我是这么想念远在青岛的庄庸。

到电视台的四年里，我几乎没有一天离开过他身边，有他在的地方，似乎就是我该存在的地方，他每天早上的电话，他高而微驼的身影，让我觉得安心而自在。我开始胡思乱想，设想着他和前妻重逢的场面，那个高鼻子的女人，也许他们久别重逢，会旧情复炽。我甚至开始嫉妒他的女儿，他每次说起女儿，那眼神，简直就像在谈论一个情人。

他要去一周，七天里，每天都可能有新的事情发生，是不是回来的时候，他就会带着妻子和女儿一起？

我觉得我变回了夏夏，我就是那个情窦初开的女孩，想念着电影院里贴身而坐的男孩，想念他身上好闻的洗衣粉的香味和淡淡的汗味，在想到他和别人出双入对时，禁不住妒火中烧。我就是那个笨拙可笑的夏夏，即使优雅地喝着果味伏特加，我也永远变不成那个矜持的伊丽莎白。

晚上，我又梦见了婆婆，醒来的时候，还喃喃叫着，你在哪里，你在哪里。睁开眼睛，闹钟指向九点，手机静默无声，我忽然意识到，我其实唤的是庄庸。

飞机降落在虹桥机场，庄庸没有回家，提着行李袋，直奔电视台。

电视台这些年也在不断变样，两栋奇形怪状的高楼拔地而起，一栋像巨型帆船，一栋像半个金属球，据说都是著名设计师的作品。原先的四层老楼被修葺一新，变成了一栋楼的裙楼。

当庄庸看见了这栋四层办公楼，他的感觉一下子好了起来。他大步流星，走进底楼的办公室，邓夏的桌子空着，黑板上她的名字后面，写着"录棚"。他到自己办公室放下行李，三步两步，从消防楼梯直接走到三楼，穿过通道来到新楼，直上十楼。

录影棚里人头攒动，正是忙碌的时候。他一眼就看到了正在看本子的邓夏，他刚要走过去，就看见邓夏抬起头来，惊异、惊喜、欢跃，她像一只小兔子一样蹿了出来。

她来得太快，他迎面而去，险些撞了满怀。

"庄头儿，这才第四天呀，你你……"

庄庸的笑，从心里涌到嘴角，他看着她晶亮的眼睛，那才是他的女儿，他深爱的女人，有她在的地方，就是家了。

录棚结束得很晚，我们饥肠辘辘，出门找餐厅。

想找一个环境好一点的地方，可以一边吃饭，一边说说话。结果一走走了很远，来到了淮海路上的红房子餐厅。

洁白的桌布，昏黄的烛光，嫣红的剑兰装饰着雕花的墙，红砖的壁炉整修一新，打着领结的侍者无声地穿行，餐厅里飘荡着牛排的香味和悠扬的音乐，好像就是那首《旧日的好时光》。

在我面前爱说话的庄庸，破例一言不发。我也没有为了调节气氛，故意去逗他说话。事实上不用说话，温暖的空气在我们中间流动，我望着他笑，快乐得不得了。

出门的时候，经过了一家电视机商店。

忽然，无数张自己的脸，出现在我的面前，自信的、优雅的，与嘉宾周旋，言笑自如。我第一感觉，那是一个陌生人，然后，我很快意识到那就是我。

我好不容易才学会，不需要任何人，不依赖任何人，好不容易才摆脱过去的笨拙无助，成了八面玲珑的邓夏。可是现在这个深陷爱河的我，又是谁呢？我不可以再变回夏夏！

我头痛欲裂，跪在地上一下子呕吐起来，吐得翻天覆地。

夜的翅膀张开了，隔绝白昼与现实。

庄庸久久地拥着虚弱的我，让我靠在他的胸前，为我揉背。他的身上散发着灼热的温度，那是灰沙、海水，混杂着电视台大楼的气味。

深秋的夜晚，凉意沁人，他抱我进卧室，关上窗户，打开空调，轻轻为我盖上被子。在他转身离去的时候，我拉住了他的手。他一下拥住了我，猛烈而猝不及防，他紧紧抱着我，用让人窒息的力气。

他的下巴抵着我的额头，胡楂坚硬扎人。我抚摸他的脸颊，他握住我的手，轻柔地，他吻我的每一根手指，我的额头，我的眼睛，我的唇，我的颈。他细心地解开我的衣裳，有如打开一份珍贵的礼物，温柔得让我惊奇。

不知怎么的，当一切发生时，喘息和疼痛中，我的眼前忽然绽开了一片明亮的光影。

我回到了电影院门口空等的那个午后，灿烂的梧桐绿叶疯长，蜻蜓盘旋在半空，深秋的凉意里，我竟闻到了潮湿的盛夏气息，带着暴雨将来的逼人热意。

曾经电话里刺耳的铃声，无人接听的铃声，带着可以想象的亲密意味，一声一声，在此刻，毫无顾忌地响起。

彻夜的时间，我们说了很多的话，都是絮絮的往事，没有人讲到现在和将来，仿佛这个话题太沉重，彼此都承担不起。我们没有说过"爱"这个字吗？好像是的，谁也没有说。

我只记得他说——

"邓夏，每次我看见你的眼睛，都忍不住想吻你。

"邓夏，你心里有座城池，让人看不透，走不进，你仿佛不需要任何人。

"邓夏，是不是只有你偶尔软弱的时候，才会需要我？"

我怎么回答的呢？

我没有回答，在不能确定他是否认真之前，至少在他没有明确说爱我之前，我不想让他知道，我爱他。我更不敢睡去，害怕泄露我那糟糕的梦游症。在他面前，我尤其希望自己是完美的。

天亮的时候，我们双双起床，准备去上班。

我还觉得有些头痛，就从客厅电视柜下面隐蔽的柜门里，拿出了黑莓伏特加，倒了一杯，我喝了半杯，被庄庸抢去喝了剩下的。我们像两个揣着秘密的孩子，一路莫名其妙地兴奋着，直到踏进办公室，才敢偷偷对看，露出笑意。

14.

下午觉得非常困，我没和庄庸打招呼，就偷偷溜回公寓。

站在莲蓬头下，柔软的水蜿蜒而下，从发际到脚跟，好似庄庸轻柔的抚摸。我觉得我的身体不一样了，形容不出的微妙变化，好像它已经是两个人的，他和我共有的。

披着浴袍，我躲进卧室，打开电视。我看见浴袍下我的脚，想起庄庸居然握住我的脚，吻过我的脚趾，我不由得脸颊绯红，那些脚趾也红着它们的脸，齐刷刷地瞧着我。

回想庄庸的神情，他深邃如海的眼睛，他的温柔，我想他一定是爱我的，虽然他没有说。

我明白这个世界没有不会凋零的爱，我从不许愿，此刻，我却虔诚地向上天祈祷，只希望，这一切不会凋零，永远那么静、美、自然。

晚饭时分，我换了一身轻松的休闲装，头发湿漉漉的，脂粉不施，下楼去觅食。

我还从来没有在公寓附近吃过饭，终日泡在办公室。

原来的大沽路菜市场，拓宽成了一条干净的街道，两旁有不少小店。我居然在路口，发现了那家叫作"屋里香"的饮食店。都十年了，这家小店还是单扇门面，只不过简陋的玻璃门，换成了一扇体面的拉门，原本"屋里香饮食店"的木头牌子，也换成了"屋里香餐厅"的霓虹灯，在这华灯初上时，还没来得及打开。

不知道谁这么过分，在这扇小小的门前面，居然停了一辆巨大的悍马越野车，车还装饰得怪里怪气的，贴着很多标志，焊着大灯。

我走进店里，买筹码的柜台早没有了。里面的方桌长凳也"改革"了，变成了铺着方格台布的桌子和火车座沙发。这里显然是改成了广式餐厅，墙上贴着很多汤和煲的名字。

穿着方格围裙制服的小姐，刚要过来招呼我，就听见后面有人大声叫："嘿，那个叫夏夏夏的！"

我脱口而出："我不是夏夏夏的，我叫夏夏。"

我吃惊地回头，只见杰克就坐在我身后，一脸坏笑地瞪着我。

"喂，你怎么来这儿吃饭？家里人没给你做饭啊？"

杰克若无其事地问，好像他昨天才刚刚离开。

我捂住嘴，差点哭了："大叔，你回来了。"

"是的，我说过我要回来的嘛，回来看你，夏夏。"

杰克大踏步地走过来，紧紧把我拥在怀中。

大叔，可不可以不要走？

不行。

大叔，你会回来的是吗？

是的，我会回来。

杰克长大了，他瘦长的身体变得宽阔，目光不再如刀般锋利，变得柔和沉稳。

他不再长青春痘了，只留下坑坑洼洼的浅痕。他还是黝黑的肤色，浓密的眉毛有趣地皱着看人，坏笑起来，左脸有深刻的笑纹。

他染了褐色的短发，干净利落的发型，一件米色灯芯绒西装，肘部有别致的皮质镶拼，一件橙色印花的厚衬衣，一条休闲裤，一双威武的皮靴。很显然，门口的悍马就是他一贯品位的坐骑了。

"老板娘，给这个小姑娘来一碗辣酱面，再加一块大排！"

他老没正经地大声嚷嚷着。

我连忙捂住他的嘴："大叔，你疯啦。"

他哈哈大笑，把菜单递到我面前。

"大叔，你什么时候回来的？"

"回来有几个月了。"

"你怎么会在这里吃饭啊？"

"为了等你啊，你的房子拆迁了，德赛洛舞厅变成了婴儿用品商店，以前的人一概没了联系，你说我不在这儿等你，我还有其他办法吗？"

杰克一脸讨伐地看着我。

"你真的是为了等我？"

我傻乎乎地追问了一句。

"你看看，你怎么比我当年还疑神疑鬼啊？我还在这儿买了房子呢，就在那个小区。"

杰克指了指我住的地方。

我惊叫起来："大叔，我们又成了邻居呢。"

我不知道杰克为什么回来，为什么又买了这里的房子，也许他有生意在上海发展，也许他觉得这个地段的房子有升值潜力，谁知道呢。

"今天是我在这里吃的第四十二顿饭，总算是等到你了，老板娘都应该付你回扣了。"

杰克半真半假地说。我嫣然一笑，只当领受了这份恭维。

我明白，既然夏夏故事中的人回来了，有些关于过去的问题，总要被问及。

"夏夏，我听德赛洛附近的老居民说，舞厅是被一场大火烧掉的，当时还差点伤着你，发生了什么呀？"

"哦，我也不清楚，可能是意外吧。"

一丝不易觉察的惊诧，从杰克的眼里掠过，但我还是看见了。

"翔子呢？还有玫瑰，他们现在怎么样了？"

"自从德赛洛被大火烧了以后，我就再也没有跟他们联络过，你也没他们消息吗？"

杰克苦笑着说："我当年是去躲债逃命的，你在上海都丢了他们，我怎么会有他们的消息呢？"

杰克想了想又问："那么胖子呢？"

"大火以后，他溜得跟兔子一样无影无踪，可能怕大楼要他赔偿吧。喂，大叔，你是来上海登寻人启事的啊？"

我甜笑着注视杰克，我想这样美丽的笑容，已经足以制止他再问下去了。

杰克果然很绅士地回答："不敢不敢，我就算要登寻人启事，也只找你一个人啊。找到了你，别人我都懒得再看见了。"

我巧妙地转移话题："大叔，你这些年过得好吗？"

杰克轻描淡写地回答："还不就那样呗，勉强活着，做一点小生意，混口饭吃。在深圳有一家公司几家厂，做做外贸服装订单，还算是老本行吧，赚了钱就买车玩。你呢，你好吗？"

我笑得像一朵盛开的花："大叔，你看呢？"

"嗯，满大街都能看到你的脸呢。我刚下飞机的时候，简直吓了一大跳，怎么我要找的人，人家都早就帮我满街贴好寻人启事了。"

"大叔，你好好说话嘛。"

杰克微笑地正视我说："好，夏夏，你漂亮了，能干了，长大了，这样行了吧？"

我们都长大了，十年以后，我二十七岁，而他已经三十二岁了，时间如白驹过隙啊。

整个晚上，庄庸居然没有打来一个电话，与杰克分手，回到一个人的公寓，我的心情就开始陷入了忧伤的低谷。

我觉得，杰克的突然出现，可能是个不祥的征兆。他曾经嘱咐我，把你的心装进铁盒子里，不要相信任何人，不要依赖任何人，这样，就没有人会伤害你了。

现在，我背叛了我的凶神，所以上天安排他回来找我了。

昏昏沉沉进入梦乡，我再次回到德赛洛舞厅的熊熊大火中，火焰爆裂着吞噬一切，燃烧的床前，那个人，面目模糊。我一头冷汗地惊醒过来，空调静静地运转，房间一片炽热，一看床上的闹钟，才凌晨五点半。我再也无法入睡，杰克的问话在我耳边回荡——

德赛洛是被一场大火烧毁的，当时发生了什么？

那个站在床前的人，也许是胖子，他做了什么见不得人的事情，在逃跑之前，想毁掉关于他的一切，什么也不给我们剩下。于是他一早提着一桶汽油，来到舞厅，看到四下无人，就在我床上倒了汽油，点燃了那场火。之后，他消失无踪，这很合理。

或者，那个人是玫瑰，她一直嫉妒我的优秀，于是她找来一桶汽油，在我期末考试之前，来放火烧掉我的容身之地、我的所有书本和行李。这样，她就终于可以看到我失去一切，考试的成绩和我爱的翔子。

那个人，甚至可能是杰克自己，他偷偷返回这座城市，为了报复夺走他舞厅的胖子。现在他特地询问我，只是在试探我当时是否看到了什么，还是真的一无所知。

当时，我在吧台里蹲下身子拿面包，那个人进来了，我恐惧地躲在吧台后面，目睹了整个过程，然后因为惊吓，我忘记了这一切。也许事实就是这样吧。

这种心理游戏，已经是我的惯用伎俩了。每次我感觉内心特别不平衡的时候，我只要把别人想得卑劣一些，我的心里就会好受一些。

正如那个玫瑰和翔子失约的下午，夏夏像傻子一样空等在电影院门口，站在无人接听的电话机前，默默想象着他们在床上的打闹，决定命运的肌肤之亲。年少的夏夏，曾经反反复复被这一幕折磨。

每当此时，为了安慰可怜的夏夏，我就对她说——

翔子算什么，他只是一个被宠坏的孩子，在父母羽翼的保护下，完全不知道生活的艰辛，就想着自己那点可笑的爱情，被女人骗得团团转，还当是幸福。而玫瑰呢，她哪里是你的朋友，她分明在设计一切找机会诋毁你、羞辱你。

这样的两个人，你何必为他们伤心？

之前，在母亲和婆婆相继离开后，我也曾对夏夏说，母亲从来都是一个娇纵自私的女人，而你的婆婆，她从来都不是你的亲人，她根本没有义务照顾你。

甚至在取代了方芳，得到主持人的位置以后，我也不得不常常安慰自己，方芳是一个愚蠢的人，她主持《爱情对对碰》，一定会毁了这个节目。再说，她和三号机摄像谈恋爱，也并不一定是真情，也许她正想借此让摄像机多给她一些镜头呢？

天下的事情，天知道。我只能努力让自己活得心安理得一点。

无眠，只听见闹钟轻轻向前走，六点、七点、八点。

昨天下午，不打招呼地回家，我满心以为庄庸会来找我，至少，打一个电话，询问我的去向。可是直到长夜都过了，什么都没有发生，我觉得自己成了一个最微不足道的玩笑，我忽然无影无踪，却没有人觉察，庄庸居然没有觉察。

我告诉自己，庄庸果然是一个薄情寡义的人，就算我跟他没发生什么，我是他多年的搭档，我突然消失，他也应该问一下。他是一个离婚的男人，天知道他的婚姻里发生过什么，也许正是他不负责任，不关心妻子，才造成了今天的局面。也许他回青岛遭到了冷遇，这才想从我这里获得些补偿。他可能就是兴之所至，反正我一贯对他温顺，他算准了我不会拒绝他……

我的脑袋里塞满了乱七八糟的念头。九点，手机终于响了起来："邓夏，你到台里了吗？"

我语气不善地答："没有。"

十五分钟以后，门铃响了，庄庸奇迹般地出现在门口。

我一阵惊喜，穿着睡袍就上前拥住他，他只是淡淡地搂了搂我的腰，然后说："赶紧换衣服，我接你上班去，今天好多事呢。"

眼看一身睡袍的邓夏，扑进他的怀里，庄庸又闻到了前夜的气息，一种夏日雨后的馥郁，从这个女孩的肌肤上散发出来，让他沉醉，心神摇曳。

他想反手关上房门，抱她进卧室，像前夜一样，吻遍她的全身，但是他控制住自己，只是冷冷地对她说——

我接你上班去。

昨天下午，他发现办公室里邓夏的座位不知何时空了，她的手袋也带走了。他想她也许是困了，溜回家去睡觉，毕竟一夜没有合眼。

匆匆做完手头的一大堆工作，随便吃了几口盒饭，他打了一辆车，直奔邓夏的公寓。他在马路对面下车，正要向小区走去，猛然看见，邓夏正和一个褐色头发的男人从拐角的餐厅并肩走出来，上了一辆价值不菲的悍马越野车。车子拐了一个弯，竟然直接开进了邓夏的小区。

庄庸呆立当场，胸口好像被一把怒火烧过，又被一盆冷水浇灭。原来还有人，可以像他一样进入她的公寓。

他第一反应是冲到邓夏的公寓，问她这个男人究竟是谁。但是他立刻意识到，他并没有这个权利，他不过是昨晚与她有一夕之欢。

昨天夜里，他也有过一刹那的惊疑，因为她的紧张和笨拙，还有他进入她时，她貌似疼痛的战栗。但是她随后的平静，让他不敢造次询问。

她不是一个简单的女孩子，她貌似温顺，内心却仿佛有壁垒森严的城池，她不像他，从不需要向别人倾诉烦恼。她似乎可以从容地处理任何事情，果断有效。他只知道她想要的很多，却不了解她还有多少秘密瞒着他。

他可以设想，如果，他向她诉说爱和依恋，她一定会顺从地回应。但是她的心里，也许正暗暗地笑话他，令他尊严丧尽。现在，他唯一感觉庆幸的，就是没有在昨夜做出过分的表白。

15.

自从庄庸那天早上态度冰冷地亲自上门接我去上班以后，我就再也没有闹过脾气。本来嘛，我有什么资格对他任性？我不是他的什么，正如他不是我的什么，我想，他的冷淡是为了提醒我这一点。

"邓夏，你过来一下。"他的声音自分机中传来。我照例顺从地走进他的办公室，就见他目光炯炯地看着我，似乎很满意我还在他的掌握中。

那一阵，他一反把我当成镜子与自己交谈的习惯，净说一些言不及义的话，有时候前后不连贯得让我都听不懂。而他的眼睛却一刻不停地打量着我，似乎要从我脸上看出什么谜底来，至于那些谜面，他就是不肯说出口。

我还是一如既往地趁着他不在办公室的时候，为他的保温杯加满冰冻可乐，拧紧盖子。他照旧时常打开保温杯来喝，好像那里原本就如自动饮料机一般，会源源不断地生出恒温可乐来。不过只要我哪一天让这个杯子空着了，他的脸上就会不经意地露出些微恼怒的神情，他似乎比以往任何时候，更加在意杯子里的可乐。

　　事实上，在有了那夜的肌肤之亲后，我们反而疏远了，以前共事的亲密无间，忽然加入了过量的警惕和敏感，就像牛奶里加入了咖啡，就不再是牛奶，而要叫作咖啡了。以往开玩笑的亲昵动作，我们都下意识地避免，似乎这是一场比赛，谁先做出了亲密的表示，谁就落了下风。

　　直到三年以后，我才得知了当年他对我的误会。也许，就算没有这个误会，我们还是会如此。

　　我们都是曾被吓坏的孩子——或者另一面，我们都是资深的编导，我们都喜欢一切在可以控制的范围内。如果打算爱一个人，至少需要先知道，对方对自己有多在乎。可惜这个问题，永远是问不得的，问了就会泄露自己的在意，答了反正也不足信。

　　据说陷入爱河初期，会感觉到莫名其妙的忧愁。我不知道这算不算一个爱的证据，或者只是因为陷入这样奇怪的局面中，至少我们两个人都不约而同地忧愁起来了。

　　庄庸不再是向我倾诉的时候才长吁短叹了，他常常沉默着就一个人叹起气来。等我问他："庄头儿，你干吗叹气啊？"

　　他又惊觉地回过神来，说："我刚才叹气了吗，我没觉得啊。"

　　我们平日在一起，就好像彼此的太阳，工作起来再劳累也嘻嘻哈哈，精神百倍，可是最近，我完全没了开玩笑的心情，他也闷闷地黑着一张脸，倒好像谁开口逗乐，就是谁亵渎了感情的神圣一样。

　　有时候，我坐在剪辑台前，偷偷看他的侧脸，他一声不吭，盯着屏幕，长而棱角分明的脸宛如石雕，异常深邃的眼睛里，落满了寂寞。我猜想自己此时的表情，一定也堆满了哀怨。

　　明明近在咫尺，并肩坐在这里已经这么多年，却忽然有很多话，不再能说了。

1999 年春节的团拜会，文艺中心主任卢存义一反谨慎节约的态度，安排在了一个青浦的酒店，开过总结会，带着大伙游览了一圈，然后是设宴摆酒。

家属们吵吵嚷嚷的，孩子们在酒桌之间来回玩耍，卢存义则携了他的太太，一桌一桌地敬酒，让这个场面看起来倒像是卢主任的大婚。

只见卢主任晃动着胖胖的身子，笑眯眯地走过来，所有的人举着各色酒杯，一并起立，脸色红白各异。

主任举杯说："大家这一年都辛苦了，来来，我先干为敬。"

咕嘟喝下一杯，他又介绍身边的太太："这位是周瑛，你们有的以前也见过，她啊，工作太忙，这次年夜饭，我说你一定要来敬大家一杯，她代表我来敬一敬各位家属，家属们也不容易啊，都是贤内助。"

与卢主任的少言寡语相比，周瑛开朗而干练，她有着时髦而卷曲的短发，已届中年，略微发福，穿着职业得体，亲亲热热地笑着和每个人打招呼，一看就是在群众中摸爬滚打过的女干部类型。大家连忙"瑛姐瑛姐"地叫她。

她笑呵呵地走到庄庸面前，卢主任提醒说："这就是我们这儿的顶梁柱，《欢乐时光》和《爱情对对碰》两档节目的制片人。"

"啊呀，真是年轻有为啊！我们家老卢给你压担子了，他这个人啊，满脑子工作工作，也不懂得关心人，你呀，别怪他，我这儿敬你一杯！"

瑛姐一仰脖子，把小半杯红酒干了。

庄庸吓了一跳，拿起自己的饮料杯，发现是满满一大杯啤酒，没办法，只好一口喝下去，慌忙间，中途还差点喝岔了气。

我在一旁莞尔，瑛姐立马把眼光落到了我的身上："瞧瞧，这位就是庄制片人的女朋友吧，长得多水灵啊！"

卢主任插进来纠正说："这是庄庸的同事，那两档节目的主持人兼编导。"

"瑛姐，您以后多指点啊。"

我嘴巴蜜甜地跟上。

"哪儿敢啊，你是才女，我们嘛，文化程度不高，就会做些杂事，搞搞后勤啊什么的。"

瑛姐的话题转得自如。

"瑛姐这么谦虚，让我们往哪儿站呀，一看您就特别有品位，这毛衣款式真别致，还有这丝巾，哪儿买的呀？"

我用出了对付女人有效的一招。

瑛姐果然乐开了花，嘴上却说："你也打扮得很漂亮啊，下次我们一起去买衣裳啊。"

我做兴高采烈状，嚷嚷着："好啊好啊，瑛姐，一言为定啊，我敬您！"

他们双双走开以后，我悄声问庄庸："头儿，你知道瑛姐是做什么工作的吗？"

庄庸压低声音说："那个东兴集团物业公司的副总经理。"

"嗬，真能干。"

"嘿嘿。"

庄庸干笑两声，他显然不欣赏女干部式的能干。我却暗自捏了一把冷汗，这个瑛姐，眼光真毒。

周围的人都在纷纷议论："卢主任这么内向，倒娶了一个这么会说话的老婆，真是一动一静配好的。"

"还不知道在家里怎么样呢，那个女人看上去挺厉害的。"

"难怪卢主任听付大嘴一讲大刘怕老婆的故事，就把大刘调进来了。"

透过喧哗的噪声，我听到远远的，瑛姐跟卢主任说话的声音飘过来："老卢，你们这儿不是还有一个叫付大嘴的吗？"

"哦，他啊，在新闻中心呢，所以不参加我们的团拜会。"

我心念一动，瑛姐怎么会提到付大嘴呢？

那一夜，庄庸醉了。

以前他落魄的时候，没有人劝酒，他又很自律，从不自斟自饮，所以不常醉。这些年尝到了做领导的风光，他似乎更谨慎，没有人劝得了他的酒。只是这回，他来者不拒。

饭局散了，卢主任被瑛姐拉着，早早地回房间睡觉。大家又簇拥着半醉的庄庸，去酒店的歌舞厅唱卡拉OK。

郊区酒店的设施还很陈旧，硕大无朋的黑暗大厅里，卡拉OK投影在舞台前面的大屏幕上，顶棚上的球形转灯，随着音乐的节奏，间或在地面上投下彩色的光点。这个场面，倒似德赛洛舞厅在十年以后幽灵般地在这儿重现，里面稀稀拉拉起舞的同事，似鬼影般在这个空荡荡的地方飘浮。

上台点唱的同事，大多跑腔走调，让下面人的舞步凌乱，嬉笑着叫骂。低音喇叭不舒适地震动着暗沉沉的空气，我独自坐在一隅，喝着浓茶，被震得酒意一阵阵泛起来。

忽然，人群兴奋起来，带着恭维的掌声在前奏就响起，在大家的推推搡搡中，庄庸居然走上台去，是一首《灰姑娘》。第一次听到他唱歌，声音低沉柔和。

怎么会迷上你，

我在问自己。

我什么都能放弃，

居然今天难离去。

你并不美丽，

但是你可爱至极。

哎呀，灰姑娘，

我的灰姑娘。

他显然是醉了，才会这么唱歌，他的声音已经不受控制，忽高忽低，摇摆不定，不过几句之后，还是迎来了热烈的叫好声。

他坐在台上高脚的吧凳上，面对着提示歌词的小屏幕，这样就可以不用站着面对着台下。唱罢一段，他调整了一下凳子，用眼角的余光在大厅中搜寻，然后，下一段又开始了。

我总在伤你的心，

我总是很残忍，

我让你别当真，

因为我不敢相信。

…………

他的眼睛找到了我，他望着我，黑暗中，我们远隔了舞蹈的人群，我们彼此目光相接，如闷热的空气穿行于隧道中，在简单缓慢的歌声中，我感到心如春日阳光下的山峰，冰雪正在消融。

一曲终了，他于欢叫掌声中，毫不避讳地径直向我走来，越过幽灵般的德赛洛，带着我飞快地走出了嘈杂的大厅。

被室外冰冷的空气一激，我清醒过来，措手不及地问他："庄头儿，咱们这是去哪儿啊？"

他含糊不清地说："邓夏，我还有些工作要跟你谈谈，去你那儿坐坐……"

他脚步虚浮，手掌火热，拉着我大步向前冲，毫无方向地走在黑黢黢的酒店院落中，寒风摇撼着花园里的矮树，如野兽低吼。我只好带着他往我的房间走去。

刚一进门，他忽然反身吻住了我，他的脸和唇热得发烫，他的吻炽烈灼人，他抓住我的两只手，蛮横地把我一下按在关闭的房门上，门贴着我的背，冰冷，而他的身体就像一把火。

"不要！"我低声叫道，有些愤怒起来，"这算什么？你这是做什么？"

我很想亲近他，但是自尊心在反抗，他不声不响地就这样，算什么，好像我已经是他的私有财产，予取予求，他总该先说些什么吧。

"我……"他拥着我，我想他应该直接说出爱我的话，可是好像猫咬住了他的舌头，"我想跟你好好谈谈，邓夏。"

我用房卡打开了灯，开始烧水，准备给他沏杯茶。当水壶开始响起沸腾声的时候，我发现他已经歪在床上睡着了。

我只得帮他脱下皮鞋，脱了外套，轻轻抬起他的后脑勺，把枕头垫在他的头下，再为他盖好被子，让他能睡得舒服些。

我熄了灯，走到房门前，月色中，白色的床从夜色中浮起来，他的脸英俊而有些衰老，熟睡得像个孩子，他微微皱着眉毛，似乎在和梦中的什么赌气，手忽然伸出被子，像要抓住什么，只是抓了一个空拳，又翻身睡去了。

因为我梦游的毛病，我特地给自己安排了一个单间，我想他可以在这里睡到天亮，不受打扰。这时，我听见他说梦话，喃喃地叫着："邓夏，邓夏，你来一下。"我犹豫了几秒钟，还是狠下心，打开房门，轻手轻脚地走了出去。

我一个人在夜半走到了停车场，发动我的奥迪，点上火，踩下油门，在寂静无人的青浦街道上转了几个弯，就上了公路。

深蓝的天空中，星星寥落，只有车灯前的光亮，陪伴着我。在公路上飞速行驶，风声在耳边轰然作响，我离庄庸温暖的呼吸正越来越远。我忍不住回想庄庸唱的那首歌。

> 也许你不曾想到我的心会疼，
> 如果这是梦，
> 我愿长醉不愿醒。
> …………

我满心的失望，车速越来越快，我疯狂地加大油门，我觉得此刻，自己就像一颗孤绝的流星，正划过无垠的黑色宇宙，不知要落向哪里。

我打开广播，开到最大音量，里面传出了乱七八糟的深夜倾诉声，原来还有这么多无助的人，把自己的灵魂扔到缥缈的电波里，试图获得救赎。我摇下车窗，风大力地冲进来，撕扯着我的头发，在我的耳边大喊大叫。

在快要抵达上海的时候，我觉得心里的沸腾已经被吹熄了，变成了一堆灰烬，当熟悉的城市灯光再次照进我的瞳孔时，那堆灰烬倏然瓦解，散尽了。

当我回到公寓，梳洗完毕，周身酸痛地爬上床，天色正一点一点亮起来。

我和庄庸之间的别扭，并没有维持多久，因为马上就有了一个更严峻的大问题，需要我们协力去面对。

春节假期刚过，就传出了消息，说是卢存义已经被内定升任副台长。大家议论纷纷，难怪年底团拜会的时候，卢主任这么大方地招待大伙，还把夫人带来应酬，原来已经是在中心的最后一年了。

当然传得沸沸扬扬的消息并不是单纯的一次副台长升迁，这将是建台以来最大规模的改革，台里将全面实行频道化，也就是文艺中心将变成文艺频道，新闻中心变成新闻频道，云云。这将给台里中层干部带来最大的一次机会。哪些人能成为坐拥一方的频道总监？而最好的机会，则是在未来的文艺频道。

卢主任升任副台长以后，本来文艺中心的副主任将顺理成章地担任文艺频道总监，但是副主任年龄到了，不符合干部年轻化的标准，再往下论资排辈，从业务能力到现有职务的重要程度，居然就是非庄庸莫属了。

当庄庸从中心同事们的议论中忽然意识到这点的时候，我能感觉到他的亢奋。

但是，有一个人是不能忽略的，那就是付大嘴。论级别，他现在是副主任，要高于庄庸，虽然是新闻中心的副主任，但是他毕竟是从文艺中心调任过去的。论动机，他这回在新闻中心，显然没有庄庸这样的好机会，他头顶的主任，把他压得死死的，不知道哪年能升。

最要紧的是，付大嘴表忠心的能力是庄庸完全不能企及的，在卢存义心里，付大嘴始终还是他嫡亲一派的追随者。

那一阵，大办公室里充斥着各种小道消息——

"知道吗，付大嘴往卢存义家里跑了很多次呢，卢主任不在，就成天地给瑛姐抬轿子。据说还送了很多好茶叶——太平猴魁。"

"你以为太平猴魁就能摆平了啊，我听说是普洱，一百多年的陈普洱。"

"什么呀，一百多年，不要说茶叶，连茶末子都烂光了。"

"我可是听说，付大嘴带卢主任去 KTV 包房了，夜总会里的那种，什么玩意儿都有。"

"得得，你的消息更不可靠，咱们卢主任多小心呀，现在提拔之前，更不可能乱来了。"

不管事情传得多么离奇，付大嘴在打文艺频道的主意，这是一点不假的。连我和庄庸都亲眼看见，调走后再也没有回大办公室看看的付大嘴，这些天隔三岔五地溜达过来，跟老同事们闲聊，一副即将衣锦还乡的腔调。

这天早上，我被庄庸的电话唤醒，赶到办公室，他打来的电话旋即又响了："邓夏，你过来一下。"

我走进他办公室的时候，看见庄庸正在不安地走来走去。这次召见，他终于恢复了原来的样子，不再把注意力集中在我的身上，这让我感到一阵轻松，却又有说不清的失落。

他看了我一眼，视而不见的样子，自顾自地说："无奈啊，付大嘴眼看着又要回这儿来了，庸人当道。他要是回来主管文艺频道，免不了又弄得乌烟瘴气，你说，到时候我们怎么应对呢？"

"那我们就不让他回来！"

我调皮地一笑，舒服地在沙发上坐下。在这个世界上，我是唯一能听懂庄庸言外之意的人，他就像一个贪心却不愿自己开口的孩子，总是用"无奈"来把自己装扮得很无辜，然后让我扮演另一个他，说出他真正的心思。

每当这个时候，庄庸才有了和自己对话的乐趣。

"无奈啊！"他接着我的逻辑说，"不让付大嘴回来，谈何容易，他和卢主任的关系，据说可不一般。"

"他可以不一般，我们也可以不一般啊。"

"怎么讲？"

"庄头儿，你从来没有想过，要跟卢主任私下套套近乎吗？"

庄庸有些局促起来，好像碰到了最棘手的问题："唉，邓夏，你又不是不知道，这种事情我做不来啊。"

他这么说着，却不能掩盖眼睛里露出的奇异光芒，好像不属于自己的宝藏就在眼前，四下无人，只要愿意去偷，便能得手。

我两手一摊说："头儿，这可就随你了，我一贯不赞成下级指挥上级，女人支使男人。你要是清高呢，咱们就乖乖等着付大嘴回来，你要是想跟付大嘴斗一斗呢，反正这是唯一的途径。"

在谁支使谁这一点上，我真的一向非常注意，我曾不止一次地听庄庸讲起过他的前妻，一个指手画脚、教男人上进的女人，无疑是最讨人嫌的。但是这种鞭策有时候难免，就像此时此地，庄庸的好机会，就等于是我的机会，而庄庸一旦玩清高，付大嘴入主文艺频道，他一倒霉，我的日子也不会好过。

庄庸果然跃跃欲试了，他像是自言自语地说："那——要怎么才能跟卢主任套近乎呢？"

我知道，那其实是在问我。我只好献计献策说："先请卢主任吃饭吧。"

"哪个饭馆好呢？小吴、青青……"

庄庸列出的，都是我们平时加班去填肚子的地方，这当然是不行的。他在电视台这么多年，也不是没有被请去一些高档的地方吃饭，只是吃过就忘，他的心思总是不在这上面。

于是我提议说："你觉得波普花园怎么样？"

波普花园，在汾阳路拐角的一栋花园别墅里，菜并不怎么可口，价格死贵，取的是上海老洋房的品位，环境幽静，装饰豪华。最近找我谈形象代言、主持晚会的客户，结识我的第一餐，都爱请在那里，显示他们如何懂得文化。

我跟庄庸分析，那个地方，一来去的人稀少，不像电视台附近的那些地方，简直就是台里的食堂，干些什么都被人看在眼里，大家都不放松，很多话根本没法谈。二来，请人吃饭就要让人开心，这么一个花钱的地方，才能让卢主任感觉到我们的诚意。

庄庸点头说，有理。可是转念间，他又想把这事情推到我身上，叽叽歪歪地跟我商量说："邓夏啊，你看，请人吃饭这种事情，我也不擅长，要不，就你去请卢主任吃饭吧，该说什么，反正你比我更会说。"

我差点气昏过去，心想，不就是请领导吃个饭，套个近乎，至于跟大姑娘出嫁一样忸怩成这样吗？

我说："好好好，你让我一个人去我就去，你也知道卢主任的忌讳，到时候他以为是你要搞个美人计什么的给他下套，那我就管不着了啊。"

然后，看着庄庸愁眉苦脸地终于下定了决心，我在心里偷偷笑。

到约好吃饭的前一天，庄庸又念叨着，要不要送一些东西给卢存义。

"五粮液怎么样？我买两瓶带去，到时候就说点了没喝完，打包让他带回去。"

"庄头儿啊……"我叫道，"那你还不如直接给他送家里去呢，对领导说什么打包带回去……总之，咱们先试探一下，送礼的事情，我稍后会办妥的，到时候你给报销就是了。"

初春的汾阳路，肃穆无风，梧桐还未点缀新芽。高大的普希金像温厚矗立，一派世人脸上难见的儒雅。

走进深深的巷院，老洋房被修葺得华丽矫情，雕梁画栋，灯火掩映，池塘闪闪发光，修剪整齐的树木与一班侍者一同躬身而立。在我们靠窗临水的位置上，低垂的镂花吊灯，洁白的桌布，水晶的盘座筷架，银质餐具。周围几乎没有其他客人，只闻水声。

此时，我和庄庸一同开始由衷地佩服付大嘴的能耐了，因为几句寒暄之后，就开始冷场无话。

卢主任不愧为天生的领导，他最拿手的标准动作就是微笑倾听，基本上不主动说话，他的微笑没有内容，答话也总是不置可否，说了等于没说。要和这样的人谈笑风生，恐怕也只有付大嘴才撑得起这出独角戏了。

从寒暄过渡到关键的话题，显然不能直接进入，我灵机一动，学着付大嘴，也讲了一个故事——老徐的故事。

老徐自从被付大嘴以一个笑话打落马下，自动要求调去纪实中心以后，我知道卢存义的心里，对这个旧部是不无遗憾的。老徐毕竟是《欢乐时光》资历最老的编导了，论兢兢业业实在不下任何人，业务上也是把好手，当初即使是不提升他做制片人，只要稍加安抚，卢存义也不至于就此失去一员干将。

即使我的故事不如付大嘴的笑话那么有趣，我想卢主任也还是有兴趣听的。所以，我就拿这个听来的故事，添油加醋地当八卦说了——

"老徐虽然四十好几了，但是他承认某些器官，比常人发育得晚得多，兴许还不如二十出头的小伙子，比如说他的眼睛。

"色盲的人，能清楚地看见各种事物，唯独看不见颜色。就像老徐的眼睛，在注视监视器的时候，总能创造最美的构图，可是偏偏有一种显而易见的东西，他看不见，那就是人与人之间微妙的关系。

"老徐刚进台那会儿，文艺中心还是文艺部，部里分两派。每一派看见新来了一个年轻人，业务上又很能干，都想要把他拉拢到自己的势力范围中去。今天这一派的几个死党拉他去吃饭，明天那一派的又找他谈心。

"他只当世界一片温暖，人人都是热心人，别的一概看不懂，该做什么，不该做什么，没一个选择，只能做到人人都不得罪——谁知道，这样正是犯了大忌。

"老徐一直没想明白的问题是，为什么他工作比任何人都出色，可是但凡有好机会，比如说出国考察啊，分房子啊，升迁啊，通通轮不上他，又苦又累的工作，倒是从来都由他垫背。

"直到十几年后，一个已经高升到宣传部的旧同事，在路上偶遇老徐，听说他还在原来的岗位上挣扎呢，同情之下，关切地问起旧事，老徐啊，当年咱们部门里有两派，你到底算是跟哪派的呀？

"老徐傻乎乎地答，有吗，我怎么从来都没发现啊？

"旧同事说，那你就说说，你跟哪些人走得比较近吧，和副主任一条心的小张、小李、老王，还是和主任站一块儿的小陆、老齐、黑胖？

"老徐想了想，答，都一样啊，普通同事。

"那位旧同事一拍大腿，蓦然醒悟般喊道，敢情你哪一派都不是的呀！可是当初我们两派人，都以为你是对方那派的！

"老徐苦了十几年，这才醍醐灌顶，知道了自己命运的因果。尽管办公室的派别，这些年不断变化，很多人化敌为友，又化友为敌，然而永远不属于任何派别的老徐，永远被大家误认为是阶级敌人，横加排斥，却始终没有真正的老大来罩他。"

当我说完这个故事，庄庸的脸有些发绿，话题似乎太敏感了。卢存义倒是不以为忤，还是那张弥勒佛一样胖胖的笑脸，纹丝不动，听完之后，还礼节性地点头说："有意思，呵呵。"

我依然嬉笑着说："有些人啊，就是天生发育少根筋，其实人倒是挺实在的，干活卖力，也没有弯弯肠子，一旦明白过来，跟定了谁，一定比别的墙头草更要忠心耿耿呢。"

庄庸插不上话，这个时候，不失时机地为卢存义添了一碗蟹粉豆腐。

卢主任客套了一句谢谢，笑眯眯地说："忠心耿耿当然好，不过还是需要时间来观察的。"

我看有门，立马跟上表示："死心眼的人总会笨一点，没办法，您多多教诲，我们都是些干苦力的人，不求像您这样有大建树，我们也就指着继续卖卖苦力，跟着您打工。"

"你这姑娘！"卢主任乐了，"你们要是干苦力的，我们这些当领导的，岂不是变成民工头子了？"

"您要是民工头子，我们就搬砖砌墙；您要是将军，我们就给您冲锋陷阵；您要是皇帝，您让我们做太监我们也干，您可千万别扔下我们这些苦力工人啊。"

我这番肉麻的话，自觉都像极了付大嘴，只是换在女孩口中说出，自有撒娇的轻松，连一旁正襟危坐的庄庸，也忍不住龇牙咧嘴地笑了出来。

卢主任顾左右而言他："好啊好啊，有努力工作的心就好，跟着谁干活都一样。"

我摇头说："那可不一样，跟着像您这样的领导，我们卖命也觉得卖得值。"

卢主任饶有兴味地瞧着我，和蔼地问："为什么啊？"

我说："因为您人和善，关心我们这些下属，在节目的方向上特别有经验，不像付大嘴，不懂业务，总是瞎指挥，还没事老是踩我们这些出力的人，多让人寒心啊。"

"哦？"卢主任显然明白我在试探什么了，他滴水不漏地说，"付大嘴也有他的长处嘛，你有时间也感受一下。"

被打击了一把，我嘟囔道："改朝换代，总需要能干活的人吧。"

卢主任打着哈哈说："干活的人嘛，当然是需要的，不过领导能力也很重要。"

旋即，他扭过头很自然地问庄庸："小庄，你对付大嘴有什么意见吗？"

庄庸不像我，在这个饭桌上，依仗着自己年纪小又是个女孩子，可以出言无忌。他听了这句问话，呆了半秒钟，马上连连点头道："没意见，只要您觉得没意见，我们就没意见。"

一席终了，卢主任开车绝尘而去，庄庸的亢奋和紧张此刻立即变成了沮丧。

我和他坐在普希金像的花坛边，他问我："邓夏，刚才卢主任问我，对付大嘴有没有意见，是不是言下之意，付大嘴真的就要回来当频道总监了？"

我诚实地点头答："好像是的。"

庄庸枯坐在那里，半晌没说话，等我冷得开始搓手了，他猛地站起身，伸开手臂，自我解嘲地大声说："命里若无莫强求啊——"

他伸展着两臂向前走去，影子落在无人的街道上，拉长成一个大大的十字。他的背影就像一个刚输了球的孤单男孩，有一大堆挫败的牢骚，只能表演给空荡荡的夜色看。

我知道他心里不好受，厚起脸皮请领导吃饭，又让我替他说了一箩筐表忠心的话，结果试探出这么一个坏消息。

　　我走上前去，拉住他的胳膊："头儿，今天也不是没有收获啊，至少你算是向卢主任正式表态，你是愿意跟着他干的。"

　　"嘿嘿……"庄庸听罢更受刺激，冷笑着说，"那又有什么用呢？"

　　"卢主任不也说了，需要时间来观察嘛。也没有这么快的，你请他吃第一顿饭，他就把你当成自己人，立马把官许给了你。"

　　我边说边想怎么开解他："再说了，没准他问你付大嘴的事情，也是在试探你的态度呢？这件事情说不定还有转机呢，你干吗一早就灰心丧气啊……"

　　不管我说什么，庄庸还是闷闷不乐地向前走，我觉得很无趣，本来我在饭局上说笑话的时候，还一心以为，他会在饭局结束后，像以前那样揶揄我一番，至少会假装恶狠狠地讨伐我，含沙射影地把他说成"天生发育少根筋"。

　　我决定不陪他在这冷风中发愁了，我说："庄头儿，那没什么事，我先回去了。"

　　庄庸回头看了我一眼，因为我突然告辞，他很恼怒，但是他假装不介意，淡淡而礼貌地说："好吧，太晚了，你辛苦了，路上小心。"

　　然后，我折回停车位去开车，他继续往前走，也许要静静走到路口才打车。我不送他，他不送我，我们一般都是这样分手的，这很大程度上是因为他没有车。

　　第二天下午，在电梯里偶遇卢存义，正好只有我们两个人。

　　我向他问好，他笑眯眯地忽然对我说："小邓，你跟你们庄头儿，跟得很紧啊。"

　　我连忙表态："这都是为了跟紧领导您啊。"

　　卢存义满意地笑笑，不再说话。

我本能地不喜欢胖的男人，也许是因为让我联想起少年时代，吧台前那个讨厌的胖子，不过面对卢存义，我总是努力地克服这种情绪，并且让自己由衷地喜爱这个胖男人。要接近和恭维一个人，并且和他拉近距离，只有真正地培养起对他的感情才有用，太违心的表现对方都能感觉到。

我相信，我每次对卢存义的示好，表现得都很由衷。

电梯门开了，我伸手挡住，恭敬地让卢存义先走出去。我走在他后面，无意中看见，这个四平八稳的胖男人在走路的时候，臀部居然一扭一扭的。

在这次由卢存义主动发起的简短对话之后，我意识到，在表忠心这个阶段，还有一件事情没有办完。

是东兴集团的物业公司吧，我记得庄庸曾经告诉过我，如果没有记错的话。

偌大的国有集团，很容易查到了电话，总机拨进去："小姐，请转物业公司的刘瑛，刘副总。"

分机通了，很顺利，一个火辣辣的爽朗声音传来："你好！"

我听出来是她，八九不离十，于是以一个熟人的态度，特别自然地打招呼："瑛姐，你好啊，我是小邓。"

"哦，小邓啊，是哪个小邓啊？"

电话那头传来笑声，似乎对谁都是一概热情，想不起谁也很正常。

这就是我要找的人，这种对陌生人不带惊疑的态度，正是我想要的，我也乐呵呵地笑着说："瑛姐，我是电视台的小邓啊，那次您和卢主任一起来青浦吃年夜饭，我跟您喝过酒，特别喜欢您的丝巾和毛衣，您还说要和我一起去买衣裳呢。"

"啊——"电话那头疑惑了半秒钟，随即她终于想起了我，"小邓啊，你好你好，今天怎么有空打电话来啊？"

"我想找您一起逛街啊，您下班后有时间吗？我开车去接您？"

我特别强调了"开车去接"这个细节，我希望她能感觉到，这不是一次闲来无事的共同购物，而是我作为她丈夫的下级，一种招待的姿态。

她犹豫了一下，留有余地地回答："我下班也不能太晚回去，女儿要在家吃晚饭的，不过晚饭前逛个把钟头，应该也可以。"

我想不到事情这么顺，赶紧约了时间，稍做准备，就驱车前往她单位。

当我把车子一路开到美美百货的时候，瑛姐似乎已经完全明白逛街的意图了。

我陪她在一个个柜台前转着。天色还未暗淡，傍晚的余光从商店透明的顶棚洒落下来，四周的灯光已全部打开，明晃晃地耀人眼睛。明净如洗的店堂里，标价惊人的各色衣饰正摆出诱人的姿态，打扮入时的营业小姐殷勤招呼，因为除了我们也没有别的顾客了。

我观察瑛姐，这个中年女人习惯性地挂着人情练达的笑容，一举一动毫不迟疑，她的眼神却是不笑的，明了世情地把一切搜罗在眼里。许是多年在群众中摸爬滚打，她的话是始终不停的，问我的个人生活，说着家长里短的话题，就算是换了一个雕塑在她身边，她也能跟它聊得火热，只是不该说的话，一句也没多说。

她显然很注重装扮，发福的身上总是裹着尽力体现曲线的毛衣，还都是带花的，化着淡妆，丝巾在她不再轻盈的身躯对比下，显得可怜巴巴的。她也知道不张扬，所以一件黑色外套盖住了大半的刻意经营。在这一身中年人的装束下，她偏偏挎了一个 Hello Kitty 的大包，我猜想那多半是她女儿用剩下不想要的。

　　与这条淮海路上神情游移的高级白领相比，她俗，但俗得特别知道自己是谁，爽快之中，自有一种通透。

　　在这个过分高雅和陌生的环境里，她并不去挑那些需要花时间试的衣裳，让我陪着，不合时宜地往身上披挂。她只选了一个手袋和一双高跟鞋，干脆，不多不少，在收银台和我小小地推让了一番，就欣然只管提着袋子打道回府。

　　车快开到她家时，我一拍脑袋说："瑛姐，我差点忘了，上次有个朋友送了一些香烟和酒，我留着没用，一直放在车后备厢里，要不一会儿给您放家里去？我还没男朋友呢，这些男人的东西用不着。"

　　瑛姐清脆地笑着说："今天要谢谢小邓了！你的男朋友，瑛姐给你留意着啊，你这女孩子，又聪明又漂亮，多好啊，不知道多少人抢着要追你呢。"

　　瑛姐和我说了一箩筐的话，关于为什么要送礼，却只字未问，处理这类情况，她似乎很熟练。她看上去只负责这一环节，剩下的自有卢存义心里的一盘棋。

　　我帮着把东西提上楼，两瓶五粮液、四条中华，未踏进门便告辞离开。

　　暮色正落下来，笼盖明艳的都市，室外寒意顿起，我发动车子，想回家，又怕无事可做，一个人徒然怅惘，想了想，还是又折回台里去了。

　　我告诉庄庸，我在瑛姐那里送了礼。

　　庄庸的反应出乎我的意料，他既不问瑛姐的反应，也不和我讨论接下来可能的效果。他只是微微抬起头，面无表情地说："哦？你和未来的台长夫人什么时候这么热络起来了？"

尽管他表现得若无其事，但他的目光锐利如电，在我面颊扫过的时候，令我陡然心惊。

我思量着庄庸的不快从何而来，是确认升官无望，灰心丧气，嫌我多此一举呢，还是他居然怀疑我别有用心，根本就是以他的事情为烟幕，私下和卢存义拉关系？

我的汇报言尽于此，庄庸也装聋作哑，没有提出要给我报销。

这个细节让我郁闷了很久，我不得不承认，在亲密关系之后，我和庄庸之间真的产生了可怕的嫌隙，不仅是在感情上，而且逐渐蔓延到了工作中。

我们曾经是可以把后背交给对方的战友啊，现在，还可以吗？

16.

我累了，我由衷地感到疲惫。

有时候庄庸跟我说话，我爱听不听，都懒得搭话。

春末夏初，空气中重迎青草和暴雨的气息，台里频道改革锤落音定的最后期限也一天天临近。庄庸每天或牢骚满腹，或郁郁寡欢，仿佛被执行死刑之前的囚犯，一刻也不得安宁。

有一天，我站在大办公室窗前，望着院子里梧桐绿叶绽放，忽然非常怀念五年前的那个中午，那个衬衣皱褶、长裤上有污渍的落魄编导，他在昏暗破旧的办公室里，仍盛着满眼阳光下的绿意。他忘了吃午饭，因为他正指手画脚地讲述一个关于理想节目的梦想，他的驼背，那一刻突然挺拔如盛夏的树木。我饿坏了，满心的不以为然，却不由自主地因着他心潮澎湃。

一个患得患失的倒霉蛋是惹人心烦的，宽慰的耐心也会逐渐用完，只剩下倦怠，甚至有一点点厌恶。办公室也变得不怎么有趣了，庄庸甚至对节目也草草了事，仿佛得不到这次升迁，他以前声称的所谓理想，也没了追逐的价值。

那么我，似乎更没有理由逗留在台里，留下，没有工作可以再精益求精，只有平白地再多听牢骚，而我却想不出更多的对答，无趣得很。

糟糕的是，我也害怕一个人待在华丽的公寓里，那里夜凉侵骨，哪怕是故居之地，也没有丝毫暖意。回忆的点点滴滴，只是与噩梦相伴的烛火，光亮在黑暗中迷路。

有一个男人曾经闯入此地，他却不足以与我分担我的梦呓。

五一长假的前一天，我走进庄庸办公室，对他说："头儿，如果没什么事，这个假期，我想休息一下，不来台里了。"

"好啊，"庄庸叹气说，"你也该休息休息了。"

他的眼睛前所未有地黯淡，他仿佛一个行将隐退的将军，背转身任旧部散去，他忘了我是特殊的一个，或者他不愿意承认，我是意义不同的那一个，在一切正分崩离析的此刻。

其实，在那一天，所有他节目组的人马，都已经自动不来上班了，可能都意识到付大嘴一回来，这个地方马上就要改朝换代。

我希望庄庸能够叫住我，在这个办公室，或者离开这个办公室，一起干些什么无聊的事都行，只要不是继续向我抱怨。

我扭头离开的时候，庄庸果然叫住了我："邓夏，你长假怎么过啊？"

我倒是没想过这个问题，敷衍着答："回家好好睡几天啊，看看影碟，也许到附近郊区走走。"

"嗯，好好休息。"庄庸说，"5月3号，台里组织我们中层干部到郊区开个会，听说要学习什么政策，卢主任、付大嘴、主任和我们这些制片人都去……"

我意识到，庄庸问我怎么度假，只是为了跟我说他要去开会的事情，接下来肯定又要拉住我分析形势，揣测这个会将要传达的进一步消息。我实在受不了再陪他在这个问题上思前想后的，所以我连忙打断他说："庄头儿，那我走了，节后再见。"

门在我背后合上的一刹那，我感到一阵轻松，伴着心灰意冷的失落。

回到石门路小区门口，天还亮着，我打算在屋里香餐厅吃了晚饭，然后买几张碟，早早地上楼洗澡睡觉，睡不着就在床上看碟。

远远地，我就看见那辆奇形怪状的悍马，又停在餐厅门口。

我走进去，果然看见杰克坐在火车座上，一边吃一份煲仔饭，一边在看报纸。

我轻手轻脚在他对面坐下，悄声问他："人叔，怎么一个人在这儿吃饭啊？"

他头也不抬，飞快地回答："你总算想到还有大叔啦？你不做饭，我当然只能在这儿吃啦。"

我扑哧一声笑了出来。

然后，他才慢慢地从报纸上抬起头。当他看着我的那一刻，我忽然发现他的表情变得非常古怪，好像我的脸上长出了一棵棕榈树。

"怎么了，我脸上有什么呀？"

我被他看得不由自主在脸上摸了一把，又急忙掏出粉饼，打开镜子，想看看到底我脸上出了什么问题，是粉掉了，还是睫毛膏花了。

杰克的眼神当真很奇怪，就算后面变成了故意的夸张，至少一开始，他是真的把我吓了一跳，我不知道问题出在哪里。

"嘿嘿嘿，"杰克被我追问得一阵坏笑，"你长得太漂亮了，就像脸上开了一朵花。"

"有吗？"我娇嗔地瞪了他一眼，赶紧把刚才不小心摸掉的粉，仔仔细细地补上。他在对面瞅着我，继续坏笑。

转念想想不对，我又恶狠狠地审问他："到底哪儿不对啊？你刚才看我，可不是惊艳的表情哦！"

杰克搪塞不过，只好说："我刚才抬头看你，忽然有一种错觉，好像你不是夏夏……倒像是夏夏的躯壳，被玫瑰附体了一样。"

我有一刹那的惊疑，然后很快想到，也许是上回第一次重遇杰克，我正好洗了澡出门，是一张素脸，这次却是下班回来，化着妆，难怪他觉得有些不同。

我吵闹着要杰克请我吃这顿，怪他对我胡说八道。

杰克拧着眉毛，兴趣盎然地看着我耍赖，假装唉声叹气地说："这个世道人难做啊，挑好听的说呢，人家要审问真相，说了实话呢，人家又赖我胡说，那个夏夏夏的，你说你小时候多乖啊，现在变了美女了，这么难伺候。"

"还说你为等我在这儿吃了四十二顿饭呢，现在请我吃一顿都不肯啊！"

我继续张牙舞爪。

杰克绷着脸正色说："据最新统计，我为了等你，在这儿吃的饭，已经上升到了七十三顿。你这女孩子从来不着家似的，我住在你隔壁，居然要半年才能遇见你一次。我的人生就这样，在等待中被你白白虚耗了，你可是要负责的啊。"

我嚷嚷着反对："大叔，你这么说可太矫情了啊，好像你住在这儿，就是专程为了等我一样，这样我可要向房产商要回扣了。"

杰克说："某种意义上，是这样的。"

吃着恐吓杰克得来的丰盛晚餐，我的胃口分外好，一份腊肉煲仔饭、一份椰子炖竹丝鸡，外加一碗龟苓膏，都吃得见了底。

杰克哀叫道："完了完了，我要被你吃得破产了。"

我吃完了最后一口龟苓膏，抹了抹嘴说："不会吧，就这么几十元钱就穷啦，光卖了你那辆悍马，就够我吃几万顿的呢。"

杰克摇头说："我是推算着，你这么能吃，要养你一辈子的话，金山银山都被你吃完了。"

"臭美，谁要你养一辈子啦？"

我拿起桌上的报纸去拍杰克，杰克躲来躲去地讨饶，餐厅穿格子围裙的两个女孩子，看得咯咯地笑。

吵了一阵，吃了一阵，又玩闹了一阵，不觉外面夜色已深。在最近心情郁闷的日子里，时间第一次过得这么快，我望向玻璃门外，不知何时变成深黑的天幕上，星星稀朗地三两点。

杰克忽然问我："夏夏，你们放假吗？"

"嗯。"

"明天我也没事，我开车带你去兜风好吗？"

我的脑海中闪过一幅褪色的画面，少年的我，曾经伏在他并不强壮的背上，那辆巨大的摩托车油门轰鸣，风从耳边掠过，还有1987年的夜色流光，和岁月。

"好的，大叔。"

我很乖地点点头，他揉了揉我的头发，就和十几年前一样。

也许是不习惯放假，这一夜，我喝了很多酒才睡去，觉得醉意袭来的时候，电视机都没来得及关，电影正演到伤心处，主人公咿咿呀呀地哭泣着，我却昏昏沉沉滑入梦境，连控制自己的手指按下遥控器开关的气力也没有。

走向梦的路途，总是泥泞而湿漉漉的，我步履沉重地跋涉，现实的一幕幕不甘心地在脚下翻转，扭曲出各种不同的景象，而我像一个任性的搜检者，不负责任地翻乱这一切，径直向前，一切如磁带倒转，找寻混沌初开的那一刻。

随后，再一次，我与夏夏合二为一，置身于老屋的清晨，鸟儿在院子的门闩上嬉戏，五斗橱上的老钟铿锵作响，八仙桌上，一碗粥、一碟肉松、一个扎好的饭盒。

所有陈旧而温馨的生活，在那个老人残酷的背叛后，变成了一个空壳。我明明知道自己将面对什么，还是难以抑制心中强烈的恐惧与悲伤。

我在早已预料到的命运中坐起身，半带疑惑地呼唤婆婆，对于奇迹，却心如死灰。

手机铃声响了，梦境刹那间破碎，我惶恐不安地发现，自己没有躺在床上，而是跌坐在离床并不近的地板上。

我慌乱中抓过响了多遍的电话，按下接听键，急急忙忙地答话说："头儿，我正在路上，车很堵啊。"

电话那头有个声音在哈哈大笑："喂，夏夏夏的，你还在做梦吧，春游啦，我已经在楼下等你了。"

待我更衣梳妆，抓起手袋，急匆匆来到楼下，猛然觉得天色怪异，小区出奇地安静，一看手表，才七点半。我气呼呼地质问杰克："大叔，这鸡还没叫呢，你就把我弄起来了，搞什么花样啊？"

杰克恶作剧地笑着说："陪你一起去买菜啊。"

与轿车里柔软却逼仄的感觉不同，在硕大无朋的悍马里，我因坐得高而心觉敞亮。悍马车好似一间带窗户的铁房子，在杰克野蛮邪乎的驾驭下，坦克般轧过小区的缓行线，驶向街道。

长假第一天的早晨，街上难得的行人寥寥，偶尔经过的路人静默行走，心怀主张。

我们绕行在这座熟悉而陌生的城市里，瑞金路、淮海路、长乐路、思南路、雁荡路……我们经过中学的校门，教学楼不再如回忆中般高大，往前，是玫瑰深夜买紫雪糕的冷饮店，她拉着夏夏的手，在昏暗的路灯下奔跑，撞入斑斓的霓虹光影中，第一眼见到的翔子，那阳光温暖的面容，从此联系着关于德赛洛的一切。

德赛洛，那个繁华迷人的夜之森林，此刻影踪全无，宛如幻境，原本的那个店面变成了一家婴儿用品商店，沐浴在近乎圣洁的晨曦下，纯色的鹅黄、鲜绿、碧蓝的童装，点缀着玻璃橱窗，寂静无声。

下一个路口，大华书场，与翔子贴身而坐的窄小座椅，演不完的爱与分离。

我对杰克说："你再掉头过去，我看看好吗？"

杰克微微一笑，很帅地玩转了一下方向盘，让那个大家伙灵巧地绕回去。

让我失望的是，大华书场也没有了，原来的位置只有一家宠物商店，画报上可爱的小狗搔首弄姿。

谁知杰克这一掉头，车就顺势上了高架，一路飞驶，下桥后毫不迟疑的几个转弯，停在了人声嘈杂的火车站。杰克拉着我的手，不由分说地下车，向站里走去。他紧抓着我的手，穿过纷乱的人群、无序的大厅，冲出重围般。

摆脱了氤氲的候车室，早晨的铁轨再一次明媚地展现在我们两人的面前。我们在阳光充沛的站台边上气喘吁吁，风无遮无拦地从远方而来，如此清新。

"还记得这个站台吗，夏夏？"

杰克皱着眉毛，眯着眼睛，望向他曾离开的方向。

我们身边，风尘仆仆的旅人面孔漠然地往来，卖早餐的小贩推着车，三三两两，出售着漫长旅途起点或终点的一口水粮。站台下，一段段车厢远远近近，在跋涉万水千山后，满身疲惫地小睡。铁轨枕着碎石，神奇而坚定地由此地始，从人声鼎沸的火车站，伸向风沙漠漠的旷野之地，不能想象的路途，从荒凉到繁华，周而复始。

我顺着杰克的视线望去，于铁轨蔓延的那个方向，阳光正逆风而来，如神谕般，在我的视网膜上留下了刺眼的盲点。

"夏夏，你看。"杰克像变魔术一样，从兜里掏出一张火车票，一捻，变成了两张，"你答应我，和我一起去春游的，是吧？"

我这才注意到，杰克套了一件短夹克，背了一个不大不小的旅行包，早有准备的样子。

"哇！"我吃了一惊，"这是要去哪里啊？"

"成都。"

"不！"

我本能地后退了两步。

"夏夏……"杰克走过来揽住了我的肩，"你就当陪我回去看看老家吧，我也很多年没回去了，想为爸爸妈妈扫墓。"

我犹豫不决，那个地名在我耳边嗡嗡作响。

杰克像一只讨厌的虫子一样，看透了我心里的畏惧："十多年了，你还没见过她吧，你害怕见到她吧？"

我不语，一脸倔强宛如逆反期的孩子。

"瞧你这模样，"杰克挑着两道浓眉审视我，嘿嘿笑出声来，"夏夏，你要是还在乎她，这么多年了，去看看她也是应该的。相反，你要是已经完全不在乎她了，又何必这个样子，好像走进那座城市会烫到你的脚。"

"谁说会烫到我的脚啦？"

我大声反驳，自觉底气不足。

列车来了，八点五十分，我鬼使神差地跟着杰克上了车，这一回，他成功地带走了我，我们两人面对面坐在各自的铺位上，窗外，站台正倒退着渐渐远去。

当零星挥手告别的人消失在视线中的最后一刻，我看见夏夏也站在人群中，面色苍白，没有挥手也没有流泪，只是面无表情地转身，离开。

竟日，我蜷缩在下铺的角落里，一语不发。

杰克也不来逗我说话，自己从旅行包里拿出电脑，戴上耳机玩游戏。等到餐车推到跟前，他痛痛快快地买两客，一客放在我面前，就像养一只沉默的宠物。

车厢有节奏地晃动着，铿锵有声，我觉得自己就像一片叶子，顺着湍急的河流而下。一阵子，我感觉特别轻松愉快，仿佛放弃了自己的主动权，不再劳神费心，就让命运随意将我带去哪里。一阵子，我却又疯狂地想要逃离，逃离这飞奔不止的列车，逃离我将去的任何地方，停下来。

成都，这个在我脑海中出现过千百遍的地名，像火一样灼痛我，我如此胆怯地去靠近它。

很久没有这样寂静的一天了，我注意到窗外的光线映照在白床单上微妙的变化。吃完了第三客盒饭以后，天完全黑了。

我挪动静止了一天的身体，下床，坐在列车窄小走廊的简易座位上，望向毫无光线的窗外。我感觉列车还在飞速位移，但是在玻璃外浓重的黑暗中，暂时找不到证据，只有远处细小的光点，如星辰般，缓慢地变换方位。

夜半，车哐然停止，小站，矮房石阶，灯火稀微。

我望见，于窗外黑洞洞的夜色中，石阶上，有一个大胡子的流浪汉坐在那里，正被路灯的半片光晕照亮，他的脚边搁了一瓶啤酒，间或垂下手去，举瓶仰脖独饮。与他并肩，坐着另一个人，女人，似乎正与他一起若有所思地发呆，准备共同挨过这漫漫长夜。

那个人，就是我。

是车厢里明亮的灯光，把我的影像镜子般映在窗上，与窗外坐着的那个人，正好叠在一起，看起来，宛若共饮。

几分钟的停留后，列车震动着起步，我和那个陌生人，在一幅共同的画面上，倏然分开，落在互不相干的两个空间。

我扭头看杰克，他躺在铺位上假寐，两只眼睛却不怀好意地半睁偷觑着我。

"哎，大叔。"

我唤他。

他故作吃惊状："你都一天没说话了，我还以为你哑了呢。"

我没好气地瞪他，又没头没脑地问："大叔，人与人的相依为命，是不是只是一种幻觉？是不是我从来就是一个人，没有人真正陪伴在我身边？"

杰克眼睛亮晶晶地望着我，难得没有一丝玩笑的样子，他说："夏夏，你不该这么想。总有一天，你会明白，那些我们爱着的人，他们从来就没有离开。你能生机勃勃地活到今天，我能死里逃生撑到今天，就是因为他们，还在我们的身边，从来都在。"

我摇摇头，疑惑不解，只对杰克说："大叔，你变了。"

"哦？"杰克又恢复了顽劣相，"变帅了还是变斯文了？"

我问他："你还是和以前一样，不需要任何人吗？"

杰克哼哼着说："傻姑娘，净问一些傻问题，你不打算睡觉啦？"

我愤愤道："你这么把我绑架出来，我连化妆包都没带，你让我怎么卸妆啊？"

"夏夏夏的，你不化妆才好看呢。"

从杰克旅行包里找出了两包湿纸巾，到水龙头边凑合着洗了脸，我摇摇晃晃地回到铺位上，躺下，在熄了灯火的车厢里，静听有节奏的律动，每三两个小时醒来一次。

身处动荡的黑暗空间，我觉得自己正被浩大的命运裹挟，身不由己地在时间的迷宫中兜兜转转。

第二天傍晚，列车抵达成都。

这座城市的空气中，有一种异乎寻常的温软气息，日光从不锋利，空间中总充斥着若有若无的雾气，树木浓翠，道路起伏，高高低低自成韵律。

不知为什么，我总觉得以前曾经来过这里，很多景致依稀见过，我想，也许是因为婆婆在我小时候给我描述得太多，在我的想象中不由得成了影像。

杰克熟门熟路，带我住进了喜来登大酒店。可巧酒店附近的体育场晚上有足球赛，拉开房间的窗帘，甚至还能居高临下地望见球场。球迷的喧哗声闹了整晚，我却累极了，倒头便睡，一夜无梦。

快天亮时，我蒙眬中听见，有小鸟在窗前轻啼，扑棱棱拍打着翅膀，我恍惚中坐起身来，惊恐不安地唤着："婆婆，你在哪里，你在哪里？"在另一个清晨，再次感到心如刀割。

婆婆，那一天，你为什么要偷偷离我而去？

17.

墓地。

穿过成片的墓园，无数静默的矮碑，一张张曾经存在过的脸，变成水泥中镶嵌的照片。绕到后山，一片青绿的山坡，一间看坟人的小屋，杰克唤他出来，驼背老者一手提着茶水瓶子，一手拿着袋子，蹒跚地领着我们沿小路而上。

穿过密密层层的矮树丛，背山面城，在一片较为开阔的草地上，有两块并立的墓碑，照片空着，字也空着。

老者熟练地从袋子里拿出香烛，还准备了打火机。杰克用身子掩着风，点着了，供上，跪在土里，默默地合掌一会儿。老者又机械地掏出了毛笔和红漆，看了看无字碑，表情木然地又收了回去。

我问杰克："为什么碑上是空的？"

杰克答："因为坟里也是空的，我已经找不到他们了。"

杰克伤感的时间从来很短，他站起身，掏出两包烟塞给老者，拍了拍他的肩。老者佝偻着点点头，又毫无表情地带着我们走出了墓园。

这一天，空气中阳光充盈，在雾蒙蒙的天地间，无数金色的光之精灵，在水汽中振动翅膀。几十个信封上谶语般的地址，我在心中默念了无数遍，打一辆车，穿过店铺林立的城区，我们来到了西南民族大学的大门前。

走在校园里，我几乎失去了询问的能力，一切都是杰克在张罗着东寻西找。经过墙壁湿漉漉的旧校舍、爬满青苔的小路，操场上，年轻极了的学生们在打篮球，球一下下落在泥地上，震动着我敏感的耳膜。

转了一个弯，又一个弯，终于来到了教师宿舍区，紧凑的两排五层楼房，狭小的阳台上都是鲜花盛开。叩动三号楼二〇一的门，我见到了婆婆曾竟日念叨的天慧。

那是一个健壮的中年妇女，红扑扑的大脸盘，烫卷的短发，声音洪亮，一副开朗乐天的样子。我很难把她和记忆中那个穿着海军服，剃了光头，男孩般的女儿联系起来，难道已经过了这么长的岁月。

我仿佛从另一世界归来的故人，怀着世上千年的惶惑，梦游般往屋里走。天慧热情的招呼声，隐隐约约。小而温馨的屋子，两个孩子好奇地看着我，铺着玻璃台板的小餐桌，绿花褐底的布沙发，放在高脚茶几上的小电视机。小小的客厅里，午后的日头正从窗外照进来，在光线最好的地方，四个人围坐一起正在打麻将。

婆婆，我一眼就认出来了，她正侧脸坐在麻将桌的左侧，我不是做梦吧。

她老了，头发已经雪白，在逆光中几乎是透明的。她还是把齐耳短发梳得整整齐齐，用一只黑色发箍拢在耳后，只是那头发，薄了，稀少了很多。

她的身体看上去非常小，我还记得，她曾经能完全地把我抱入怀中，柔软的棉衣，大扣子硌着我的脸，松弛温热的身体，我安逸的港湾，而现在，她坐在椅子上，只占了半个椅面，像一个孩子那样轻巧，脚甚至够不到地面。

她戴着一副眼镜，专心于那些方块骨牌，她的五官老得有些模糊了，没入了更多的皱纹中，睁开眼睛都显得有些无力。

我以为我一定会激动非常，我以为我会质问她离开的理由，我以为我会愤怒，会委屈，会假装漠不关心地讥诮她，或者摇撼着她，痛哭流涕。

但是，都没有。

见到她的那一刻，夏夏回来了，我脚步轻柔地走过去，半跪在她的面前，把头枕在她的膝盖上，内心平静得就像我们从未分开。

"乖囡，你回来了。"

婆婆熟悉的、绵软沙哑的声音。

我仰头望她，她慈祥地看我，一如我们清晨方才告别，下午又再会。

然后，她轻轻抱住我，她的怀抱，还是那么暖，扣子凉凉地摩擦着我的脸颊。

我和杰克的到来，让婆婆很是开心。她叮嘱着天慧，要去多买些菜来准备晚饭，还要去楼下买大份的水煮鱼上来。孩子们听到了欢呼雀跃，也似过节一般。

这个家庭，热热闹闹好多成员，天慧的丈夫、她丈夫的弟弟和弟媳，还有两家的孩子。天慧从大衣橱后面拖出了圆台面，大家帮忙叠在餐桌上。不一会儿，用不锈钢大脸盆装着的水煮鱼买来了，厨房里锅碗作响，油烟弥漫，这顿饭，从下午做到傍晚，终于丰盛开场。

饭桌上，大家嘻嘻哈哈地看着我们这两个从天上掉下来的陌生人。

婆婆看见我和杰克并排坐着，惊喜地问我："乖囡，这位是你的丈夫吧？"

我羞得立刻红了脸，连忙摆手说："不是不是，我们是朋友。"

"哦，男朋友啊，好啊，那就是未婚夫吧……"

看着婆婆喜上眉梢，我也不好再辩解，只见杰克一脸得意地在边上笑着，还在婆婆面前装出一副好青年的样子，频频为她夹菜盛汤。

婆婆又悠悠地问杰克："你叫什么名字啊？"

"婆婆，我叫杰克。"

杰克毕恭毕敬地回答，笑得比蜜还甜。我踢了他一脚，婆婆也是你叫的吗。

婆婆却被叫得眉开眼笑："哦，杰克啊，洋名字，是留洋回来的吧？难怪呢，头发都是黄的。"

我忍不住笑出声来，差点把一口汤呛在喉咙里。杰克摸了摸自己染成褐色的头发，尴尬地嘿嘿笑着。

吃完晚饭，婆婆又坚持要亲手做芝麻糊给我们喝，天慧乐呵呵地把她推出厨房，麻利地做好了端上来。婆婆似乎还觉得我们没吃饱，细细慢慢地找出了糕点、糖果和各种零食，摆了一桌子，孩子们吵闹着要拿来吃，婆婆着急地嗔怪道："别跟你们姐姐抢，让她多吃点。"

我怕婆婆再忙，于是吵着要看婆婆曾提到过的相簿，那些她一直留在成都，不曾带去上海的旧时照片。

天慧花了很多力气，才从柜子上的一堆杂物里把那本相簿找出来，用抹布擦去尘灰。婆婆看见相簿，有些害羞的样子，她坐在沙发这头，让我坐在她身边，杰克靠着我坐在那头，小小的两人沙发挤了三个人，相簿就放在我的膝盖上，杰克一页一页帮着往下翻。

前面的几页，都是在轮船上拍的，婆婆和公公两个人并肩站立，船头，浩渺的水波上，江风拂动他们的头发。

在那些已经泛黄的黑白影像里，两张青春的面孔，如第一缕阳光唤醒的清晨，宁静而明朗，不问俗尘。他们清亮的眼眸中，有一种极其动人的期待，仿佛世界在他们眼中有无穷无尽的旖旎，这让照片上早已模糊不清的背景，也因此变得异常柔和深邃。

那一对曾经的璧人，如果不是因为战乱，就不会被污浊的俗世侵蚀。

婆婆又说起了往事，德先生、赛先生、洛先生这些词语，由她轻声细语道来，不似古老的概念，却如情话绵绵。他的青春理想，于她心中，是蚀骨的爱情纪念。

我与杰克不经意地对望了一眼，我想我们此刻想起的，是那个叫作德赛洛的舞池，一个属于我们少年记忆的梦幻之地。

再往下翻，就是一些零落的照片了，大小不一，有公公的证件照、天慧年幼时穿着海军服的照片，还有婆婆后来中年时期的一些正面照，已经绾了髻的，后来就是剪了齐耳短发的，头发渐渐花白。

翻到最后一页，杰克低低地惊呼了一声。

照片上，婆婆穿着暗花的旗袍，娴静端坐，鬓发，弯眉，眼神似水般迷人。公公站在婆婆身后，一身帅气的马球装束，一只手温柔地揽着婆婆的肩，树一样挺拔，微笑的眼睛。我童年时看过无数遍的那一张照片。

我知道杰克为什么低呼，因为那张照片上的公公，长得太像翔子了。

我有些羞愧地低下头，不敢去看杰克的表情。

倒是婆婆，满脸幸福的神情，她满足地看了看我，又看了看杰克，然后说："乖囡，你看杰克这个孩子，倒有几分像你公公呢。"

我有些讶异，扭头打量杰克，他在屋里早脱下了短夹克，里面是一件马球衫，正红色，左肩有黑白相间的菱形图案，从服装上来讲，他确实和公公那张相片比较接近。

杰克听到这话，得意起来，他说："就是嘛，还有照片，看上去更像呢。"

他翻回前两页，准确地找到一张，指给我和婆婆看。那张相片上，公公和婆婆迎着风，瞭望江面，都是侧脸。

翔子的脸比较方正，公公的脸实际是长方的，正面看与翔子确实像，侧面看却还要狭长一些，而杰克的脸是瘦长的，所以从这个角度比对，杰克还真的有几分像公公。

我不得不承认地点点头。婆婆则特别欢喜，两相比较，看了又看，颔首称好。

出门后，我对杰克说："大叔，想不到你对我婆婆这么有一套啊。"

杰克坏笑道："现在又叫大叔啦，刚才当着你真亲戚的面，就不认我这个假亲戚了？"

"啊呀，大叔你说什么呢！"

我用整条胳膊挽住杰克，挂在他的身上，拉着他往广阔的夜色里走。

"你也是我的亲人，永远都是。"

我嘟囔了一句，墨色般的潮湿空气随即掩盖了我们。

第二天起床，我说，我想带婆婆外出走走，因为她腿脚已经不方便，这些年肯定很少出门了。好在五星酒店都提供轮椅借用服务，杰克提着折叠轮椅，我们叫了车，又往婆婆家赶。

中午，我们请天慧全家在校门外小街的饭店里吃了饭，免得他们再忙碌地准备招待我们。婆婆是杰克背下楼，然后用轮椅推到饭店的。

吃了饭，我问婆婆，想去哪里走走。婆婆说，想去她和公公在成都的老宅看看。

天慧的丈夫和小叔一家，领着孩子们回家，天慧陪着我们去老宅，说是抬上抬下也需要一个帮手。

在天慧的指挥下，出租车颇开了一段时间，左拐右拐来到一条僻静的小街上，经过三两家破墙而开的杂货店和小吃店，停在一个门脸不大的园子前。园子的门口横了一条铁链子，边上有个售票的窗口，用黄漆写着"门票五元一人"。

两个孩子在门口追打着玩水枪，一个撞到了铁链子上，哐啷一声，把链子带着的两个小木桩撞翻在地上，一个戴着红袖章的老者提着茶瓶子颤巍巍冲过来，两个孩子惊叫着笑着，飞跑着散开了。

那个老者兴许是年纪大了，验了票，数着人头，让我们从铁链边上鱼贯而入的时候，他居然一遍没数明白，才四个人，却反复数了三遍，清点窃贼般。我心里担心婆婆因此伤感，偷觑，好在她还是一脸不以为忤的样子。

园子有三进，可惜都破败了，屋宇残破，椽梁朽坏，如久泡在污水里的一幅画，只剩下依稀轮廓。唯有青石板上小草茂盛，屋边老树枝叶葱郁，似还能让人怀想起当年庭院深深、两情依依的旧貌。

更葱茏的，是那一池塘的荷，疯长得几乎要溢出池外来，原本姿态优雅的荷叶和矜持的花蕾，此刻不见清雅，反让人觉得恐怖。

婆婆叹气说："这池子，以前每年种多少枝荷，我都能数过来。池塘就像一幅水墨画，唯独寥寥几片荷叶，三两枝花，滟滟池水是留白，这才美得有致。现在他们是种得越多越好，到了晚夏，就可以多挖莲蓬去卖，也好，也好……"

婆婆说想在池边坐一会儿，我便扶着轮椅，陪她待在园子中间。

大门敞开的西厢房里，四个建筑工人打扮的男人，光着膀子在打牌，时而爆出粗粝的脏话和笑声，纸牌抽打在木床上，啪啪作响。

那个戴着红袖章的老者，不知什么时候进来了，抽着烟瞪着我们几个，眼神不离半刻。不知是因为这里少有游客，他觉得好奇，还是因为怕我们损坏什么，尽职地监视。他过一会儿又在园子里巡逻般绕了一圈，换了另一个角度看我们，顺手把烟灰一路弹在回廊的地上。

这一切围绕身畔的龌龊尴尬，我遮挡不住，可是婆婆宛如什么都听不见，什么也看不见一样，她一言不发，满是皱纹的脸，如一池湖水，沉静而生动，往事在内里波澜暗涌，这是我与她生活多年，从未曾见过的百感交集。

我明白，此刻，她正在半个多世纪前的这个园子内，没有人可以跟她交谈，也没有人能够伤害她一点半分。

不知什么时候下起雨来，细雨从高渺的天空密密落下，还未落地便在半空消逝，湿雾蒙蒙，杰克善解人意地打开遮阳伞，遮在婆婆头顶。这是他早上从酒店一并借出来，一路拿着，被我曾数落是累赘的物事，我感激地望了他一眼。

我推着轮椅上的婆婆，在园子里慢慢往前走，杰克打着伞，与天慧一起尾随两边。

园子的景色在雨雾中变得模糊不清，只有轮子在濡湿的青石板上清脆作响，叶子清亮了，绿意更浓，空气中弥散着夏日植物的清甜，我的心异常宁静，也仿佛一同走回了五十几年前的那座旧宅，那些纯洁的年轻灵魂，重新活过来了，就行走在这里，浅笑低语，大谈理想，为世界忧虑，为所爱的人倾心着想。

日暮了，杰克提议说，不如请婆婆和天慧一起，去我们下榻的酒店吃晚餐。大大咧咧的天慧心思其实很细腻，她明里推辞，说要回家照顾孩子，实际是想让我和婆婆单独聚聚，我和杰克也就不再挽留。

喜来登酒店的餐厅，和它的一贯风格一样，奢华富丽。

杰克点了菜，我们围坐一起，侍者在一边恭敬地为我们整理餐巾，分菜添水。婆婆笑得眼睛都没入了皱纹中，她端坐在桌前，连连说："好啊好啊，你们的生活这样好，我也算是放心了。"

她又特意对杰克说："你今生今世要好好照顾我们家囡囡，日日这般好，我才会安心哪。"

我没想到，一天到晚没正经的杰克，也能有这样一脸好青年的样子，诚挚点头。我不反驳，也点头，想是婆婆开心就好，真真假假，又有什么要紧。

我一筷子一筷子、一勺一勺只顾着为婆婆夹菜，希望她能多吃一点，再多吃一点，就如她以前在那个温暖的石库门房子里，曾一年一年喂养我，做的每一餐都盼着我能多吃，看着我大口吃完一碗又一碗，便喜笑颜开，皱纹里似乎开出花来。

我一意地挑柔软的食物给婆婆吃，挑出虾仁，剔出腰果，舀出豆腐和海参，剔出胡萝卜和芹菜，这才发现，杰克点菜的时候，已经刻意选了好嚼好消化的菜。

看我忙碌着，杰克也来帮忙，一个粗手粗脚的大男人，分拣起菜来，却特别细心，连半颗青豆也不放过。换了平日我们俩打打闹闹的脾气，我一定会抓住这个机会大力讥讽他，毫不留情，可是此时，我只觉得感动。

婆婆忽然说："你不要怪你的母亲，她那时候也是太年轻，不懂得怎么爱你，不懂一个母亲应该为孩子负怎样的责任，她后来是真的后悔了，她对我说的。"

我很惊讶，感觉最后这句话有些不可思议，婆婆却自顾自往下说：

"那一年，她忽然来找我，就像你一样，找到了这里，一路径直走进来。她一下跪在我面前，抱着我的腿，只是哭，也不说话。

"后来她拿出一张照片，一个婴儿，是男孩，很胖很可爱的样子。她说这是她在澳大利亚结婚，生下的儿子，也就是你的小弟弟。

"她说自从她生下了那个儿子以后，也许是因为没有别的事情分心，也没有别人帮忙，一点一滴地亲手照顾那个孩子，她第一次感受到，孩子的生命原来是这么脆弱，孩子成长的一切都是这么依赖母亲，他的每一次啼哭、每一声笑，他的第一次爬行、说的第一个字，都由母亲悉心守候而来。

"她这才开始回想你的种种，回想把你交给我，万事不理，因此觉得后悔和内疚。

"她告诉我，澳大利亚有很多袋鼠，常常能看见袋鼠妈妈肚子上的口袋里，装着小袋鼠，来来往往。母亲就应该是这样，当孩子幼小时，拿自己的身体作为孩子的身体，用自己的四肢作为孩子手脚的延长，全心全意为孩子而活。

"她懂得了这个道理，可惜太晚，也许也还不算晚，至少，她现在有一个儿子可以让她尽一个母亲真正的责任。所以，为了照顾那个孩子，她说她也许无法再分心去关照你，只愿你能受天地庇佑，一切都好。

"她对我说了对不起，也对你说，请你原谅她。"

婆婆说完了这些，望着我，神情肃然而慈祥。

我没问什么，也没发表意见，感觉自己神情如常，直到杰克在桌子底下踢了我一脚，我才发现，我一手扶着碟子边，一手拿着银勺，双手颤抖之下，勺子在碟子上竟不住地撞击，发出响亮的当当声。

杰克想必是要岔开话题，挪过来一手环住我的肩，对婆婆说："过一阵，我也和夏夏拍一些合影，寄过来给您看好吗？"

"好，好。"

婆婆连连点头，笑得合不拢嘴。

我继续给婆婆夹菜，婆婆又说："我们囡囡是长大了，出落成一个大姑娘了，这么漂亮，真好。当年我第一次抱她，她才一百零八天，还是个襁褓里的小娃娃呢，然后，看着她上小学、上中学，后来又顺顺利利考进了大学，然后参加工作，我这心里就别提多高兴了。"

我看看杰克，杰克也看看我，我们俩什么话也没说。

送婆婆回到民族大学的家属楼，已经夜深。我们向天慧道歉，吵着了她和孩子睡觉。

黑灯瞎火的，我们把婆婆安顿在她的小房间里睡下。房间小得只有转身的地方，实际是一个隔出来的小空间。小床有点窄，有点硬，褥子不够厚，甚至比不得我们以前在老房子共睡的那张床。床头柜上堆着一大堆塑料袋装起的零食，柜子里好似还有，拱得门关不严实。

以前我们一起住的时候，还没有零食这回事，我想这些年，婆婆也许喜欢上了吃这些，就琢磨着明天要给她多买些过来。

我悄声问婆婆："你明天还想吃些什么？"

婆婆想了半晌说："西瓜。"

"好，我明天给你买来。"

我向婆婆示意告别，婆婆一双绵纸般柔软的手，却在黑暗中紧紧抓住了我的手："乖囡，要记住，一个女人最大的幸福，就是找到一个爱她的男人，女人的一生一世也就托付了。"

一瞬间，我仿佛回到了童年，婆婆的容貌在暗处纹丝未变，她的手，她的怀抱，她低柔的声音，她对我的爱。她曾十几年操劳，为我钩手套做家事的手，粗糙得依然让我心疼。

"乖囡，你一定要幸福，这样婆婆才欣慰啊。"

婆婆依然紧握着我的手，再三叮咛，她的手心如此温暖。她拉起一边杰克的手，把我们的手叠在一起，似乎这样做，就能保证我们这两双手此生不再分开。

半晌，婆婆摸索着从床头的包袱里掏出一个东西，塞在我的手里："你拿着这个，留着，收好。"

手心握住了一把光滑温润，我借着夜灯稀微的光才看清，那原来是一个玉香炉，整块玉雕成的，没有接缝。我想起儿时婆婆与我提起的，她老家祭祖的牌位前那些玉香炉，我猜想，那是她与公公私奔时，唯一带出来的纪念品了。

这是她与上一代血脉的唯一联系了，何其珍贵。

我忙推辞说："婆婆，这个我不能要，你自己留着。"

婆婆再次把它塞进我的手里，低声说："收着收着。"声音急得竟哽咽起来。我怕推让着被大家听见，只好收了起来。婆婆这才满意地颔首，顺从地让我们扶她睡下，盖上薄被。

走在夜风里，我忍不住回首再望那栋小楼的窗口，暗着。

我和婆婆两个人，在久别重逢时，这样竭尽全力地想要待对方好，好像要把这十几年的分离中应该有的好，在这短短几天内，表达殆尽。

身处这种过于丰盈的爱与被爱中，事实上感觉到的是一种说不出的悲凉，仿佛今日之后，不再有明天。

婆婆真的还记得我的一切吗？抑或，更多的，只存于她虚幻的想象中。

在回酒店的路上，我没有说一句话，只是静默地拉着杰克的手，紧紧地拉着。回到酒店，上电梯，走到我房间的门口，我还是下意识地紧紧拉着他的手。

杰克用另一只手摸了摸我的脑袋，问："你还想和我说说话是吧？"

"嗯。"

我点头，一肚子的话想说，脑袋异常清醒，没有睡意。

于是我煮了开水，泡了茶。我盘腿坐在床上，他坐在沙发上，我们喝着茶开始聊天。

"婆婆说，她看着我考进大学，参加工作……"

我沮丧，甚至有些痛心地向杰克重复婆婆的话。

杰克耸耸肩说："就知道你这个小姑娘会小心眼，她这样想会更宽心，有什么不好呢？"

我不服："谁说我小心眼了，这明明不是真的嘛，她什么时候看见我考大学和工作啦？"

"她一直想着你，就能看见。"

"她自认为对我的关心和爱，没准都是她的幻觉呢？"

杰克叹了口气说："那你对她的想念和爱，是不是幻觉呢？"

我嗫嚅着："我只是担心她的精神状况，她似乎幻想太多了，不知要不要紧。"

杰克又扯起左边的嘴角，洞察先机地坏笑起来："你是想知道，她说你妈妈的事情，是不是真的吧？"

我抢着说："不是真的，不可能是真的！她都没来找过我，怎么可能反而去找婆婆，她又怎么可能找得到婆婆？"

"那你就当这是假的喽……"

杰克假装事不关己的样子来气我。

我只好再急匆匆地自我否定："但是，如果她没有去找过婆婆，婆婆又怎么会知道这么多事情，比如说，我的小弟弟，还有她为了照顾弟弟，所以没法再分心关心我的说法？"

"也许……她是从亲戚的传话中听说的呢？

"总而言之——"

我刚要正色总结，忽然看见杰克瞪大眼睛，拧着眉毛，忍着笑意，故作严肃地看着我，我又气又好笑，一下子完全忘记了要总结什么。其实我本来也没法总结什么，一早被杰克看透。

杰克看我又要借机发作，连忙收拾滑稽的表情，接过话题说："总而言之，其实你是希望，你妈妈是向你道过歉的。你的婆婆这么对你说，不论是她的幻觉，还是编出的一个善意的谎言，还是陈述一个事实，都是希望你能解开这个心结，不再责怪你的妈妈，不再有恨。"

我盯着杰克，半天不说话。看得杰克也发了毛，问我："喂，那个夏夏夏的，你疯啦，这么含情脉脉地看着我干吗？"

我说："大叔，以前你怎么从来不这么正经地说话啊？"

杰克嘿嘿一笑，半真半假地答："我正经说话的时候，你有注意听过吗？"

我又说："我觉得你今天晚上，特别像一部百科全书，我有人生的疑难，一定得趁这个机会好好问你。"

"好啊，"杰克颇得意，转脸学着当年在吧台前，向他的女朋友们介绍我的样子，"这是我侄女，来跟我学习做人的。"

我抓起一个枕头向他劈头扔过去，他假装惊慌地伸出手抵挡，接住了，又给我抛回来。

"大叔，你说，如果婆婆为了让我觉得心里舒服一些，故意编一套我妈妈的故事来讲给我听，她又为什么不跟我讲讲，她那时候突然离开我的原因呢？”

“是哦……”杰克低头沉思说，“那才是你的大心结呢。”

我不言，眨巴着眼睛等他解答。

想了一会儿，杰克问我：“既然你那么想知道原因，为什么不直接问她呢？”

“因为和她在一起的时候，我已经觉得我不需要知道那个原因了。”

“那你现在，为什么又希望她告诉你呢？”

“因为和她分开的时候，我又特别想知道那个原因，她离弃我的原因。”

杰克忽然柔声问：“夏夏，你还记得，我以前跟你说过的，彼得三次不认耶稣的故事吗？”

“记得。”

“在爱的时候，每个凡人都会软弱，很难去真正相信。”

然后，我们俩都暂时陷入了沉默。

房间里灯光柔和，两个人对坐着说话，很舒服，都没有什么睡意。

我托着腮问杰克：“大叔，你离开这么多年，后来有没有爱上过什么人？”

杰克哼哼着说：“哦，问得这么直接啊？那么你呢，有心上人了吗？”

我脸一红，不答，又想到问：“大叔，你一直都没跟我说过，你这些年是怎么过的呀？”

杰克问：“你真的要听吗？”

我认真点头。

于是，杰克把腿横在沙发上，面向房间华丽的顶灯，自言自语一样地讲了起来。

他的叙述，把我重新带回了1988年那个清晨的火车站，如果我当初跟他远行，他的生活也将是我的——

"6点05分，列车开动，那班火车把我带到了陌生的北京。

"天子脚下，灰沙漠漠，旧城区一派戒备森严，而正在膨胀的新城区中，人人的口气都大得无法无天。

"我在小饭馆里吃饭的时候，与一伙人斗酒，他们的酒量真是南方人不能比的，二锅头像白开水一样倒在水杯里喝，但是酒量再好的人，也比不上一个身无分文、连命也可要可不要的人。我在饭馆后面的胡同里昏睡了一天一夜，第二天晚上，他们又来饭馆，正好我刚刚酒醒。他们认为我酒风难得，就此与我称兄道弟，带着我跟他们做起了所谓的大生意。

"他们的生意也没什么资金周转，玩的都是上家和下家的空手道，成天西装革履、人模狗样地出入各个高级场所，高谈阔论，脸不红心不跳地摆谱充大。不过他们的生意确实挺赚钱的，因为买卖的都是原料，当时很走俏的生意，我也分到了不少钱。

"真好笑，那个年月，倒卖原料居然是违法的，后来听说有人眼红告发去了，大家闻讯马上作鸟兽散，说是避避风头，往外地跑，就此也分头各谋出路去了。

"我去了深圳，可能是因为想念南方湿暖的气息，柔软如成都，明朗闲适又似上海，只是少了上海寒雨淅沥的冷冬。我在那儿找了几个做外贸的人合伙，投了些本钱，开了一家国际贸易公司。那一段日子起初真的不错，有办公室，有车，生活安定，生意也颇为顺利，越做越大。

"钱多了，就想赚更多的钱，发展了很多其他的业务同时做。虽说是有资金的，但是架不住周转中总有一些挪来借去，应收应付。结果有一笔生意，资金兑现的时候，账上正好没有余钱，耽搁了一阵，要债的上门，告我们诈骗罪，我的两个合伙人居然被铐走了。

"当时我正在出差，算是侥幸躲过，不敢再露面，收拾了身边的细软，住在小旅店里，暗中打探消息，还想把我的合伙人救出来。

　　"没想到，这个案子因为在那个时候算是金额巨大，牵涉面又广，风声越来越紧，按当时的处理方式，一个合伙人居然被判了死刑，枪毙了。

　　"我赶紧逃命，想方设法偷渡到香港，躲了两年。

　　"后来一切平息了，政策也变了，我联络到以前做外贸的一些老客户，回到深圳开了公司，这才做回了原来的老本行，专做外贸服装订单，有了些积累以后就自己开了厂，从一家小厂，做到了几家大厂，生活也算再次安定下来，算是不愁吃穿，也不想再有风浪了。

　　"然后，我就想到要回来找你了啊，夏夏。

　　"我一直不解，生命是这样一个折磨人的过程，我被命运抛来掷去，被人欺骗，被人利用，被人欺凌，被人踩在脚下肆意嘲弄。我像一条狗一样，睡在胡同的冷风里，醉得不省人事，我仓皇奔逃，四处躲避着债主的追捕，即使躺在火车的长凳底下，还是害怕每一双可能看见我的眼睛。这让我觉得，我即使是就此死去，也会比活着快慰很多倍，真的是这样。

　　"然而，我每次饿得奄奄一息，触到了死亡的安详时，还是会抓起地上半个肮脏的馒头，毫无味觉般地死命把它咽下去，我在夜半冻得快要变成路边的一块石头时，仍然不断睁开快要合上的眼睛。

　　"是什么让我还是要活下去，在这个见鬼的世界上，一次次地摔下去，一次次地忍着耻辱爬起来，想要继续活着，站直了活下去，并且活得更好……我想，就是因为我们心里的那些人吧。

　　"就像我在火车上曾对你说的，那些我们爱着的人，他们从来就没有离开，他们在我们的心里住着，他们曾经给我们的暖，让我们有勇气可以活下去，并且活得生机勃勃。

"现在，你还活着，你这个被抛弃的孩子，曾经一无所有。现在，我也还活着。而且，我们都活得很好，这难道不能说明什么吗？

杰克慢慢地用手枕起他的头，脸上露出了少有的柔软神情：

"夏夏，你知不知道，这些年，我四处漂泊，从来就不认为什么地方是我的家？

"成都，自我父母去世以后，那个地方早已与我没什么联系了，我回去，甚至找不到他们的骸骨。

"后来有一天，我坐在深圳公寓的阳台，望着落日余晖，金黄而安宁，我想着我离开上海后，为什么这么多年，还努力地活着？我忽然知道，那是因为我心里其实是有一个家的，那就是上海，与你在石库门的老房子相处的那段日子，吃你做的饭，看着你写作业，听你说你心里的话。你啊，你就是我唯一的家人啊。

"所以，我就回来找你了，夏夏……"

杰克坐起身来，却发现邓夏已经斜靠在床上睡着了。熟睡的她，脸上不再有白天的陌生，坦然无邪，仿佛还是十一年前那个毫无心机、无依无靠的孩子，呼吸匀细，睫毛还不时一闪一闪的，似有转瞬的委屈和无助。

杰克叹了一口气，继续轻声地说："我找到了你……只是，你好像不再是以前的那个夏夏了，这种变化，我也说不明白，好像有另一个人，占领了你的身体，让我觉得陌生，甚至有些害怕。"

当我蓦然醒来的时候，就看见杰克独自坐在沙发上，眼睛在黑暗中冷冷地亮着，他应该是看我睡着了，所以体贴地替我关上了灯。

我口齿不清地问："大叔，你不睡啦？"

"夏夏夏的，黑灯瞎火的，你突然出声，要吓死人的知不知道啊？"杰克怪叫着抗议。

我说："谁吓人啦，明明是你一声不响坐在那里，才吓死人呢。"

我挪动了一下僵直的身子，这才发现，身上还多了一床毯子，一定是杰克给盖上的。我好奇地说："大叔，你变了。"

"哦？"

"你晚上给婆婆夹菜的时候，我就觉得好像认不出你了，你以前从来不这样的。"

"那我以前是怎样的？"

"你还记得吗？以前你都喜欢一个人去买菜，一个人坐着，也不说话。你从来不需要什么，也不要人家给你什么，你特别忌讳这些。每天吃饭的时候，只有我给你盛饭，你却从来不理人。"

"哇，我以前有这么酷吗？"

"大叔，你还是不需要任何人吗？"

"嗯……不需要也没办法了呀，你婆婆已经把你许配给我啦。"

"谁说的谁说的！"

我又羞又气，就听见他哈哈大笑。

我说："婆婆那是不了解情况，要是她知道你那么花心，女朋友那么多……还记得以前，你差不多几天就要换一个女朋友，带到吧台来给我看，还有人为你又醉又哭、死去活来的，你呢，就特别铁石心肠……还有那个伊丽莎白，你还记得吧？她家里特别有钱，人长得又美，每天晚上来德赛洛等你，你走了以后，她还天天来呢，后来好久好久没见着你，她就问我，最近怎么老是不见杰克啊？我就只好告诉她……"

我说着，忽然听见沉重的呼吸声，原来杰克已经歪在沙发上，也睡过去了。

梦境里，我再次回到了旧日的德赛洛舞厅，灯光旋转，衣香鬓影。伊丽莎白端庄地坐在吧台前，小口地啜着果味威士忌，左眼边的痣，映着如玉的肌肤，容颜依旧光彩照人。

我蹲下身去，从吧台里找东西，当我再站起来时，德赛洛忽然陷入了一片火海中，我的床正在熊熊燃烧，我冲过去，手忙脚乱地拍打被子，惊惶地喊着："起火了，起火了。"电线熔断，地板陷了下去，顶灯带着火焰扭曲地下坠，火光冲天……

此时，我感到有一双有力的手，抓住了我的双肩，猛力摇撼，我惊醒过来，发现自己跪坐在床边的地毯上。

黑暗中，杰克正抓着我的肩膀，严厉地审视着我，眼神如月光般冰冷："夏夏，你告诉我，德赛洛着火的那天，你到底看见了什么？或者，你做了什么？"

我拼命摇头，说不出话来，只是将要窒息般地不住喘气。

杰克叹了一口气，不再追问，像安慰一个受惊的孩子那样，把我拥进了怀中。

我们两人就这样在地毯上相拥睡去，直到第一缕阳光照进了酒店房间的窗户。

"夏夏。"

我听到杰克在耳畔唤我。

"你没事了吧，夏夏？"

"嗯。"

我们一起起身，关节咯咯作响。

"大叔，你再回去睡一会儿吧，害你一夜没睡。"

"唉。"

我们各自整理表情，杰克走了出去，没有再看我一眼。

18.

在成都的第三天上午，杰克又陪着我往西南民族大学走去，因为上午补了一觉，到了校门口时，已到中午了。杰克说："都这么晚了，我们就不要打扰人家吃午饭了，吃了再去吧。"

我们就在学院后门通往武侯祠的小街上逛，两边都是各种各样的小吃店，食物在摊位上现出鲜艳的颜色，一路走去，流行歌曲的声浪从不同的门面中袭来，走过几步，又换了一首歌，吵吵嚷嚷的，衬着小老板们懒散的笑脸。

杰克又恢复了没心没肺的样子，照旧和我玩起了大叔和夏夏的游戏，勾肩搭背，打打闹闹。我们一人吃了一碗酸辣面，两个在上海都能从容吃辣酱面的人，在这儿还是被辣得舌头没了一半。走到半路，觉得没饱，买了锅盔一人一个嚼着。

我说我要去给婆婆买零食吃，向人问了路，在武侯祠边上找到了一家很大的超市，买了松脆的虾条、土豆片，甜糯的芝麻糊、藕粉，甜的巧克力、牛奶糖，辣的牛肉柳，酸的梅子，还有西洋参和高钙奶粉一大堆。

杰克推着越堆越满的购物车，惊叹着："嘿，夏夏夏的，你是想把整家店搬走吧？"

我不理他，继续挑着货架上的零食，往车里放。

出门结账的时候，连收银员小姐都吃惊地看着我们俩，指着一大堆装好零食的袋子问我们："就你们两个人吗，怎么拿呀？"

折回西南民族大学的路上，我又向一个水果摊冲去，杰克意识到将要发生什么了，绝望地大叫："天哪天哪，老天哪！"

我买了一个最大的西瓜，塑料袋把杰克的手勒得生疼，他没走几步就咝咝地倒吸冷气，停下来换一只手，痛苦不堪。

我提着七八袋零食，摇摇晃晃地走在他身边，不放过任何一个揶揄他的机会："大叔，我看你的身体很虚弱啊，这么个小西瓜就提不动啦？"

杰克跟西瓜铆着劲，上气不接下气地说："夏夏夏的，你哪个西瓜不能挑，偏要挑这个二十几斤的……"

我吐吐舌头，给婆婆吃的西瓜，一定要是最大的。

说着话，我忽然发现，我们折返的这条路，居然是一条西藏街，家家户户商店里挂着琳琅满目的藏饰，一片异域的鲜艳，我兴奋地欢呼一声，提着袋子向商店跑去。杰克带着几乎昏厥的表情，跌跌撞撞跟在我后面。

看见这些美丽的珠子和链子，我的眼睛都绿了，比来挑去，忘了身在何处，就听见杰克在后面坏笑着说："你们这些女人，都是看见了这些东西，脚就迈不动了。"

我举起一大串绿松石项链，在他面前摇晃着："总有一天，我要流浪到很远很远的地方，去西藏，去雪山，去天的尽头，你们都找不到我的地方，谁都不认识我的地方！"

"要不要我开车跟在你后面啊？"

杰克在背后喊，因为我已经做了个鬼脸，三步两步，往刚才的小吃街方向跑去了。

就在这个时候，一首歌忽而从一家餐馆里扑面而来，虽然带着奇怪的配器，还跑调了，但还是清晰如斯——

　　我什么都能放弃，
　　居然今天难离去，
　　你并不美丽，
　　但是你可爱至极，
　　哎呀，灰姑娘，
　　我的灰姑娘。
　　…………

仿佛跨越时空的呼唤，一种不祥的预感，降临我的心间。

手机铃响，我放下袋子，接起电话。

"邓老师吗，我是小黄啊，台里出事了！庄老师出车祸了！是他们领导去嘉定开会回来的路上，一辆车撞了，听说撞得很厉害，卢主任、付大嘴和庄老师在一个车里，现在都送去医院了。你在哪里啊，邓老师？快去看看吧，就在瑞金医院！"

我飞快地说："我在外地，马上回来。"

急匆匆赶到婆婆家里，放下大包小包的零食和西瓜，还来不及看婆婆欢跃的表情，我就对婆婆和天慧说："我要回去了，马上，事出紧急。"

杰克已经在一边打手机，订时间最近的机票。

我看着婆婆坐在麻将桌前，堆成山的零食和那个大西瓜就摆在她面前，大堆的食物和瘦小的她放在一起，看起来竟有些凄凉。

我上前向婆婆告别，再一次把脸深深埋入她的棉衣里，她的身体松软如无物，她的手轻轻抚我的后脑，当我抬起头来，看见她的面目分外安详，一如我往日每天早上向她道别去上学，下午就会返回。

"乖囡，你回来了。"

当我回家时，她将这么对我说。

走出客厅，我最后望了她一眼，她的白发像在阳光中燃烧，映着脸庞柔软的线条，眯缝着眼睛，她没有看我，累累的皱纹有一丝颤动。

天慧把我们送下楼，爽朗地絮叨着："啊呀，你们时间也太急了，还想和你们好好聚一阵呢，下次来，别浪费钱住旅馆了，就住我们家，我下厨多做些好菜给你们两口子吃！"

"谢谢你。"

我抓紧她握着我的手，客气地笑着，却一时不知道该怎么称呼她。差点忘了，我从包里掏出那个玉香炉，交给天慧："这是婆婆给我的，我想我不能要，还是你收着吧。"

当天慧看见这个玉香炉时，她的神情有一霎的僵硬，我想婆婆曾为了我，离开她这个养女十六年，她的心里于我，也是有心结的，尤其在知道婆婆把玉香炉交给我的时候，这毕竟是婆婆传家的纪念。

这微妙的嫉妒，正如我走进他们狭小而热闹的家，看见他们伴着婆婆颐养天年，一家人热热闹闹，阳台上花朵茂盛。

"以后我陪婆婆去成都生活吧，等我长大了，我去成都工作，养婆婆一辈子。"

夏夏曾这么对婆婆说，却没有机会实现，婆婆没有等她。

"既然妈给了你，你就收着吧，这一定是妈的心愿。"

天慧还是把玉香炉塞进了我的手里。

我推回去说："不，不，我要走了。"

飞机降落在虹桥机场，雨天，城市的灯火和湿漉漉的地面上的点点倒影，映出了两个相反的世界。

走下飞机以后，我紧拉着杰克的手下意识地松开了。我抓着自己的手袋，把两只手合握在身前，刻意与杰克保持了一段距离。

杰克说："我送你回去吧，我也正好回家。"

我礼貌地笑笑："谢谢，不用了，我直接去医院。"

我对杰克突然生分起来，让我觉得愧疚，我又笑笑，却说不出什么弥补的话，只能挥挥手，转身奔向一辆正要开动的机场大巴。等出租车的队伍排得太长，我急于要去探望庄庸的伤势，想坐大巴离开机场一段，再打车，可能更快些。

白色的长长走道，惨白的灯光，静默，我的皮鞋每一步踏在走廊上的声音，都让我自己心惊。找到病房号，推门而入。

庄庸躺在那里，白色的被单下，露出他苍白的脸，有几处细小的划伤，涂了药水，一只手，正在挂针，白色的小布条贴着，几个瓶子，液体，慢慢地滴。

平日那样高大的一个人，平躺在病床上，看上去脆弱得像一张纸，一张脆弱忧愁的纸，仿佛要陷入白色的床单里。

我在床边蹲下来，心痛如绞。

"头儿，我来了。"

我抓住他的另一只手，不管不顾地把手背贴在我的脸上，他的手背很凉。

庄庸睁开眼睛，看我，眼神闪过一抹异样的神采。他望着我笑了笑，他的笑容那么温情而欣慰，就像每次看见我做好了一档节目，或者做砸了一档节目，或者发现我又剪片剪到在剪辑台上睡着，听见他的脚步蓦然醒来，迷茫着找寻下一盘带子，就像，一个父亲，看见离别已久的女儿归来。

"头儿，你不要紧吧，伤着哪里了？疼吗？"

"没事的，邓夏，医生说没什么大碍的。"

庄庸又笑笑，努力要抬起身来，却痛得震了一下，我忙扶他再躺好。

我翻看他床头的病历，软组织挫伤，前臂伤口，缝合九针，我长吁了一口气。

过了一会儿，庄庸起来去洗手间，我扶着起身的，他还是痛得脸色发青。

我觉得情况有点怪，去护士办公室找人。护士说，因为是电视台的领导车祸住院，今天主任特地在这儿值班，但是忙了一天，太累了，已经睡下了。我不顾一切去敲门，半晌，门开了，露出主任疲惫的脸，我抱歉地说："医生，病人痛得厉害，您得再给查查，一定是什么地方有问题。"

主任言简意赅："没问题，我仔细查过的。"

"但是，他真的痛得很厉害，坐都坐不起来，软组织挫伤不会这么严重吧？"

"哦，现在检查的地方都关门了，要不等明早查房。"

"求您了，他真的很痛啊，万一有什么问题耽误了，您看，求您了！"

主任进屋去，过了一会儿，披着白大褂，悻悻地出来，跟我来到病房。他手势熟练地按压庄庸的胸背，庄庸痛得忍不住叫出声来，我在一旁手心出汗。

"X线胸片，加急。"

主任龙飞凤舞地开出单子，护士不情不愿地把庄庸推出病床。

片子很快送到了主任手里，主任把它夹在看片灯上，看了一会儿，神态严肃："肋骨骨折，三根有裂缝。"

"这严重吗？要怎么治疗？"

"你放心，没大影响。"

他来到病房，问庄庸："你咳嗽吗？觉得胸闷吗？"

庄庸答："还好，就是疼。"

"骨折没有错位，不需要特别处理，你要是痛得厉害，我让护士给你打一针止痛针。"

主任还是言语简要。

"不需要绑石膏吗？断了骨头，这个很严重了！"我问。

"如果怕错位，也可以用夹板，或者绑带，不过我看不需要，天又这么热，绑着很难受。用一些止痛针，明天我再给他开一些活血化瘀的口服药，一般平躺一个月，复查一下就好了。"

"平躺一个月，不能动吗？"

"啊呀，我看你这位小姐实在是太紧张了。他其实起来走走也没关系，就算随便动，也没关系，很多病人肋骨骨折根本不住院，照常上班，只要注意不要弯腰，不要背重的东西就可以了。人啊，哪儿有这么娇贵的。"

主任终于被我问得话多了起来，他拍拍我的肩，在刚才的怠慢之后，表示对我的友好，毕竟是检查出了问题。他一边自我解嘲地对庄庸说："你年纪还轻，不像人家七老八十了，骨头长不好，你随便动，没关系，只要不痛。我保证你十天半个月就完全恢复了。"

庄庸点头。主任又说："你这个女朋友啊，对你还真关心，你一喊疼，她紧张得呀，大半夜的就把我叫起来了。"

庄庸笑笑说："对不住，对不住您了，主任。这位是我的同事，邓夏。"

"哦，也是电视台的啊，有出息。"

主任跟我握手："我姓王。"

"王主任，刚才真不好意思，谢谢您今天特地在这儿值班，我们都特别感谢。"

我抓住他的手，热情地摇了摇。

"你们电视台是媒体，工作都很重要的，为你们服务，应该的。"王主任提到电视台，脸上就露出欣赏的笑意，"这次车祸，你们小庄算是很幸运的了，车里的另外两个，都没他这么舒服。"

我非常感兴趣这个话题："他们伤得怎么样啊？"

"那个姓卢的领导，还好，手腕骨折，要绑石膏的。还有那个姓付的领导，个子小小的，大腿骨折了，起码三个月不能好好走路，绑石膏躺着就要一个月，是一点都不能偷工减料的。"

病房再次静下来，护士给庄庸打了止痛针以后，关上了大灯，对我说："这儿有我们值班呢，你可以回去睡，不用陪着的。"

我笑笑，表示感谢，却拉了椅子在床边坐了下来。针剂的作用吧，庄庸很快沉沉睡去，我也伏在他的脚边，时睡时醒，点滴的声音无限放大，一滴一滴，令我警醒地守候。

有几次，护士来换瓶子，庄庸稍醒，他望着我的眼睛，如清晨的阳光落在湖面上，闪着欣悦的光亮。然后，他握着我的手，神情更安详地睡去，嘴边还带着浅笑。

拔去针头的时候，已近黎明，庄庸再次醒来，费力地抬起另一只手，轻抚我的脸颊。

我脑中忽然电光石火般闪过一个念头，我附在他耳边，轻声地说了一个主意。庄庸的神情变得极其惊讶，他的表情凝固了几分钟，然后郑重地点了点头，再看他脸上皱纹的线条，已经重新变得坚硬。

我敲开了王主任的门，他一脸倦意地开门，有些恼怒却不便发作，听我说话。我说有重要的事情要和他商量，并要求去他的办公室单独谈。

我说："王主任，我们领导庄庸肋骨骨折的情况，你能不能不要公开？"

王主任显然更加气恼："你这位女同志，太奇怪了！之前是你吵着闹着要给他检查，说很严重，现在查出来了，你又不让公开，这是医院的制度，我们不能修改病人的病历！"

"您这不还没在病历上写嘛。"对着一张怒目而视的脸，露出若无其事的亲热笑容，是一件困难的事，但是我能很轻易地做到。

我不理会他不耐烦的表情，推心置腹地说道："王主任啊，我这么要求是有重要理由的，您知道，庄庸他负责很重要的两档电视节目，要是台领导知道他肋骨骨折，一定会让他好好休养，那么节目的播出就一定会受影响，这对电视台是损失，对看电视的老百姓也是损失，我们的庄制片人最不愿意这样了。"

王主任依然口气生硬："骨折了，就要休息，我就不信你们电视台没法安排，少一个人，电视就不播了？"

我也知道自己满口胡言，可是还得把话说圆了，所以我用更加诚恳的语气对他说："话是这么说，可是电视节目的质量也有好有坏啊，别人顶一阵当然可以，节目照常播，只是不好看的话，会让观众很失望的，比如说，大家等着每周末看《欢乐时光》和《爱情对对碰》，结果打开电视机，发现不像以前那么有趣。唉，您不知道，我们庄制片人是个工作狂，对工作有多认真，一点点质量下降，他就会难受得像有人要杀了他一样——"

王主任打断我说："哦？你们庄制片人就是做《欢乐时光》的？不错啊，我要不是值班，每次都和全家人一起看，我爱人、女儿都爱看。"

我一看有门，连忙添油加醋："这就是因为庄庸他每次都亲自去演播室盯着，还亲手改片子，他呀，就是对电视热爱得要命，不认真不会做到领导啊。就像您，一看就是和他一样特别热爱事业的，病人来了，您看您也不回家休息。"

"嗯，"王主任点点头，脸上的神色缓和一些了，"只是，隐瞒病情，真的不符合我们的职业规范。"

"王主任啊，以前隐瞒病情，带病工作的可多了，就像焦裕禄。反正他这个骨折，您说也不用做特别处理，大家知不知道有什么关系呢？我希望您能理解他的心情，也能支持他对事业的这份心啊。"

我再次对王主任露出诚挚甜蜜的微笑，希望他在我的笑容中，被我偷换概念的话就此迷惑过去。

王主任看着我，拍拍脑袋，突然冒出一句话："我说我怎么看你这么眼熟呢，你是那个女主持人吧，就是主持《欢乐时光》和《爱情对对碰》的？"

"是的是的。"我连连点头，平时被人认出来，我可从来没这么高兴过。

"哎呀，你们的工作很不错呀。"王主任兴奋起来，也露出了笑容，"你是那个邓什么的，你看我这个记性，刚介绍过的……"

"邓夏，王主任，您叫我小邓就好。"我直觉成功的大门正向我敞开，"您要是喜欢我们节目，我安排您来《欢乐时光》做嘉宾吧，您也评说评说这些民间英雄的绝活？"

"不不不！"王主任连忙摆手，害羞地笑着说，"我不行，我不行的。"

我说："您形象很好的，堂堂主任，平时指挥若定多有风度啊，咱们说定了，庄庸下周一出院，我们就给您安排上节目！"

王主任还是摇头，却支支吾吾地开口说："我倒是没上电视的天赋，不像你们年轻人，不过……我有一个女儿，今年都二十九了，还一直没对象，我看你们的《爱情对对碰》里请来的都是好小伙子，而且这么一参加节目，嘿，就成了……"

"没问题，没问题。"我连声说。

我沉浸在攻克难关的喜悦中，这才有暇细细打量这位王主任，中等个子，方脸，因为常年的辛劳工作，脸色灰暗，眼袋明显，被我叫起来还来不及梳头，一头凌乱的头发，露出鬓边太多的花白，一位慈祥的父亲啊。

事在人为，也在天意给予奇妙的机会。

庄庸第二周出院，半个月后，电视台全面实行频道制，频道上的标志都改了，而庄庸奇迹般地升任文艺频道的频道总监，这是所有人之前都始料未及的结果，包括做出这个决定的卢存义本人。

怎么办呢，用人之际，付大嘴偏偏腿上绑着石膏，直挺挺地躺在病床上，动弹不得，而且愈合不好，听说还要打钢钉。我想此刻，他正在床上拼命拍打自己那条石头一样的腿，张着大嘴气得呼呼带喘呢。

宣布任命结果一周后，庄庸和我又请卢存义，也就是新任的卢副台长去波普花园吃了一顿饭。卢存义虽然脖子上还挂着一只受伤的手，照理更愿意下班后早些回家休息，但是他还是一请就到。

我想，那是因为他明白，庄庸因为这次意外的升迁，已经成了一股不可忽视的势力。领导和被领导者相互之间都有挟制的作用，这种示好并不是单方面的，现在，这也是卢副台长的一种示好，慷慨接受庄庸表忠心的邀请。

我笑嘻嘻地对卢存义说："我们这些民工，是铁了心要为您卖苦力的。"

卢存义一反以往的态度，没有推搪，开怀地应："好啊好啊，你们要努力工作啊，不要往咱们老文艺中心脸上抹黑。"

庄庸此时突然口齿伶俐起来，接住话茬说："您放心，我们是您在老文艺中心带出来的部队，不管有多少困难，一定要给您增光。"

庄庸一激动，顺手把银筷子碰到了地上，我慌忙替他拾起，怕他一时忘记，弯腰让肋骨错了位。

卢存义和庄庸，破例在餐厅门口相送寒暄了一会儿，临走时，卢存义用那只没有绑石膏的手，拍了拍庄庸的背，以示亲切的勉励。我看到庄庸的脸，顿时痛得变色，一副龇牙咧嘴的样子。

两天以后，我又邀请刘瑛姐去伊势丹购了一次物，顺便把据说是我家多出来的烟酒一起送到了她家。这一回，庄庸痛快地给报了销，没有二话。

19.

庄庸所说的，"不管有多少困难"，算是正确地预料到了新文艺频道工作的艰巨。

频道的广告虽然统一归广告中心负责，但是每年拨给频道的广告费指标低得没法维持频道运营，没有更多的经费，但还必须有很多新节目播出来，因为要让整个频道逐渐丰富。

这并不是庄庸梦想中的、拳打脚踢做出的一个让观众坐在电视机前不愿走的频道，相反，这更像是一条底上满是洞的大船，必须手忙脚乱到处补洞，能稳稳地开动起来就不错了。

找到做新节目的经费，唯一的办法就是从民间找资金。让庄庸在途中撞断肋骨的那次全台中层干部会议，传达的就是制播分离的政策，电视台作为播出机构，提供舞台，让社会制作公司来制作节目。

但是，在这样的状况下，当然不是台里出钱购买节目，而是要找到那些既能够提供节目，又能够提供资金的社会公司，附送的条件是贴片广告时间，让这些公司自己去经营，这显然是一桩蛮不讲理的生意，庄庸为此曾天天唉声叹气。

好在，电视台这块金字招牌和诱人的媒体平台，还是吸引着无数渴望机会的商人，所以和一连串社会公司的老板谈下来，庸至少对运营起这么个空口袋的频道，开始有了把握。

庸每次和社会公司的老总们应酬，几乎都会叫上我，我也觉得有责任守护在他身边，他的肋骨还没复原，谁知道会不会磕着碰着。

来谈承包节目的这些商人，来自背景迥异的各个行业。有原先的广告代理商，仗着自己原本就有固定的广告客户，可以支撑新节目；有胶片广告的后期公司，仗着自己有设备；有投入电视广告一贯比较多的消费品企业，反正一样要花经费投入电视宣传，想着不如做一档电视节目，占的播出时间更多；竟然还有一些跟媒体毫无瓜葛的工业企业，说是想搞多元化投资……一时间，各行各业云集电视制作行业，猫猫狗狗，匪夷所思，唯一一致的是，他们谁都没有制作电视节目的经验。

这也是情理之中的，电视行业一直垄断至今，能做电视节目的人都在电视台内。谁会没有任何制作节目的机会，又自修电视节目制作这一行呢？

这一点，庸知道，再说无奈，也是废话，只是当着我面抱怨一下罢了。

两三个月里，原本不喜交际的庸，被逼上梁山，不断地接待各种商人，谈判计算，推杯换盏，逐渐也变得能说会道，颇有兵来将挡、水来土掩的圆滑之态。我在一边反倒成了一个真正的陪衬，一如平日里听他的自言自语，只有以点头应和，顺意陪说几句的份。

我最觉惊异的是，面对三教九流，经历单纯的庸居然都能应对自如，不显局促。有一次，我好奇地问他，他笑笑对我说："唉，人和人之间，还不就是这么回事，在商言商，大家谈的无非合作，合拍就做，不合拍就不做，物物交换。我只要知道自己想要什么，管他是谁，一样谈。"

我说："头儿，你越来越有老板的样子了。"

我是说真的，从这个以前给领导抬轿都有心理障碍的节目狂人身上，我居然清晰地闻到了商人的气味。

他也觉察到了我玩笑背后的潜台词，自我解嘲地说："在其位，谋其政嘛。"

他说着，却又不禁露出得意之色，毕竟，想起自己是频道总监，小国之君啊。

有趣的是，这些老总请客吃饭，多数喜欢选择波普花园，这个糟蹋旧迹的餐厅，俨然是一个足够唬人的文化之地。在普希金目光的注视下，商人们都脸不红、心不跳地大谈文化事业，灵魂附体一样自信满满。

有一晚吃饭，是晶晶饮品公司的欧总请客，他原本就是电视台广告的大客户之一。

这位欧总，显然之前了解过别家谈判的情况，特别懂行情的样子，主动交来了一份颇为像样的节目策划。而且，没等庄庸开口，他就自己痛快地表示，除了负责花钱制作节目，做到台里满意以外，他也会按台里定下的规矩，把贴片广告的一部分收入上交给频道。

这就免了庄庸每次必须厚起脸皮，自己介绍承包节目的这种不平等条约，介绍完了，还要若无其事地承受对方颇为惊诧的反应——

"哇，我们已经花钱做节目了，难道还要再花钱买下搭配的广告？"

欧总的态度让庄庸很满意，于是这位欧总得以在和谐的气氛中提出了他"小小的希望"："贴片广告的时间，能否请庄总监定得长一些？广告上交的额度和付款方式，能否稍稍宽松一些？"

"庄总，您看，我们是下了很大决心介入电视行业的，您今后还得多提点，您手底下松一松，我们的日子要好过很多。我们是准备亏的，毕竟文化产业有个投入的过程嘛，但是一开始亏得太多，就怕董事会没信心。"

欧总是极会说话的，先在合作方式上让步，为的是取得庄庸在具体条件上的照顾。

庄庸不露声色地微笑说："好啊好啊，欧总的志向远大。既然大家方向一致，细节的条件都可以谈，合适就做，不过关键是节目制作的投入，一定要扎实啊。"

我认为庄庸的这句话，是出于他做好节目的理想，结果欧总似乎从另一个角度曲解了："没问题，那怎么会不扎实呢，咱们会请最好的人员，绝对高薪，比如庄总您，我们是特别想请到您这样的高手，兼职给我们做节目顾问，不知道庄总是不是看得上……"

庄庸哈哈一笑答："欧总客气了，我哪儿敢看不上你们啊，如果我们将来合作了，这节目我总会帮你们把关的，职责所在嘛。"

我一时不明白庄庸的意思，是说他本来就要审片的，还是其他什么。我没有多想，反正饭桌上大多是没意义的客套话。

插不上话，也懒得插话，我静静喝茶。席间，去了洗手间一下，走回餐桌时，我远远望见庄庸和欧总两人姿态古怪，似乎正在推让什么。

看见我走近，庄庸轻轻地挪动了一下桌上的那份节目策划书，把那个东西不动声色地盖在底下，不过短短一霎，我还是看见了，那是一张银行卡。

庄庸并不瞒我，几天后一个稍稍空闲的上午，他照例召见我谈话，说着说着，就说到了这张银行卡。

"邓夏，上次你陪我去和那个欧总吃饭，他硬塞给我一张银行卡，我后来去看了一下，足足有五十万，我就琢磨着，这该怎么办呢？收着呢，还是还给他，还是干脆上交？"

庄庸看着我，等着我这面镜子，用他的心里话来回答他。

我能说什么呢，我虽然觉得这件事情有点风险，但是他这么多天都留着这张卡，又轻描淡写地来问我，他心中的天平很明显地倾斜着。于是我只好说："要不，还是先收着吧，如果合作谈不成，再还给他。"

"嗯，"庄庸点点头，很满意我的回答，又说，"我看他们那个节目策划还凑合，要打磨一下，至于条件方面，如果他们舍得花钱好好做节目，上交的广告费方面倒确实可以松一点，这条款本来就不合理嘛，哪儿有又给做节目又交钱的。"

我看庄庸基本是已经被一张银行卡攻陷了，不得不提醒他："晶晶饮品本来每年都有大量电视广告经费的，给他的贴片广告时间，估计一大部分是他们公司自己用的，绝对不会亏。"

庄庸却继续为他们辩解："两三分钟的广告时间，总不见得一家用完吧，他们还是有广告经营压力的。"

我说："头儿，条件也不能太松，你条件苛刻一点，他们才能感觉你更重要。"

庄庸这才转过神来，讪讪地感慨说："到底是年轻人，聪明啊。"

本来他每次说这句话，都会习惯性地拍拍我的脑袋，现在他只是望着我，眼神里有欣赏的亮光闪过，此中意味，我已不想再去琢磨。

然后他又像以往那样，有事没事地叹息道："无奈啊，这个世道，让我一个做节目的人来做这些生意人的事，想想还是做节目来得省心、开心，有成就感。"

我心道，如果让你回到以前的编导岗位上，你乐意才怪。

其实自从庄庸坐上了频道总监的交椅，虽说嘴里习惯性地嚷嚷着"无奈"，心情实际却一片大好，心结一一解开。

显赫的权力感，像是一帖迷幻药。以前他最不喜的应酬，现在做来感觉像是值得骄傲的"高层运营"，就连爱情中患得患失的折磨，也被控制一切的错觉替代了。

庄庸在上午的阳光中端详着邓夏，她熟悉的面貌和神态依然让他动心。不同的是，隔着宽阔多倍的老板台，身处总监办公室这巨大而威严的空间中，她看起来显得特别弱小，不堪一击。

他曾因她不可捉摸的态度而恼怒、怀疑、忧愁、自怨自艾，想丢丢不开，想近身却又碍于自尊。此时他不再被妒火烧得日夜不安，为了那个曾与邓夏一起进入小区的褐发男子和一系列未曾谋面的假想敌。他也不再因为邓夏总能开着奥迪一溜烟回家，扔下他孤孤单单在夜色中而耿耿于怀。

如今，他已经是一隅之王，这就不可同日而语了，不管邓夏有多少体面的男朋友，他相信都不足以再让他心焦如焚，这个女人在他的王国里工作，受他的庇护，她总会完完全全属于他，早晚的事情。

在他控制力膨胀的幻觉中，他几乎忘记了，他躺在医院病床上的第一个黎明，当邓夏向他提出那个置他于险地的、隐瞒骨折的主意时，他望着她如花般的脸庞在夜灯的冷光中青灰骇人，忽地满心生出深深的陌生和恐惧。

我获得了大把的好处，《欢乐时光》和《爱情对对碰》的制片人头衔都落到了我身上，我成了双料的主持人兼制片人。庄庸破天荒主动任命的，不像过去，给我些许好处总要羞羞答答，忌惮大家的想法。

我自然高兴，论功行赏，我也完全应得。

只是庄庸在总监位置上实在如鱼得水，他兴致勃勃，指点江山，仿佛他天生就是为这个位置而生的。这让我有时候会迷惑，感觉自己的判断在什么地方出了大错。

我以为，是我一直操纵着庄庸，让他一步步向上走，成为替我争取更多利益的傀儡，但是我渐渐有了一种可怕的醒悟，也许，一直是他，在把我当成他获取成功的一颗棋子。就像他在絮絮倾诉时，永远是把我当成他的一面镜子，我说的那些话，是他心里早就有的。

谁利用了谁？

想起庄庸前几日的一句话——

人和人之间，还不就是这么回事，在商言商，物物交换。我只要知道自己想要什么，管他是谁，一样谈。

如果庄庸主动给我这些好处，不是爱护，而是为我的效劳买单的话，如他所言，物物交换，那么如今，他确实是交易中的庄家了。

1999年深秋的时候，庄庸的肋骨已经完全没了问题，频道的工作也开始走上正轨，他忙里偷闲，急匆匆地去考驾照。

我说："头儿，你的配车不是有司机吗？急着自己学干什么啊？"

庄庸神秘地一笑："自己开方便。"

刚开上路没一周，庄庸就在某天加班结束后，对我说："怎么样，今天挺累的，你别自己开车了，我送你回去吧。"

我蓦地明白了他学驾驶的用意，一丝丝希望和甜蜜重新回到了我心里，在庄庸等我收拾东西回家的短短十分钟里，我设想了所有温馨的过程。美美的白日梦中，恍惚中却始终有一道目光，如芒刺在背，我想起来了，那是杰克看见我梦游后，月光般冰冷的严厉眼神。我忽然害怕了，害怕我醒来的时候，也看见庄庸露出一样的眼神。我怕庄庸看见我可耻的秘密。

拿起收拾好的手袋，我对庄庸说："坏了，头儿，对不住啊，我想起我明早要去办件事，挺远的，得开车去，今天我还是把车开回去吧。"

"是吗？"庄庸的脸色变得难看，不过他还是保持风度，做出一副无所谓的样子，"那就一起下楼吧。"

我的心情坏到了极点，难道我命中注定得不到一个温暖的怀抱，只能一个人孤孤单单在那套豪华的公寓中，与噩梦作战？

对庄庸，爱或利用，我似乎别无选择。

那年秋冬，我越来越依赖酒精，电视机柜里的酒，总是很快告罄。我开始在各个酒吧买醉，一打一打地点马天尼，我像个对生活已经绝望的单身女人，彻夜坐在灯光迷离的吧台前。

我做了有生以来最荒唐的事情，有两次，趁着醉意，带了刚结识的男人回家。狂欢之后，全身瘫软在床上的感觉，不是安慰，而是深深的沮丧。

我明白，因为他们不是庄庸，无法替代。

我开始恨我自己，我违背了杰克十一年前对我的告诫，我活该如此。我更恨这诅咒般的告诫，竟深深植入了我的噩梦中，让我完全失去了与他人真心相待的能力。

回想在电视台工作的六年里，我察言观色，费尽心思，一次次得到了我想要的东西，我以为我会有很多成功的快乐，事实上，确实有，却只是一刹那的快感而已。

有时候，我怀疑我的神经是不是出了毛病，因为我总是没有特别的高兴，也没有特别的不高兴，情绪如一潭死水，只有大脑总是疯狂运转，时刻为我判断，应该做什么，不应该做什么。

可是，当夜幕降临，我在床上放松自己，让夏夏主宰我的身体，进入她的世界，那个长长的曲折故事，繁华遍地的德赛洛舞厅，面目清晰的故人，当时的欢乐、忧伤、思念、失落、嫉妒，以及点点滴滴的温暖，所有丰富细腻的感受，扑面而来。

我的心，仿佛大海中的一叶小舟，起伏漂荡，百转千回。这种滋味，即使在我醒转后，仍徘徊不去，或者说，是我反复咀嚼，不忍忘却。

因为作为邓夏，我每天基本上没什么特别的情绪，在我看来，每天都是事务性的工作。所以梦中的情绪，竟然能主宰我大半天的心情，这让我有一种相当恐怖的错觉，似乎在真实的生活中，我是一个死人，而只有在夏夏的梦境中，我才是活着的。

我一直瞧不起夏夏，看她的宽容、轻信、纯良、克制，简直可笑。但是我不得不承认，某些东西，她有，我没有。

那都是些什么样的梦境啊，琐琐碎碎。婆婆一针一针地钩着手套，煤球炉上，白米粥咕嘟咕嘟冒着热气；翔子坐在吧台前，唠叨着他的烦恼，夏夏为他调一杯粉红佳人；周日午后的三人电影，身边难以忍受的卿卿我我和男孩身上温热的气味；杰克在八仙桌边等着开饭，他坐在椅子上，一声不吭地看着夏夏做作业……

一幕一幕，仿佛一个个温暖的仪式，让人暗暗期待，并在以后漫长的日子里，被铭记在心，在不愿意被进入的梦境中，成为一个女制片人兼主持人唯一的、可笑的、幸福感受的全部。

头脑发昏的时候，我甚至感觉，我开始依赖夏夏。假如有一天夏夏从我梦境中完全消失，那我又该如何生活下去？

20.

1999 年的最后一个月，我又在屋里香餐厅遇见了杰克。

不知为什么，看见他的时候，我的心里满是歉疚。

也许是因为在成都的时候，他曾对我如此体贴耐心，我们曾经无话不谈，手手相握，可是一回到上海，我就有意无意地疏远了他。也许是有天夜里，我醉酒带男人回家，一边亲热着，一边歪歪扭扭把车开进小区的时候，似乎看见他的悍马正在熄火停车，不知他有没有看见我的荒唐。也许是因为，是我，杀死了夏夏，大叔唯一的亲人，并且还无耻地使用着她的躯体，招摇过市。

杰克看见我，却一副不以为意的样子，好像我们昨天刚刚分开，今天又自然地再见。他对一脸尴尬的我说："嘿，那个夏夏夏的，你不要光大叔大叔地叫，也要有些实际行动啊。"

"什么实际行动啊，大叔？"我灰溜溜地问。

"陪大叔吃年夜饭啊，"杰克答，"世纪末的最后一天，我们一起去哪儿吃顿好的，送别旧世纪，迎来新世纪嘛。"

说真的，我有些害怕和杰克单独相处，他玩世不恭的外表下，时而审视的目光，总让我觉得倏然心惊，那目光似乎能一直看到我的心里。于是，我说："好啊，我们一起吃年夜饭，我再叫上玫瑰和翔子，我们四个人一起，好吗？"

是的，我遇见了玫瑰。

十年仿佛一个轮回。

少年时代的故人，很多还和我们一起，生活在这座小小的城市，甚至在同一条大街上工作，每天上班下班，擦肩而过，偏偏无从谋面，只以为一如往事逝去，从此不会相遇。直到十年的期限一到，那一个个散去的影子，宛如听见了冥冥中的号令，即使远在天涯海角，也将对面相逢。

就在一周前，我到梅龙镇广场买护肤品，想再买一个眉钳，偌大的商场居然没有。化妆品柜台的小姐指着隔壁说，化妆品总汇可能会有。车停在地下停车场了，只有三两步路，我便提着一堆购物袋，挪步进了那家大众化的商店。

站在梅龙镇伊势丹边上，这家商店看上去就像一个村姑站在一位贵妇身边，这么多年来，虽然就与我们单位同在一条马路上，我却从来没有跨进去过。

店堂里点着灯，与百货商场相比，还是显得黑黢黢的，似乎是为了省电，灯没有开全。玻璃柜台是几年前的款式了，那时候还是很高级的，现在看起来就有些可笑，不像卖化妆品的，倒像是杂货柜台。营业员们在张家长李家短地聊天，头发蓬乱、衣着随便的中年妇女居多，哪儿像梅龙镇里那些小姐，一个个打扮得比顾客还齐整，妆容一丝不乱，肃立微笑，塑胶假人那样完美。

我皱了皱眉毛，问："眉钳哪里有卖？"

面对我的三个营业员，一个背过身去，自顾自整理东西，一个装没听见，另一人算是好的，伸手往我身后一指。

我回过身，和一张惊讶的脸对个正着。

"哎，你不就是……邓夏吗？"

我看着那张脸，没有说话，事实上我立时认出她来了，我只是不曾预料会遇见她，也不想再遇见她，这种感觉，有如自己最不愿记起的失败，忽然活生生出现在面前。

"你认不出我了，我是玫瑰啊！你高中的同学，你还记得吗？"

她着急地提醒我，我无意中的矜持，让她一脸挫败，看着她尴尬的样子，我心里不禁快意起来，要的就是这个效果。

她的面貌基本没有什么改变，圆脸盘更富态了一些，涂了厚重睫毛膏的长睫毛下面，单眼皮的一双眼睛依旧媚人，弯圆的眉毛拔过了，描得细而齐整，这个年月已经不流行珠光的粉色妆容了，所以她花瓣般的唇上，用的是玫红的唇彩。

说实话，从面部来看，她依然很美，而且确实没有显出任何老态，但是与满街眉毛高挑、两颊瘦削、五官充满现代感的女人们比较，玫瑰的这张面孔显然已经过时了。

她仿佛一个来自十几年前的大美人，到了如今的时代，有一种说不出的不合时宜和让人惋惜的迟暮，越保持着簇新，就越让人觉得可笑。这种簇新，甚至让我联想起，她的母亲曾经怎样不屈不挠地与自己老去的面容做斗争。

玫瑰依然是鬈发，梳着和这个商店一样古老的长波浪发型，刘海还是低低地垂在眼前。化妆品柜台的制服，把她的身体衬得更加曲线毕露，但毕竟不是少女了，看得出在她努力收腹的姿态下，腰身还是不可避免地有些臃肿了，这让她原本引以为傲的丰满，走向了一步之遥的妇女态。

我挑剔地瞧着她，这个我少年时代的竞争对手，我犹豫着要不要跟她打招呼，还是权当没有认出她来，然而她着急与我相认的样子，让我觉得真的很过瘾。

看见我面无表情地站在面前，既不走开，也不对她的相认做出反应，玫瑰一脸沮丧，周围这么多人看着，却又不好放弃，只得故作亲热地继续对我说："你是邓夏吧，我没认错吧？你中学念的是向明中学吧，就在石门路淮海路那里的，我们中学是一个班级的呀，高一四班，我就是玫瑰呀！你还记得吗……"

我想我如果再不作声，就有失忆患者之嫌了。更重要的是，我觉得假装认不出她来，对她的打击只是一时的下不来台，我过去在她面前的失败，依然如故。

这一刻，我忽然有了个大胆的决定，要把这个梦境中的人物，带到我现在的生活中来。如今我早就不是那个唯唯诺诺的夏夏了，我是一个十足的成功者，而她不过是一个小小的营业员，故事应当重写一遍，由我来决定怎么安排。

于是我有分寸地笑了笑，客套地说："我差点想不起来了呢，你就是玫瑰。"

"你终于想起我了，宝……"玫瑰笑得跟蜜一样，亲亲热热地凑过来，看见我疏远的表情，硬生生把一句"宝贝儿"吞回了肚子里。

鉴于其他无所事事的营业员都看热闹地凑过来，玫瑰算是找到了一个露脸的机会，她提高了尖嗓门，故意让大家听见："我在电视上常常看见你主持的节目，哇，不知道有多神气，我开始的时候还想，这个著名的女主持人不会就是我的中学同学吧，我特地看了字幕，原来就是你，邓夏，没想到今天在这儿遇见你，我们那时候有多要好，你还记得吗？"

我嘴里答："记得记得。"心里想，我又怎么会不记得。

果然，听了玫瑰的话，那些中年营业员都上上下下地打量着我，啧啧惊叹，捎带也对玫瑰露出了艳羡的目光。

我面对玫瑰起初那张惊喜的脸，本来还对自己心存芥蒂有些自责，这样一来，我就完全没了负担。是了，玫瑰就是这样一个人，喜欢依附和利用条件好的人，要是我不是主持人，她恐怕都不会跟我打招呼。

玫瑰想要继续说叙旧的话，我却打断了她。

"我是来买眉钳的，这儿有吗？"

我提醒她，我和她此刻只是顾客和营业员的关系。

玫瑰满脸的笑容顿时不大自然了，她讪讪地问："你要眉钳啊？"

"我刚才在梅龙镇买东西，那儿尽是进口的化妆品，说是国外还没有眉钳这种小东西进来。"

我刻意地指出我一贯消费的习惯，并晃一晃一手的购物袋，上面赫然有兰蔻、雅诗兰黛等标志。

玫瑰的笑意完全凝固住了，我知道以她这样的收入，肯定买不起这样的化妆品。她黑着一张脸，保持着语调的委婉，好态度地指点我去对面柜台。

那个柜台的中年妇女，知道了我是主持人，所以特别殷勤地找出了三种眉钳，摆在柜台上让我挑，一边兴奋地对我唠叨个没完："玫瑰是你的同学啊，她可是我们这儿的公主呢，平时一天要补七八次妆，是属于那种叫什么……摩登小姐，平时啊，我们说说家常什么的，她都不跟我们一起，原来同学是电视台主持人，当然档次高啦……"

我偷眼看玫瑰，她急匆匆地往柜台里的小门走去，约莫十分钟的样子，换下了制服，穿得圆滚滚地出来，一件粉红毛衣，一条咖啡色料子裤，一件白色羽绒服。

我面前的营业员还在继续絮叨："你看看，一到下班，她的男朋友就巴巴地来接她，对她不知道有多好……"

我扭头招呼玫瑰："你要下班啦？"

"嗯，今天中班。"

"还跟翔子好着呢？"

我看似不经意地随口问一句。

就听玫瑰恨恨地答："这个没良心的，他现在哪儿还看得上我呀？"

玫瑰凶狠的语调里，照例带着娇嗔，让我有把握地判断出，她现任男友虽然不是翔子，但是她一定和翔子还有联系。

热衷于说闲话的营业员阿姨，还在一路做现场解说："她的男朋友啊，是公安局的，样子很好的，最要紧的是，对她绝对没话说，要星星给她去摘星星，要月亮给她摘月亮……"

我当然确信玫瑰有这样的本事。这时候，我看见玫瑰对着柜台上的化妆镜，匆匆忙忙地拿起桌上陈列的试用装睫毛膏，扫了扫睫毛，然后从羽绒服的口袋里掏出了一副手套，小心地戴在她指甲闪亮的手上。

手套是粉红色的，她依然喜欢粉红色，只是粉红不耐脏，看得出，那副手套虽然经常在洗，但还是泛出了黑灰的污渍。我顿时明白，玫瑰的男朋友是怎么来接她的。

"……她男朋友这个勤快啊，不管刮风下雨，每天都骑着自行车来接她下班，陪她一起骑回去，这样的男人，啧啧啧……"

我一直以为像玫瑰这种虚荣的女人，她愿意接受的男朋友必定有钱又有权，没想到她竟找了一个两袖清风的公务员。

我扭头对玫瑰说："你留个电话给我，我过一阵打给你。"

玫瑰本来正灰溜溜地对着我的后背，欲言又止，准备离开，被我这句话一说，登时又得意起来，连忙找了纸，又找了笔，端端正正地写给了我，又问我要名片，我给了她，她如获至宝般接过去，藏进皮包的隔层里，然后如明星退场般，对每个人挥动她戴着粉红手套的手，乐颠颠地跑出店堂。

临走她还对我飞了个吻："宝贝儿，记得跟我联系啊！"

杰克不知道哪里来的这么大本事，在世纪末的那一天，居然订到了瑞金宾馆三号楼二楼的一间包房。

这一天，宾馆的花园里彩带纷飞，气球如云如簇，花车停满，每一栋楼里都有结婚的新人，时不时惊见身着婚纱的美丽新娘和梳着人背头傻乎乎的新郎，可能每对相爱的人，都希望在月穷岁尽的这一天，彼此定下与时间抗衡的永恒之约吧。

虽说事先有心理准备，然而当翔子走进包房的那一刻，我的心还是忍不住如小鹿乱撞，他还是如一棵大树般挺拔，他的笑容还是那样干净而温暖，他的眼睛一如十年前清澈含笑，看见他，仿佛就看见了过去岁月所有的阳光。

那午后电影中的爱情故事，反反复复吟咏在屏幕上，黑暗中，他紧贴我手臂的伟岸身体，衬衣上洗衣粉的香气和淡淡的汗味，伴随着他的体温。

趾高气扬走在翔子前面进来的，当然就是玫瑰。翔子依然好脾气地呵护着她，陪着她来了，并且让她先进门。

玫瑰显然不常来这样的场合，如果不是翔子，她多半会拘谨无措。她之前过分精心地装扮过，五官画得看上去都有些不一样了，眉毛像是一根根描上去的，一套粉红的洋装像是新买的，穿着好像还不大自然，短外套上居然还有一朵大大的胸花，在老友聚会，大家都穿得休闲而低调的此地，隆重得好笑。

我心中暗笑地看着她。奇怪的是，这么多年了，翔子既然没有继续跟她好下去，何以看见她，还是眼睛直直的，一脸傻笑，好像全天下只有这一个是女人？

"看什么看，我的脸上又没开出花来。"玫瑰恶狠狠地瞪了他一眼，"你别弄错啊，这次可不是我叫你来的，是人家夏夏特地让我带你一起来的。"

翔子与我握手的那一霎，我的心又跳个不停，脸上却兀自礼貌地微笑："我们老朋友，分开十多年了，是该聚聚了，这次最早提议的是杰克。"

杰克站起来，一把握住了翔子的手，用力地摇了摇，而另一只手，重重地拍在了他的肩上："兄弟，咱们都这么多年不见了……"

翔子走过去，也叫了声"兄弟"，两个人紧紧抱在了一起。

男人的友谊，有时候真的比女人要简单许多。

两个男人先是彼此问，混得怎么样？

杰克掏出了他的名片，随之，翔子也掏出了他的，我们接过来一看，上面写着——

德赛洛文化传播公司，总经理，章子翔。

"啊，现在要改口叫章总了嘛。"

我揶揄着他。

章子翔的脸居然微微一红，他还是一个没长大的大孩子，天知道他这些年是怎么在商场上打拼的。

杰克龇牙一笑："嘿嘿，德赛洛，你的公司也叫这个名字啊？"

章子翔赧然道："算起来，这个德赛洛文化传播公司，前身就是当年的德赛洛舞厅……"

此言一出，在座的人都惊讶地望向他，包括玫瑰，看起来也并不知道这个故事。

"……当年德赛洛被大火烧光以后，整栋楼都受了不小的损失，要重新翻修，而且电路毁了，很多公司被迫停业了两周，他们找房东赔偿，房东当然满世界找胖子出维修费和赔偿费，胖子倒也精明，第二天晚上就没了影子，不知逃到哪儿去了。

"德赛洛舞厅的财务章和法人章，包括一些零碎的文件，正好在我这里，是起火的前一天，胖子让我帮他拿了送过去，我还没来得及给他的。

"胖子失踪了几个月以后，税务局打电话通知我过去报税，胖子走了，也没有财务每个月去报税了，而当时的法人是我。我请了爸爸的一位老朋友帮忙，把税补了，顺便把舞厅的账清算了，一结下来，发现还有十万多元的结余。

"我那年高考分数下来，大学没考上，胡乱念了个大专的工业设计专业，毕业以后，就用这笔钱注册了一个新的德赛洛公司，做做广告设计和代理的生意。"

章子翔说完了这些，郑重地向杰克举杯："兄弟，我们当初说定的，我要替你保管好德赛洛，管得好好的还给你，可惜我没出息，舞厅烧了，这个文化传播公司也只是混混日子，但是不管怎么样，我还是要把这个公司还给你。"

杰克拧着眉毛，几分感动，几分伤怀："嘿，都是兄弟，难得十几年不见了，怎么一见面就讲还不还的，你有这份心，留着德赛洛这个名字，我已经很满足了。"

说着，杰克端起酒杯，一饮而尽："我敬你，兄弟！"

章子翔也满饮一杯，却还是坚持要把公司过户到杰克的名下，说是公司这两年虽然经营状况不好，账上却好歹没债，也还有三十几万的现金。

杰克拗不过他，就说："你就算把公司给了我，我也还是要请你这位章总来坐镇的啊，广告公司我又不懂得怎么弄，不如你先做着，过不过户的，以后再说。"

他又问章子翔，这些年生意做得如何。一家广告公司，才三十几万的流动资金，虽说没负债，听起来也实在堪忧。

章子翔不瞒大家，老老实实地介绍说：

"也就是一个特别小的公司，三两个业务员经常换，一个美术助理，一个文案，一个前台小姐兼出纳，生意多的时候再找些兼职的。平时最主要的平面设计就是我自己做，说白了，更像是一个广告设计工作室，我是最大的苦力。

"前些年还要好些，广告代理好做，我爸爸的老朋友们，那些叔叔伯伯还想得到我们，也给捎带介绍一些客户，这几年，广告代理的竞争太激烈了，媒体给广告公司和给客户的折扣都一样多，代理是没法做了，幸好我本来就是靠手艺吃饭，做做设计挺好的。"

我想，章子翔不是杰克，以他这样直的个性，要他削尖脑袋去谈客户，私下给个回扣提成什么的，他委实干不好，还不如卖卖苦力做设计，只是不免劳碌艰难。

杰克点点头，若有所思的样子，他应该是在想能用什么方法帮帮章子翔吧。

玫瑰却半点不懂状况，大惊小怪地尖声嚷嚷着："翔子，你别发了财还谦虚，三十几万，我这辈子还没见过这么多钱呢，这顿饭你买单啊，章总！"

章子翔刚要搭腔，杰克阻止了他，又问："后来胖子就没消息了吗？"

章子翔答："我也一直在找他，两三年前吧，就是香港回归的那一年，快年底的时候，我在街上看到一张通缉令，他诈骗了别人的钱，还失手把来要钱的人打死了，他的照片印得模模糊糊的，但是我一眼就认出来了，他烧成灰我都能认出来……杰克，你要找他吗？你跟他也还有过节没有算清？"

杰克说："我就是觉得，他应该和德赛洛舞厅的那场大火有关。"

玫瑰在一边帮腔道："我看就是他放火烧的，这个人一看就不是好人，那时候还凶巴巴地对翔子说，我分分钟可以让你进班房！然后还对我吼，你让翔子的爸爸来找我啊，哈哈哈！那个肥猪头笑得跟疯了一样，我想他一定早就发神经了。"

"要不，玫瑰，让你的公安男朋友帮我们查查？"

我有意无意地提了一句，留意到章子翔的脸色变得有些黯然，像被打了一棍子。

玫瑰低下头，支支吾吾道："他……是个户籍警。"

那天晚上，我们吃了很多，说得更多，关于离别以来的种种日子。红酒开了一瓶，又开了第二瓶。

窗外，喜宴中喧闹的人声笑语，一阵阵袭来，一扭头，就能看见隔着窗，花园的小径上，新娘新郎一套套换喜服，来来去去，婚宴大厅里始终灯火通明，人生最辉煌的片段，无止无尽地演出着，像是永远不会落幕。

玫瑰偷觑着，许是回想起了自己在德赛洛舞厅的风光，不禁轻叹了一声："哎呀，要是德赛洛舞厅能重新开起来，每天晚上大家还能一起跳舞喝酒，该多好啊。"

杰克喝多了，大着舌头说："我在深圳和香港的时候，看了很多港台的电视节目，有一种舞蹈秀，让大家报名自己来表演，我常常看，那些孩子让我想起德赛洛——嗯，那段挺开心的日子，和你们在一起。夏夏夏的，你也在电视上做一档这样的节目吧，好看！"

玫瑰尖叫道："还有这样的节目啊！宝贝儿，你要做啊，我要来报名的，你主持的节目最好看了……翔子，你说是吧?"

玫瑰捅了章子翔一下，章子翔连忙习惯性地应和道："是是是。"

等他反应过来，更正色地补了一句："夏夏，其实你的节目我常常看，之前你还没主持节目，做编导的时候，我就常注意节目后面的字幕，有你的名字就是你做的。"

章子翔的目光诚恳，一如往日，我的脸想必是有点红了，那应该是酒精的作用吧。

我对大家说："我们文艺频道倒是正在和社会公司搞合作，策划新节目，不如你们谁有兴趣就来做，我去跟我们领导说。"

"好啊！"杰克一拍大腿，指着章子翔的鼻子说，"就你了，你们公司来做！去，和夏夏的领导谈！"

我抓住杰克直直指向章子翔、不肯放下的手，用力按回到桌子上："大叔，你醉了！"

杰克手舞足蹈地嚷嚷着："我没醉！翔子你不是说，这个公司是你替我管着的吗，那么现在我做主，这个项目好！比辛辛苦苦做设计好！有出息！大手笔！"

我说："做节目需要很多钱的，电视台可不会出钱给你做节目，台里只给广告时间，得把广告时间卖了，供节目的制作费，还要上交给台里很大一笔。"

"不就是广告吗？把广告全都卖给我，我来出钱。"

杰克扯起左边嘴角，露出了熟悉的坏笑，这下我知道他真的没有醉。

"兄弟你愿意吗？咱们一起做一档响当当的电视节目，冠名就叫德赛洛，这就相当于开了一个空中的德赛洛舞厅，全上海甚至将来全国的人，都可以上咱们这个舞厅来跳舞，我们呢，还像以前一样，一起喝着酒，看着他们跳舞，在吧台前面安一个电视就搞定了。"

杰克兴奋地站起身来，拍拍章子翔的肩，章子翔还是犹犹豫豫的："这好是好，我做了这么多年设计，也想做有影响的大项目，老这样过一天算一天没意思，只是，我不想再让你……"

"没事，你广告没卖出去之前，我包圆，反正我到上海来，就是为了推广服装厂的内销品牌，一样要做电视广告的。将来等你的节目大红大紫，大家抢着往你兜里塞广告费的时候，你可得免费给我做广告。"

"一定没问题，这本来就是你的公司嘛。"

"好，兄弟一言为定，我巴巴地等着看你的节目喽！"

"不是我的节目，是我们的节目。"

章子翔严肃地纠正说。

"我们大家的节目！"

杰克朗声大笑着再次纠正。

这个雄伟的计划，让每个人都激动起来，为了德赛洛的复活。

十多年了，我们每个人都在别离后经受着现实无谓的磨砺，少梦少感，青春的香气即将散尽，那个关于德赛洛的旖旎梦境，不仅是我的，也是每个人曾经最珍贵的回忆，即使太多忧伤、遗憾、灾难由此而起，也难掩年少有梦的欢喜。

我、玫瑰、章子翔、杰克，齐齐起身，举起斟满的酒杯。

此时，窗外的鞭炮声渐渐密了。我们一同仰头饮尽杯中酒，再斟再干。鞭炮的声浪猛然掀起，铺天盖地而来，伴随着烟花在夜色中频频绽开，五彩的流光从我们四个人的脸上掠过，宛如德赛洛舞池灯火的绚丽重现，齐声倒数的声音透着薄窗涌进来，九、八、七、六、五、四、三、二……我们斟满第三杯酒，再次碰杯，一饮而尽，同时把杯子倒扣在桌面上，震耳欲聋的欢呼声，伴着新年的钟声喷薄而出。

　　2000 年了，已经过了一个世纪那么久了吗？

　　狂欢终散，婚宴的人们渐渐离去，灯火一盏盏暗了下来。
　　送别的背景音乐响起，是那首曾经熟稔的曲子——《旧日的好时光》。

　　　　我们也曾终日逍遥，荡漾于碧波上；
　　　　而如今劳燕分飞，远隔大海重洋。
　　　　我们也曾终日逍遥，流连在故乡的青山上；
　　　　我们也曾历尽艰辛，到处奔波流浪。
　　　　…………

　　气氛恬然如昨。
　　杰克红着一张脸，笑着逗我说："小姑娘，下班啦。"
　　听到这乐曲，章子翔和玫瑰却忽然不言语了，避开各自的目光，神情愀然。
　　还记得无数次曲终人散后，打打闹闹的相送，深夜里的拥抱，斗气与守候。还有周日的电影院里，比肩而坐，为了男女主人公分手而流过的泪，年少时的言语，曾经当真。
　　我们不会像他们那样分离的是吗？
　　是的，我们不会，一定不会的。

开出了三辆车，杰克的悍马、章子翔的普桑和我的奥迪。我坚持由我来送玫瑰回家，理由是顺路，玫瑰似乎也不愿与章子翔再相对，顺从地上了我的车。

夜色中，欢乐寂灭，遍地是烟花爆竹留下的碎纸残屑，鞭炮残存的香气扑面而来。

淮海路、石门路，岁月回头。

行至中学的校门口，玫瑰忽而哀哀地抓住了我的袖子："宝贝儿，陪我下去走走好吗？咱们去学校里看看，就一会儿。"

我本不想理她，但是挨不过她拉拉扯扯。

我把车靠在校门边停了，她冰凉的手拉着我，像猫一样敏捷矫健地向黑暗的校园深处走去。

校园翻修过了，操场不再空旷，教学楼的外墙也都修葺一新，只是在这暗夜中，朦胧的轮廓还像旧日。玫瑰挽着我在教学楼的台阶上坐下，月光稀稀疏疏地洒下来，洒在空无一物的水泥地上。

"宝贝儿，你知道吗？德赛洛失火以后，翔子一直提起你呢……"

玫瑰的手紧紧拉着我，话却吞吞吐吐。

"哦？"

"之后他也一直提起你。你的节目，还是他告诉我，让我看的呢。"

"是吗？"

"他本来在火灾之后想去找你，后来几年，他也对我说过，想去看看你。"

"那又怎么样呢？"

我轻笑，不知道她葫芦里卖的什么药。

"你知道的，他性格挺害羞的，有什么话也都不说。"

"这跟我有关系吗？"

我不客气地问她，冰冷的半夜，她就拉着我说这些莫名其妙的话。

"你别生气嘛，宝贝儿。"

玫瑰把我挽得更紧了，痒痒的气息吹到了我的耳边，她的香水浓烈得让我不舒服。我想她这么死命拽着我，我还真的脱身不了了。

"有什么话赶紧说，我明天还要上班呢。"我冷冷地说。我真是想象不到，还有什么话是她不好意思说的。

玫瑰忸怩了半天，终于鼓起勇气开口了："我是……我是想，如果你愿意翔子做你的男朋友……他还没有女朋友呢，真的。"

我想我是快被她气死了，我"哼哼"冷笑两声说："我就算要跟翔子好，也轮不到你来操心吧！"

玫瑰居然忍住了我的奚落，没有发作，反而急切地说："你这么优秀，又这么能干，如果翔子将来能和你在一起，他一定会很幸福的，哦不，是你们一定会很幸福的。我知道，你还喜欢他是吧？你也说你现在是一个人啊。"

"哈哈，哈哈，别装得跟天使似的，你从来就不是这个样子的，你现在这样装模作样的，累不累啊？"

我控制不住地笑起来，尖厉的声音在这静夜里，把我自己也吓了一跳。

玫瑰忽地不作声了，松开我的手，揪着自己的长发，一圈圈绕在手指上，欲哭的样子。天知道，她今晚又要搞什么诡计。

我站起身来，沉着声，却是一字一顿地对她说："你记住，如果我和翔子两不相干，那不是因为有你在。如果我跟翔子好，那也是我们两个人的事情，不是你做好人让给我的，你也别想要什么别的条件！我还是当年那句话——我，不跟你一起疯！"

那个和公公面目酷似的男人，微笑的眼睛，近在咫尺的温度，那从来就是玫瑰戏弄我的最佳资本。我掸了掸裤子上的尘土，转身就要离开。

玫瑰忽然跟过来，从背后一把抱住了我，她起伏的胸脯紧贴着我的背脊，言语错乱地恳求说："求求你不要走，再陪我一会儿。我知道是我对不起你，我跟你说对不起，宝贝儿。以前我一直故意作弄你，其实是因为你太优秀了，你始终是最好的、最出色的，你不知道我有多嫉妒。我什么都比不上你，我念不好书，我坐最后一排，我还有一个总是让我出丑的妈妈……除了在德赛洛，我是舞蹈皇后，除了我有翔子……可是，现在翔子也不要我了……"

说到翔子，她开始哽咽，我只得扶她重新在台阶上坐下。她脸色惨淡，头发凌乱，娇嗔跋扈的劲头全没了，只是一味紧紧抓住我的手，指甲嵌进我的肌肤里，让我感觉生疼。

等她渐渐平静下来，我狐疑地问她："是翔子跟你说分手的吗？"

在我的印象里，翔子实在不像那样的人，玫瑰却清清楚楚地答：

"是的，是他跟我提出分手的。

"那天，就是德赛洛的火灾发生的第二天，他忽然来找我，在我楼下叫我。我磨蹭了一会儿才下去，本想骂他一顿，因为他没事先跟我约好，就自己来了。可是我还没开口，就被他的神情吓住了，他的眼神黯淡，好像刚刚经历了世界的坍塌，他的脸就像一块石头，没有一丝表情，他就这样直接地对我说，玫瑰，我们分手吧。

"之前你知道的，都是我吵着闹着要分手。这是他，第一次，也是最后一次跟我说分手。之后，我们虽然还有联系，偶尔也见面，但是他再也没有提过，要跟我和好。

"他……是真的不要我了。"

我自言自语地说："奇怪，这是怎么回事呢？"

玫瑰凄然道："这有什么好奇怪的，是我做了太多的蠢事，是我成天对他没一张好脸，把他骂来使去的，花他的钱，拖他的后腿，把他从一个高才生，变成一个小流氓，还隔三岔五跟他闹分手⋯⋯还有我妈，只要一看见他，就疯疯癫癫的，恨不得当时就把他扣下来做女婿，翔子肯定恶心死了⋯⋯"

说到这里，玫瑰又开始低低啜泣，我从手袋里掏出纸巾递给她，她没接，却一头扑进我的怀里，压低的哭声猛然变成了号啕大哭。她口齿不清地哭喊着一些话，断断续续的，我还是全部听清了——

"是我的妈妈，是她，把我和翔子的感情毁了呀！

"我很爱翔子，真的，从一开始就爱他，非常非常爱！可是，他为什么就偏偏是妈妈从小逼着我去找的那种类型呢！家里有钱，对我言听计从⋯⋯

"我很矛盾，真的很矛盾，我那么爱翔子⋯⋯但是我最恐惧的事情，就是变成我妈那样的女人，我从心里那么那么厌恶她，她整天说什么，要抓住一个肯为你花钱的男人。

"我想方设法要跟翔子分手，却舍不得，分不开。

"当我看见翔子一天天不好好念书，混在舞厅里，马上就要变成一个没出息的人了，你不知道我的心里有多高兴。我跟翔子好，真的不是因为他家里条件好，如果他就是一个小流氓多好，那样，我就不用为了和他在一起而讨厌我自己了！"

我抚着玫瑰的背，她几乎是用尽了全身力气大哭，哭得声音嘶哑，仿佛这场痛哭，已经攒了十几年。

灯红酒绿的德赛洛舞池中，那个舞在别人怀抱中的玫瑰，咯咯娇笑着，故意惹翔子又气又急。那个没心没肺的玫瑰，只知道对着小镜子补唇膏，开口闭口让翔子陪着去买东西。那个脾气刁钻的玫瑰，动不动拿翔子来出气，又打又骂，拿分手当口头禅。

原来那个玫瑰，早就想丢下恶狠狠的伪装，大哭一场。

我们不会像他们那样分离的是吗？

是的，我们不会，一定不会的。

终于，后来还是散了。

我不由得想起了，翔子的父亲被双规前，翔子最后一次在德赛洛和我单独聊天，他的话犹在耳边——

我其实盼着考不好呢，有时候我真的希望，我是一个留级生，我爸爸什么都不是，我家里又穷又没地位，这样我就跟玫瑰一样，玫瑰就不会这么讨厌我了。

然后，他内疚地征求我的意见

你看我这么想，是不是很堕落，很没有良心啊？

翔子曾经坐在吧台上，痴痴地望着玫瑰在舞池中的身影，向我称赞她，说她很特别，和别人不一样。别人对他好，只是因为他有一个好爸爸，而玫瑰，爱的是他本身。

我过去一直觉得翔子傻，被爱情冲昏了头脑，什么都看不清楚，直到今晚我才知道，翔子当初的感觉竟然完全是对的。

哭累了的玫瑰，终于停下来，筋疲力尽地松开我，向我要纸巾擦眼泪。她哑着嗓子，害羞地娇声问我："嗯，你在想什么呢？"

我一边递纸巾给她，一边逗她说："我在想，粉红佳人的配方，我都已经背不出了。"

她又哭又笑地轻捶了我一下。

其实，我是在想粉红佳人的配方，我想再调一杯，好好尝一尝。杰克曾经说，这就是爱情的滋味。那滋味，究竟是怎样的啊？

擦干净了一张脸，玫瑰把乱乱的鬓发都夹到耳朵后面，像一个好孩子似的坐正了，异常平静地向我宣布了一个消息："宝贝儿，其实我拉你来这儿，是想告诉你，我马上就要结婚了，我已经决定了。"

"和那个公安男朋友？"

"我还能和谁呀？"

"你爱他吗？"

"爱，不一样的爱，天天在一起，身旁有人的依赖，很亲密，很平常，很安心。"

"那……你妈妈会同意吗？"

"不同意才好呢，要是她喜欢，我没准又不想嫁了。"

玫瑰嘟着嘴，低下头去折她的衣角玩。

我说："那恭喜你。"

玫瑰抬起头，对我展露笑颜。她的双眸被泪水洗过后，有一种从未在她眼中见过的清澈纯真，那一瞬，她看起来就像当年单纯的夏夏，正跨越时光，坐在我身边。

我们俩并肩坐在教学大楼的台阶上，身披新世纪第一个凌晨的月光，她温和而郑重地请求我："翔子是个好人，请你，继续爱他，好吗？"

章子翔第一次出现在庄庸的面前，就引起了庄庸极度的敌意。我心里明白，那是因为这位章总，太像一个"真命天子"了。

他端正而俊朗的外表，谦和又阳光的表情，一如正派的邻家男孩，长大成人有了出息，他的类型就是父母们都希望女儿能嫁的理想夫婿，也是女孩子们最容易爱慕的标准王子。这样一个帅哥与我并肩而来，而且与我年貌相当，难怪庄庸会气闷了。

再加上，章子翔是经我引见，来和频道谈合作的，我非但牵线，而且明显是在大力促成，这就让庄庸愈加不舒服了。

而且，章子翔还是个"章总"，这种总不总的，是现在最炙手可热的人物，市场经济了嘛，庄庸最酸的就是这种腰包有钱的商人了。

章子翔明显感觉到谈合作诸般不顺，他固然个性单纯，但这些年在商场上好歹也看过一些不规则操作，于是不得不暂且学那些奸商做点不光彩的事情，给庄庸私下送了银行卡。否则，恐怕《德赛洛梦想之舞》这档节目，光凭他没法让庄庸看顺眼这一点，就很难过关。

半年之后，《德赛洛梦想之舞》这档节目，经过了策划、谈判、筹备和签约等一系列过程，终于定下了开播的日期。

鉴于德赛洛文化传播公司暂时没有电视节目制作的力量——事实上，那个公司本来就没几个人——我帮章子翔安排，做节目还是暂且使用台里的力量，就算是和台里联合制作。我向庄庸自告奋勇，出任主持人和制片人。

庄庸没有反对。

节目首录的那一天，我意外地发现自己竟然紧张得像个初出茅庐的学生。

坐在化妆台前，我觉得手臂僵直，不听使唤，连唇线也画不好。我拿着脚本，读了一遍又读了一遍，脑袋一片空白，心却像一只鸽子，在胸腔里惶恐地不住拍动翅膀。直到这个时候，我才了解，原来自己有多么在意这档名叫《德赛洛》的节目。

漫长而不顺的一整天录制，好在有我最后和章总精彩的共舞，算是有了个完美的结局。我自己也不曾料想到，我们会有这么惊人的默契，好像我们俩天生就应该双双起舞，早在十三年前初初相遇时。

这一支舞，却让庄庸忍耐已久的愤怒终于开始爆发。他不由分说地送我回家。

他坐在我身边，握着方向盘，手背青筋毕露。车窗外的夜色，如磨盘般沉闷。他眼神冷硬，眼角的皱纹宛如刀刻。

他语气不善地矛头直指章子翔："我看你挺在意他的，你第一次主持节目，都没今天这么紧张，你很失水准你知不知道？"

我答："我只是在意这档节目。"

"喜欢这档节目？"

庄庸的目光凌厉。

"只是喜欢这三个字，德赛洛。"

我说了真话，直接而准确，但是他没有信。

车子停在我公寓的门口，他熄火，故作自然地问我："不请我上去坐坐吗？"

"下次吧，这么晚了，我都困了。"

这是我犹豫再三，说出的拒绝，我依然打算守护我的秘密。

我与这个男人在车里僵持了一会儿，闷热的空气溢进车里，掺杂着我们彼此的气息，宛若拥抱时的体温，却隔着一个他永远不会了解的梦。

我用眼角的余光端详这个成熟的男人，他依然炯炯的双眸和开始憔悴的面容，这么多年，他在我身边，用一个父亲和情人双重的控制欲，不无甜蜜地管束着我，望着他倔强的侧影，我真想在他的肩头靠一靠。

然而，在我持续的沉默中，他终于一言不发地拂袖而去。

当他的车子一个急转弯，干脆利落地从我面前离开时，车子刺眼的尾灯在黑夜里灼痛了我的眼，我忽然有一丝恐惧。我思忖着，我们两个原本可以顺利发展的感情，怎么每每一再停步，竟成了今天这样一个发育不良的侏儒？

此刻，我害怕地想到，在这个固执的男人心里，这场本来温情的追逐，现在很可能已经演变成了一场不甘的博弈，无味、无解、无退路。

第三部
末·应许之地

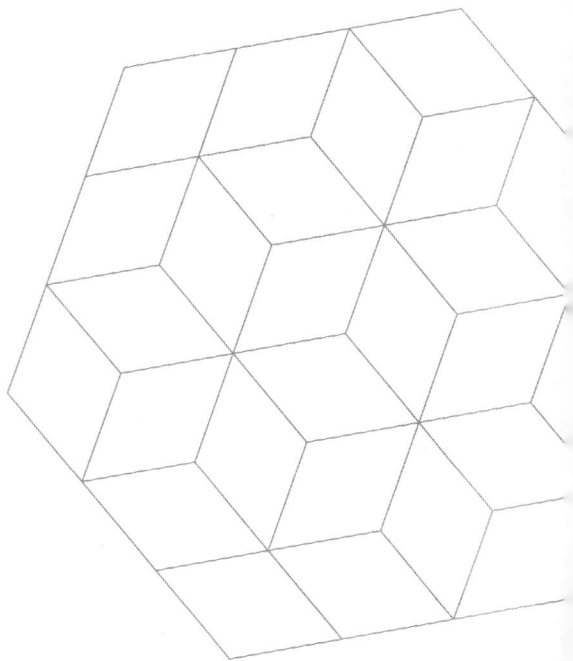

你回来了。
我们永生永世停留在这一刻，好不好？

21.

2000 年仲夏，《德赛洛梦想之舞》终于开播。

有如从酷夏的热浪中涅槃，当年德赛洛舞厅旋转的灯光里，无数像鱼一样游动的舞步，重生在这个全城人瞩目的空中舞池。

可惜章子翔、杰克、玫瑰和我，却并没有像当初约定的那样，能够同坐在一个吧台前，一起畅饮，观看屏幕上的欢歌笑语。

早在与电视台谈判时，杰克与玫瑰，也曾来到章子翔的公司。在简陋的会议室里，我们四个人七嘴八舌地商议过一些节目内容策划和谈判对策。

玫瑰似乎很快就意识到，在这个即将诞生的《德赛洛》里，她其实什么都插不上手，这一次，真正的皇后是我。

随着节目的策划方案一次次修改，谈判一天天进展，我和章子翔就像说着同一国家的语言，而玫瑰甚至开始听不明白，也说不上一句话。现在，她成了那个不懂舞步的壁花，傻傻地站在墙角，眼巴巴地看着我们共舞，任凭旋转的光点在她身上舞蹈，却不知怎么迈步。于是，她渐渐推托说有事，不再来了。

杰克还是不愿扎堆的个性，算是很给面子地来开了几次会，后来就直接让章子翔起草了广告合同给他，直接送了支票过来，随之继续他独来独往的日子。

章子翔坚持只让他买一个冠名权，附送半分钟广告，六十万，剩下的广告，说还是自己想办法去经营。杰克说，冠名就还是用"德赛洛"，不必用他的服装品牌。他最后送来的支票，是一百万。

节目在串广告时，我在机房看了一眼，杰克在上海发展的内销品牌，商标是"Summer"，是"夏"的意思，我的名字。这么巧，我笑了笑。

章子翔不愿多要杰克的钱，坚持要自己去拉广告，是不想让杰克替他承担起一切。他明白杰克一力助他的好意，但是他不想永远做一个被大家宠着的孩子，我明白。

所以尽心做好这档节目之余，我时常帮他一起去谈广告客户。他的性情太直率，不懂得周旋，不然这么些年广告公司做下来，经历了广告行业最鼎盛的时期，不至于就做成这个局面，我也深知这点。

我陪他在饭局上与数不清的企业广告负责人嘻嘻哈哈，喝酒套近乎，该暗示回扣的时候大方许愿，谈到折扣时毫不让步，送走客人后，再把他没揣摩到的那些心思，一一解说给他听。

好歹我这张脸比较著名，陪他出场，客户还会多给些面子，所以酒也总是喝得多一些。每次喝了酒，章子翔就坚持不让我自己开车，亲自送我。这样，我的车常常会停在各种各样的餐厅停车场过夜，第二天还要去取。

有时候，章子翔也会开着我的车送我回家，这样他的车就留在了餐厅门口。

几次以后，为了方便起见，有饭局的那些天，章子翔干脆就一早开车到我公寓门口，来送我上班，下班他再来接我，一起去餐厅，最后再送我回到公寓。

这样被庄庸在停车场撞见几次后，有一天上午，他找我去办公室聊天，旁敲侧击地对我说："邓夏，你和章总，现在简直是同进同出啊，你们相处得不错吧？"

我看庄庸强忍着，面色还是大大不善，我不知道怎么解释，只好说："头儿，我们真的没什么的，就是正好一起去办些事，开两辆车不方便。"

我知道这种话，说了等于没说，可是我该说什么呢？告诉庄庸，我是去帮章子翔谈广告客户了？这件事，庄庸听了，肯定更不乐意。好几次，为了章子翔的饭局，我都没有陪庄庸去应酬，如果他知道了实情，不知有何想法。

天下没有不透风的墙，庄庸很快还是辗转知道了这件事。出乎意料的是，他并没有勃然大怒，而是语重心长地说了这样一番话："邓夏啊，你想做好这档节目，我理解，你想帮朋友多拉一点广告费，我也理解，甚至你和章总好好地恋爱，将来结婚，这也是正常的事情。但是你毕竟不是他妈妈，什么事都要你一手帮他操办。这样的状态，其实对你、对他，都未必合适，你想要的结果，跟你的耕耘，恐怕会走上相反的方向。"

那天早晨，在他的总监办公室里，听着这些推心置腹的话，我真的很感动。在淡淡的晨辉中，他的眉头紧锁，眼神疲惫，一脸慈父般的担忧，让我的心隐隐作痛。

庄庸叹了一口气，又接着说："现在我说这些话，评论你们的关系，恐怕更不合适，不过我还是希望，你能好好想想，你到底想怎样处理你身边的这些关系。"

我连忙告诉他："我和章总真的没有什么，只是普通朋友。"

"还有那个'黄毛'，你们之间的关系，好像也不错嘛。"

庄庸悻悻地扔过来一句。

我差点扑哧一声笑出来，我知道，他讲的那个"黄毛"就是杰克了。不知怎么的，一贯儒雅稳重的庄庸，居然随口给人起绰号，而且张口就来。

"那是章总公司的合伙人，杰克。"我用了个工作上的关系解释，转念之间，我忽然一阵惊疑，"庄头儿，照理说，你该没见过杰克啊！"

庄庸顿时因为失言，脸上掠过一阵尴尬，但是话已经说出口，他干脆不依不饶地挑明了说："邓夏啊，他开车送你进小区，我可是看得明明白白的。"

庄庸满以为这句话，会让我像一个被看透了把戏的魔术师，沮丧不已。而这一边，我恍然大悟，满心的欢喜，杰克开车送我进小区，唯有一次。原来那个夜晚过后，庄庸莫名其妙地冷淡，是因为他恰巧看见了这一幕，原来我们还可以好好地爱下去，只要撇清这个误会。

我欣喜地抬眼，却看见庄庸看破一切的冷冷眼神，我的心顿时又沉了下去，我骂自己鬼迷心窍瞎高兴，哪里是当初一个场景的错，这个误会只能说明，庄庸一直把我看成一个什么样的女孩。

我们，从一开始，就注定不可能。

我想我不必再多言了，也许这样更好，如今天这般，一切渐渐淡去，可能爱与纠葛远去之后，倒能回复以前相处的安详。我的心很痛，静静地痛。

然而我还是脱口而出："杰克，他只是住在我们小区。"

我的心在背叛我的思考，此言一出，我后悔极了，我不想去看庄庸的表情，不想猜测他的反应，我想夺门而去，心狂跳之下，努力控制住自己，故作平静地说："头儿，忘了还有工作，我先走了。"

门，在我背后关上，我几乎要颓然滑坐到门口的地上。

没有，我只是照常迈着骄傲的步子，回到自己的座位，面对着众人偷窥的眼神，露出满不在乎的笑容。

章子翔说，一直让我陪着应酬吃饭，害我很多顿晚饭光喝酒了，都没好好吃过东西，所以，他要专门请我吃一顿晚餐，没有客户，就我们自己。

傍晚的天空蓝得深郁，入秋月许，花坛里的树木依然根深叶茂，车驶近时，草叶芳香随风而来。那不似春的香气，清而直，带着涩，那是婉转浓郁的，有如在最后的好时光中，尽力而为地绽放，不知怎的，有一种莫名其妙的绝望。

普希金的塑像照例站在那儿，像一个沉默的祝福者，看岁月循环，物是人非。

我们照例选了临水的位置坐下，没有客户，没有领导，没有工作，真的是轻松。

章子翔把菜单推到我面前，坚持要我点菜。

我笑着说："今天想放松一下，你随便点吧。"

他一副没主意的样子，看了半天菜单道："抱歉啊，跟你吃了这么多顿饭，还不知道你爱吃些什么，还是你点吧。"

"我不挑食的，点什么我都爱吃。"

他又看了很久的菜单，还是犹豫不决："就我们俩吃饭，我看还是你点吧。"

他说着又把菜单推给了我，我打起精神，再次把菜单放回他的面前，和颜悦色地对他说道："我们两个中，你是男人啊，那就要你来做主，你点什么我都爱吃，想点什么点什么，来。"

"好吧。"

他接过菜单，琢磨了一阵，唤了侍者过来，一个个点了起来，一边点一边斟酌，间或询问侍者的意见，比见客户时点得还要认真。

我看着他一个大男人，在我面前像个努力的孩子，似乎要做得更好来让我满意，甚至有些紧张，却并非恋人间的无措，我不禁想起了庄庸的话——

你毕竟不是他妈妈，什么事都要你一手帮他操办。这样的状态，其实对你、对他，都未必合适，你想要的结果，跟你的耕耘，恐怕会走上相反的方向。

我在心里暗暗叹了口气，佩服庄庸的眼光。

吃着菜，聊着天。似乎听见外面又来了客人，窸窸窣窣地就座，随即，我感觉到章子翔走神了，他的眼神不住地瞟向我的身后，有时候，我说着话，就看见他的两眼发直，望着那个方向，已然发了呆。

我忍不住趁着餐巾落在地上，侍者俯身来拾的当口，回头向身后望去。是方芳，刚才进来的客人，原来是方芳和另一个有些发福的中年男人，两人就坐在离我们两三桌距离的另一个位置。

方芳盛装打扮，一条低胸露肩的黑色礼服裙，抹了啫喱亮闪闪的鬈发，弯圆的眉，浓重的睫毛膏下，一双单眼皮的媚眼顾盼生辉，花瓣一样鲜艳的唇，在言语间娇嗔生动。她正面朝着我们，而那个男人背对着我们，看不清模样，但是从方芳努力扮俏的样子，以及玻璃墙外新近停过来的那辆宝马来看，那个男人显然是个人物。

而且，显然不是三号机摄像。

方芳冰凉的眼神一下与我的目光相接，她死瞪着我的背影，应该已瞪了很久了。

我明白章子翔为什么两眼发直了，他是看见玫瑰了，那个女孩，太像以前的玫瑰。

"玫瑰婚后不知过得怎样。"

我自言自语，也是说给章子翔听，忽然很想听他谈谈玫瑰。

"是啊……"

他就吐了两个字，似乎就用完了全部说话的力气，只有攥着饮料杯的左手青筋凸起，我不由得担心那只杯子，会否像当年的可乐罐一样被捏扁。

不一会儿，他似乎蓦然从梦中醒觉，开始与我天南地北地瞎扯，比任何时候都健谈。

我们买单的时候，方芳也正好餐毕，准备离开，她没有径直出门，而是带着她的男伴，提着裙子，一路旖旎来到我们的餐桌旁。

她甜笑着对我说："邓夏大主持人，这是你的新男朋友啊，还真年轻呢。"

她很得意抓住了这个时机，在我面前示威。一是因为我的对面不是庄庸，被她逮个正着，我背叛了自己的保护伞，她幸灾乐祸。二是她的身边有个值得炫耀的靠山，她一定要让我看看清楚。

我看这个男人一身名牌，外加钻石大方戒，还有渐秃的顶发，反证了他的实力。

我当然不甘示弱，更甜蜜地笑着回敬道："方芳大主持人，这位是你的新男朋友吧，真的很成熟呢。"

方芳悻悻地转身就走。

我是写脚本的，台词，她怎么可能说得过我？

看着方芳跨进宝马，随秃头扬长而去，我想起了前一阵三号机摄像的神不守舍，那个健壮单纯的男孩，有着当年翔子望着玫瑰时的神情。

我有些自责，如果一切可以从头开始。

如果方芳参加工作以后，一直顺顺利利在《爱情对对碰》做下去，满足安然，没有被贬入少儿部的不甘不平，也许她与三号机摄像，就会始终两情相悦，不受任何外来的诱惑。

如果玫瑰没有那样的一个母亲，如果翔子天生是个穷人家的孩子，也许他们的爱情，自始便静美恬淡，悠长如河，月前成婚的将是他们两个。

如果婆婆离开的那个冬日，我与翔子偶遇在德赛洛门前时，他还未认识玫瑰，一切是否会完美如天地初开？

如果，如果世上没有风雨，而人，来来往往，便是风雨，由不得自己，由不得他人。

玫瑰一个月前的婚礼，我并没有去参加。

本是想去的，玫瑰也竭力邀我，临到前一周，我蓦地觉得很害怕这种场合。我不知道，待在这样一个喜庆的婚礼上，被婚纱、百合、玫瑰、彩带、气球、人群与美酒，弄得意乱神迷以后，再念及自己恐怕永无女人期待的这一刻，心中会是怎样的酸涩。

于是我向玫瑰道歉说，章子翔约了我帮他谈一个客户，正好在那天晚上，挺重要的一单生意，不好改期，事实也确实如此。

章子翔因此也没去参加玫瑰的婚礼，我想玫瑰也是通知他了的，而客户，也是他约的。

我想起那天晚上，客户很是尽兴，因为酒量不好的章子翔破例喝得很痛快，喝多了以后还闹着要酒喝，后来是唯一一次，我把他送回了家。

在波普花园重见方芳以后，我想到，该去看看婚后的玫瑰了，替翔子，替杰克，也替夏夏。夏夏一定会去的，不是吗？

我只有周末有空，而玫瑰在电话里说，正好他们夫妻俩周末回娘家吃饭，不如就一起来吃吧，故人故地相见。

长乐路这些年俨然变成一条商业街了，沿途琳琅的小店耀人眼目，没有人再会注意到这条街上，老房子红砖青瓦的美，顶多抱怨一下店堂的窄小，或者在雨天，二楼阳台的铸铁栏杆滴下水来时，抬头看一眼，骂一声。

我在楼下唤："玫瑰，玫瑰！"

照旧，二楼通往阳台的长门打开了，玫瑰从弯圆的铸铁栏杆上俯下身来，像一朵攀爬在黑色栏杆上的、粉红色的花。随后，另一个人尾随而出，显然是玫瑰的新郎，他自告奋勇地下楼迎我。

走上十几年前曾熟悉的窄小楼梯，那楼梯感觉比记忆中的更窄，脚下咯吱作响。那间屋子似乎也比记忆中的小了许多，光从长门外的阳台照进来，磨蚀的地板在屋子中央略微陷了下去，更陈旧的琥珀色家具没有了往日的香气，取而代之的，是累年的油烟气，混杂着新的饭菜油烟的气味。

我这才注意到，靠阳台的方桌上加了圆台面，上面已然摆满了冷菜热菜，等着开席，而忙碌着张罗的，竟然是玫瑰的母亲，还有她边上一个上年纪的男人，应该是我从未见过的，玫瑰的父亲了。

玫瑰的母亲穿了一套正红绣花的睡衣，好在终于不穿高跟拖鞋，套着一双平底绒鞋，也许是为了今天做菜做饭走动方便。她的脸已然完全老去，无须再挣扎，所以她也总算没化妆，估计是终于知道，化妆反而比不化妆更凸显老态。唯有她的头发，依然做着精致的发卷，剪短了些，染着极为夸张的红色，像一朵生命力天矫的奇花，在她衰老的脸上不协调地蓬勃绽放着。

玫瑰的父亲松松地发胖着，两颊的肉下垂着，肚子垂着，在晚秋的天气中依然满头冒汗。他应着妻子的每一个指令，拿碗分筷，洗菜切菜准备暖锅，乐呵呵的。

见我进来，玫瑰的母亲装作比谁都忙的样子，急匆匆地擦干净手，一路小步迎上来："啊呀，这不是夏夏嘛，稀客稀客，贵客贵客啊……哎哟哟，你看我这张嘴，不会说话，掌嘴掌嘴，我瞎叫什么呢，现在哪儿能再叫夏夏呀，你是大主持人啦，该叫邓主持，邓……"

她想了半天没想出一个更谄媚的称呼来，一双干巴巴的手捏住我的手，一直没有松开。我急于摆脱这样的场面，连忙道："不用，你就叫我夏夏吧，这么叫着亲切。"

"是的是的，亲切！"

玫瑰的母亲满意地笑着，夏夏、夏夏地叫了几遍，似乎要努力叫出那个亲切劲来。

随后，她看似无意地向我介绍道："这位你还没见过吧，是我男人。说是我男人，多少年不在家里，那时候你三天两头到我家来，从没看见过他着家吧。也就前些年回来的，他喜欢一个外头的女人，结果被骗了，骗了钱哪，骗得精光，老啦，再也赚不动了，没饭吃，就厚着脸皮回来了。那么我怎么办呢，我们母女俩怎么办呢？只好还是让他回来，总不能让他上街讨饭去，你说是吧，夏夏？"

我胡乱地应着，看那个男人反倒像听见妻子在夸他一样，乐呵呵地向我点头。

玫瑰的母亲也真算是个人物，女儿新婚都在，她光顾向我介绍自己的丈夫，但是轮到说怨毒的话时，必要扯上"我们母女俩"，玫瑰是她让哀怨更有杀伤力的一道符。

"我们母女俩，这么多年缺吃少穿，我辛辛苦苦两只手好不容易把玫瑰拉扯大，你说我总不能忍心让玫瑰没父亲吧，就这样，还是说欢迎他，就当作做好事，看见猫狗快要饿死在马路上，也是要救的，夏夏你说对吧？"

我看见那个男人，还是面不改色地开心笑着，完全不像强撑着装样。

玫瑰这些年许是终于放弃了阻止她的母亲，一言不发，自顾自看电视，没有人救我出重围，我灵机一动，打开手袋，取出早已准备好的红包："这次玫瑰结婚，我有事没来，补一个红包。"

"啊呀呀！"玫瑰的母亲兴奋地高叫起来，搓着蠢蠢欲动的双手，连连道，"这怎么好意思，这怎么好意思啦，让你破费……"

玫瑰在一边说："夏夏，你快收起来……"

话音未落，玫瑰的母亲已经一把抓过那个红包，兴冲冲地揣到了自己口袋里，然后若无其事地招呼道："开饭了，开饭了，大家坐好吃饭啦。"

玫瑰的新郎，是个面目模糊的年轻人，不高不矮，不胖不瘦，不丑不俊。我唯一的印象是，他吃得高兴的时候，会不住呻吟般地叹气，眯着眼睛很响地咂嘴，一副市井男人坐在巷口喝啤酒时惬意的模样，就差脱了袜子，跷高两只脚了。他确实也想这样做，被玫瑰一个眼神阻止了。

他捋起袖子，大快朵颐，一会儿评论说，这个菜酱油放少了，一会儿说，那个菜应该再加点蒜末。玫瑰的母亲老大不乐意，指桑骂槐地斥责玫瑰的父亲："吃吃吃，只晓得吃，也不晓得动一动手，瞧你这副痴傻的吃相！还不快点去厨房炒两盘热菜出来，为夏夏准备的菜，都被手脚快的吃掉了。"

玫瑰的父亲顺从地起身去忙，依然乐呵呵的。原来玫瑰的母亲是看上去很忙，真正在做饭做菜的是玫瑰的父亲。

过了一会儿，他端着两盘热腾腾的炒菜回来，新郎帮着把空盆挪开收起来，玫瑰的母亲却还抱怨着："夏夏啊，我这个当妈的真是命苦，女儿大了，翅膀硬了，挑了个乱七八糟的人说要结婚，也不来问问一手一脚把她带大的妈，都说养儿防老，现在这副样子，两个人住在下只角的共富新村，还是买的二手房，我还能指望什么？原来玫瑰有哪些有钱有势的好人家追求，夏夏你是知道的呀……"

我很尴尬，她这么一说，好像这桩遴选乘龙快婿的阴谋，我本也是同谋。

玫瑰猛地从电视机上收回了漠然的目光，望着母亲。母亲看见她转过脸来，顿时兴奋起来，将她骂骂咧咧的独角戏一步步加大挖苦的分量，似乎就是为了引来玫瑰的对骂，而她又时刻控制着挖苦的程度，不至于一拍两散，还要让这种围桌吃饭的局面继续下去，一家人在一起，相处着，刺痛着，这样她才不至于寂寞吧。

不过此刻玫瑰的目光着实不善，这让她母亲吓得一时停了嘴。

一刹那，我以为玫瑰会发火，但是她没有，她竟然笑了起来，一开始是轻笑，随后变成了大笑，仿佛看见了天下最好笑的事情，她笑得都直不起腰。待她狂笑稍歇，母亲惊惶地骂了一句："神经病！"

"没错，我就是神经病，你生的，你养的！"玫瑰笑眯眯地接口说，"我就是不喜欢嫁给条件好的人家，我就是偏偏喜欢住在共富新村，下只角，二手房，我就是喜欢没出息的男人……"

说话间，她亲亲热热挽住了新郎的胳膊，故意把头靠在他的肩膀上："……这样的男人，他每天上班就想着早点回家，买点什么好吃的小菜，好好烧一顿给我吃，然后上床睡觉，再等第二天下班买小菜，日子不要太好混，过两年，我们还要生一个没出息的孩子呢——反正，你管——不——着！"

玫瑰微翘的睫毛下，眼波流转，晶莹闪亮，一张俏脸神态妩媚，像是拿出了最美丽的珍宝，在渴望的人面前展示，再当人的面一气毁坏来示威。而那位新郎不明就里，方才怒不可遏，这会儿又欢喜至极，抓耳挠腮的，忘了吃菜。

我这才注意到，玫瑰长长的鬈发破天荒地束了起来，露出她后颈白皙的肌肤，我不由得想起高中时，常能看见女孩把长发束成这样，露出很年轻的后颈——人的身体上最朴素诚实的部位。

玫瑰的后颈还是很年轻，但她整个人已经在婚后短短的时间里，彻底老了下去。她在向母亲示威时，眸子里还是往日媚人的神采。然而我知道，那只是用来给人看的，她眼里的光彩已经彻底黯淡下去了，时常不自觉地陷入木然，长时间定定地望着一点发呆，是对世界已然看得不想看的老人才会有的疲惫神情。

而她的后颈，还如少女般散着茂密的碎发，坦率洁白，仿佛一个褪色的旧布娃娃，突然被发现有个商标一直没揭下来，一揭，那底下是粉红的洁净、鹅黄的明亮，只有那一片是簇新的，让人见了更觉惋惜。

玫瑰笑着，保持着一个胜利者倨傲的笑容。

母亲讪讪的，没了词，转头又去骂玫瑰的父亲："你笑啥笑，死掉啦？帮我添饭！"

玫瑰的父亲照旧没有一丝不快，高高兴兴拿了她的碗，帮她去盛饭。他坐回来以后，见大家不说话了，就一迭声地说："吃菜，吃菜。"

一边笑呵呵地用自己的筷子给每个人夹菜，却不是掉在桌子上，就是掉在别的菜盆里。

我方才意识到，他乐呵呵的样了，事实上是 种他本人也浑然不觉的状态，他的脑子看似不大清晰了，所以玫瑰的母亲说些什么，他能恍惚中听到指令，具体内容恐怕不甚了了，更或者，他今天仅仅是凑巧，才做对了这些指令。

新郎很心疼那些没夹到碗里的菜，他嘟嘟囔囔地抢救桌面上的肉片菜叶，夹到自己碗里，见老丈人还在自顾自四处夹菜放下，他干脆用筷子做接应，架住丈人的筷子，直接收下这一筷子又一筷子的菜。

玫瑰终于忍不住了，低低呵斥道："瞎忙什么，快帮我添饭！"

新郎一副如梦方醒的样子，学着老丈人，乐颠颠地接过饭碗去盛饭，剩下玫瑰的父亲继续在那儿天女散花，而玫瑰的母亲在一边冷眼旁观。

玫瑰接过新郎送上的一满碗饭，还笑着，笑得惨淡。

玫瑰的母亲蓦地一拍手掌："啊呀呀，给我们的夏夏看结婚照，很精彩的结婚照！"

我接过隆重递过的一厚本相册，打开一看，几乎以为自己花了眼，那上面不是玫瑰和那位新郎，居然是玫瑰的父亲，边上还有一个女人，眉眼很熟，却一时认不出是谁。

"真真难为情死了，大家都说我很上照的，就是裙子夸张了一点，露得太多了，夏夏你看看怎么样，这照片他们说都没修过多少，好像也没什么皱纹哦！都是大家撺掇说，我们这把年纪了，也要抓住青春的尾巴……"

玫瑰的母亲凑过来，对着照片轻抚自己的脸，看得目不转睛的，我总算对应得出，原来那个女人就是她——五官画得是完全不像了，再用电脑技术狠狠修过以后，那张脸就像用橡皮全部擦干净，再重新揣摩比例画上去的一样。

一整本相册中，这个女人穿着各式各样的旗袍中装、西式礼服，站在形形色色的风景背景板前，搔首弄姿。而她身边的胖男人一脸空洞地痴笑，根据要求摆出莫名其妙的配合姿势。有一张他单腿跪下，把头凑到她胸前的照片，他看上去几乎是靠在那里睡着了。

越往下看，便越惨不忍睹，玫瑰的母亲穿着紫色纱裙，腹部如怀孕六个月，整个臂膀外加肩头都露着，白生生软绵绵，似两条肥白的猪大腿，还纤手素素般执一面团扇，做忸怩状。

玫瑰的母亲不住在我耳边发表着自我欣赏的长篇大论，间或批评自己两句，想必是希望借此博得我几句善意的好评。

我飞快地把相册翻到了最后一页，然后问玫瑰："你们的结婚照呢？让我欣赏一下吧？"

玫瑰笑笑说："在我们家放着呢，宝贝儿，过几周有时间去我们那边吃饭吧，他给你做饭，我陪你看照片。"

我顺口应道："好啊。"

"夏夏宝贝儿，你可一定要来啊。"玫瑰忽地满眼央求地望着我，像一个溺水的人，仰头望向平安坚实的地面，"我有好多话想跟你说呢，宝贝儿……"

我不敢应了，我不是夏夏。

夏夏，她懂得如何安慰人，尽管她单薄弱小、胸无城府，但她有足够的力量使人安心。

安慰即授人以希望，令人重新怀抱希望前行，我却是一个不再相信希望的人，我如何安慰得了任何人？

玫瑰的母亲一双眼睛还死死流连在相册上，眉开眼笑地自评自赞，我抢先告别了，在玫瑰期待的目光里，转身离开。

　　我又陷入了熟悉的梦魇中，石库门的老房子，高敞的堂屋，水泥地面上的光影，八扇暗红长门，狭小的院子，斑驳的高墙，黑漆大门与废弃的门闩，八仙桌上的粥与肉松，五斗橱上老钟的嘀嗒声，小鸟的翅膀轻扇……还是清晨，我翻身醒来，在脱口而出唤着婆婆的时候，我感到从未有过的温暖。

　　那个清晨，在我惊觉她离开之前，我照常唤着婆婆，这短短的，似梦似醒的时刻，我体会着这种暖，如预见到前路般，久久闭目仰卧，不愿起身。

　　我们俩秘密的世界，关于爱的盛大圆满，就在一间漏风的老屋和一贫如洗的相依为命中。婆婆满是皱纹的脸，是人间最美的容貌。

　　我确信，她曾把夏夏看得比自己重要。

　　我嫉妒着夏夏，我觉得她何其幸运，即使那个清晨，婆婆在她记忆里留下了难以填平的恐惧，她仍比玫瑰幸福百倍千倍。

　　在玫瑰溺水般的眼神里，我忽然渴望再次见到婆婆，我渴望伏在她的膝上，让她搂着我，老人温热的体温，棉衣塑料的大扣子摩擦着我的脸颊。于成都再见她时，我仍感觉如此安详，是的，她是世上唯一能令我感觉安详的人。

　　一个念头抓住了我，让我焦灼到饥渴，我想把婆婆由成都接到上海，住在我家，由我来照看她——我要冒充夏夏来得到她，完完全全地得到婆婆，日日夜夜与她相守。

　　也许这样，我便不会再做噩梦。也许这样，我便不会再觉孤单，让夏夏的情绪乘虚而入。也许这样，我就能拥有夏夏快乐安宁的感觉。

　　最主要的是，我如此需要被一个人爱，我也实在需要爱一个人，万不得已的局面下，我希望那个人至少是安全的。

22.

当我还在犹豫，怎样向婆婆提议，又怎样向天慧开口时，《德赛洛》这档节目的麻烦接踵而至，令我一时间手忙脚乱。

三号机摄像辞职了，传说是因为方芳最终与他分手，与新男朋友同居去了。

同事们都说，方芳这样的主持人命中注定就不是和摄像结婚的，能好过一阵，算是不错了，分手也是正常的，何必为了她放弃自己稳定的工作。摄像组组长也劝他，说给他放个长一点的假期，休息一阵散散心，何必辞职呢。

三号机摄像却谁的话也不听，交了一封辞职信就走了，临走扔下一句话，说要去流浪，去很远很远的地方，去西藏，去雪山，去天的尽头，没有人认识他的地方。

这句话在频道里一时广为流传，成了一句悲情英雄式的豪言壮语。

不过这并不能改变他的突然离去给节目制作造成的巨大困扰。在很长的一段时间里，所有的摄像如救火般，你一天我一天地补着他的空缺，三号机的水准永远参差不齐，让我在录影棚的灯光下一边说着串词，一边提心吊胆，神经质地往那个方向张望。

这个当口，小黄又三番五次来找我谈心。

她告诉我，自从单人舞选手蜻蜓抢走了星星做她的舞伴，拆散了星星和月亮这对双人舞佳偶，剩下月亮一个人的舞蹈，一时间完全丢了章法，自然是没能进入复赛。月亮因此哭得眼睛都肿了，到台里来了好多次，可是小黄又怎么能答应破格让她继续比赛呢？这不合规定啊。不过拒绝之后，看着月亮哭着离去，小黄的心里也挺难受。

"怪只怪蜻蜓那个妖女！"小黄愤愤地说。

"决定换掉舞伴的，是星星啊。"

我提醒小黄。

"嗯，他也是大浑蛋！"

小黄孩子似的直白，把我逗笑了。

说起来，小黄只比我晚进电视台两年，资历也算可以了，然而她始终是"小黄"，大家还是把她当作刚刚参加工作的小朋友看待。不像对我，两年前，抑或更早，大家就怀着尊敬与畏惧。

也怪不得大家忘了小黄的工龄，她活脱儿就是个孩子模样，任何事情都能让她睁大惊奇的圆眼睛，或者动不动就同情心大泛滥，也许她家境太好，不谙世事。这也算是一种幸运吧。

于是，我只得耐下性子跟她解说道："有比赛就没有同情，哭的不是月亮，也会是别人。"

小黄点头。

她离开前，我又叫住她问："小黄，月亮这么想参加复赛，为什么？"

"噢，邓老师，我也不是很明白呢，就听她自己说什么，不想离星星太远……"

小黄显然已经恢复了轻松的心情，蹦跳着离开，没有听见我的叹息声。

更麻烦的事情，是德赛洛文化传播公司的经费日益紧张。

《德赛洛梦想之舞》开播以来，就宛若一列无法停歇的快车，每过一周，新节目就变成旧节目，一转眼又要录棚、后期、合成，制作经费花得像流水一样。而广告进账的速度，永远赶不上播出的速度。再加上还要定期向台里上交费用，好几回，账上的钱是顾得了今天，顾不了明天。

章子翔是经不得风险的个性，在这种状况下，早就嘴边长泡，双眼有了红血丝。我也一样焦头烂额，虽然表面上镇定自若，心里却恨不得时间能停下来几天，让我好好缓一缓，不用一早醒来就大睁着两眼，想着今天去打哪几个广告客户的主意。

我已经决定把微微拉时装公司和学生文具这两张底牌也亮出来，我是他们的形象代言人，他们多少会给些面子。

一大早，我来到办公室，分别跟两家公司的老总通了电话，随后拨给章子翔："昨晚睡得好吗？"

"夏夏，你今天起得这么早！"

"许你失眠，不许我早起啊？我又联系了两个广告客户，和他们老总说过了，你待会儿把广告刊例发给他们，再约个时间一起吃饭聊聊，我会陪你去的。"

我把两个老总的电话一一报给章子翔，他顺从地应着，在电话那头记录。想象得出，他此刻的脸色会有些气恼，那是气恼自己没出息，明明不想接受的帮助，为形势所迫，万不得已要接受。

我讲电话讲到一半，手机响了，是庄庸："邓夏，你到台里了吗？"

“头儿，到了。”我飞快地答。

刚挂上桌上的电话，铃声又旋即响起：“邓夏，你过来一下。”

庄庸大人又照例召见，我匆匆跨进总监办公室，就见庄庸拿着一份文件在等我：“无奈啊，电视媒体的工作真是动不动就会出状况。”

我以为他又要跟我诉说他的种种烦恼，然而他却没有继续，只把那份文件递给我。我拿起来一看，是宣传部的一封函，竟然是针对《德赛洛》这档节目的——

近日获悉，文艺频道《德赛洛梦想之舞》这档节目，在制作与播出期间，造成极为不良的社会影响。多封来信反映，由于比赛过分渲染造星的氛围，令众多在校学生不思学业，迷恋不健康的交谊舞。日前造成一名女学生自杀身亡，可见对学生身心健康的毒害甚深，要求立即停播。

现责令调查事故原因，尽快提供处理办法。另有部分来信寄至教育局，转往我处，概要同上，请在报告中一并对此做出答复。

下面宣传部红章赫然。这份文件听说是从卢台长手里，转到庄庸这里的。

我这才明白，原来今天庄庸所说的“无奈”，不是他的无奈，而是我的。

我望着庄庸问：“头儿，这女学生自杀，怎么回事？”

庄庸责备地轻轻摇头，皱眉看着我：“你今天这么早到台里，我还以为你已经知道了呢，你最近到底在忙什么，这么大的事情，你这个节目制片人一点不知情？你又不像我，老朽了，你们年轻人应该常常上网的，信息该比我灵通。”

今天早上，庄庸一到台里，就被卢存义叫到台长办公室，拿到这么一份文件，也是完全没有心理准备，他打电话到宣传部问了才知道，就是那个叫作月亮的女孩，没有进入复赛，据说因此自杀了，在自己房间里割腕，早上被发现的时候已然气绝。

庄庸没有先打电话来问我，而是问了宣传部，这令我感到这份报告，我不仅是要交给卢台长和宣传部，也是要交给庄庸的。

电视台为了播出安全，连接内部网络的电脑，都一律不能上外网。我一直找到技术部，才觅到了一台值夜班的孩子用来打网络游戏的电脑。

我输入"德赛洛"这个关键词进行查询，竟然铺天盖地全是月亮自杀的消息。

月亮真的死了。

那些帖子绘声绘色，说《德赛洛》这个节目如何诱惑学生一夜成名，而月亮没有进入复赛，又是如何满怀的希望都化作泡影，对自杀的细节尤其渲染得详细，有的网站还登载了月亮清晰的正面照片。

我第一次细细审视这个女孩，很平凡的面貌，尖下颌，一把梳起的长发，散乱的宽眉毛，额头零星长着青春痘，一双黑眼睛含着羞怯的笑意，笑得那么柔弱而年轻，像清晨刚刚展翅的雏鸟。

我相信，她不是因为没有进入复赛，明星梦破灭而死的，她是因为星星离开，并且自己无望离他更近一些。那种无望的感觉，比夜半的镜子碎片更冷，所以当玻璃锋利的棱角划入她的手腕时，她几乎没有丝毫恐惧，热的血涌出来，她这才感觉自己是热的，也不过是短短半个小时不到的时间，她便用不着再去思虑，这世界，究竟是冷的，还是热的。

夜半镜子碎了，她的父母怎会没有听见呢？夜半，她低低地哭泣，鲜血流水般在地上流淌，她的父母怎么没有感觉呢？

1988年12月28日清晨，夏夏在站台送走了杰克，像游魂般一个人来到校园，太早，四下无人，只有深冬的寒风萧瑟，地上寸草不生。

她抓住最高的单杠，纵身跳上，停留片刻，最后俯视一眼这个冰冷的世界，随后一个前翻。当头垂直朝下时，她冷静地松开手，向地面俯冲而去，急速下坠。

夏夏活下来了，月亮死了。

我了解月亮自杀的真正原因，凭着夏夏的直觉，但是这不能写成报告。

我只得去找庄庸商量："庄头儿，这个问题很严重吧？是不是就算我把报告写得再无懈可击，他们说的什么不良影响，我们也没法再弥补了？"

我故意说"我们"，权当自己没有觉察到庄庸在此事上对我挟制的企图，我必须在态度上把庄庸当成自己人。

庄庸果然不好意思在这种态度下为难我，他宽慰我说："邓夏啊，你别着急，这件事也没有想象中的严重，毕竟现在只是在网络上传播，纸媒没有刊登，我们的权威舆论导向还是以纸媒和广播电视媒体为准的，只要这件事情还没有上纸媒，我们就把它平息，对你个人的形象，影响就不会很大。"

我急着问："怎么平息呢？"

"你好好写份报告，诚恳检讨自己工作中的疏忽，关于过度渲染造星的氛围，你就尽管往德赛洛公司身上推，说这是公司的商业推广行为造成的，与节目制作本身无关……"

"这样事情就能摆平了吗？"

"放心，宣传部说到底是会帮我们的。审查我们，那是他们的职业，要是电视台关门大吉了，他们审查谁去？所以说，他们无非就是看看检讨，然后再看一下处理办法——有我在，你什么事情也不会有的，你把问题推到公司身上，我把这档节目撤了，就当是制播分离的合作中走了一点弯路。"

我想我当时的神情一定非常绝望。当我听到庄庸说，把这档节目撤了时，我难以理解心中深深的震惊与恐慌，就像一个走到穷途末路的人被拿走了最后一点财宝。我甚至忘了在此事中，自己地位的安危，这是庄庸以为我会最在意的东西，凭着他多年对我的了解。

庄庸被我的表情吓到了，虽然我一言不发。

他习惯性地对我软下心肠，哄我道："也不一定会撤了节目，你先写报告，我回头去和卢台商量一下？"

庄庸说不一定会撤了节目，是心有不甘的，他早想趁个什么机会，把那个章总从我身边挪开，至少，没有这么多必须要在一起的工作时间，这些时间，原本是属于他的，但是他也不忍心我难过，我明白。

于是他打了一个官腔，说要和卢台讨论一下。这一是说明，事情可能有转机，也可能没有，目前还不确定。二是告诉我，他现在和卢台是直线联系，不再需要我从中斡旋，我只需对他述职，而事情的成败，我只能指望他。

我还能说什么呢，我唯一能做的，就是拿出满脸依赖的神情望着他，央求道："头儿，全靠你了！这档节目我是一点一滴做起来的，倾注了我对电视的激情和想象力，我是想把它做成一档大家看得不愿站起来的节目，你明白的。"

要跟一个人取得共鸣，就要说和他一国的言语，我用了他惯常的逻辑，尽管他在当上了频道总监以后，也许已然忘了自己曾为之激动的理想。

好在，他终于郑重地向我点了点头，在听我说起"激情和想象力"的时候，他的眼睛不易觉察地闪了闪。

我翻来覆去地写那几页报告，连续好几天，写了撕，撕了写，不知道怎么才能既"诚恳地检讨工作中的疏忽"，又同时把问题推得一干二净。

其实这对我来说并不难，难的是，我根本不忍心把问题往德赛洛公司身上推。不仅是因为章子翔善良阳光的笑容，更是因为"德赛洛"这三个字，仿佛是我如今乏善可陈的生活中唯一美丽的东西，我不想为了生计玷污它。

我疯了，不是吗？

庄庸这几日也天天召见我，关切地问我，报告写得怎么样了。他暗示我说，节目恐怕真的是保不住了，不是他没有尽力，也不是卢台不维护，主要是连续又有很多群众来信寄到宣传部和教育局，还直接寄到台里，实在是群情激愤了。

我试图提醒庄庸，有人在背后主使着这场鬼把戏，什么群众来信、网络传播，一看就知道是临时凑起的一个草台班子，拼凑一些文字，编了许多名字，假造出声势浩大的局面。而这么有闲心、有动力的人，除了我们多年的老对手——付大嘴，不会有旁人。

我一心希望这个话题能够激起庄庸与我同仇敌忾的情绪，至少为了共御敌手，让他像过去一样站到我身边来，这样，才有希望令《德赛洛梦想之舞》，绝处逢生。

听罢，庄庸却淡淡地说："哦，是这样的吗？"

他明明知道这是事实，当着我的面，还假装懵懂。

我的企图又落空了，他早已不是以前的庄庸，那个会用"庸碌的人，总是携起手来当主人"之类的话来奚落领导的庄庸，那个饭桌上当着众人没有一句言语的庄庸。他如今从外到里，都是货真价实的领导了，他圆滑地推杯换盏，一团和气，一副天将降大任于斯人、诸事务必小心的模样。

章子翔打来电话，说微微拉时装公司和学生文具公司的两位老总，刊例的传真都已看过，晚餐也都已约好，只等与我一起面谈广告投放的具体事宜。

我一口应允。

事情不到最后一步，我并不准备让他知道一星半点，因为他纵然得知，也是多发愁一阵，无益。

波普花园里，我若无其事地与客户寒暄说笑，吹嘘《德赛洛》这档节目的收视前景，劝酒劝菜，心中暗自盼望这两个客户最好能婉拒投放广告，以免节目一旦撤销，麻烦多多。结果，这两个客户偏偏特别痛快，痛快得甚至超过了我当初联系他们时的预想。

两份《德赛洛梦想之舞》全年的十五秒贴片广告，捎带着两份第二年没有涨价的形象代言合同，翌日就送到我的办公室来，章子翔拿着广告合同兴奋了很久，我唯有陪着表示高兴。

总之，所有不想发生的事、不想看见的人，好像要挤在同一时间跳出来。

糟糕的日子里，小黄又气哼哼地跑来报告我："邓老师，星星和蜻蜓这对坏蛋，一定要亲自见你，说有重要的事情与你商量。"

"是吗？"

我实在比较心烦，脸色估计不好看。

小黄于是乖巧地劝我："这么讨厌的人，我帮你回绝了吧，这个时候居然还敢跑到这里来神气活现的，也不想想闯了多大的祸！"

我改主意了，突然，我很想看看这对坏蛋，在月亮死去以后，清楚内情的他们，究竟有没有些许内疚。

我饶有兴趣地打量着星星和蜻蜓。

星星个子不高，有一张韩剧男明星般的脸，小眼睛，厚嘴唇，笑起来俏皮可爱。

蜻蜓反而显得修长，极白的肤色，高扬的眉眼，脸部线条纤细而骨感，不笑的时候，有着塑胶一样的冷。以我多年做电视编导的经验，这张脸倒是很上镜。

星星看上去憨憨的，实际很会说话："邓老师，在您百忙之中打扰您，真是不好意思……"

"知道忙还来添乱。"

小黄在一旁没给他们好脸色。

"是啊，所以说不好意思。"星星挤眉弄眼地笑笑，不慌不忙继续往下说，"我们看到网上有很多关于月亮的帖子，那些说法估计对邓老师的这档节目很不利，所以我们想澄清一下。"

"澄清什么啊，说是你们两个……"

小黄又忍不住插话。我阻止了小黄，很有兴趣地听星星讲下去。

"是的，我们两个恋爱了，我和蜻蜓走到了一起，月亮是因为失恋而自杀的，不是因为没能进入复赛，所以她的死和邓老师的这档节目根本没关系，如果一定要扯上关系，那就是我和蜻蜓，凑巧在节目录制中认识了。"

星星不紧不慢地把这番话说完了，我觉得恍如陷入了另一场怪梦。他们当这是什么？英勇的恋爱宣言吗？在另一个女孩的新坟前？在即将到来的全世界的舆论谴责前？

一直沉默的蜻蜓开了口："邓老师，我们想清楚了，这件事我们一定要公开澄清。"

看着我疑惑的目光，蜻蜓难得地笑了笑，表现出沟通的诚意："您别误会，邓老师，我们没把爱情看得这么伟大……我们愿意公开澄清的原因是，您这档节目，是我们走上明星道路的一个大好机会，而且可能是我们唯一的机会，我们俩好不容易进了复赛，而且有把握可以拿第一，您的节目要是因为月亮的捣乱停了，这一切就都不可能了。"

星星在一旁点头，表示她的话代表了他们两个的意见。

我开始怀疑自己的智力，抑或，是崇拜当今孩子们的智力，小小年纪，如此了得，他们不过是高中生而已！

蜻蜓和星星交换了一下眼色，得意地扬了扬眉毛，因为她看见，一丝笑意已经爬上了我的嘴角。

我为什么不高兴呢？不管他们俩有多少与年龄不符的世故算计，我们的利益是一致的。仿佛穷困逼仄时，天上掉下了一个金元宝，我盘算着，我的报告要完全重写，写得漂漂亮亮、有理有据，把一干诬蔑之词驳得体无完肤。等星星和蜻蜓的宣言一公开，群众来信和网络小道消息不攻自破，没准这还是炒作《德赛洛》这档节目里的好佐料。

我的困境，一下子柳暗花明。

看我转而亲切地笑着，开始和这两个"坏蛋"讨论澄清事实的细节，小黄在一边有些不乐意，但是想想节目的麻烦解决了，她在不忿中也略带欢喜，勉勉强强地和我一起应酬着星星和蜻蜓，记录接下来要办的一系列事宜。

临走的时候，星星牵起了蜻蜓的手，我有意无意地向星星提起："你知道吗，月亮自杀前，因为没有和你一起进入复赛，还哭了好几次，她说不想离你太远。"

星星的笑容在脸上凝固了，他憋了半晌憋出一句话："澄清这件事，也是不想她走得不明不白。"

他马上又后悔了，讪讪地干笑了几声："呵呵，这样说好像太矫情了，说真的，月亮太厉害了，她使出这么一招，就是想让比赛泡汤，这样我和蜻蜓跳得再好也没用了，她想让我们什么也得不到。"

蜻蜓应道："就是，这个女孩看上去斯斯文文，没想到这么有心眼！"

然后，他们终于能毫无愧色地向我和小黄微笑道别。

两周后，我拨通了章子翔的电话："翔子，你请我吃饭！"

"好啊。"

"我要吃鱼翅鲍鱼！"

"好啊。"

"我要喝柑橘味的伏特加！"

"好啊，我去买。"

"你也不问问为什么，就请我吃饭啊？"

"夏夏，我们吃饭还需要问为什么吗？"

章子翔总是那么让人温暖，我在电话这头开心地笑了。

依然是波普花园，依然是老位置。

我有差不多半个月没见他了，他看上去有些不安，刚聊了几句，就吞吞吐吐地对我说："夏夏，你最近忙，所以有些事情我一直没告诉你，怕你分心。我们这档节目好像出了些问题，有个女孩子据说是因为比赛失败，自杀了，网络上铺天盖地都是……不知道你们领导看见了没有？"

我扑哧一声笑了出来。

章子翔问："这有什么好笑的？这个女孩子很可怜，我想去她家看看，给她父母送点钱过去，我们一起去好吗？"

我说："千万别，好不容易事情撇清了，你这样做别人又有材料起哄了。"

章子翔更是堕入五里雾中："夏夏，你今天说的话，我怎么都不明白？"

于是我原原本本地告诉他，这件事在一个月之前，就已经闹得不可收拾了，节目几乎已经确定要停播，后来因为天上掉下来的意外转机，就在今天，庄庸大总监从卢台长那儿请示回来，已经正式宣布，节目继续，没有影响。

我托着下巴，笑眯眯地看着章子翔："你说，这顿饭你该不该请我？"

只见章子翔惊讶地瞪着我，半天说不出话来，他指着边上另一张空的大餐桌，比画了好一阵，才发出声来："你是说……你是说我们之前在那张桌子上……两次请客户吃饭的时候，你已经知道节目要停播了？但是你还一个劲地跟他们说，节目收视率明年会有多好，我们还签了合同，是明年全年的两份广告合同！如果节目立刻就停播了……"

"那这两份合同可以转到别的节目里，你至少可以赚一份代理费。"

我镇定地接口。

"要是客户不愿意转，要我们付赔偿金呢？"

"你没注意吗？合同里根本就没有赔偿金这一条，他们用的是我之前给的格式合同。"

"可是，你明明知道节目要停了，为什么还要跟他们谈广告呢？"

我没有回答，意味深长地望着章子翔。

他会意了，却真的生气了，血涌上了他的脸，一贯温和的表情变成了陌生的愤懑，他不看我的眼睛，像一个孩子一样生闷气。

"翔子。"我唤他。

过了一会儿，他叹了一口气，压下怒意，无可奈何地望着我："原来你什么都想好了，那还要我做什么？就为了让我在稀里糊涂中，以为自己的事业特别成功，运气比谁都好吗？"

我没法回答。

他看着我，看着我，像是要看进我的心里："夏夏，你和以前不一样了，这么大的事，你一步步想得滴水不漏，脸上还居然一点也看不出来。"

我耸耸肩，哈哈一笑缓解气氛："我长大了嘛，都十几年过去了，老了不是？"

随即我们开始了真正的狂欢，我在多日的紧张之后，他在巨大的震惊过后，你一杯我一杯喝着烈酒，为《德赛洛梦想之舞》的绝处逢生而拍桌大笑，一瓶柑橘味伏特加很快见底。

他歪歪扭扭地开着车，把我送回小区，一直送我上楼，在我的房门口与我礼貌道别。

章子翔吓到了我，他在饭桌上生气的一刹那，熟悉的脸变得陌生，那满溢的愤懑，充血的眼睛。

奇怪，我不应害怕的，我知道他明白我对他的好，我也明知他对我的好，可是，为什么我在那一刻如此恐惧？他发怒的表情陌生却又熟悉，仿佛打开了我心里一道黑暗的门。

那一夜的醉梦中，我又回到了德赛洛舞厅，我在吧台后面蹲下拿早点，起身，熊熊的火光中，画面扭曲，烟雾迷蒙，我看见有一个人站在墙边的钢丝床前，手里拿着汽油罐和打火机，那是翔子愤怒而变形的脸……

不！不是他！

我蓦然惊醒，眼前似乎还有整个世界在火光中崩塌，吊灯被烧熔了砸了下来，地板陷了下去，酒柜轰然倒伏，所有装着各色酒液的美丽玻璃瓶，在一瞬间，碎成齑粉。

冤家路窄。

庄庸和我中午一起去食堂吃饭，就在穿过大草坪中间的小路时，与付大嘴面对面相逢。

我眼睛发亮，堆起甜美的笑容，迎过去大声招呼："付总监，付总监！"

付大嘴嘿嘿笑着，没事人一样："哟，邓美女，邓主持人，还有庄总监，好久不见啊。"

庄庸克制地点头微笑。

"付总监？"我挡到付大嘴面前，假装亲热地跟他开玩笑，"您这姓氏可一点也不给您争气，就算有一天您升了正总监，也还是付——总监啊！"

付大嘴气得脸都绿了。

庄庸一声不吭，拉着我走开，待我们走出很远，他靠过来悄声对我说："我看我还是叫你邓大嘴吧。"

我捅了他一下："不正经，还频道总监呢。"

我们并肩走着，偷偷忍住笑，温馨的旧日场景。

很快，又一记重重的耳光，落到了付大嘴脸上。

他辛辛苦苦搞的把戏，居然适得其反，成就了上海这些年来最走红的电视节目。《德赛洛梦想之舞》，因为之前网络的炒作，加上之后星星和蜻蜓公开澄清的恋情，就此一举成名。

这段日子里，老百姓街谈巷议的都是这档节目，人人都想看看发生了这么多绯闻的《德赛洛》，究竟是个什么样的舞蹈大赛，好在节目做得也确实下功夫，很快，公众就认可了节目的好看，一集集追看下去。

　　章子翔再也不用为明天的广告客户在哪里而终日发愁了，这个隆冬，他的事业算是真正风生水起，第二年的贴片广告早已卖了个干净，客户的电话还在不断打进来，连参赛服装的赞助、地板的标志，能卖出去的一切，可以收费的角角落落，能想出来的，都被占满了。到了年底，这些客户就算拿着支票来排队，也没有任何多余的空间。

　　德赛洛文化传播公司，也随着《德赛洛》这档节目的火爆，而瞬间成为上海最著名的文化公司之一，很多财经报纸和杂志主动找到章子翔，要求为他做访问，有一家杂志甚至把这位章总称为上海最年轻英俊的媒体弄潮儿。

　　于是我每次见章子翔，必要嘲讽他荣登"大众情人"的宝座。

　　章子翔倒是没考虑很多。

　　他第一个想法，是赶紧把杰克的钱还上。杰克在之前给了一百万冠名费后，因为德赛洛公司财务吃紧，不久又遣人送来一百万的支票，再要找他，说已经回深圳去处理一些要务，也没和章子翔照面，显然是怕他当时推辞不收。

　　章子翔的第二个想法，就是终于能像以前做平面设计时一样，不再提心吊胆，好好睡上安稳觉了。电视媒体真不是好玩的，就像一个老虎机，吞噬金钱速度之快，让他一身冷汗。现在，总算一切都平稳下来了。

　　他舒展着粗壮的胳膊，一脸阳光地对我说："夏夏，看来明年，我们都可以躺着吃饭啦。"

　　我特别喜欢他那种单纯的笑，由心而生，无忧无虑的。

　　至此，我也终于有机会悄悄卸下一个张罗者的角色，放手让章子翔自己去统率一切，反正这个生意兴隆的时期，怎么做都会让公司变得更好。而我，乐得退到章总的身后，轻松地享受着他安排的答谢酒会、晚宴，还有属于私人的约会。

我发现，令男人心态平衡并且变得强大自信的途径，就是钱与权势，庄庸如此，章子翔也如此。

章子翔不再像一个孩子面对母亲一样，在我面前表现得紧张而努力，时时因敏感于受我之惠而生出小小的气恼。他如今与我单独在一起时，放松而快乐，殷勤而体贴，仿佛旧日的德赛洛舞厅里，他是护送我深夜归家的骑士，他是帮我搬整箱啤酒的大力士，他是德赛洛这个王国中，除了杰克之外，我唯一的保护者。

很奇怪的是，当庄庸坐上频道总监的宝座时，我一样是退到了胁从者的角色，但是我因此感到恐惧与不安。而当章子翔踏上了成功商界人物的道路，我退后，感觉安适自然。既然在与两个男人的相处中，章子翔更让我感觉舒服，我为什么每每念及庄庸，还是觉得心里隐隐作痛，酸涩不已？

23.

事业无虞，节目制作也越来越顺，不用我常盯着，我在办公室的工作少了。章子翔频频出现，接我下班，我们一起吃饭、看电影、周末出游，消磨工作以外的寂寞时光，俨然一对年貌相当的情侣。

人人都以为我们佳期将近。

深冬的一个夜晚，章子翔又约我吃饭，他让我想个地方。我说："红房子吧，很久没去了。"

我们坐在红砖的壁炉前，白色的桌布，银色的餐具，摇曳的烛光，罗宋汤茄红诱人，牛排的香味浮动，戴着领结的侍者静静穿梭在身边，背景音乐似乎又是那首《旧日的好时光》。

章子翔容光焕发地望着我，昏黄的光影中，他的面貌一如 1987 年初见时，那份熟悉从记忆深处而来，一个遥不可及的梦想，此刻就坐在我的对面。

这个梦想何时变得如此生动？我笑了。

他也在笑，不说话。

淮海路不好停车，我们离开餐厅以后，一起走了很长的路。

走过德赛洛舞厅旧址时，他在那家儿童用品商店前驻足，看见我默许的眼光，他停留了一会儿，沉思默想，还蹲下身，对着橱窗里的童装看了很久，大孩子般固执。橱窗的灯早熄了，黑暗中，他其实看不清什么，除了我与他在玻璃上的影子。

我们一路走去，就来到了长乐路。

清寒的空气，月光暗淡，玫瑰家老式的二层楼房剪影不清，梧桐叶尽的枝干，无言地伸向天空。我们有默契地快步走着，呼出的热气凝成白雾，在耳边飘散，脚下不平，偶尔踢到石子，却没有人慢下脚步。

忽地，眼前有什么小动物当街蹿过，我低低惊呼一声，脚步一顿，章子翔下意识地搂住我的肩。

夜色倏然静默，他的怀抱温热，他慢慢转过身，小心地合拢双臂，然后紧紧把我拥在怀中。他如此郑重地拥抱着我，头低下来，他的鬓发紧贴在我的耳边，他的领子散发着好闻的洗衣粉的香味，混合着他皮肤熟悉的气味。

我像一个布娃娃一样，垂着双臂，呆呆地被他紧抱着，膝盖有些颤抖。

过了许久，我也伸出双手环住他的脖颈，胆怯地把头埋入他的怀中。

天好冷，四下荒凉，万物枯槁。

最好的时光已然远去，旧日的人也如风飘云散，各自远去，在德赛洛这个旧梦中，我和章子翔是仅剩的两个人，还可以靠在一起，彼此取暖，别无选择。

虽然在这个可怕的世界中，我们都已不再是原来的我们。

我曾经动员玫瑰，来参加我们明年的第二届《德赛洛梦想之舞》大赛。

我致电跟她说："现在节目火了，如果你能来参赛且获奖，绝对比当年还风光。"

确实如此，星星和蜻蜓以一曲伦巴加牛仔舞，果然夺得了第一届大赛的冠军。因为节目的知名度，马上有经纪公司高价签了他们，他们俩如愿成了明星，不过又很快分别传出了绯闻，一个与当红的玉女歌星，一个与某声名狼藉的电影导演。

我与玫瑰说起这些八卦消息时，玫瑰在电话那头默然不语，实在不似她的性格。

我揶揄她说："玫瑰宝贝儿，你这个当年德赛洛的皇后，我亲自来请，都不肯出山啦？"

玫瑰的声音很奇怪："宝贝儿，其实是……我，怀孕了。"

"是这样啊，那要恭喜你了。"

玫瑰又不说话了，等她再说话时，我才意识到，她奇怪的声音是因为她正在哭："我不想要这个孩子了……"

她忽然大哭起来，呜呜咽咽的哭声撞击着我的耳膜。

"你慢慢说，别哭啊，发生什么了？"我问。

"……我实在是……实在是没有信心让这个孩子快乐，我没有信心做一个好妈妈，生活被我弄得已经一团糟，每天醒来，看见枕边的他，我都厌恶得要命……"

"你不是说，喜欢和他天天在一起，身旁有人依赖，很亲密，很平常，很安心。"

"不！我发现我选择了这个男人，其实让我更像我的妈妈了，你看看我和他，你再看看我父母现在的样子，多可怕啊……我天天照镜子，我怕我变得和我妈妈一样恶形恶状，将来我的孩子会和我一样痛苦，一辈子都毁了！"

我犹豫了一下，建议道："要不要我去看看你？"

玫瑰也犹豫了一会儿，然后对我说："宝贝儿，谢谢你，我现在这个样子，不想见人了。"

玫瑰还是没有来参加节目，但是，另一个意想不到的德赛洛故人，出现在第二届《德赛洛梦想之舞》的演播室里。

伊丽莎白。

那已经是 2001 年的初春，早上我开车去台里，风从车窗吹进来，已然渐暖，马路边的梧桐发出新芽，一片片如新花盛开。

又是一整天的录棚，今年上半年的第九到十二场初赛。台下观众即位，台上照例是我与男主持刘伟，依次请出一对对参赛者，先与他们寒暄，让他们向观众介绍自己。

第六对双人舞参赛选手在聚光灯下走上舞台，我机械地说了声"你们好……"，眼前走近的女子，让我几乎不相信自己的眼睛。她的头发剪短了，发梢微微卷曲，化了舞台浓妆，但我还是一眼认出了她。

她凝脂般玉白的肤色，端庄的眉眼，左眼角那颗痣被粉盖了些，但还是能看见。

她老了，虽然粗看不见皱纹，那颗痣在她微笑时，却常常折进肌肤里，泄露了她的年龄。她有些发胖了，在她喜欢的无袖旗袍式礼服下，腹部和腰肢的赘肉都已无法隐瞒，不过她的胳膊依然浑圆美丽，她的笑容依然高贵娴静，她的步态依然优雅。

我好像是有些走神了，刘伟在一旁哼哼哈哈帮我补台："这位美丽的女士，你的名字是……尹冬梅，尹女士，你能向观众朋友介绍一下你自己吗？"

"我是尹冬梅，在上海火车站售票处工作，业余爱好舞蹈。"

她的普通话，依然标准动听，语调悠扬。我惊讶到了极点，再细看，我的眼睛没有欺骗我，尹冬梅和伊丽莎白，确实是同一个人。

刘伟继续没话找话："你是一直在售票处工作？具体做什么呢？"

"售票员，我已经做了十几年了。"

十几年的火车站售票员，这就是含着金汤匙出生的伊丽莎白吗？

"啊，那买票的旅客太幸运了，有你这么漂亮的女士为他们服务。"

刘伟已经在瞎扯了，伊丽莎白矜持地笑笑，没有搭话。

我克制住愤怒，勉强笑着接上来搭话："你身边这位，就是你今天的舞伴吧，也请你为观众朋友介绍一下好吗？"

伊丽莎白侧身把始终站在她身后的男士让到前面来，大方地说："这位是我的爱人，罗建国，火车列车员。"

难道这就是她在吧台上曾说起的，只认识一百元票面的富家公子罗伯特吗？我又好气，又好笑。

"哦，那这位也是你人生的舞伴啦？"

我熟练地活跃气氛，顺势站得离两人近了一步，希望伊丽莎白能看清我。

伊丽莎白开心地笑了："是啊，我们结婚已经十年了，孩子都念小学了。"

"真是幸福的家庭啊，让我们一起祝福你们。"

我发觉伊丽莎白根本没认出我来。

刘伟又接上来说："祝福这对幸福的人生舞伴，那好，让我们看看他们俩今天的参赛舞蹈，是一曲伦巴，下面就请看他们的精彩表演。"

音乐起，光影变幻，我在角落里注视着尹冬梅夫妇和谐地翩然起舞，一对火车站的中年职工伉俪。

十年前和十年后，这才是最真切的事实。什么柠檬味的伏特加，什么从无忧虑的富足家庭，什么人世间精彩绝伦的生活。一个骗局，全是假的！

那天我没有和章子翔约晚餐，因为知道录棚的时间没个准。晚上，我一个人开车回家，心情烦闷，刚才吃的盒饭似乎早就消化干净了，我一头钻进屋里香餐厅，打算用食物来安慰自己。

我一下点了一煲蟹王粥、一份烧鹅、一份冰镇芥蓝，外加一份红豆沙，埋头大吃。一边吃，一边还在为伊丽莎白的事情而生气。

当我喝完第二碗粥的时候，忽然有人把我的空碗接过去，帮我盛粥，我一抬头，蓦地看见杰克无声无息地坐在我对面。

我吓得差点怪叫："大叔！你什么时候进来的，想吓死我啊！"

杰克拧着两道浓眉，看着我满桌的杯盘狼藉，坏笑着说："我可进来有好一会儿了，看见你吃得像饿死鬼一样，我怕你把我吃穷了，不敢吱声。"

我羞愧地把空盘子往边上推了推，支支吾吾地问："大叔，你不是去深圳办事了吗，什么时候回来的？"

杰克苦笑了一下："我回深圳办事是四个月前的事情了，那个夏夏夏的，你是不是希望大叔再也不回来了啊？"

我嗫嚅着，因为这个世界上唯独他，识破了我是杀死夏夏的元凶，唯独他知道，我是个借尸还魂的无耻家伙，为了回避他偶尔锐利的目光，我确实刻意地疏远他，并暗暗希望不要再遇见他。

杰克依然若无其事地跟我开玩笑："侄女的终身大事，可不能瞒着长辈的，你天天躲着大叔，是不是想赖了大叔的一顿喜酒啊？"

"大叔，你说什么呢！"

我抓起桌边的菜单，又作势打他。

杰克躲来躲去地嚷嚷："夏夏夏的，有了帅哥，就要谋杀大叔，你太没良心了啊！"

我停手，沉下脸正色道："谁说我要嫁人了？没有影子的事情，瞎说。"

杰克忽地柔声对我说："前两周，看见满街的广告牌上，你穿着鲸鱼骨的白纱礼服，还以为你就快出嫁了呢。"

我鼻子一酸，忍住心里的起伏："大叔，那是时装代言拍的照片，我不嫁人的，永远也不。"

杰克又意味深长地看着我，我就是受不了他这样的目光，好像什么都被他看穿。

我有些生气了，我不再是夏夏了，没错，我因此梦游，因此无法解释德赛洛的大火，因此无法与心爱的人共度哪怕一夜。可是，这不都是因循着你当初给我的告诫吗？你教我不要再相信任何人，不要再依赖任何人，你说让我的凶神来找到我，我做到了，多年以后，你却又嫌弃我不再是原来的夏夏。

大叔你怎么可以这样对我？这不公平。

我生着气，杰克看出来了，他一问我，我又不想说了。关于我自己是谁，这是个太敏感的问题，我不愿谈。

于是我说起了伊丽莎白，我愤愤地告诉杰克："你还记得以前天天坐在吧台前的伊丽莎白吗，那个富家千金？她今天来参加我们节目了。"

"哦。"

"她以前说的话，原来全都是骗我们的。"

"哦。"

"她其实一直是一个火车站的售票员！"

"哦。"

杰克的面无表情一定又是装出来故意气我的。

我抗议道："这么大的新闻，你不要只哦哦的，让我讲得很没有成就感。"

杰克说："我真的不是装的，这档子事我早就知道了，十三年前我坐火车离开上海，就是凑巧在她的售票窗口买的票。"

我没有退那张票，否则，我或许也正好能看见伊丽莎白的秘密，比今天的巧遇早十三年，真是天网恢恢，没有谎言是能够持续一辈子的。

"她骗了我们所有人，那么久！"

"这有什么不好呢？"杰克看着我气呼呼的样子，把手伸过来，揉乱了我的头发，"她当初讲了一个这么美丽的故事，我们相信了世界上还有这么完美的生活，想想就开心，她也有一刹那相信自己生活在这样完美的生活中，她也很开心，这不是很好吗？"

"可是，事实明明不是这样！"

"夏夏夏的，你只有这个时候，特别像以前的样子，较真得像个孩子。"

"嗯？"

"人不就是生活在自己的心中吗？你以为生活是怎样的，那就是怎样的。"

"就像爱是一种幻觉也没关系？"

"爱是幻觉吗？"

"我不知道。"

我摇摇头，垂下眼睛。

我不再指望完美的生活，也不再指望谁会永不背弃地爱我，只是，对于自己在意的人和事，我还是像夏夏一样较真，杰克是对的。

杰克忽然认真地对我说："夏夏，今天在这儿遇见你，我就不用再专程向你道别了。"

"你又要回深圳办事了吗？"

我觉出他话语中的异样。

"这一次，我回去了，就不再来了，过一两个月，我会把这里的房产也卖掉。"

"为什么？"

我觉得我的问话很多余。

"哦，我不打算推广我服装的内销品牌了，太累，还是老老实实做外贸订单的好，所以我不需要再来上海了。"

他的回答也很表面，他不打算推广内销品牌了，那个名叫"夏"的品牌。

这个夜晚，两个依然毫不相干的人，面对面坐在铺着方格台布的长桌两边，立式空调吃力地运转着，那也不能带来多少暖意。窗外深黑的天空中，星星又升了起来，在这城市高楼林立的逼仄空间里，暗淡得几乎看不清。

大叔，可不可以不要走？

不行。

大叔，你会回来的是吗？

是的，我会回来。

…………

夏夏，你要照顾好自己。

等你回来看我？

是的，等我回来看你。

…………

这一次，不会再有盼望，一切都已经不同了。

"打算什么时候走？"我镇定地问。

"一个月，或一个半月以后吧。"

杰克答，为了打破沉寂的氛围，他扯着嘴角，又对我怪模怪样地笑了笑。

看到他习惯性的表情，我更愀然，不知怎么的就脱口而出："都是我不好。"

"都是我不好，夏夏夏的。"杰克叹气说，"对有些人和事，我也总还是太较真了。"

这话又从何说起呢？

我们俩相对沉默了很久，这更像我们十几年前私下相处时的样子。我心如刀割，不知怎么言语，我无助地喃喃道："大叔，我想把婆婆接来一起住。"

"哦，最好不要，她在成都女儿家过得好好的，这么大年纪了，搬过来，能习惯吗？再说，你有很多时间陪着她吗？你天天到台里上班，她一个老人家自己待着，会很寂寞的，你有没有想过？"

杰克回答得太冷静。

我明白，是时候说再见了。

杰克绅士地为我披衣拉门，我们走入料峭的夜色中，各自在餐厅门口打开自己的车门，他跨进车里去的时候，大声地对我说："那个夏夏夏的，照顾好你自己啊！"

我在心中默默叫了声，大叔。

大叔，再见。

24.

《德赛洛梦想之舞》这档节目，为庄庸统领下的文艺频道带来了巨大的声誉和经济利益，也难免遭到另一批人的嫉恨。

这天早上，庄庸在他偌大的总监办公室里焦躁地走来走去，他的脸色极为难看，双眉紧锁："邓夏啊，形势好像很不乐观啊……要出大事了。"

"头儿，怎么了？"

"风雨欲来啊，风雨欲来。"

庄庸沉吟半晌，还是决定与我讨论他的"灾难"："昨天下班前台里召集了一个临时高层会议，传达了广电局的最新精神，说是自从制播分离以来，虽然各电视台节目更加丰富了，但是在市场化的进程中，必须严防领导干部的腐化，电视媒体毕竟是党的耳目喉舌，不能听凭个别领导拿来做私人的金钱交易，为所欲为。"

我安慰他说："这是例行的传达吧，局里对这类问题，不总是三令五申的嘛。"

庄庸摇头："这会议当然是无风不起浪的，台领导在传达的过程中，也指出，这是因为有证据确凿的举报信，反映到了局里，与我台的干部经济作风有关……最麻烦的是，会议结束以后，卢台特地找我谈话，谈了很久，饭也没有吃，他暗示我，似乎举报信就是冲着我来的，而且还有合作公司明确愿意出来指证……"

我意识到，问题果然严重了。

庄庸声音嘶哑地说完了最后一句话："……卢台拐弯抹角的意思是，希望我自己坦白问题，不要等上面查下来，这样至少我们还有一些主动权，他可以尽量帮我减轻处分。"

我的第一反应，这是一个圈套："不行，头儿，你千万不能自己坦白！要知道你作为频道总监，利用职权收受贿赂，这不是处分那么轻松的，开除党籍，撤职查办还算轻的，如果金额巨大，那是要坐牢的。"

庄庸虚弱地坐回自己的椅子上 .："早知道……早知道，这些银行卡不是好拿的，现在交给财务小卢作为小金库也太晚了，简直是欲盖弥彰，等于自己交代，这烫手的钱，现在该怎么办呢？"

他的目光落到了办公桌第一层上锁的抽屉，他似乎连打开看一眼的勇气也没有了，这些银行卡，他以往与我谈心时，曾无数次拿出来把玩，抚摸那些凹凸不平的表面，想象着把它们变成更大的房子、更富裕的生活，或者一档理想中最煽情的电视节目——

他曾意气风发说起过的，像《美国偶像》那样的，一档平民参与的大型选秀类节目，要有全国几大赛场的海选，一步一步你死我活的淘汰，全体老百姓都可以参与投票，追捧平民英雄，还要有现场直播。

什么都没有实现，先成了灾祸。

我尽量让自己的声音保持平静有力："庄头儿，你要冷静，其实这些事情，并不一定都曝光了——我们先想一想，如果说有人写举报信，那个人会是谁，他知道多少，从哪里知道的？如果说真的有公司愿意出头做证，又是哪家公司最有嫌疑？我们必须判断出，对手知道了多少，才能想出怎么应对。"

谁写的举报信，自然不用猜了，除了我们的宿敌付大嘴，谁最擅长第一时间抓住我们的漏洞与差错，谁又会有这样的深仇大恨，花精力搜集我们的每一个细小的罪证，甚至处心积虑地拉拢了不知哪家公司，愿意出头做证？

那么付大嘴究竟知道多少呢，他又是从哪个途径获得情报的？这就实在不得而知了。至少不会是我们的合作公司主动行了贿，又巴巴地到他这个不相干的新闻频道副总监面前去哭诉喊冤吧。

推测的思路断了。

下一步，只好逆向推测，把送过银行卡和现金的客户，都一一做一个排列，猜测我们频道的哪一家合作公司有可能心生不满，被付大嘴拉拢去做证人。

我和庄庸都明白，其实谁会做证，这才是关键所在，如果没有一个靠得住的证人或者一份实实在在的证据，为了私人恩怨编造出来的举报信多了去了，局里哪儿能一有空穴来风，便下达文件彻查，卢台长也不会特意找庄庸谈话，透露天机。

仅这不知底细的一家合作公司的证词，就足以让整个文艺频道船翻桅倒，庄庸在电视台九年勤恳奋斗，加上天时地利人和，好不容易赢得的总监宝座，一朝崩塌，且恐有牢狱之灾，我的保护伞就此不存，而付大嘴自然是终于笑歪了嘴巴。

但是，哪家公司竟然会和与自己的项目休戚相关、节目赖以生存的文艺频道过不去呢？

我也紧张，心绪混乱中，心存侥幸地对庄庸说："头儿，会不会是卢台空口说这话，诈你坦白的？"

庄庸低喊道："这怎么可能嘛，他这个副台长和现任台长各拥一派势力，相互制衡，台长是当年从新闻中心升上去的，新闻频道是他的地盘，而我们文艺频道，都是卢台这边的人，他怎么可能自毁长城呢！"

是啊，想想也不可能，而且自付大嘴上一回报复心切，向宣传部举报月亮自杀事件以来，差点让卢台麾下的文艺频道面临断臂之灾，卢台早就不把他当自己人了，而付大嘴也见风转舵，投入了势力更强大的台长一派，反正他本来就是新闻频道的副总监。这种敌我关系之下，卢台又怎么可能帮着付大嘴来诈庄庸就范呢？

庄庸忽然皱眉看着我，欲言又止。

我知道他想到了谁，不得不立马阻止他这种愚蠢的怀疑："庄头儿，我们现在要冷静，不是意气用事的时候！"

是庄庸自己对章子翔心存敌意，章子翔事业感情两相顺意，哪里会生出什么恶意来。

"那你说谁最有可能？"庄庸问我。

我答："只有看看谁跟新闻频道本来就有业务联系，最近又有走近的趋势。"

付大嘴诱惑我们的合作者反水，他能用的资源不过是他手里的频道。

庄庸一拍脑袋，猛地叫道："晶晶饮品！"

是了，我们最近都听说了，晶晶饮品除了我们这儿的节目以外，下半年还将在唯一不等着合作公司掏钱做节目，公关门槛最高的新闻频道承包下一档叫《市场与消费》的日播节目。事实上，晶晶饮品多年来一直在新闻节目前后的黄金时段投入大量广告，去年就觊觎着与新闻频道合作做节目，只可惜那个频道自有台里额外的经费，对内容控制得极严格，放出来合作的节目寥寥无几，还未来得及与任何社会公司谈，就一股脑，被台领导和频道领导自家的亲戚们占去了。

现如今，晶晶饮品居然能力排皇亲国戚，破天荒与之合作了一档日播的节目，还是每天新闻之后珍贵的十分钟，还是这么讨巧的主题，不能不说，是有点诡异。

再回想他们公司的那位欧总，消息何其灵通，而且如此擅长审时度势，反应机敏，光看他去年在波普花园与庄庸谈合作，先是主动表示接受所有不平等原则，趁此提出降低合作条件，有许诺高薪聘请庄庸为节目顾问在前，又有暗递的五十万银行卡在后，一切只发生在一餐间，便搞得庄庸心里的天平完全倾斜——这样的人物，实在太有可能成为那个反戈一击的做证者了！

事件中那张要命的牌，似乎被我们猜到了，这反而让庄庸更是一身冷汗。这加倍肯定了卢台泄露的消息，果然确有其事，而且最糟糕的是，庄庸确实收下了这五十万的银行卡，他们的交易完全是个事实。

庄庸看着我，我看着他，我们面面相觑。

庄庸这回连感慨"无奈"的情绪也没有了，他心急火燎地直接问我："怎么办？"

我也不知道怎么办，知道就好了。

庄庸沉默了很久，手机和座机反复响了多次，他一概不理。最后，他面色苍白，用他满是血丝的眼睛信赖地望定我，像多年前那种久违的神情，他吩咐我："邓夏啊，你帮我先去卢台那里走一次，打听一下做证的那家公司是不是跟我们想的相符，再探探他的口风，看他还能不能帮我们斡旋一下。"

他终于还是需要我替他与卢台沟通，像以前他还没有升任总监，不谙官场规则时那样，我却并没有因此沾沾自喜，相反，我是真的替他担忧。

我不希望他有事，不希望他稍稍顺利的人生又遭遇更大的磨难，我的忧虑完全不比他自己的少。

卢存义没有接受我吃饭的邀请，这是意料中的，按他多年谨慎的习惯，他当然不可能单独与女同事共进晚餐。

不过他也料到，我是为了庄庸的事情而来，所以在办公室接见我的时候，他好歹没有把门大开着以示避嫌，也算对我特殊照顾了。

"小邓，你跟你们庄头儿跟得很紧啊。"

卢存义还是这么句话，看来我可以立忠义牌坊了。

"这还不都是为了紧跟领导您嘛，卢台。"

我赶紧表示这两相并不冲突。

"好啊好啊，"卢存义满意地笑着，随即明知故问，"那么，小邓，你这次来找我谈心，是什么事情呢？"

我心里想，难怪有的人天生能做领导，有的人天生不行，要说始终能耐着性子装糊涂，一般人还真的没这种修为。我为庄庸面临的困境，心急如焚，此刻也顾不得很多，决定主动有事说事了："听说最近，局里要调查我们台领导干部的经济问题，您找庄头儿谈话以后，他一直心里不踏实，担心说，怕是有人造谣生事，您对他就此有了误会。"

卢存义哈哈一笑："你们庄头儿跟你倒是无话不谈。"

我正色说："哪里，领导们的事情，我们这些卖苦力的，平时哪儿有机会知道一星半点？只不过这一次的情况特殊，他觉得不方便自己来找您撇清，所以让我向您解释一下。"

卢存义对我坦率而知分寸的态度，显然很认可，但是他似乎对这种说法并不赞同。他清了清嗓子，这是他在说一些真正有内容的话时，习惯性的表现："什么撇清不撇清的，真凭实据在眼前，他再撇清也没用。"

刚点到题，他就闭口不言了。

我忙七拐八绕地想套出更多内容来："如果有人写封举报信，那也算不得什么真凭实据，除非有人拿出一张庄头儿手写的收条，或者有人亲自站出来说，我行贿了！谁会这么傻，行贿也是有罪的嘛。"

卢存义并没有接我的话茬，他只是重复他跟庄庸说过的话，想必是希望我传给庄庸："既然有了问题，自己坦白，总比上面派人下来调查要好看些。"

他似乎言尽于此。

我不甘心，干脆把这难堪的事，摊开来讲："卢台，如果您让庄头儿自己坦白，那就是一定有问题了，上面派人来调查，虽然尴尬，最终却也不一定有问题。文艺频道到底是您的根据地，庄庸到底是您的老部下，无论如何，您都得帮一把啊！"

卢存义没想到我会说得这么直接，他沉默了。

我也沉默，坐在他对面，看着他。

他以为我会打破冷场，说一些别的话题，良久，他终于明白，我是决意坚持要得到一个回答了。他点点头，还是笑眯眯地开了口："小邓，你不错啊，你们庄头儿有你做帮手，有福气了。"

我还是瞪着他，执拗地等着他表态，好在他也总算决定再多透露一些："不过他的问题恐怕逃不掉了，有公司业务员指证，你们频道有领导在承诺节目合作时，主动向他索要私人的好处费，你自己判断吧。"

公司业务员？我心中暗暗冷笑，到底总经理什么的，不会自己出来承认行贿的事，怕万一惹祸上身，所以拿个业务员来搪塞。至于指证我们频道的"领导"，这一招倒也聪明，既不指名道姓地得罪人，命中的目标又很明确，因为文艺频道除了一位已经快到退休年龄，原来担任中心副主任的副总监，就是如日中天的总监庄庸了，谁有实权，人人都看得见。

我假装天真地问："这家公司要是指证了文艺频道的领导，他们多半已经在新闻中心找到后路了吧？"

卢存义明白，我还在继续套他的话，他笑道："这我就不能再多说了。"

他已经把答案告诉了我。

"这件事，还可不可能压得住？"

我问卢存义。

卢存义轻轻摇头。

"我们自己找这家公司斡旋，肯定是不行的了，如果您能说服台长，给新闻中心发个话，让他们放一马……我知道这让您很为难，可是庄庸一旦出事，您脸上无光，台长在局里不也一样很丢面子？庄庸一倒，整个文艺频道群龙无首，眼下的好形势必定一落千丈。虽然是您的势力受损，但整个台里经济收入的损失，台长他难道一点不关心吗？"

我殚精竭虑地说了一大堆，卢存义哼哼哈哈地听着。

最后，他看我也说累了，也许是同情我这么着急吧，他总算又说了几句实质性的话，与其说是阐明形势，不如说是想好心给我上一课："小邓，你很聪明，不过到底还是太天真，要不是你们频道最近形势这么好，这件事情想压住也不难，就是因为形势太好，我不自断臂膀，这件事不会完。"

我想一想自己说的话，也觉荒唐，那一派本来就是利用局里的力量来清除异己，又怎么会考虑整体利益呢？这世道，集体主义精神只会服务于派别斗争，我这是急糊涂了。可是，庄庸的困境难道真的无药可解了吗？

我满脸愁云，卢存义却依然一张面具般的笑脸，他对我说："小邓，你脸色不大好，回去休息一下，改天我再找你好好聊。"

我只当这是一道逐客令，起身告退。

走到门口，卢存义又特意叫住我："小邓，你不是挺喜欢和你瑛姐一起去逛街的吗？你有空就去找她，让她陪你说说话，开解一下你。"

我当然懂得找瑛姐要做些什么，只是卢存义这个时候让我去，难道是他还有别的途径可以帮庄庸脱身？他特别说到"让她陪你说说话，开解一下你"，又是什么意思，难道瑛姐还会告诉我一些卢存义不方便直说的秘密？

不巧的是，瑛姐所在的物业公司最近也有一些纠纷，她似乎忙乱得很，接电话很热情，约见却要一周后才有时间。

这一周的时间里，我心急如焚，苦于无计可施，只好干等着。

我只告诉了庄庸打探到的一干情况，包括指证不知名领导的所谓业务员，和基本已经确认的晶晶饮品公司。至于卢存义表态说，不断臂，不得脱，我没敢透露给庄庸，怕他更加崩溃。

庄庸终日神思恍惚，脸上再也不见笑容，一双眼睛被越来越多的红血丝占满，脸色越发青白，他要是找我去办公室，也不再像往常一样滔滔不绝，似乎只是想我陪他坐一会儿，在这场暴风雨前夕的静默中，他似乎什么话都已不想再说。

看着他一天比一天憔悴，一天比一天更焦虑不安，我觉得很心疼。我的脸上，这些日子也少见笑容，不自觉地便眉头紧锁，章子翔觉察到了我的情绪有异。

这一天，他与我一起在红房子吃晚餐，我显然是吃着吃着就走了神，举着刀叉发呆。

他拿过我面前的盘子，帮我把牛排一块块切好，再放回我面前，然后轻声对我说："夏夏，如果你觉得工作压力太大，我们结婚以后，你可以辞职，安心在家里做太太，你的工作确实太累了。"

章子翔就是这点可爱，他从不像庄庸那样，用一个大男人超强的控制欲对我刨根问底，他也不是有意放任我，他只是像个孩子一样，确信自己完完全全地了解我。我正想着，忽然意识到，他说了"结婚之后"什么的，我一惊，完全回过神来。

我看着他的表情、他的眼神极认真，我低呼："我们什么时候说要结婚了？！"

这时候，轮到章子翔露出极为惊讶的神情了。

也是，我们这一对年貌相当的单身男女，同进同出大半年，被大家公认为璧人一双。他一个大好青年，如今又事业腾达，完全配得上我。我们像所有的恋人那样约会，感情融洽，交流顺利，我们如果不是在往婚姻的方向前进，那又是在忙什么呢？

我无话可说。

冷场了一会儿，章子翔吞吞吐吐地又开了口："你要是嫌我学历不如你，我可以去考一个专升本，或者干脆直接去念个工商管理硕士，你看好不好？"

我哭笑不得："谁说我嫌你学历低了？"

章子翔赧然地坦白："我妈妈说，我的学历不如你，只是一个大专生，怕你到时候会有顾虑。"

我琢磨着，翔子当时高考失利，恐怕一直是他父母的一个心结，我失笑："学历有什么要紧的。"

章子翔高兴起来，手舞足蹈地描绘道："我们可以在郊外买一栋大房子，环境安静空气又好，你能够好好休养一阵。你以前喜欢看电影，我们可以装一套家庭影院，多买些碟，你每天看。等过些年你觉得闷了，还可以再出来工作……"

我问："我们可以分房间睡吗？"

他严肃思考了一会儿，然后说："其实国外的观点认为，这样反而有益于维护感情。"

我服了他了。

奇怪，我觉得我们就像两个孩子，在办家家酒，很不真实的感觉。我们将要结婚，这个设想显得如此荒唐。

此时，当我们俩第一次论及婚姻，这个看来水到渠成的话题，我方才意识到，我们虽然如恋人般形影相随了这么久，但在我心中，其实离他很远。

而比婚姻更让我难以接受的设想是，辞职——我很难想象，如果我从此以后，不能再天天早上接到庄庸的电话，不能再天天亲眼见他究竟是快乐还是烦恼，不用再因为他的悲喜而心情跌宕，那我的生活将会是怎样的呢？

终于等到了瑛姐的大驾接见，我早早地就开车去她公司门口相迎。

待购物完毕之后，瑛姐主动提出，和我再找地方坐坐，我意外地问："您今天不回家陪女儿吃晚餐，要紧吗？"

瑛姐爽利地答道："老卢说，他今天回家顶我的班，放我一天假！"

我想，他果然是有话要我说，特意请夫人出马，不知是什么意思。

我们在伊势丹附近找了一家日式料理店，瑛姐高高兴兴地坐下来，话题开始直奔我的婚姻大事："小邓，瑛姐也是女人，知道女人啊，这辈子最要紧的就是找个靠得住的男人一起过。瑛姐看你也到了该结婚的年龄了，你有没有对象啊，要不要瑛姐我给你介绍啊？"

我琢磨着，我眼巴巴地苦等了一周多，卢台长暗示的让瑛姐陪我说说话，不会指的就是要给我这个大龄女青年介绍对象吧！

"不过嘛，我们物业公司好小伙子虽然多，但就是档次太低，怕配不上你……听说，你最近有个男朋友，人长得帅，年纪轻轻就是个总经理了，生意还做得特别大，跟你们频道也合作，是有这么个人吧？他叫什么来着，告诉瑛姐。"

瑛姐话锋一转，又打探起我的私生活了。

我只好答："他叫章子翔。"

"哦！真有这么个人啊，你怎么一直瞒着你瑛姐呢！"瑛姐大惊小怪地一拍大腿，悄声问我，"你们是不是快办事啦？他跟你求婚了没？"

她问得可真是时候，我只能点头。

瑛姐咋咋呼呼地要喝喜酒："你们要结婚，就抓紧办吧，瑛姐等着喜帖呢！最近你们单位出了那么多乱七八糟的事情，也算是冲冲喜！要我说啊，男朋友还是不在一个单位的好，要不然白天也看见，晚上也看见，一点新鲜感也没有了。"

我算是听出一些味道来了，在此微妙时刻，卢台是想知道，我和庄庸的关系究竟有多深。瑛姐的满面笑容中，唯一不笑的那双眼睛，看透一切般在我脸上扫来扫去，我忽然对庄庸的命运有了一种不祥的预感。

瑛姐还在继续发挥她群众工作的天赋："你们单位里的事情啊，就是复杂——不过单位都一样，有人的地方就有麻烦，就像我们公司这些天也是的，业主来投诉，业主委员会也出面了，说要么辞退那个态度恶劣的部门经理，要么就换了我们物业公司。我是两边好话说尽啊，就是没用，唉。"

瑛姐推心置腹地看着我，旁敲侧击："我们都是女人，心肠软，总希望你好我好大家好，可是大部分时候，事情是不能两全的。就像我，狠狠心，闭一下眼，让那个部门经理走人，反正也不是我害的他，要不然，事情真的闹大了，连我自己也被拖下水。"

我应和道："您这做法是对的，反正之前也调解过，算是仁至义尽了。"

瑛姐重重点头，说："对啊，小邓你能这么想就好！其实说到底，我们这种物业公司的副总经理，说是个官吧，也没什么大前景，不像你们电视台，一旦升上去，前途将不得了。老卢就常常在我面前夸你，说你业务能力强，人又忠心，将来文艺频道要靠你挑大梁！在这个节骨眼上，你的脑子一定要想清楚啊。"

我连连摆手："我哪儿有这么大的能耐，卢台这是鼓励我呢。"

"不是鼓励，小邓，是对你期望很高。你们台里也不是没这样的惯例，像少儿频道，一上来缺人，升了一个年轻的制片人管着整个频道，因为资历不够，所以职位是副总监，做的其实就是总监的工作，上面总监轮空着……"

我的脑袋一时间嗡嗡作响，在她要暗示我的局面中，庄庸事实上已经不存在了，他们已经决定放弃他。而在这个重大牺牲以后，他们显然是指望我，在非常时期挑起重担，代替庄庸，成为他们的直属亲信和左膀右臂。

在决定断掉庄庸这条臂膀以达成与另一派平衡的同时，卢存义当然是绝对不希望他掌握的文艺频道，被付大嘴这个叛徒占据总监的位置，就此成为另一派的囊中之物。而那一派基于平衡的考虑，估计也不会在这一任命上强他所难，这也是付大嘴处心积虑张罗举报所没有考虑到的，他也不过是一颗棋子而已。

所以，卢存义需要我，他现在也只有我。这也是他一周前为什么说，改天要再找我"好好聊"，当然这是在他让瑛姐"开解一下"我以后。他还吃不准我会不会死心眼，死抱住庄庸这条必断的臂膀不放。

怎么会是这样的？

我最有利的事业发展契机，怎么竟和庄庸的彻底毁灭画上等号？！命运太捉弄人。

我的心极乱，第一次，有我计划之外的美妙前景在向我招手。频道副总监，要知道，台里还没有一个女频道副总监呢，我从未想过走上仕途，坐拥一方，那是何等诱人。

送瑛姐回家时，她不着痕迹地叮嘱我："你要是准备结婚，要置办些什么，干脆就趁最近好好花时间去办，工作是做不完的，不要每天一门心思钻在办公室里，眼不见心不烦。听瑛姐的，先把自己的事情办妥了，以后工作忙起来，你还不一定有时间办呢。"

我照例帮瑛姐把烟酒提上楼，送她到门口，她利落地与我道别："小邓，你私人的事情，需要瑛姐帮忙的地方，不要客气，随时打电话给我，瑛姐到底比你年岁大些，有经验。"

我看着她发福的身影，蝴蝶一样地进门去，心中对她有一种说不出的钦佩。这个女人俗到了极致，她永远清楚自己该说什么、该做什么、该要什么，没有丝毫犹疑矫饰、半推半就，也真是做人做到了极致。

我预感到，我和她，要么将成为最亲近的合作者，要么将永不相见。

我没法面对庄庸的眼睛，他惴惴惶惶，我则不知何以自处。

我听到他在打电话给律师，询问关于领导干部受贿的种种法律法规，他依然在挣扎。有时候，他也跟我讨论一些细节，只是，如果事实确认是他所为，怎么折腾都是白费力气。真的到广电局的纪委那儿，也就是撤职查办之后究竟入狱多少年的问题了。

他咨询律师所得的结果是，受贿五十万，判十五年。

听到这个结论，我惊痛不已。这个男人，将就此完全被毁了。

我很后悔，为什么不早点像瑛姐说的那样，离办公室远远的，至少眼不见心不烦。但是，这由得我选吗？庄庸的一切，我怎么可能不知道，又怎么可能不关心？

鬼使神差地，我找出了《德赛洛梦想之舞》第一期比赛前夕遴选参赛者的带子，我找到了最初月亮与星星共舞的那一段。

那个有着一双黑眼睛的羞怯女孩，在那个俏皮可爱的男生怀中，轻轻旋转。他们跳的是一曲华尔兹，因为只是留档案用的，现场没有专门录音，听不清什么音乐，只能从他们的脚步中感受到旋律的和谐，一二三，一二三。

月亮的长发束起，随着舞步一次次荡漾开来，像缎子一样闪闪发亮。星星一直在笑，环着月亮，望着她的眼睛，像一个真正的王子，何等青春美好。

只数月间，共舞的一对爱侣，一个惨死，一个脱胎换骨成了明星。这两个人中间，命运究竟对谁更残忍一些呢？

25.

转眼又是五一长假，我在公寓里蛰伏了七天，谁也不见。

刚一上班，章子翔就忍耐不住，打来电话："夏夏，你闭关结束了吧？"

"唉，想继续一个人待着也不行了，开工了，你长假过得好吗？"

"我一个人闲得发慌，爸爸妈妈天天在耳边唠叨。"

"哦，真是可怜的孩子。"我安慰他。

他突然问："夏夏，你是不是在生我的气啊？"

"没有啊。"

"那么今天晚上，我接你到我家吃饭吧，我爸爸妈妈说想见见你，我妈妈还特意为我们订了一对订婚戒指，急着要送给你。"

我明白了，我说长假要一个人静一静，章子翔肯定是以为，我是因为他最近没有进一步筹办婚事的动作而生气了。或者，是他的父母这么为他分析的。于是就有了今晚的父母见面，外加赠送订婚戒指——订婚戒指居然由她妈妈送给我，这求婚方式倒也新鲜。

不过我心里确实也不计较，我们的一切都发展得太顺理成章了。

我想起瑛姐说的"你要是准备结婚，要置办些什么，干脆就趁最近好好花时间去办，工作是做不完的"，我想，不管怎样，这也许也是放松心情的一条途径吧，再说，事情发展到这个地步，推辞似乎也不妥。

于是我说："好吧。"

"那说定了啊。"

我忽然想起来："今天我开车来的，我的车怎么办，要不我先开回去？"

"好啊，那我去你家接你，七点，怎么样？你们下班总会拖一点时间的。"

"就七点。"

我觉得好笑，我们总能像老夫老妻一样，注意力集中在周到琐碎的安排中，丝毫不像恋人般随兴冲动，也许这就是生活的真面貌吧。

五点半下班，上班第一天，没琐事让我延后，开车回到家，才六点。我忽然想到，第一次去他家见他父母，应该买些东西带过去，就下楼步行到小区门外的大沽路，在商店里买了两瓶五粮液，顺便在水果摊买了些山竹和甜橙。然后我回到公寓，洗了个脸，换下香奈儿的套装，选了麦丝玛拉的米色衬衣和咖啡色裤装，又重新化了淡妆。

时间七点差一刻，我站在客厅的落地玻璃窗前，俯视上海的交通高峰景象，静等章子翔的到来。我不由得又琐碎地想到，这个时候正在堵车，章子翔能准时到吗？我们再去他家，一路堵车，开饭会不会太晚？

七点差十分，门铃响了，我过去开门，一步跨进门里来的，竟然是庄庸。

他似乎是怕我不让他进，我刚把门拉开一条缝，他就推门径直走了进来，在我客厅的餐桌前拉开椅子，坐下来了。

今天白天他并没有与我照面，一周不见，他眼角的皱纹更深了，眼神执拗而坚硬，炯炯地看着我。他见我刚才开门时的惊讶与一身端正的打扮，便冷冷地说："哦？你在等人吗？"

我刚要点头答话，他又打断了我："别人来得，我就来不得吗？今天，你陪我吃顿晚饭吧，就在这里。"

我看他带来放在桌上的两包东西，是大瓶的冰冻可乐、方便面和火腿肠。我背过身去给章子翔打电话，他已经在路上了。我简单解释了一下说单位有急事，实在不能去了。他说家里饭菜都做好了，就等我们了，他还要说下去，我只得一声抱歉，匆匆挂断电话。

庄庸问我要了杯了倒可乐，我到饮水机那儿泡方便面，两人各怀心思，谁也不知从何说起，直到方便面的盖子再次掀开，热腾腾的面上焐着剥了皮的火腿肠，熟悉的香味扑面而来，这曾是我们在机房熬通宵，吃夜宵的至尊美味。

我们俩对坐埋头吃面，这些年多少应酬大餐吃下来，还是这方便面最香。

庄庸忽然叹道："邓夏啊，我们一路走过来，也有很多年了。"

"七年了，头儿。"我答。

我稍后才知道，他说这句话，却不是为了缅怀我们过去的岁月。

"这么些年，邓夏，你为我出了多少力，我清楚，我带着你一步步往上走，你应该也明白，你有今天，我有今天，都不容易啊。现在我是真的遇到麻烦了，我相信你也懂，一旦我不在这个位置上，你的事业也不会有过去那么顺。"

我一直了解庄庸的自负，他喜欢以我的保护者自居，不过他实在是想错了。我不忍伤害他，还是颔首认可。

于是他接着往下说："我要是下去了，付大嘴他们也一定不会放过你，卢台要是保不住我，他一样保不住你，那时候你的日子也不会好过，我想你应该能预料到吧。"

我心里叹息，面上却还是连连点头。

他把前奏做足了，然后转入正题："我详细咨询过律师了，如果是领导干部利用职权收受贿赂，那是刑事的罪名，但是，如果是一个普通职工，向合作公司拿一些劳务费，顶多也就是一个内部处分。现在我并不是没有希望脱身，就要看你愿不愿意帮我了——"

说到这里，庄庸的声音有些虚弱，他故意不看我的眼睛："你，可以到卢台那里去说明，就说是你跟晶晶饮品公司的业务员要劳务费，因为在他们和我谈节目合作时，你帮他们做了些联络工作。我把五十万给你，你把这钱退回去，再写个检讨……我都帮你考虑过了，你虽说是制片人，但你不管晶晶饮品那档节目，算不得利用职权，你的级别也根本没到需要广电局纪委审查的份上，你不会有事的。"

身体里的血凝固了，我呆坐当场。

这就是这么多日子以来，庄庸想出的脱身之计吗？当我静静陪着他，坐在他的办公室里，看着他长吁短叹，来回踱步，或是一个个电话打给不同的律师和法律专家的时候。

我面前的这个男人，我曾轻轻抚摸过的这张脸，我熟悉的每一道皱纹，我曾迷失在其中的那双深邃的眼睛，无数个夜晚，我曾渴念着想亲近的，他的身体，他的气味，他的凝视，他的笑，他的吻。

我以为我会哭，或者歇斯底里地大喊大叫，但是没有，我以自己不能相信的理智态度，反问他："头儿，你以为我这样说，卢台就会相信吗？"

"但凡我能有一线生机，我相信卢台还是会尽力保住我们文艺频道的利益。"

庄庸回答得很流利，显然来找我之前，他已经想得非常充分。

我的心里有一个声音在讥诮地发言，庄庸你没想到吧，卢台确实会尽力保住文艺频道的利益，但是这并不代表他会保住你！

另一个声音却在悲伤地不断诘问，为什么，为什么你竟会想要拿我顶罪？

庄庸看我不言，以为我在顾虑这么做究竟会对自己产生什么不良的后果，于是他急着向我许诺："你放心，你写完检讨交上来之后，我会去跟卢台说，频道节目制作少不了你，你顶多是象征性地停职反省一段时间，最多几个月，我就会把你原来的职位和权力都还给你。当然，你的公众形象难免会受一点影响，但是我今后会想办法补偿你的。只要我在这个位子上，你想要什么都可以……"

原来他已经全都设想好了，我不再愤怒，只觉得心如死灰。我看着他，看着他，看着他。

"……但是我一旦不在这个位子上了，你的将来就更没有保障了。"

是这样的吗？

我脸上的表情让他感觉受到了威胁，他以为我一定会同意吗？他以为我一定会按他吩咐的去做吗？就像以往一贯的那样。

他的神情也针锋相对起来，我感觉到他生气了，但是他的语调更冷静平缓："要是我出事了，对你有什么好处呢？我要交代问题，当然是把所有问题都交代了，包括你的章总给我的银行卡，一样会交出去，到时候他也脱不了干系，你们《德赛洛》这个节目到时候也很难再做下去。"

他说到"你的章总"时，加重了语气，他的眼神开始锋利地在我脸上盘桓，试图验证出我的慌乱。

"当然你们也可以好好做节目，好好发财，好好结婚，我不会妨碍你们两个，只要我在这个位子上，我还可以继续全力帮你们。"

眼前的庄庸变得太陌生，甚至可怕，我觉得自己仿佛陷入了一场噩梦中，我真的希望我是在做一个噩梦，忽然被他早上例行的电话唤醒，然后睡眼惺忪地起床、装扮，急匆匆开车去台里，见到一个原来的他。

庄庸开始紧张，我的反应不在他预想的脚本中，在感觉失控的时候，他的脸色变得越发青白，但他还是勉力要显出控制一切的架势。

他熟门熟路地来到电视柜前，从下面隐蔽的柜子里，拿了我的黑莓伏特加过来，对着瓶子喝了一大口，然后递给我。

我接过来，也喝了一大口。

他逼问我："怎么样？"

我深吸一口气，平静地回答："好吧，我会帮你揽下这件事。"

庄庸的心中此刻五味杂陈。

面前这个女孩，这么多年跟他玩着捉迷藏的游戏，他累了，说到底，他如今已经失去了得到她的兴趣，剩下的唯有不甘。现在她愿意做出牺牲，为自己顶罪，挡过大祸一桩，他总算可以心态平衡地觉得，七年来在她身上投入的时间和感情算是勉强收回来了。

只是，她最终同意顶罪，却是在自己使出了"章子翔"这个撒手锏之后，这又令他感觉分外不甘。

他们的情分，也算是到此为止了。她在意的人，自己早已经排不上号。

我知道庄庸在想些什么，他脸上的不忿，我看在眼里。

他错了，我答应替他顶罪，并不是因为他拿章子翔来威胁我。

我面前的这个男人，当他对我说出最残忍的话时，当他决意把我推出去，维护他自己的安危时，我方才明白，原来我心里，竟然是如此在意他。

七年来，我并不是独自生活的，我的心并非空白。

在婆婆离开以后，在杰克、翔子和玫瑰远离之后，在德赛洛毁于大火之后，是他，走入了我孤单的世界。在 1994 年的那个初夏，在昏暗破旧的大办公室里，他挥舞着手臂，跟我谈论着一个电视人需要的激情与想象力，他的瞳孔里有整个盛夏的葱茏。

是他，与我朝夕相处，在机房熬过了无数不眠之夜，走过了电视台风云变幻中的一次次坎坷。不知不觉中，他已成为我生命中最重要的人了。他是我的父亲、我深爱的男人、我至亲的人，他已成为我的一部分，难以割舍。

我终于了解了自己的心意，这么多年来，我如此依赖自己的这份工作，只当排解寂寞地日日夜夜滞留在办公室里，其实都是因为对他的依恋啊。他高而微驼的身影，他没完没了的工作要求，他有事没事的召见，他矫情的忧愁，他那不与时间一同老去的深邃眼眸，总让我贪婪地想多流连一会儿。每天只要看见他，就让我觉得安心。

我早就视他如己，甚至，他可以比我自己还重要，虽然我一直在极力否认这一点，并且想出各种理智的借口，来衡量自己曾为他做的种种，归结为我这完全是在为自己着想。

是的，我一直害怕承认自己对他的依赖，对他的信任，对他的爱。然而，直至今日，我不得不承认，我爱他至深。

我宁愿舍弃一切，也不忍心他有任何差池。

得到了满意的答复，庄庸并没有就此离开。我们对坐在二十七楼的客厅里，黑莓伏特加的酒瓶，在我们之间传递，我们默默喝酒，烈酒伤人，仿佛有些话还没有说完。

当酒瓶被他再次拿过去，他仰脖，瓶子已然空了。他醒觉，笑笑，忽然说："无奈啊……邓夏，你看这个官场，就是这样，我也是实在没有办法了。"

这个时候，他总算又有情绪，半真半假地感慨"无奈"了。

我粲然一笑。

他陷入了熟悉的情境中，也许刚想多发一些牢骚，蓦然想起，与我这个老听众的关系已经在刚才一席赤裸裸的谈话中彻底改变了。他尴尬地停下，看了看表，起身道："时间不早了，我也该走了。"

我不言，依然微笑着，静静站起身来，向他走过去，把他紧紧地拥在怀中。

我吻他的脸颊，他的胡子今天又忘了刮，刺刺的，很扎人；我吻他的额头，他的额头冰凉；我吻他的唇，谁让他说了伤人的话；我轻轻咬他，他回吻我，猛烈炽热。我抚弄他的硬发，他搜寻我腰线的曲折，逶迤而下，我解开他衬衫的扣子，一个个，狠狠地，我又闻到了他身上灰沙、海水，混杂着电视台大楼的气味。

酒意如海浪汹涌袭来，及近，又温柔地把我们两人卷入高渺的旋涡，世界沉没。

然后，他熟睡了，他英俊而又开始衰老的脸，从月色中浮出来，他依然习惯性地微微皱着眉毛，像受了委屈的孩子，让我丝丝缕缕地感觉心疼。

我在心里跟他说，对不起，是我不好。

在这么长的岁月中，是我始终以另一种面貌伪装自己，是我从来不准许自己真心全心地待你，是我，把我们之间的爱情毁了啊。

　　早晨，庄庸醒来，他的眼神先是迷茫，一时间不能确定自己在哪里，似曾相识的卧室，丝绸的床褥。

　　他转头看见了依偎在身边的女孩，随即想起昨晚发生的种种，他胁迫她同意替他顶罪，然后他们居然同床共枕，他感到心中升起莫名其妙的警惕和恐惧。

　　那个女孩温情脉脉地注视着他，双手还环着他，比他早醒，抑或是根本没睡着，就这么看着他？他更慌乱，窘迫地想要拿开她的手，起身穿衣，她却轻轻按住了他。

　　她调皮地用纤细的手指，在他赤裸的背上写字——

　　一竖连着一横，一个圆圈，斜下一道再弯折向上，然后是·个半圆加一个钩。

　　什么意思？

　　他管不了这么多了，耐着性子等她写完，赶紧起床。一边穿衣服的时候，他一边庆幸地想，这个女孩知道他太多的秘密，还好她答应了代替他去认罪，否则，她永远手握着他受贿的事实，未尝不是一个祸害。

　　我看着庄庸穿衣服，我想把这个男人的每一个动作、每一个细节，一一看在眼里，记在心里，我能拥有的，恐怕也只有这些了。

　　他是我唯一想要共度余生的男人，可惜，一切都太迟了。

　　他急匆匆的，说是今早台领导开例会。

　　我说："你先走吧，我还有些事情要准备。"

　　我独自站在二十七楼的落地窗前，瞭望这座城市的黎明，远方灿霞已现，这一天明媚的阳光，正在此时，如风般徐徐而来，天地辽阔，草木葱茏。

　　我想起杰克讲过的故事，彼得三次不认耶稣。

　　因为人都是软弱的，不管怎么爱，还是会软弱，所以人都是不可信的。我和庄庸之间，一早注定要有一个人成为彼得，或者，两个都是，相爱的人，彼此成为地狱，这该是多么残忍的局面。

　　我此刻很安然，虽然不能阻止别人的软弱，至少我原谅，并努力坚强。

　　我打开窗，清新的空气扑面而来，伴随着小鸟婉转的啼鸣，我嗅着人世间的气息，感到了最真实的喜悦和痛楚。这一刹那，我惊喜地发现，夏夏，她回来了，在这一夜过后，她悄悄地回来了，就在我的身体中，与我合二为一，她的快乐和悲伤在此时此地彭湃而来，却又如此恬静安详。

　　我明白，从此以后，我不会再有真实的噩梦与虚假的生活，我终于不再与自己的心为敌。

　　我无声地笑了。

　　这天上午，我开车绕过小区花坛的时候，正好看见杰克怪模怪样的悍马越野车，在我的奥迪前面开出小区，绝尘而去。

　　门卫拦住了我，把上次忘了的物业管理费发票给我，顺便说起，杰克这一户的业主已然换了，他这就搬家走了，听说车也要开回深圳去。

　　来到台里，庄庸开会还没回来，办公室空着，我走进去，拿出特地买的冰冻可乐，把他的保温杯加满，又把我写好的一封信留在他的桌上，然后我默默环顾一眼这个房间，小心地为他带上门。

　　我径直来到卢存义的副台长办公室等候，不一会儿，他来了，看见我不请自到，他还挺高兴的，笑眯眯地招呼我："小邓，听说上次你和你瑛姐聊得很投缘啊，很好很好。"

　　他俨然是把我当作未来的直属亲信、文艺频道将来的顶梁柱了。

我不得不对他说："对不起，卢台。"

"怎么啦？"

他依然笑眯眯地看着我。

我从手袋里掏出一张银行卡，轻轻推到他的面前："其实向业务员要劳务费的那个人，是我，不是我们庄头儿。"

卢存义哈哈一笑："小邓，你别开玩笑了。"

"我是认真的，今天带着钱来，就是正式向您交代问题。"

卢存义的笑容开始有些僵硬："小邓，你这样做，我会很为难的。"

"我是认真的。"我坚持。

"年轻人，怎么不珍惜自己的前途呢？"

卢存义轻声慢语，一副谆谆教导的耐心劲，我着实佩服他的涵养。

我淡淡地笑道："我没有选择，我不能眼睁睁看着庄头儿出事。"

卢存义终于不言语了，我看着他圆滚滚的身体、红润的胖脸，调养得着实不错。他毫无棱角的笑容，小心翼翼地保障着他从无差错的仕途，他就像一件溜光水滑的瓷器，从不能理解，有人会心甘情愿地摔碎自己——这简直荒唐！不可理喻！

他当然没这么说出口来，他还是那副标准的表情。

"卢台，请您帮我。"我恳求他。

他思忖了一会儿，说："你也没资格代替他，这件事情能这么轻易罢休，也就不会闹成今天的局面了。"

这是两派平衡力量的一个游戏，我明白，卢存义只有断了庄庸这条臂膀，对方才会满意收兵，如果问题由我出面承担，一个私自收取劳务费的制片人，以小小处分收场，对方怎么会就此甘休？

我也早就想好了，我对卢存义说："我交代清楚问题以后，就会主动辞职，您看怎样？我虽说不是什么大领导，可是我一走，文艺频道三档节目都要重新招募制片人和主持人，文艺频道肯定会一时间元气受损，他们要的效果也算是达到了吧。"

卢存义还是不露声色地笑道："小邓，你太天真了吧？"

"这件事只能求您帮我了，这也是帮我们文艺频道，庄头儿能驾驶好这条大船，我却不一定能做好，我的身份还压不住。"

我清楚，卢存义断臂和拉拢我，都是为了不失去文艺频道的控制权，他是不会把总监的位置交给对方的，如果庄庸能保存下来，这个频道总监无疑是最能服人的。当然，这要基于我辞职的牺牲，对方是否能满意，还有就是卢存义是否能帮忙协调说和这件事。

我对卢存义说："如果庄头儿出了事，我想我也没有心情再干下去了。"

卢存义不会愿意文艺频道出现这样的真空状况。

果然，他微微点头："好吧，我试试看吧。"

我说："那我今天就去广电局纪委交代情况。"

我没有给卢存义留下任何余地，他现在只有一个庄庸可以保留。

卢存义脸色有些尴尬："小邓，何必这么急呢，你先回去休息，我在这里协调一下，你心情不好，可以找你瑛姐再去聊聊嘛。"

我轻声而肯定地告诉他："我都准备好了。"

卢存义哼哼哈哈地说："……就你这个级别，你的问题也不用去局纪委交代的。"

我调皮地一笑："这是局里查下来的事情，矛头指向的都是大人物，就算最后认定是我这个小人物干的，他们到时候也会来找我核实情况的，还不如我主动上门说清楚，快点把事情了结了。"

然后我把银行卡再一次往卢存义面前推近了一些，我问："卢台，是晶晶饮品公司，五十万，没错吧？"

卢存义已经没有选择，他知道，如果我此去没能把谎说圆了，局面会更糟，于是他肯定地点了点头，收起了银行卡。

我绽开了笑意，向卢存义告别："我走了，请代我向瑛姐问个好，告诉她，我很尊敬她。"

卢存义恢复了他面具般的笑容，客套地嘱咐我："走好，小邓，以后有什么困难，可以随时来找我。"

在他的名单里，已经把我列为一个失业落魄的人。

我礼貌地应了声谢谢，转身出门下楼，直接往局纪委去。

庄庸开完台领导例会，回自己办公室的途中，特意往邓夏的位置上看了一眼，那位置上没人。庄庸不由得心里咯噔一下，她怎么还没来，会不会反悔了？

他心念一动间，忽地恼怒自己犯下了一个重大的疏忽——自己怎么从来没想到，也许这个女孩会表面允诺自己，却一转脸，立马跑去告发自己，她可能现在已经去了！

在他昨晚向她摊牌之前，他相信，她还是决定要为他保守秘密，并指望他能逃脱罪责，因为他毕竟一直是她的保护者。但是昨晚，他说要把她推出去顶罪，人不为己天诛地灭，他如此，她也会如此。

想到这里，庄庸出了一脑门的冷汗，他推开自己办公室大门的手，也在微微颤抖，他悔恨自己还是太莽撞，怎么就轻信了她，怎么就没有想到事态会向一个更糟糕的方向发展呢？

他摇摇晃晃地走到办公桌前，颓然坐在靠背椅上。

他的目光扫到了桌上的一封信，信封上熟悉的字迹、熟悉的称呼，"庄头儿亲启"。

他匆忙地打开信封，拿出信读了起来，第一遍，他看得太快，并没

有看清什么具体内容，只得出她并没有去告发自己的大概印象，他长舒
了一口气，这才细细地看第二遍——

　　庄头儿：

　　　　让我最后这么叫你一回，以后恐怕再没有机会了。

　　　　你读到这封信的时候，我已经到卢台那里去交代问题了，稍后
　　会直接去局纪委为你澄清一切，请安心。

　　　　我早上划了五十万到我的一张银行卡里，并将上交给卢台，我
　　的钱在我的卡里转账，这最合理。记得你曾说，要做一档理想中最
　　辉煌的真人秀节目，让最多的人为之喝彩，为之大喜大悲，坐在电
　　视屏幕前不愿离开。以后，即使我在天涯海角，你梦想实现的那一
　　天，我也会在荧屏前为你高兴。

　　　　我想我们一直忽略了一个人，当年付大嘴从少儿部调来的大
　　刘，他仍然是付大嘴的嫡系，并且始终在我们频道，付大嘴触角之
　　敏锐，可能与他有关，请今后务必留意。

　　　　很抱歉，交代了问题之后，我将离开这里，这封信，也算是我
　　的辞职信吧，在此匆匆别过，原谅我不能再伴你左右。男儿当图大
　　业，莫为儿女小事介怀，记得。

　　　　从此天远路遥，唯愿你一切安好。

　　　　　　　　　　　　　　　　　　　　　　　　　　　　邓夏

　　庄庸只觉得喉咙发干，呼吸不畅，看着这封句句为自己着想的信，
他一时不知是喜是悲，她甚至为怕他内疚难过，特意叮嘱他"男儿当图
大业，莫为儿女小事介怀"……庄庸叹了口气，顺手拿起保温杯，想去
饮水机那边倒点水。他拿起杯子，诧异地发觉沉甸甸的，他拧开盖子，

里面是满满的冰冻可乐，细小的气泡顽皮地一串串冒起来。

他心中忽地柔软，想起那个女孩温柔的笑，认真的眼睛，她今晨裸陈在熹微朝阳下那蜜桃般的身体，她纤细的手指调皮地在他赤裸的背上划过。

一竖连着一横，一个圆圈，斜下一道再弯折向上，然后是一个半圆加一个钩。

L、o、v、e，爱！

他猛然一震，杯子从手中滑落，可乐跳着舞，瞬间渗入布满灰尘的地毯中。他拿起电话，飞快地拨了她的手机号码，听筒里传来女声甜美而冷漠的声音：

"对不起，您拨打的电话已关机。"

他再拨，还是关机。他再拨，再拨，依然是关机。

不祥的声音告诉他，已经迟了，太迟了。

他跌坐在座椅上，脑子里一片空白。

一个小时以后，他犹豫再三，拨通了卢存义的办公室电话："卢台，请问……邓夏她……来过您这里没有？"

那一头传来了没好气的回答："来过了，刚走，这会儿应该是去局纪委了。庄庸，你的群众基础很不错嘛！"

庄庸唯唯诺诺地应道："哦，给您添麻烦了，卢台。"

卢存义的口气很快变得像以往一样缓和："庄庸，不是你的问题，组织上是绝对不会冤枉你的，你不要有顾虑，管理好频道的事，今天会上布置的工作，你要抓紧落实。"

"一定一定，卢台，过两天我总结一下前一阶段的情况，集中向您汇报一次。"

庄庸躬身挂上电话。

庄庸独自待在自己偌大的总监办公室里，已近中午，强烈的阳光，透过整面的落地玻璃窗直射进来，仿佛当胸把他刺穿。

他放下卷帘，目光再次落到上了锁的最上层抽屉上，他慎重地打开抽屉，一堆银行卡完好地躺在里面。

一档理想中最辉煌的真人秀节目，让最多的人为之喝彩，为之大喜大悲，坐在电视屏幕前不愿离开？他自嘲地笑了起来。

他长久以来的理想，究竟算是什么玩意儿呢？

在青岛电视台时，他洁身自好追求所谓理想，无非是遵循父亲和母亲的价值观，一位国家老干部，一位老教师，他们两个都是毕生以事业为天职的人，他们都是无条件爱他的人。而他也许并没有真的想过事业为何物，他笃信的追求，只是对父母的一种靠近，有如孩子依偎在怀抱里。

继而他的妻子屡屡催促他上进，他所谓的理想，也许成了他对于自己不得志的一种解释。父母传给他的宽厚性情，令他着实不懂钻营，他内心深处以此为耻也说不定，但是有了理想当借口，他大可以以此为荣，非不能，不愿耳。

待到妻子终于拿出不堪的市井腔调，指着他的鼻子大声羞辱，他一路调动到上海的电视台，据说是为了实现自己的远大抱负，这理想，真可笑，也许就是对妻子的逃避，他甚至为了这个糟糕的理想，离开了他至爱的女儿，令她终于成为一个陌生人。

他理想的高歌，并没有让他跨越妻子高鼻梁的那道险峰，而且在他心中留下了阴影，却让他意外地赢得了一双明亮温柔的眼睛。那个女孩，邓夏，多少次耐心地坐在他对面，听他激昂地高谈阔论，或者感慨他的怀才不遇、他的"无奈"。他从她的眼睛中，看见了一个与众不同的自己，似乎真的很高大，很了不起，很值得被注视、被倾听。

　　而如今，他永远失去这双眼睛了，一切顿时变得了无意义。

　　他不知道自己还需要理想做什么，这似乎本来就是一个大玩笑。

　　他回想这些年来的种种快乐。

　　他拿起摄像机的时候，她已经把三脚架放到了他要的机位上；他冲上演播台，嚷嚷着不对不对却忘词时，她在一边偷偷递上台本并已经翻到了那一页；他每次拧开保温杯时，她早在里面加满了冰冻可乐。

　　他夜半在编辑台上剪辑，每次一伸手，并坐的她就能把下一个镜头的带子递过来，然后，他伏在台子上睡着了，她醒着等他，他蓦然醒来时，她也斜靠着熟睡了。太阳又升起来了，他们一起在屏幕的反光上迎接黎明，一个又一个黎明。

　　他喜欢每天早上听她在电话里口齿不清地扯谎，庄头儿，我正在路上啊，路很堵，唉，一会儿见；他喜欢每次应酬，她都在他身侧而坐，伶俐地维护他。

　　他终于领悟到，在七年漫漫的光阴中，是这个女孩让他的日子生气充盈。她是他的女儿，他的战友，他的情人，他最深爱的女人，他肢体的一部分，他的家。

　　她才是他这七年来尽力而为的理由啊，除此之外，他还剩什么呢？

　　被卷帘遮起的阴影中，庄庸凝视抽屉里的那些银行卡，神思飘忽，有几次，他甚至差点拿起电话，拨下熟悉的分机，他差点习惯性地拿着话筒说——

　　邓夏，你过来一下。

　　这个时候，他想他太需要和邓夏再聊一聊，说说他的无奈，在她的目光中自言自语地问，你看，现在我该怎么办呢？

　　庄庸正发呆，一阵音乐突然穿过门缝，粗暴刺耳地响起。

怎么会迷上你，

我在问自己，

我什么都能放弃，

居然今天难离去，

你并不美丽，

但是你可爱至极，

哎呀，灰姑娘，

我的灰姑娘。

…………

庄庸心头一阵剧痛，夺门而出，办公室的电脑都是没有声卡的，这是怎么回事？

他发现那是一个新面孔的实习生，不知从哪里搞来了两个小音响，正接在一个随身的 CD 机上。那个实习生显然是被庄庸愤怒的脸色吓到了，音乐戛然而止。

小黄急匆匆迎上来，对庄庸连连赔笑："庄老师，他是新来的实习生，不懂事，我这就告诉他，在办公室要保持安静。他是我的实习生，对不住，对不住啊。"

庄庸轻哼一声，保持领导风度地走回去，带上自己的门。

他这才意识到自己太失态了，至于这么伤感吗？

他重新审视这些银行卡，他想最好的方法是，一等这件事情风头过了，就把这些钱交给财务小卢，将之变成频道的小金库，然后挑合适的时机，做一档漂漂亮亮的节目，也许真的可以按自己当初跟邓夏说的，按邓夏期望的，做一档由公众参与的大型选秀类节目，有全国几大赛场的海选，一步步的淘汰，全民参与的投票，还有现场直播。

这些钱肯定不够，需要再拉一点赞助，吸引一些社会投资。

对节目的设想，不再让庄庸觉得热血沸腾，虽然他深知，邓夏以为这样能让他获得最大的快乐，这是她留给他最后的礼物。庄庸头脑麻木地想，现在这只是能令自己安心的唯一做法，为邓夏，或者更多地，为自己的安全着想。

主意既定，庄庸觉得心里轻松许多，他这时更想找人说说话，偌大的办公室空空荡荡，还有这偌大的电视台，无论如何，假如有一双眼睛，他会感觉心里有底。

他翻检自己内心的需要，猛地豁然开朗，自己需要的，不就只是一双眼睛吗？他想了想，查看了 下贴在墙上的内部通讯录，拿起桌上的电话，不熟练地拨了一个分机——

"小黄吗？你过来一下。"

26.

我再一次深陷囹圄，被审慎而反复地盘问："你当时是用什么理由，向晶晶饮品公司索要劳务费的？"

"我说，我能帮他们联系节目合作。"

"在他们与频道谈合作的过程中，你帮他们做了什么吗？"

"介绍人给他们认识。"

"除此以外，还做了什么？"

"没有了。"

"没有用这些钱帮他们疏通关节？"

我笑笑："就这么点钱，我都嫌少，能再拿去分给谁啊。"

坐在我对面的，是一个国字脸的中年男人，看上去颇为威严。并排还有一个中年女人，年纪应该比那个男人还大些，脸庞刚硬窄长，眼睛凹陷。百无聊赖中，我曾试图在视觉上把她一头吹得像蘑菇一样的短发去掉，发觉假如没有头发弧度的掩饰，她的脸竟然更像一张古代男性武士的脸。

男人的职位显然比那女人高，他似乎只是督导旁听，自始至终是由那个女人在提问，同时自己做记录。我想我虽并非大人物，这事件却明显是受到特殊重视的，为了在场的人尽量少，连做记录的人都不多配备一个。

女人听我说，这点钱"嫌少"，她从鼻子里轻哼了一声："你们电视台平时效益够好的了，还要贪外面的钱！"

男人干咳了一声，女人讪讪地停下闲话，转回正题："你就帮他们介绍了一下人，他们就给了你五十万，太容易了吧？"

我故意卖弄："这个时代，信息就是财富嘛，谁让他们原来只认识广告部，频道里的一个也不认识。"

"要认识一个人还不容易？我们下属每个电视台负责对外合作的领导，网上都有姓名和电子邮箱，打到电视台总机，都能转到他们的分机……你要了五十万，仅仅就是介绍一下这么简单吗？"

我面不改色地答："那你就要去问他们了，是太白痴，还是太多疑，没准他们觉得只有熟人介绍的，电视台的领导才会当一回事。"

难道这些纪委的人，非得问出我把钱分给庄庸了，他们才满意吗？

那武士脸的女人并不罢休，她翻了翻之前的记录，继续问："你说你介绍人给他们认识，你介绍的是什么人？"

"当然是我们频道总监庄庸了。"

我早料到她会问这个。

她的脸上掠过一丝难以觉察的兴奋："你知道晶晶饮品公司和庄庸之间，有没有像你们这样的劳务费交易吗？"

"他们之间的事情，我怎么会知道。"

这个时候，我切不可表露出护主心切的样子。

武士脸的女人开始诱导我："你介绍庄庸给他们认识，他们就给了你五十万，他们给庄庸的肯定不会比给你的少——我们知道你和庄庸走得很近，如果你能提供信息，你的问题我们可以从轻处理。"

我心道，你们本来就没法处理我，哄小孩子呢。

我摇头说："我也很想对你们有贡献，不过据我了解，庄庸这个人太迂腐了，不然他也不会至今还住在郊区，穿几十元的衬衣。"

"可是，有人向我们反映，这五十万，是你替庄庸认下的。"

女人忽然一字一顿地对我说，她这句话说得很慢，每个字都很清晰，然后她以一个胜利者的目光，从容地逼视着我。

消息传得真快啊，我表面镇定，脑子飞速地运转。

这个消息一定不是卢存义传出去的，我猜测应该是纪委的人。在我来到这里之后，他们中间就有人向付大嘴通风报信。但是我猜想，这只是付大嘴遣人送回来的小道消息，晶晶饮品并没有给纪委一个明确的答案，否则这些人也不用在这儿反复套我的话，直接把我打发回去，然后找晶晶饮品跟庄庸对质就好了。

凭我观察人的眼光，仅一面之缘，我便了解，欧总绝对是一个迂回牟利的人际高手，他也必定深知狡兔死走狗烹这个道理，会为自己留下后路。所以他一不自己出面，二不指名道姓，在这个节骨眼上，任付大嘴怎么逼他，我相信他都不会公开与文艺频道为敌，这就是我的机会了。

于是我叹道："小道消息害死人啊，早知道要调查的不是我的事情，我就不来了！我也就是前些天听说，晶晶饮品送出五十万的事情曝光了，我左思右想，几天没睡着觉，琢磨着还是自己坦白比较好，就把钱交到台里，然后上这儿来交代一下。"

女人听得一愣一愣的，她以为最有力的出击，我居然丝毫没有破绽，这让她几乎怀疑，这个由"内部知情人士"直接传到局里的消息，是不是原本就有拿鸡毛当令箭之嫌。

她扭头用眼神征求男上司的意见，国字脸男人在本子里写了几个字，推给她，她看了，点点头，又继续："你说是你向晶晶饮品要了那五十万，你是向谁提出的？"

"一个代表欧总的人。"

"什么叫一个代表欧总的人？他姓什么，叫什么，是什么职位？"

"他说是公司业务员，我记得有一次向他要名片来着，他说是代表他们欧总来谈的，给我的是欧总的名片。"

最难答的莫过于这个问题，这是连卢存义都不清楚的细节，然而，这也是要平衡这一事件最有分量的细节。

"那他本人叫什么名字？"

"他根本没告诉我，要不就是说了一遍，我没留意，因为我见的人太多，只能靠名片来记人。"

主审的女人果然抓住了我答话的含糊之处，小题大做："你收了人家五十万，居然不记得他的名字，你这么说，会有人相信吗？"

我平静地答："我每次收下的名片，都放在名片夹里存档的，我记得是欧总的名片，我每次联系他，打的也都是上面的电话，每次也是他接的电话——可能就是欧总本人也说不定的。"

女人冷笑一声："这怎么可能，一个老总冒充业务员跟你联系。"

我正色说："你们最好去和欧总核实一下，他们的业务员为什么要拿着老总的名片，或者一个老总为什么要冒充业务员，总之，他们就是这么跟我联系的，你们光问我这一头，当然不会明白。"

我盼着他们早些去和晶晶饮品公司核实这个问题，欧总一开始可能并没有想到，调查会落实到这么细节的地方，一旦他获悉，他会意识到，即便是庄庸本人被揪出来，这个真正的受贿人，也说不出那个所谓公司业务员的姓名，而唯一可能供出来的人，就是他自己，这个真正的行贿人。

这对双方而言，都不是好玩的事情。

就我自信地推测，欧总应该足够聪明地认识到，他们一方可以拿业务员来顶老总，我们一方也可以用我来换下庄庸，大家各自平衡，最好到此为止，心照不宣。

到了下午，那个中年男上司离开了，武士脸女人的身侧，换成了一个年轻的男孩，刚参加工作的样子，埋头做记录做得特别详尽，一会儿就换了好几页纸。可惜现在的谈话，应该已经没有什么记录价值了。

女人翻来覆去地问话，一方面是想趁我疲劳，希望我自行现出漏洞，一方面他们也需要拖延时间，去核实更多的情况。

到了傍晚，他们安排我到一个设施还算不错的招待所住下，外屋有人把守，我不能打电话，不能见除调查人员以外的任何人，也不能踏出房门一步。

下午做记录的男孩拿了盒饭给我送进来，好奇地看着我。我打开盒饭，胃像死了一样，没有丝毫食欲，我强迫自己拿起筷子，大口大口地吃了起来，舌头也是死的，没有味觉，我逼着自己往下咽。人活着，就是不管遇见什么事，总得生活下去，这是我十六岁那年就已经明白了的，一个艰难的道理。

第二天，问话仍在继续，女人问累了，就让那个男孩接着问，男孩认真地、磕磕巴巴地问着，女人似睡非睡地听着，隔三岔五地出去一会儿。一开始可能是去打听这个事件核实的情况，或者去请示什么，后来看她回来时的神情，明显是去聊天解闷归来，也许还抽空去附近逛了一会儿街。

在反反复复的盘问下，我仿佛回到了当年德赛洛舞厅火灾的调查审讯中——

"案发的早上，你说你并不是特意来到案发现场，而是本来就住在那里，是这样的吗？"

"你从什么时候开始，住在舞厅里的？"

"我们勘查表明，最早起火的是一张简易钢丝床，那张床是你平时睡的吗？"

"我们在那张床周围，发现了汽油的残留物，我们怀疑是有人把汽油倒在棉被上，然后纵火。"

"起火的时候，你在哪里？"

"如果按你所说的，你当晚睡在舞厅，直到火势不可扑灭才离开，那么你不可能不知道起火的原因。"

"你再跟我们说一遍，当时的情况。"

"我们假设，有另外一个人，从大门口进入舞厅，走到你的床前，浇上汽油，然后纵火，再离开现场，需要几分钟的时间。你蹲下拿面包，不过几秒钟的时间。就算他是在你蹲下的时候进来的，你站起来的时候，他也一定还没来得及离开现场。"

"告诉我们，你看见了谁？"

"邓夏，既然你坚持，案发现场只有你一个人，那么你就是唯一可疑的纵火者！"

"你是不是因为嫉妒，所以一时冲动，纵火烧毁了舞厅？"

"那你是不是因为想报复胖子，所以烧毁了舞厅？"

…………

我心里暗自发笑，我似乎命中注定要惹上官非，被审问个没完没了。十几年过去了，我居然再次落到了这般境地。

唯一不同的是，十几年前，我在竭力让他们相信，这不是我干的。十几年后，我却在努力让他们相信，这就是我干的。命运还真有幽默感。

这个世界，人人似乎都尽力想获知百分百的事实，人人都觉得有义务要弄清楚百分百的事实，还有这么多形形色色的机构，是为了向人们交出一份真相的答卷而设。然而在这个世界上，究竟有多少人最终能闹明白，究竟发生了什么？说到底，我们又是否可能真的了解，究竟发生了些什么？

就算终于知道了真相为何，这又有什么意义呢？

挨到第三天早上，我又被叫去接受问话，这次是那个国字脸的中年男人亲自出马。

他言简意赅地跟我确认了我所交代的劳务费问题，让我签了一沓问话记录。然后他例行公事地告诫我："邓夏同志，电视台是党的耳目喉舌，在这样的单位工作，一定要注意自己的言行，这样的工作作风像什么样子？我们会和你们台领导联系，对你进行批评教育的。今天你先回去吧，以后这类问题，注意不要再犯了。"

我可以走了。

生平第二回，又在屋子里被拘了两天两夜，我开车驶出纪委的大门时，重新发现摆脱监禁后的阳光如此炫目。

车子行进在人来人往的大街上，显得过分宽阔的马路令我感到有些飘浮，车窗外拥挤的人流时而阻住去路，让我正好难得无事，可以停下来欣赏这幕朝阳下的浮世绘。

我贪婪地看着一张张或笑或愁的脸，迫不及待地想要融化在众人之中，融化在这凡俗的生活中，在自行车叮叮当当的铃声中，在上班族追挤公交大巴的车站上，在香味四溢的早餐蛋饼铺子边。

我宁愿变成面目平常的市井女子，混迹于街巷间，无人识得。或者肋生双翼，变成一只春生秋灭的小飞虫也好，忘却前尘旧事，在此早晨，以透明的翅膀徜徉于自由的阳光下。

驶进小区时，门卫热情地跟我打招呼，神秘兮兮地挤眉弄眼。

我摇下车窗问："怎么了？"

门卫说："你回来得真不凑巧，他刚刚走！"

"谁啊？"

"你的男朋友啊，他在这儿等了你整整两个通宵了，都是傍晚下班时就来等，一直到早晨上班的人都出去了，他才离开。"

我这才想起来，在我命运发生巨大转折的这几天里，我忘了另一个重要的人，章子翔。按原本的进展，他正要成为我将来生活中的另一半。

自那天晚上他约我去家里见父母，结果庄庸意外来访，我临时取消了约会，一直到今天上午，我始终没有与他再联络过，不是故意的，是我真的忘记了。他打我手机关机，打我家里电话没人接听，一定急坏了。

我问门卫："他就这么在小区里等吗，两个通宵？"

门卫来劲了，绘声绘色地向我描述："他的车就停在那里，喏，就是你们大楼下面，正好能抬头看见你窗户的地方，那个路灯下面。他有时候坐在车里等，有时候上楼去看看，也许是去试着按你家的门铃，大部分时间，他就站在车子旁边，抬头望着你的窗户，就这么直挺挺地站着等。"

"你们没有告诉他，我不在家吗？"

我皱了皱眉，这门卫也真是的，怎么只知道看热闹，也不劝一劝。

门卫看出了我的不快，连忙解释说："告诉了，我们当然告诉他了，你还没回来。我们说，等你一回来，我们就会转告你他来过了，让你跟他联系，他不用这么等着，可是他不听，就是要自己等。每次有车进小区，他就盯着仔细看，有时候他在车里睡着了一会儿，醒过来以后马上就上楼再去按一次门铃，唯恐你在这个空隙回来了。"

门卫看我不言，讨好地补充道："邓小姐，你可真有魅力，男朋友对你这么好，我们还从来没看见过这样痴情的呢。"

我笑笑，估计笑得很难看，我叮嘱门卫："今晚他再来，麻烦你们不要告诉他我回来了，谢谢你。"

"哦——"门卫捂着嘴，心领神会地压低了声音说，"你们闹别扭了是吧，我明白了，明白了，我会跟大家说好，我们谁也不会告诉他你回来了，你尽管放心吧。"

"多谢了。"

我摇上车窗，开入地下车库，坐电梯上楼，洗澡睡觉。

待我一觉醒来，天色已渐暗。

门铃响起，我赤脚走到门边，透过猫眼往外看，是章子翔。我静静退回房间里，没出声。

过了一会儿，我拨开低垂的窗帘往楼下看，章子翔果然像前两夜一样，把车停在正对着我家窗口的楼下，他站在车外面，仰着头正朝这边望来。我心头一惊，明知道他看不见我，还是吓得把窗帘的一角放下了。

我的心里充满了歉疚，我守在窗户边，守着他。

入夜，5月的晚风还是有些凉意，他到车里拿了件外套披上，又取出一瓶水一个面包，一边吃一边还是抬头看向我这里。

夜愈深，他坐回车里，过了好一阵，我的门铃响了，我知道那是他短睡醒来，特地上楼查看我是不是回来了，随后我房间的电话一声声响起，稍后一起归于平静。

我看着他走出大楼的门，踽踽回到他的车边。

他进车里休息的时候，我也困极而眠，门铃声与电话声再次响起，我又被蓦地惊醒。这是一种奇妙而温暖的感觉，仿佛那一夜，我们共榻相依，在宁静中一同睡去，在躁动中一同醒来，我在门后倾听他粗重的呼吸。

这也是我与他的最后一夜了。

至凌晨时分，我开始轻手轻脚地收拾我的行装，摸着黑，不敢开灯，怕被他察觉。

明天早上，当他离开此地的时候，我也将远离，且不再回来。我不愿明知自己深爱着一个男人，却与另一个男人貌似幸福地谈婚论嫁。我更不愿担着一个莫须有的耻辱罪名，留在这座人人都认识我的城市。

我更不能与他见面，章子翔，我太了解他的个性，孩子一样纯善的意气用事，冲动而不计后果。如果他知道我承担的一切，他不会允许自己眼睁睁看着我受如此委屈，他会去与纪委理论，与庄庸为难，他会毁了庄庸，同时也让自己成为电视台不欢迎的人。

这样，他也等于毁了我们一手办起的《德赛洛》这档节目，我们这些天各一方的故人，剩下的唯一纪念。

也只有这样了，让他以为我真的畏罪失踪，让他等不到我，最终死心。没有见面的纠葛，分手应该会更好过一些，反正我清楚，他心里的那个人，始终还是玫瑰。

他之于我，正如我之于他，在一起，不过是因为顺理成章。过些年，也许不需要很久，自然会有另一个"顺理成章"出现，这座城市的痴男怨女，何其多。如果出现了一个比我爱他的，他或许会更幸福吧。

我快要整理完手提箱的时候，凌晨五点，窗外忽然雷声大作，几个霹雳过后，今年初夏的第一场暴雨轰然而下，在静夜中尤显声势浩大。我慌忙掀开窗帘一角向楼下张望，只见雨点猛烈击打在那辆黑车的车顶，在路灯下绽开金色雨花。

章子翔被惊醒了，他推开车门，居然就这么走出来，走进雨里。他没有打伞，也没有冲进大楼躲雨，他只是绝望地站在无数道从高空坠下的雨帘中，任雨浇透他，他张开双臂在雨中大声呼唤——

夏夏！夏夏！

时间回到1987年的一个冬夜，那一夜，当翔子在长乐路的楼下，冒着冷雨，一声声唤着玫瑰时，我正如一只小兽般，缩在婆婆离去后的老宅里，瑟瑟发抖。那个时候，我多么希望这个男孩，这般痴心呼唤的是我，这般痴情爱的是我。

一直心心念念想要的，一直心心念念想取代女主角进入的这一幕，这个时候，终于奇迹般地变成现实，我却不可能再要了。

2001年初夏的一个凌晨，我在窗帘一角，偷望章子翔一遍又一遍仰头唤着我的名字，他的声音像一片方生又落的细叶，被怒吼的风声裹挟着倏然远去，此刻，暴雨正如瀑布般席卷整个城市。

当暴雨忽然倾盆而下时，章子翔决意跨出车门，他想要这冰冷的雨水，稍减他心中的焦灼和恐慌。

这已然是他等候邓夏的第三个通宵，难道她真的就此消失，如清晨的一滴露珠，如午睡时的一个梦境，在他一不留意时，忽然遁迹无踪，仿佛从来就没有存在过？

不会的！

他的手机上明明还储存着拨打过无数遍的号码，虽然从三天前开始，打过去永远是关机。

打开电视，《德赛洛梦想之舞》节目中，她音笑婉转，尽管电话打到他们办公室，三天的答复都是她没来上班。问知不知道她去哪里了，个个推说不清楚，然后像怕病毒感染一样急匆匆挂上电话。

还有走上马路，那些宣教交通规则的灯箱上，百货公司外墙的海报上，高架桥的户外广告牌上，广场大屏幕的宣传片中，到处都是她熟悉的笑脸……这一切都是她曾经存在过的证据，不是吗？

章子翔曾经一度认为，自己对邓夏并没有纯粹意义上的爱情。他的爱情，早已在年少的时候，在让他又痛又渴望的玫瑰身上，一并用完了。所以那一晚，父母请邓夏到家里吃晚餐，章子翔也并没有特别的感觉，尽管这样的形式意味着订婚。

那一晚之前，章子翔对自己说，忘记对爱情的企望吧，一个三十一岁的男人，不应该再孩子气，年少时的荒唐、率性而为，不是早就被证明是个错误了吗？正常的生活就该像父母所说的，与邓夏这样年貌相当的女孩恋爱、结婚，一步步好好生活。

他并不厌恶与邓夏结婚，甚至也很愿意，这个女孩让他觉得亲切，一个从旧梦中走出的故人，虽然不是他当初爱的那个人。

结果，那个晚上，邓夏结结实实地放了他的鸽子。

章子翔有些气恼，这仅仅因为父母已经准备好晚餐的饭菜，邓夏简短地通知他，晚上单位里有急事以后，手机就关机了。他拨了几次没有拨通，决定就此作罢，第二天等着邓夏主动打电话来道歉。

第二天上午，邓夏没有打电话来，中午，邓夏还是没有来电，下午，章子翔再也忍不住，他拨了电话。拨之前，他还琢磨着究竟是兴师问罪好呢，还是关心一下她究竟遇到了什么急事比较好。但是，电话拨不通，邓夏失踪了，他再也找不到她了。

这整整一个下午，章子翔竟然无心做事，他难以克制内心莫名其妙的恐惧——

邓夏不可以消失，她不可以从自己生活中就此不见！

回想十年前和十年后，自己最快乐满足的时光里，也是最动荡精彩的时光里，事实上，始终是这个女孩，最忠诚地陪伴着自己一步步走来。她就像自己的守护天使，始终默默地张开翅膀，尽力为自己遮挡风雨，在无声无息中给自己鼓励与信心。

最糟糕的是，章子翔发现，这一回，自己其实早已无可救药地爱上了她，那是一种最深刻的依恋，最平静的刻骨铭心，自己甚至根本就不能忍受一天没有她的音信，感觉不到她在身边，而这种要命的爱情，怎么会在邓夏失踪以后，自己方才觉察呢？

雨越下越大，章子翔张开双臂迎接倾盆的雨落到他的身上、脸上，淋湿他的每一寸衣裳，他一声又一声在风雨的咆哮中，呼喊夏夏的名字。湿透的衣服紧贴在身上，仅存的热气正在散去。

天是黑的，邓夏的窗口也是黑的，他徒劳地仰着头，一声一声绝望地嘶喊，没有体温，没有视力，没有知觉。

世界空旷，每一个角落都是空的，他想念着夏夏温柔的微笑，她柔软的小手、羞怯的怀抱，她十几年前特意为他打开可乐罐，把可乐倒在杯子里，在杯口装饰一片柠檬，放上吸管递给他，只因为怕他再做出伤害自己的事情。

他愿意拿自己全部的好运，来换得夏夏此刻再度出现在他的面前。全世界，他只要她一个人。

　　他觉得他一直生活得太懵懂，怎么从来不懂得真正的爱情，就是这样无声而浩大，柔软却足以倾覆一切。他浑身湿透地站在黑暗里，呼喊着夏夏的名字，没有一个人能够了解，他心里铺天盖地的悲哀。

27.

上班的时间一到，章子翔开着车，穿着半干的衣裳，直奔电视台而去。

他径直冲进庄庸的总监办公室，他狼狈的样子和肃然的神情，令庄庸大吃一惊。

"邓夏她到底去哪儿了？"

章子翔此时已没有心情表示礼貌，他直接问。

看着这个年轻人一脸紧张严肃，庄庸心里难免酸涩，心想，原来他们的感情真的很好，只不过邓夏在替他顶罪辞职以后，似乎是准备一个人离开，连男朋友也不见了，想到这里，庄庸又觉得自己心中升起了一些不应该有的快意。

于是，庄庸决定不告诉他更多："邓夏她已经辞职，不在这里上班了，其他我也不清楚。"

"你怎么可能不知道？你不可能什么都不知道！"

章子翔走近了一步，他健壮的臂膀在半湿的 T 恤衫里露出肌肉的轮廓。他两手按在庄庸的办公桌上，目光逼视着他。虽然章子翔并不了解庄庸和邓夏之间有什么，但是他的直觉告诉他，一直以来，这个邓夏多年的老领导，这个中年男人，每次见到自己与邓夏一起，总是面色不善，俨然把自己当作假想敌看待。

如果邓夏有什么瞒着自己的秘密，那一定与他有关。

庄庸感觉到了威胁，有些气愤，他本想讥讽他一句——你这个男朋友都不知道，我怎么会知道呢——不过理智告诉他，这件事情纠缠起来于他不利，毕竟受贿的风波刚刚平息，自己如果和邓夏的男朋友吵闹起来，会让旁人觉得自己跟邓夏之间有什么牵连，况且自己也曾收过章子翔的贿赂。

所以他还是按捺住性子："我真不知道她去了哪里。"

"那她为什么辞职，你这个领导总该知道吧？"

庄庸想了想，今天如果不告诉章子翔任何信息，看这情形，他恐怕不会就此罢休。庄庸只得尽量概括地回答："她违反了台里的纪律，主动引咎辞职。"

"什么纪律？"

"她向合作公司索要劳务费，被告发了。"

"怎么可能！她平时的收入那么多，还有我们节目最近这么火，我公司的钱，足够她用的了。"

庄庸最爱听的就是这个，他摆出了逐客的态度："我知道章总有的是钱，不过，她还是违反了台里的纪律。"

章子翔斩钉截铁地说："不可能！"

庄庸嘲讽地笑道："那可是她自己亲口承认的，局纪委都有记录。"

"她不会做这样的事，一定是有人利用了她的善良，逼她说了谎！"

庄庸暗暗一惊，心道，这个年轻人还挺了解邓夏。

庄庸想，事到如今，自己必须在这个年轻人面前，扮演一个好人的角色，让他觉得自己是和他们站在一边的，免得他怀疑到自己头上来。于是庄庸摆出一副推心置腹的模样，劝说章子翔："章总，你冷静一下，听我说一句，我想这种情况下邓夏瞒着你，肯定也是有她自己的考虑，你应该尊重她的意愿，不要再惹是生非，令她不安。"

章子翔看着庄庸，庄庸一半表演，一半也是出于真心善意地对章子翔说："据我所知，邓夏还在这里时，她最大的愿望就是把《德赛洛梦想之舞》这档节目做好，如果你珍惜邓夏，你现在唯一能做的，除了等待，就是帮她继续完成她的心愿，把这档节目好好地做下去。"

这天上午，我来到台里的技术中心，最后整理我的带子。因为不想遇见任何人，我拜托小黄拿着我的钥匙，帮我把办公桌和柜子里的东西拿过来。

这着实辛苦小黄跑了很多次，七年里，我那些带子的长度，似乎比我每一天实际的时间加起来还长。

小黄每次抱着一摞又一摞带子过来，总要同时带来些办公室里的新动向：

"邓老师，你的章总来了，在庄老师办公室里呢。"

"邓老师，你的章总好像和庄老师吵起来了。"

"邓老师，你真的不去看看吗？"

我摇头。

小黄叹了一口气，用她一贯天真烂漫的口吻认真地对我说："唉，邓老师，我们私底下都相信，你是不会做那种事情的，你不缺那点钱。"

"谢谢你，小黄。"

她的纯真总令我感动。

过了一会儿，小黄抱着文件夹回来的时候，又告诉我："邓老师，章总走了。"

"哦。"

我自顾自整理这些带子，应该保存的带子分在归库存档这一边，可以抹掉的带子归在循环再录的那一堆，每一堆都排了好几摞，从桌上堆到了地上。

管库房的老者哼哼哈哈地与我闲聊："哟，邓主持，你的带子真是多得了不得啊。"

"是啊。"

"以前应该用一批，整理一批嘛，最后清算带子的时候就不会这么乱了。"

是啊，可是谁会想到结束的这一天呢，每天忙着录新的带子，有时候看到柜子里越堆越不像话，总是想，没关系，放一放，反正还有明天呢。

似乎永远不会到来的明天，顷刻间就在眼前，1994 年相同的季节里，当我穿着棉布衣裙，一张素脸，怯生生地踏进电视台的大门时，我从未料想过这样的结局。在这个用影像为人们编织着虚幻欢乐的繁华之地，生命给予我的欢欣和悲伤远远超过了我的想象。

我把带子悉数清点，交给了库房的老者，他拿着巨大的两串钥匙，把分类的带子一摞摞搬进去，年久尘封的架子被哐啷推开，不同的带子被插入相应年月的架子。

一切完毕，老者走出来让我签了一张单子，然后，库房的大门锁上了。我的岁月，悉数归入了这个庞大冰冷的时间之库。

小黄问："邓老师，你真的要走了吗？"

"嗯。"

"你还会回来吗？"

我笑了笑，拍拍小黄的肩，嘱咐说："你要好好工作，还有，是时候找个男朋友了。"

小黄依依不舍地坚持要送我到楼下。

走出电视台大楼时，我瞥见庄庸远远地正穿过大堂而来。我清楚地看见，他穿着那件墨绿横条纹的T恤衫，还是他当年升任制片人时，我陪他去市百一店买的，他浅色的长裤下面，还是赤脚穿着皮凉鞋，我莞尔。

门，在我身后关上，隔开了我和庄庸，他并没有看见我，我也没有再回头，只在心里默默地记下他最后的模样，在心里默默对他说——

谢谢你，曾经温暖了我的心，你，一定要幸福啊。

我把车开出来，打开后备厢，里面是我的所有行李。小黄把她抱着的纸箱，一起放了进去，那里面是我从办公室带走的私人物品。

小黄不安地追问："邓老师，你这是打算去哪里，是要出远门吗？"

我答："去哪里，我也还没想好呢。"

我抬头仰望我工作了七年的这个地方，两栋所谓现代派建筑的簇新高楼，一栋如巨型帆船，一栋如半个金属球，抢眼地遮蔽了原先的大院老楼，过去的电视台已轮廓不再。

风起，一群倦怠的飞鸟正穿越两楼之间的空隙，当我试图在大楼的玻璃幕墙上寻到它们翅膀的影子时，墙面金属冰冷的反光灼疼了我的眼睛。

是时候了。

在5月并不强烈的阳光下，我戴上墨镜，跨入我的奥迪，发动车子，掉头，滑下电视台大院门口的斜坡。小黄红着眼睛与我挥手道别，我微笑着踩下油门，车子如起锚的船，瞬间汇入了凡尘的滚滚车流中。

在还没有想好去哪里流浪之前，我打算先去看一看玫瑰。

玫瑰的肚子已然微微隆起，她的户籍警一脸准爸爸的紧张，油烟四起地做晚餐。玫瑰要过去帮忙，马上被请回客厅里，手上还多塞了一杯热牛奶。

玫瑰甜甜地对我笑，一脸满足的样子，随后，我在餐桌上见识了她惊人的胃口，她贪婪地吃着，似乎要把整桌菜连着桌面都吃下去。

晚餐后，夜阑无事，玫瑰挽着我的手说："夏夏宝贝儿，走，陪我出去买点东西！"

我问："买什么呀？"

她妩媚地一笑："给宝宝买衣裳啊。"

我叫着："还太早了吧——"话没说完，就被她一把拉出门去了。

她拉着我的手，穿梭在灯火通明的小街上，虽然她的身材初看还根本不像个孕妇，但是她故意腆着肚子，用另一只手托着腰。

我逗她说："这么早就显起来啦！不知道是谁，一个多月前还哭哭啼啼地说，不想见人了呢。"

她娇嗔地挽紧我的胳膊，凑在我耳边悄声道："宝贝儿，做妈妈真好，你也努力早点有一个吧。"

因为我的到来，玫瑰的户籍警被她遣到另一个小房间里去睡了。我和玫瑰并排睡在他们的大床上，是玫瑰喜欢的粉红色床褥，粉红色的台灯罩，粉红色的墙。

月光从窗外照进来，照在玫瑰一头散开的美丽鬈发上，我发觉，玫瑰的眼角已经有了淡淡的鱼尾纹，不丑，她幸福地笑着，那皱纹幸福地绽开，妍妍的，是生命丰盛的痕迹。

她亲昵地靠着我，说话的时候，温热的气息喷在我的脸庞上，痒痒的。

"夏夏宝贝儿，你知道我现在有多快乐吗？你知道我曾经很不开心，很沮丧，很失望，觉得生活被毁坏得一无是处，重复着我妈妈的命运，在她的诅咒中，一天天过着乏味的日子，就像行尸走肉，那时候，我甚至想拿掉这个孩子……

"可是这个孩子，他长大得好快，他在我的肚子里，我能感觉到他像夏天的树苗一样，发芽抽枝，不可阻挡。但很奇怪的是，我就因为他而忽然快乐起来了，在这样的年纪，我忽然重新觉得，生活还有无穷无尽的可能性在前面等待着我。

"那是和我们十几岁那会儿完全不同的感觉，我第一回觉得，生命就像一条盛大的河流，所有的成长、衰老、死亡、爱与仇恨、缘分与灾难，都是这河流带我们走向前去的一部分，也许……都是值得庆祝的。"

玫瑰拉起我的手，轻轻放在她的腹部，她半躺的时候，腹部还是扁平的，可是我竟然感觉到自己的手心，有明显的跳动，那也许是她腹部的脉搏吧，也许，是我自己的脉搏，生命，本来都是相同的啊。

我喃喃地说："也许吧，生命给我们的一切，都是值得庆祝的，也都是值得感激的。"

我问玫瑰："你原谅你妈妈了吗？"

玫瑰摇头："这太难了。"

她抚摸着自己的腹部说："至少，我愿意忘记那一切，我会努力让我的孩子比我快乐，我有一个愿望，我想让他只看见世间的爱，看不见怨恨。"

我笑了，笑玫瑰的天真，但是真的很好，因为爱，我们愿意去做一切事情，不论结局如何，至少我们因此活下去，生命生生不息。

两个少年时代的闺中密友，十几年后才有这样的心境，倾心长谈，这一切，似乎都来得太晚。那一晚，我们相依说话，直到相拥睡去，随后在晨曦中醒来，彼此会心欢笑。

玫瑰慵懒地抱着枕头对我说："夏夏宝贝儿，你真的急着今早就走吗？"

"是啊。"

"不多住两天了吗？"

"不了。"

"你想好去哪儿了吗？"

"想好了。"

我一边穿衣裳，一边把睡衣叠好放回箱子里，扭头对玫瑰从容地笑笑，让她安心。人生的盛宴总会一一结束，没有人能陪你到最后。

临行，我叮嘱玫瑰："别告诉翔子我来过你这里了。"

玫瑰闻言忽地翻身下床，拦在我面前。

她正色问我："宝贝儿，你去哪儿也不准备告诉翔子了吗？"

我郑重地点点头。

"你就打算这么一辈子躲着他，让他以为你就此失踪了吗？"

我又点头，却有点被她的样子吓到了。

玫瑰突然很激动。

她一把抓住我的两只手，美丽的眼睛央求地望着我："夏夏宝贝儿，我求你，你千万别这么做，要是你这么失踪了，翔子，他……他会发疯的……你不了解翔子，他会疯的！他急起来会把电视台也一把火烧了的，就像他当年烧了德赛洛那样！"

从庄庸的办公室出来，已经三夜没有合眼的章子翔，陷入了极度疲乏之后的亢奋。

在失去邓夏一切音信的悲伤中，庄庸宣布的那些事实，像一记记重锤击打他脆弱的耳膜，把他完全推入了绝望的黑暗中，让他感觉彻底地无能为力，却又痛楚得如此清晰，如此难以忍耐。

"她违反了台里的纪律，主动引咎辞职。"

"她向合作公司索要劳务费，被告发了。"

"我知道章总有的是钱，不过，她还是违反了台里的纪律。"

"那可是她自己亲口承认的，局纪委都有记录。"

…………

不会的，她不会做那样的事，一定是有人利用了她的善良！

他想象着邓夏的委屈，邓夏躲开所有人，远远走开的处境。她一定是不想连累他，不想他为她出头，不想他的快乐和成功受到她的影响。

为什么要刻意瞒着我，为什么要小心翼翼地保护我，难道我真的那么脆弱吗？章子翔再次感到了自己貌似完美的外表下的虚弱，就像少年时他被大家捧着、宠爱着、称赞着，只有他自己明白，其实自己一无是处，只是祸害。

他不喜欢这样的自己。

章子翔觉得，在如今毫无希望的死地中，唯有愤怒，可以让他觉得，他不是无能、无用的，他并没有陷入束手无策的境地，任人摆弄，他还可以保护他的夏夏，他最爱的女人，他一定可以为她出这口恶气！

再一次走进电视台大楼的时候，章子翔提着一个沉沉的公文包。

他径直来到《德赛洛梦想之舞》的演播室，门口没有人拦着向他要证件，人人都认识，他是这个节目合作公司的老总。

　　章子翔独自走进演播室，里面没有开灯，黑黢黢的，也没有一个人。录制节目时灯火绚烂的舞台，此刻空旷寂寥，顶上的演播灯无声地悬挂着，各种设备像废铁一样堆在一角，这个曾展露着一幕幕虚幻盛景的地方，此刻看起来是如此荒凉。

　　这多么像当年的德赛洛舞厅，多么像 1989 年夏日的那个早晨，被他烧毁之前的德赛洛留给他的最后印象。

　　章子翔在演播室的台阶上坐下，把公文包放在脚边，公文包里面装着一桶汽油。

　　他的记忆，回到了十二年前的那个深夜，父亲被"双规"后已经释放回家，自己面临高考，却兀自在外面与玫瑰约会，夜半蹑手蹑脚地回家。就在他走近自家窗下的走廊时，正听到客厅里，父亲与母亲的对话。

　　"老章，我说这孩子真的需要好好教育一下了，这一次如果不是因为他，在外面瞎混惹来了不三不四的人要挟你，你也不会落到这个地步，被审查了这么久，还丢了副局长的职务。"

　　是母亲的声音。

　　翔子心中一凛，就此停步在窗下偷听。

　　"唉，过去了就算了，反正也没大事，不是把我调去管协会了吗？也没失业。"

　　父亲的声音，听上去很疲惫。

　　"什么管协会，明明就是把你的官撤了，原来管外贸，多好的发展机会，你是最年轻的副局长，管外贸最容易出成绩，本来明摆着就是给你机会提拔你的……"

　　"唉，咱们不说这个了。"

　　"不说这个也好……但是这孩子是一定要好好教育了，每天在舞厅里，交了一帮乱七八糟的朋友。那个舞厅经理周胖子，正好趁机利用他，让他做了一个什么舞厅的法人，还让他亲笔签了那么多财务凭证，都是偷税漏税的罪证，这祸闯得简直太荒唐了！这个周胖子也真卑鄙，处心积虑地就是为了拿这些罪证来要挟你，要么让你给外贸批文，要么拿去检举揭发你。"

"那也是没办法的事情，我总不能眼睁睁看着自己的儿子，刚满十八岁就去蹲大牢吧。"

父亲的声音越来越低，身心俱疲的样子。

母亲的声音也随之柔和下来："那你就这么落了个利用职权，不妥当地派发批文的罪名，留党察看，丢了职务。"

"本来也没想到这么严重，以为给一两张批文，没人察觉，事情也就过去了。"

母亲说："老章，这件事情你该早告诉我啊，咱们一起商量……那么翔子的事情现在怎样了，他还是舞厅的法人吗，偷税漏税的问题解决了没有？"

父亲答："先前周胖子答应我，一给批文，他就把法人变更了，没想到他后来胃口越来越大。不过现在应该没事了，我已经没有权力给批文了，胖子也没必要再害翔子，再说舞厅偷税漏税，他自己也会有连带责任的。"

"不过，对这孩子的教育，我看还是很必要加强，待会儿他回来，我得好好跟他谈谈这件事情，让他看看，自己闯了多大的祸！"

"不，不要告诉他这件事，这么重的负担，他背着，以后肯定不会快乐的。事情已经发生了，不可能再挽回了。这孩子马上要高考了，我只希望他安安心心地考试，将来平平安安地生活下去。"

父亲低沉而肯定的声音。

走廊里，翔子的脑袋如惊雷般炸开。过去一幕幕飞快闪现，连成一个完整的事实。

胖子举着酒杯，对他说——

"小伙子，德赛洛的消防检查没过关，逃生通道啊什么的，假如搞不定，舞厅就要关门整顿，要是你肯帮忙……要是你是德赛洛的老板，看在你当大官的爸爸面子上，我想，这么屁大点事，就没有人会为难咱们啦。你和杰克不是兄弟嘛，他只要把股份暂时转让给你，你就是德赛洛的正式法人了，过了这阵风，你们再把股份转回来嘛。"

杰克离开上海后，胖子拿着一堆财务凭证和文件，殷勤地让他签字，他还一度认为，胖子表面上挺势利，其实做事规矩，人也诚恳，是自己以前误解他了。

之后，胖子忽然开起了国际贸易公司，耀武扬威，每天晚上都有人来到德赛洛舞厅，卑躬屈膝地来恳求胖子，要花高价买批文。

再后来，有一回，胖子对着他吼："你这个小子，你以为你是谁？我分分钟可以让你进班房！你信不信！"

玫瑰相帮骂架，言语中拿翔子的父亲压胖子，胖子却哈哈大笑说："他爸爸，哈哈，你让他爸爸来找我啊……"

原来一切是这样的！

翔子没有想到，自己居然这样笨，笨得像一头猪，自以为有个性背叛父母的教导，自以为有个性做的一切，并没有让自己在副局长儿子的光环以外，真正显示出自己的能力，反而被人利用，伤害了父母。

翔子几乎被巨大的罪恶感击垮了，他觉得自己一无是处，只是祸害，他像一个游魂一样，从窗户下的走廊一步步退后，飞跑下楼，在黑夜里四处游荡。路过淮海路燎原食品店的时候，他买了两瓶啤酒，他一路走，一路把这些酒一口口喝完，把酒瓶一个个摔碎。黎明时分，他在助动车的加油铺子买了一罐汽油，精神亢奋地直奔德赛洛舞厅。

他周身血管里的血在燃烧，唯有愤怒可以让他觉得，他并没有陷入一个白痴的境遇，任人愚弄，他要报复胖子，他要为父亲，为自己，出这口恶气！

天渐渐亮了，路上还少有行人，他径直走进德赛洛，熹微的晨光照着一片废墟般的舞池。他叫道，夏夏，夏夏。没有回答。

慌乱中，他看见靠墙的一张床上叠着一条棉被，他两手发抖地把一桶汽油尽数浇了上去，然后掏出兜里的打火机，他刚转动火石，打火机便失手落了下去，熊熊的火苗如怪兽般一跃而起，眼前一片火红，如地狱之门瞬间打开，烈焰发出咻咻的喘息声，疯狂地开始蔓延。

他一下子呆住了，脚像钉在地上，看着火焰的力量。在毁坏的快意中，他有一种错觉，他难以相信站在这里的纵火犯，就是自己，他想把这个毁坏者，也一同丢在这里，一起留在这火海里。

这个念头刚刚出现，一声尖叫惊醒了他的恍惚，随即，一只冰凉的小手抓住他的手，拉着他使劲向外逃去。是玫瑰。

待到两人一气跑出了两条街以外，都咳得跪在了地上，大口大口喘气。玫瑰歇斯底里地哭着，对着他劈头盖脸地又拍又打，语无伦次地说："你疯了，你疯了！……你这是在干什么啊，你不要命了啊，你……你……你是个疯子！"

他抱住玫瑰，按住她，她才稍稍平静下来，抽抽搭搭地问他："翔子，你怎么了，你怎么可以做出这种事情来呢……我半夜听到楼下有摔瓶子的声音，起来一看，原来是你一个人在街上走，我就偷偷下楼一路跟着你，你的样子已经完全不像你了，你吓坏我了……你告诉我，你为什么要这样做？你说啊，你说啊！"

他摇头，不说话，他不想说话。

玫瑰继续摇撼着他："你说啊，你说话啊，究竟发生什么了？"

他放开玫瑰，他说不出话，眼前还是一片迷蒙的火海，他甚至看不见玫瑰泪眼婆娑的脸。

不知过了多久，玫瑰走了，他呆呆地站起来，双腿在哆嗦战抖，他跌跌撞撞地回家，走进自己的房间，反锁上门，蒙起被子，沉入了无梦的黑暗中。

第二天，他去找玫瑰，在楼下叫她。

玫瑰下楼来，他只对她说了一句话："玫瑰，我们分手吧。"

他看见两滴晶莹的泪珠，从玫瑰圆润的脸上，无声地滑落下来。

玫瑰没有大哭大闹，她只静静地说了一句："翔子，对不起，以前都是我不好。"

他很想安慰她，他很想对她解释一切，可是他没有力气，在他心里，过去的世界已经被烧成一片废墟。他面无表情地转身离开，一路远离，一路在心里默默对玫瑰说，对不起，不是你的错，这全都是我不好，我的错。

他知道，在了解了父亲被撤职的真相以后，他对父母的负罪感已经让他不能再允许自己拥有玫瑰。他和玫瑰，从此不可能了。

缓缓走近的脚步声，打破了章子翔的回忆。

是技术中心管库房的老者，正朝他走来："章老板，是你啊，一个人在这儿做什么呢？"

章子翔慌乱地抬起头，胡乱应着："来随便看看，看看。"

"哦，章老板，你知道吗？你们节目的邓制片人，邓主持，她今天辞职走了，刚刚跟我们库房把带子全部清了。你们节目以后怎么打算的啊，还做下去吗？"

"是吗？"章子翔心不在焉地答，"做，做下去。"

老者看他无心搭话，又拖着脚步，慢慢走了出去。

章子翔摸到了脚边放汽油桶的公文包，他环顾四周，哪里最适合引火呢？

再一次拾起少年时的记忆，章子翔忽然发现，对于当初父亲和自己被陷害的事情，自己的反应已经不再是强烈的羞辱与愤怒，很奇怪地，却涌起一阵阵柔软，那是因为父亲当日的话语——

"不要告诉他这件事，这么重的负担，他背着，以后肯定不会快乐的。事情已经发生了，不可能再挽回了，我只希望他安安心心地考试，将来平平安安地生活下去。"

章子翔忽然自嘲地笑了起来，直到刚才，自己还跟当年一样，固执地认为，父亲和母亲爱的，只是他们心目中的好儿子，而不是一个无用的他。这么多年来，自己犯了多大的错误，父亲失掉了前途，忍辱负重，这时候想的不是斥责这个不肖的儿子，而是依然想着顾惜他内心的感受，依然一心望他平安。

当愤怒被温暖覆盖，章子翔发现，他心里疯狂的念头开始一点点瓦解，他领悟到，自己并非一无是处，自己曾是一个被如此珍视的人，父亲母亲的包容，玫瑰对他的原谅，还有邓夏，他如今生命中最重要的人，对他一直以来的守护。

是的，他了解邓夏，他明白她心里所想的，她一定是不想连累他，不想他为她出头，不想他的事业受到她的影响。

章子翔沮丧地发觉，十几年了，自己其实一直像一个孩子，在每个人善意的呵护下快乐地生活着，却又时刻抱怨着这种呵护，现在，该是做一个成人的时候了吧。当每个人都试图为他营造起什么的时候，他想，他应该做的，也许不是毁坏，而是学着耐心地去珍惜和延续这一切。

他想起庄庸说的——

"邓夏还在这里时，她最大的愿望，就是把《德赛洛梦想之舞》这档节目做好，如果你珍惜邓夏，你现在唯一能做的，除了等待，就是帮她继续完成她的心愿，把这档节目好好地做下去。"

《德赛洛梦想之舞》，这是如今天各一方的夏夏、杰克、玫瑰，给他留下的唯一骨血了，这是他们共同的孩子啊。

现在也只剩下他一个人，可以照看这档节目了。好吧，无论前路上还会遇到怎样的艰难，他都会把这档节目做下去的，为了往日的德赛洛，为了邓夏，也为了他自己。他将如一个父亲呵护自己的孩子般，忍受孤单和失落，独自支撑起局面，把这个孩子抚养成人。

他希望，有一天，邓夏她会看见，她会明白他的心意，她会高兴的。

章子翔的手再次摸到了脚边的公文包，他已无意再打开它。他提起公文包，利落地起身，走出演播室。经过库房门口的时候，他对那个老者朗声说："我们的节目会做下去的，以后还要一样请你多照应。"

他大踏步地穿过走廊，经过一间间小演播室、录音室和机房，人们正在投入地忙碌着，虚幻的影像世界昼夜播出，循环往复，没有尽头，章子翔不由得加快了脚步，还有很多事情等着他去做呢。

玫瑰失口说出了当年德赛洛大火的秘密。

她面对着我，惊慌失措，徒劳地想把这句话收回去："宝贝儿，我什么都没说，我没说是翔子把德赛洛烧了的，天哪，求你千万不要说出去！"

我说："我早就知道了。"

是的，我早就想起了一切，在我挽留庄庸与我共度最后一夜的时候，夏夏她回来了，纯真澄澈，内心温暖，一如往日，也带着她全部关于爱与痛的回忆。于是，我终于从她藏起的记忆中，知道了噩梦中的秘密。

1989年初夏的那个早晨，我匆匆起床，叠好被子，先到吧台里的水池边洗脸刷牙，然后从酒架下的柜子里拿面包，准备吃了早点，就赶着去上学。

当我在吧台后面蹲下来拿面包的时候，意外地看见，柜子最里面还有一个剩下的塑料袋，那是杰克还在时，每次为我买来凯司令的糕点，遗留下的袋子。我把面包叼在嘴里，探手去拿那个袋子，想藏起来做个纪念。

就在这个时候，我听到吧台外传来翔子的声音，夏夏，夏夏。

我嘴里咬着面包，一时没法应，就起身向外面看。

然后，我看见了最可怕的情景，翔子站在我的钢丝床边，双眼血红，面目因为愤怒和紧张而扭曲着，他手里拿了一桶汽油，正在往我的棉被上倒。

面包落到了地上，我捂着自己的嘴，吓得不敢作声。我亲眼看着翔子掏出了打火机，点燃了我的钢丝床和棉被，恶魔一样的火焰飞快地蔓延，吐着毒蛇一样的芯子，包围了德赛洛的一切。随后，玫瑰尖叫着冲了进来，拉起翔子跑了出去，只剩下我一个人，置身于汹涌的火海中。

我朝自己的床冲过去，拼命扑打，大叫，着火了，着火了。火势更盛，烟雾弥漫，我无力再抢救书包和其他东西，用最后一点气力逃出大门，只听见德赛洛的一切在我背后轰然倒塌。我失去了知觉。

在极度的震惊中，我曾一度以为，翔子想要烧死我，在玫瑰的授意下。

这是何等令人难以接受的事实，所以我强迫自己忘记这一刻，也因此放弃了曾毫无戒备、真心去爱的那个自己，变成了一个不相信爱的人。

而德赛洛大火的秘密，如同一次次不甘心的诘问，伴着夏夏的魂灵，就此成为困扰我十几年的噩梦。感谢少年时代的夏夏，她对爱的固执，她对于往事的反复质疑，令我终于没有迷失自己。

我也想起，《德赛洛梦想之舞》的片头和前四集刚完成时，庄庸审片走后，我和章子翔一起看样片。倒带，片头火焰的特技一再重复。

我当时随口问起："你说，当年怎么就起了这么大的火呢？"

章子翔漫不经心地答道："是啊，听说很大的火呢，还好你不在里面。"

我早该知道的啊。

他当时确实以为我不在舞厅里。

而获悉这场大火的人，个个都从警方那里知道了我在现场，也只有纵火者本人，才可能说出确信我不在现场的话。

我与玫瑰在门口道别，玫瑰抱住了我，久久地不肯放开。

我们曾爱上同一个男孩，知晓同一个秘密。

玫瑰问我："那时候，你真的很爱翔子吗？"

我答："也许是，或者也许，我只是爱上了他的爱情。"

我曾愣怔，这就是爱情吗？炽热甘烈，第一次，我是从翔子凝视玫瑰的眼神中读到的。太久之前的往事了，过去了。

28.

我踏上了远行的火车，穿过窄小的过道，找到了自己的铺位，坐下来，回望熟悉的站台，最后的上海站。

站台上依然人流穿梭，无数面目相同的旅人，从这里出发，到达，或者只是经过。

我看见站台上夏夏苍白的脸，极淡的眉眼，短发，穿着当年的牛仔裤和大棉衣，她向我挥手微笑，随后欣然迈开轻快的步伐，背着书包，随我一同登上了这趟列车。

笛鸣，火车缓缓移动，站台越来越远，消失于视线中。广阔的田野山川中，初夏的浅绿金黄，伴着铁轨那一端漠漠的风沙，扑面而来。

我把箱子放到铺位底下，打开了随身的背包，那里面，有我最珍贵的东西，一个布包袱，里面是几十封婆婆寄给我的、从未拆开的信，还有一张过期了十二年半的火车票。

我拈起这张泛黄的旧车票，想起当年送走杰克以后，去售票站退票，走到窗口前，我又不舍得这张硬纸片了，攥着车票揣回自己的兜里。那时候的我，暗自下定决心，如果杰克回来，不论他再去哪里，我都一定要跟他一起去，因为在我的心里，他早就是我的家人了，有家人在的地方，那就是我的家。这一生一世，我都不想再孤苦伶仃，一个人。

夏夏的记忆，到现在才回来，似乎有些迟了。

我把车票轻轻撕碎，紧握着，放到车窗外，张开手掌，那些小小的纸片，就像被禁锢已久的蝶，挣脱我的手掌，一瞬间飞入漫天的阳光中。

列车正往成都驶去，一寸寸靠近，现在我只剩婆婆，我只想和她在一起。

"以后我陪婆婆去成都生活吧，等我长大了，我去成都工作，养婆婆一辈子。"这曾是夏夏最大的心愿。

既然夏夏回来了，也该是时候，让我的心回到最初的地方。我想，在婆婆身边，也许我能像童年时那样，安宁快乐，不理世间风雨，只守着她就好。我要为她做好吃的饭菜，为她买美丽舒服的衣裳，听她讲故事，为她讲故事，推着她四处走走，天晴时去晒晒太阳，下雨时在家里慢慢熬一锅粥，米香四溢。

也许我可以改名换姓，就近找一份简单的工作，也许我也可以织手套，或者做售货员，或者学做会计，或者去学校教孩子们语文，做一个很平凡、很简单的女人。我只想每天早上离家前，为婆婆准备好早餐，然后跟她道别，每天下午回家时，我想听见她用温软沙哑的声音唤我，乖囡，你回来了。

成都，婆婆，自从她那天清晨悄悄离去后，那一直是我心里不敢靠近的家啊。

5月的成都，一如旧日般湿润浓郁，空气中湿漉漉的雾气轻柔地抚摸我的脸，阳光温和煦暖令人仿佛身处梦境。

我像一个梦游者，在熟谙的梦中花园里准确而又胆怯地一步步寻找旧日的标记，西南民族大学的大门，静谧的校园大道，浓密的绿树，剥蚀的老墙，爬山虎和青苔，篮球场上寂静无人，记忆中篮球敲击地面的声音犹在耳畔，拐一个弯，再拐一个弯，就是两排五层的教工宿舍了。

我呼吸急促，心跳得欢跃而急切，那个狭小的阳台上，鲜花越发鲜艳了。

我熟门熟路地走进三号楼，奔上楼梯，按下二楼一室的门铃。门开了，依然是天慧红润的大脸盘，她的袖子挽到了手肘，露出健壮的双臂，似乎正在忙家事，她对我说什么我没听清，我只懵懵懂懂地急着往里走去。

小而温馨的家，今天显得特别安静，玻璃台板的小餐桌，绿花褐底的布沙发，高脚方几上的小电视机，一切都没有变，午后明媚的阳光依然从窗外洒进来，我往窗前的方桌望去，奇怪，婆婆今天没有在跟人打麻将吗？

"婆婆呢？"

我问，急切而欢欣，像个孩子出门玩得晚了，回家又怕被责骂，又欢喜着想撒娇。

天慧看着我，欲言又止。

我说："怎么了，不巧是吧？有人带她出去玩了？去哪里了？我这就去找她！"

天慧支支吾吾的。

我问："她不会是病了吧？住院了？严重吗？"

我有些生气了，为什么不回答我呢，我放下箱子径直往婆婆的小房间走去，天慧大步跟在身后，试图拉住我。

推开小房间的门，床是空的，床边赫然摆着一张桌子，桌上是香烛供品，后面是婆婆的相片，镶着黑框。我双腿一软，一下扑倒在地上，我跪在桌子前，一阵剧烈的干哕，肠胃似乎被绞成一团，牵扯着要吐出来，我心如刀割，欲哭无泪。

哭，是给爱自己的人看的，婆婆已然不在了，我要如何流泪，如何能痛哭一场？

婆婆，你怎么可以这样就走了，没有跟我说一声就走了？你还没有告诉我应该如何生活下去，你还没有告诉我，你什么时候才会回来。

婆婆，你在哪里？

天慧粗壮的手臂搂着我的肩，我周身战栗，想说话却说不出来，想哭没法出声，只有牙齿在咯咯地打战，我痛得缩成一团。

婆婆你不可以这样，你怎么能又丢下我，一声不响就走了，你说过你会陪我一生一世的。我说过我会长大，会工作挣钱养活你，会令你顺心安乐，会陪着你，我们一起生活，永远不要分开，好不好，好不好？

你说过你是爱我的，你不可以不守诺言，你不可以丢下我一个人在这个世上孤孤单单，我要怎么活下去？

我看着婆婆的相片，她的头发好白，她依然整洁地戴着黑色发箍，她的面貌恍如正对我绽开笑容，她比上次见时瘦了些，还是胖了些呢？

"婆婆，我想抱抱你，还可不可以？"

"乖囡，你不可这么依赖我。"

我想起婆婆常半嗔半喜地这么对我说。

她为什么这么慈爱地看着我，好像从来不责怪我的过错，我这么长时间都没来看她了，我这么多年都没有回过她的信，是我让她焦急，让她等待，让她期盼，最后又让她失望了。

婆婆，是我回来晚了，我该早些回家的。我恨我自己。

天黑了，天亮了，天又渐黑了，我不食不眠，蜷缩在婆婆的小床上，蜷缩在婆婆身边，像一只流离失所的小兽。

天慧端着吃的进来了很多次，故意展开红通通的笑脸，扯开嗓门跟我说了些什么，我只是茫然地看着她，我的目光告诉她，我什么都没看见，什么也没听见。她叹着气，又退出去。

晚上，她又进来，把一碗热汤面放在桌上，搂着我说："妹妹，你不能再这样了。"

她叫我妹妹，我从懵懂中醒来，好亲切的称呼啊，我还一直不知道，我们应该如何相称，她们是母女，而我呢，我只是一个没有名目的亲戚，一个被婆婆同情的收容者，到现在这个境地，应该什么都不是了。

"妹妹，"她依然这般唤我，"你要吃点东西，我还想和你说说话呢。"

一碗汤面，放了酱，她细心地没有放很多辣子，吃起来正像我以前在石库门老房子的路口，屋里香饮食店里吃的辣酱面，是婆婆离去前对成都的怀念，也是我一个人生活以后对婆婆的想念，此时，此地，又尝到。这是我有生以来吃到的，最暖热的一碗面了。

吃完面，我觉得生命又回到了身体里，我开始能够听，能够说，也能够思想。

我问天慧："婆婆是什么时候去的？"

"就是上个月月底，5月眼看要到的时候。"

"婆婆，她是怎么去的？"

"很突然，我们猜想，妈妈可能是夜半想要去厕所，忽然跌倒在地上，就再也没有起来。一早我去叫她吃早点，就看见她扑倒在这房间的地上，已经走了，之前没什么大病，也没有任何征兆……她走的前几天，还一心念叨着，要为你过三十岁的生日，可惜没等到那一天。"

"我的生日？"

我很惊讶，我早就忘了生日是几时了。

天慧说："5月9日不就是你的生日吗？妈妈说，你是夏日来到时生的，所以叫夏夏。"

我黯然，小时候，记得婆婆每年给我过生日，唯一记得我生日的是她。

天慧劝慰我："妹妹，你莫伤心了，人总要走的，妈妈走得没什么痛苦，就这么一下子，已经是高寿了，也算喜丧吧。"

就这么一下子，我想，婆婆走得无声无息，好像一片秋叶倏地离开枝头，飘落而去吗？

天慧又说："妈妈那一年回家来，就是跟你一同在上海待了十几年后，她突然回来，只挽着个包袱，神情很憔悴，后来一直唉声叹气，我想她是很思念你。过了一阵，她开始给你寄信，寄了好多信去，都没有回信，她还是一封封地寄，她总是笑着跟我们念叨，夏夏高中该毕业了，夏夏该念大学了，夏夏该大学毕业工作了，我们的夏夏，她很有出息的……"

我喃喃道："我也很想她，我也一直很想婆婆啊。"

"妈妈给你写信，都很辛苦，每次要戴着眼镜，一点一点看，一点一点描，她回家来的时候，眼睛基本坏了，细小的东西完全看不清了，后来去医院治，也没有能更好些，只是控制着病情，配了眼镜凑合着。"

婆婆的眼睛——我忽然明白了，1987年冬季的那个清晨，她的不辞而别，是因为她的眼睛，随着视力越来越差，她自己知道，她已经没法再钩手套，没有能力再照看我，并且很快将反过来成为我的负担了。告诉我她的病情，说她已经无能为力，要将我一个人留下，这样的话，她又怎么亲口对我讲。

也许她是想，回到成都后治病，眼睛好些了就返程去找我。到后来，她没有再回来，也是因为视力无法再恢复，所以她只能开始寄信给我。

这个久远以来我一直耿耿于怀的答案，在我不想知道，不需要知道，也不再关心的时候，蓦然呈现。我凝望相片上婆婆慈祥的笑容，无言以对。

我问天慧："婆婆的丧礼，可已经举办过？"

天慧点头："简单办了一下，就是我们一家和妈妈在附近的一些老友送了一送。这些年来看妈妈的人不少，本来是想一一通知的，知道联系方式的，也只有你，可是妈妈一直念叨说，你工作很忙，而且我们知道你们感情深，犹豫着，怕你太难过……记得前些年，还有一个中年女人，也来看过妈妈，我们印象很深，她说是从澳大利亚来的，一进房间看见妈妈，就跪下抱住她的膝盖，哭了很久，好像没留下联系地址……"

澳大利亚？我蓦然想起上次婆婆说起过——

"那一年，她忽然来找我，就像你一样，找到了这里，一路径直走进来。她一下跪在我面前，抱着我的腿，只是哭，也不说话。

"后来她拿出一张照片，她说这是她在澳大利亚结婚后生下的儿子，也就是你的小弟弟。

"她说自从她生下了那个儿子以后，也许是因为没有别的事情分心，也没有别人帮手，一点一滴地亲手照顾那个孩子。她第一次感受到，孩子的生命原来是这么脆弱，孩子成长的所有都是这么依赖母亲，他的每一次啼哭、每一声笑，他的第一次爬行，说的第一个字，都由母亲悉心守候而来。

"她这才开始回想你的种种，回想把你交给我，万事不理，因此觉得后悔和内疚。

…………

"她对我说了对不起，也对你说，请你原谅她。"

婆婆说："你不要怪你的母亲，她是真的后悔了，她亲口对我说的。"

我的母亲，她真的来过这里？她真的说过，请我原谅她？我还以为，这是婆婆的幻觉呢。

婆婆在黑色的相框里依旧慈爱地看着我。

此时，面对别离的人哀大恸，抑或生死的无声尤息，我只觉无力。

是不是幻觉，又有什么重要，正如杰克当时所说的："你的婆婆这么对你说，不论是她的幻觉，还是编出一个善意的谎言，还是陈述一个事实，都是希望你能解开这个心结，不再责怪你的妈妈，不再有恨。"

这是婆婆给我的礼物，不是其他。

天慧仍在与我诉说婆婆的种种："每一年，都时常有人来探望妈妈，她也不寂寞，就在半年前，你的未婚夫，那个黄头发，有个洋名字叫杰克的，也来看过妈妈，还买了妈妈喜欢吃的零食送来，说是你工作忙，代表你来看她的，妈妈很是开心……"

入夜，小房间里，又只剩下我一个人，我很累，心无所依，悲喜耗尽。

我从背包里拿出婆婆的信，我把这个包袱紧紧抱在怀里。

过去，我也曾对着这些从未拆封的信件迷惑不解，奇怪夏夏为什么不想读一读信中的内容。而当夏夏回来后，我已然想起，当年的我，之所以不拆开这些信，是因为我明白，当婆婆不辞而别，我耐心等待她的时候，无论多久，我信婆婆仍是想着回来找我，而当我开始收到婆婆的信，这就意味着，婆婆在告诉我，她不会再回到我身边陪伴我了，以后，给我的，只有信。

我好失望，我不要她用这样的方式照看我，一个个没有生命的信封，这算什么，我不要看。而事实上，这些沉默的信封，确实始终陪伴着我，从我的十七岁，到三十岁整。

我打开包袱，一封封信鼓鼓囊囊地躺在婆婆的床铺上，温柔地凝望我。

我小心翼翼地撕开一个信封、一个信封，又一个信封，久远前，不同岁月里，婆婆的字迹终于展露在我眼前。这都是些什么样的信啊，没有称谓，没有署名，也没有对我说的任何一句话，只是些抄写，一些从报纸和刊物上抄下的文字。

《教你两招防感冒》《煤球炉不要在室内燃着过夜》《怎样面对生理期的疼痛》《高考前六种食谱增强记忆》《高考切忌临阵怯场》《读书保持正确姿势，防止近视发生》《良好人际关系必备的三种心态》《应届毕业生怎样择业》《大学生应聘工作的自我素质测定》《恋爱贵在相互体谅》《熬夜对健康危害大》……

婆婆曾对着我和杰克说："我们囡囡是长大了，出落成一个大姑娘了，这么漂亮，真好。当年我第一次抱她，她才一百零八天，还是个襁褓里的小娃娃呢，然后，看着她上小学，上中学，后来又顺顺利利考进了大学，然后参加工作，我这心里就别提多高兴了。"

她没有老糊涂，她说的，都是真的。

我一页页轻轻翻看，信纸很薄，字迹很大很密，努力保持着周正，某些地方钢笔划透了信纸，可以想象视力微弱的婆婆，如何戴着眼镜，吃力地查看众多报刊，并力图抄写得工整无误，每一封信里，都有十几页纸，很厚一摞。

有的信件里，还夹了这些内容的剪报，从泛黄程度不同的纸质可以看出，都是从不同的报刊上剪下来的，边缘修得整整齐齐。

婆婆，我知道你要对我说什么，我明白的。

在黑框相片中婆婆平静的注视下，我拥着这些字迹满满，却一无言语的信，细细地一字一句读着，信纸堆满了身边，我像天底下最富有的人，遍读与岁月同行的殷殷关切，不知何时，终于困极而眠，沉入梦乡。

快要天亮的时候，我再次梦回 1987 年深冬的那个清晨，感觉寒冷彻骨，有啁啾的鸟鸣，一声，又是三两声，翅膀的轻拍声，扑棱棱，就在不远处。它们应该就在狭小的院子里，在石库门老房子斑驳的高墙边，或者是那扇巨大的黑漆木门闲置的门闩上。

我看见清晨的阳光，从八扇一排的格子门外照进来，在灰色的水泥地上留下斜长的方块。漆面的五斗橱上，嘀嗒作响的老钟正指向六点。

床头的八仙桌上，是婆婆每天为我准备的早餐，一碗粥，一碟肉松。一个用细绳仔细扎好的铁皮饭盒，是婆婆给我准备的带去学校的午餐。

我唤道："婆婆。"没有人答应。

我翻身下床，缎面棉被从身上滑落。

"婆婆，我醒了。"我一边叫着，一边穿上毛衣、牛仔裤，套上球鞋。

婆婆，你在哪里？

我发现屋里空空荡荡的，角落里的煤球炉熄着，浩大的哀伤与无望正在淹没我。

我一声声叫道："婆婆，婆婆，你在哪儿啊？"

我机械地穿过院子，推开黑漆大门，明知外面空无一物。

随后，门开了，我看见了婆婆正站在门外，一脸爱怜地凝望着我，她的头发还是花白的，散发着刨花油的香气，箍着旧日的发箍，她的眼神慈祥，面容一如往日。

她微笑着向我张开双臂，我呜咽着扑过去，她紧紧将我抱在怀中。

婆婆，你回来了。

婆婆，不要再离开了，我们永生永世停留在这一刻，好不好？

29.

我不想醒来，醒来后，我又将回到那个空荡荡的小房间，只有婆婆的相片。荒凉世界中我孤身一人，我只愿在这梦中沉下去，沉下去，永不醒来。

然而我还是醒来了，婆婆真切的影像渐渐散去，我不情愿地睁开眼睛。

天哪，我竟然看见杰克坐在我的床前，一声不响地注视着我，我尖叫："大叔，你这样会吓死人的，你知道吗？"

"那个夏夏夏的，"杰克说，"这次又没吓死你，我会继续努力的。"

然后，杰克照例皱起浓密的双眉，扯起左边的嘴角，露出他最经典的坏笑。

杰克离开上海的那一天，正是五一长假过去后，上班的第二天。

办完房产的交接手续，家具都已收拾好，行李都已打包，杰克最后环视石门路的这套陌生的公寓，竟然有一种时空倒转的错觉。这仿佛是他 1988 年逃亡前，石库门弄堂里堆满成衣货物的空房间，而晨曦静静地透过窗户，在地板上留下一样斜长的方块，缓缓移动，为最后离去之时一刻刻倒数。

此时，杰克又看见少年时的夏夏，她宛如就在面前，用晶莹无邪的眼睛忧虑地望着他，陪伴他，和他一同等候分离之时的到来。

大叔，可不可以不要走？

不行。

大叔，你会回来的是吗？

是的，我会回来。

…………

这一次，不会回来了。杰克蓦地觉得心中空空荡荡。

为什么要离开，为什么要放弃她呢？难道就因为她变了，不再是原来的夏夏，变成一个矫饰陌生的女子，在他离开的这些年，有了很多他所不知道的经历和秘密？

为什么明明找到了她，找到了自己心心念念已久的家人，因为这些变化，他就觉得如此不可接受，宁愿就此忘记重逢，保有着心里以前的、永远停留在十七岁的夏夏？

杰克对着面前的空地，想象夏夏站立的地方，无声地说，对不起，是我不好，虽然我早已明白，生活为何物，但是对自己特别在意的人，还是免不了太较真。

夏夏的影子依旧对着他微笑，眼神是谅解。

杰克叹了口气，把夏夏的影子留在了原地，他提起箱子和手提包，拿起车钥匙，脚步沉重地出门。在下电梯到车库的途中，在逼仄的金属空间里，有一刻，他甚至想就此按按钮折返回去，他想再去看邓夏一眼。

他想，也许，是自己太敏感，她没什么变化，只是长大了爱化妆了。也许他可以再问问她，在他离开的岁月里，她究竟遭遇了些什么，何时丢失了过去的心。

不过他终于理智地下到了车库，一边笑话自己越来越婆婆妈妈，不像大叔，倒像个街道大婶，还是早些赶路吧，要把这辆靓车一路开回深圳呢。

当他把悍马开出小区门口时，他突然从后视镜中，看见了邓夏的黑色奥迪，就是一前一后，很短的距离，然后，邓夏的车停下了，似乎门卫叫住她，跟她说什么，他的悍马却精力十足地一头冲出小区。

但是，就在那极短的一刹那，他还是非常清晰地看见，后视镜里邓夏的神情，他十分惊讶并确定地看见，夏夏回来了，那脸上，分明是昔日夏夏熟悉的神情。

他狂喜，甚至忘了停车或拐弯，悍马兴奋地在大路上矫健奔腾，初夏的梧桐叶子，如透明翅膀的翠绿蝴蝶，随他一路翻飞。在高架上转了三个大圈后，他回到原地，还在自顾自高兴。

他在心里暗暗说，夏夏，这一回不论发生什么，大叔都一定要把你一起带走。

"大叔，你这样会吓死人的，你知道吗？"

"那个夏夏夏的，这次又没吓死你，我会继续努力的。"

我万万没想到，在婆婆的灵位前醒来后，眼前莫名其妙出现的，竟然是杰克。

"大叔，你怎么会到这儿来的？"

"当然是一路跟着你来这儿的啦。"

杰克笑得龇牙咧嘴，我真不知道这有什么可笑的。

"你又胡说八道了，你说，你是什么时候跟着我的？总不会是在我刚才做梦的时候吧？我待在这个房间里都两天了。"

杰克大言不惭地说："事实上，我在上海就开始一路跟着你了，从你那天回到家里，又偷偷出发的时候，翔子这个笨蛋，他看一下车库就知道了嘛。我跟着你去玫瑰家，在玫瑰家附近住了一夜宾馆，一心想等待一个能光辉灿烂地出现的最好时机，没想到你居然去了火车站，坐火车走了……喂，我可是追着火车来的，能这个时候赶到，不错的啦！"

想着他汽车追火车的场面，我也忍不住扑哧一声笑出来了。

"大叔，你又发神经了，玩什么嘛……"

忽然看见天慧走进来，我赶紧收声，想起在这里不可以乱叫大叔，辈分已经够混乱的了。

天慧走到近前，两只粗壮的胳膊一手搂住我的肩，一手搂住杰克的，一张笑吟吟的大脸盘欣慰地看着我们两个："妹妹，杰克来了，我也就放心了，看，他陪着你，你就开心了。"

我感激地望着她说："打扰了很久了，我也该走了。"

我没有理由再留在这里。

我缓缓起身，在婆婆的小床上蜷缩了两天两夜，我下地时觉得脚是肿的，站在地上飘飘忽忽，不尽真切，我努力站起身来。

我俯身想把散落了一床的信纸和剪报收起来，放回信封，一并带走。当我的手触碰到那些年久陈旧的纸片时，那薄如蝉翼的信纸竟然瞬间碎成尘土，从我的指缝间轻柔地散落下来，宛如岁月消逝，一去不返。

我捧着一抔空无，怔怔发呆。

婆婆在黑框相片里，意味深长地望着我。

天慧送我和杰克到楼下，临别时，她把一个手绢包塞到我手里，我的指尖透过手绢的缝隙，触到里面，熟悉的温润光滑，我忙推辞："不行不行，这么珍贵的纪念物，应该由你保存的。"

是那个婆婆曾塞给我，我又悄悄还给天慧的玉香炉，整块玉雕成的，婆婆与上一代唯一的联系。

"妹妹，这是妈妈的心愿，她当日送给你的，你应该好好收着。"

"可是……"

"妹妹，我七岁时才到妈妈身边，她待我一如己出，我们很亲，但是你在襁褓时，妈妈便看护着你，一直陪着你到十六岁，事实上……"说到这里，天慧的大手局促地在围裙上搓了搓，她矛盾地说，"事实上，她待你比我更似母女，你该明白的。"

那一日，明媚的阳光如音乐般飘浮于世界的每一角落，空气湿润柔软，身周树木茂盛，花叶轻舞，呼吸间尽是夏日生命的馨香。

我心明了，在时间的长河中，爱着我的婆婆，她从来不曾离开过我，在我用尽了吃饭的最后一分钱，当我夜以继日上学与打工，当我忍受饥饿与困倦，忍受孤单无助，为生存竭尽全力，为出人头地而一步步向前行时。正是因为曾经爱过我的人，他们曾经给我的暖，令我遍尝生之苦痛，却还有生的愿望。

还有德赛洛的故人们，还有庄庸，念及曾有的种种美好，空泛的生命，亦有永恒的丰盛。

我展颜一笑，手捧玉香炉，对天慧说："谢谢你，我明白的，我会珍惜，一定。"

我向天慧挥手道别，她也永远留在那隅思念之地，笑脸有如夏花般鲜艳。

待走远，我从杰克手里拿过我的手提箱，向他宣布："大叔，我走了，再见。"

杰克反常地乖，应了声"哦"，就把手里的箱子顺从地交给我，然后返身径直走向他停车的地方，头也不回。

我在心里暗骂，没良心，不得已只能接过箱子，向校园外走去。

我拖着箱子，在通往武侯祠的小吃街上，踽踽独行。我发现街道两边的人，一律表情古怪地向我行注目礼，并且纷纷往我身后打量。

我一回头，就看见杰克正驾驶着他奇形怪状的大悍马，慢吞吞地悄然跟在我后面。

我叫道："大叔，你非要吓死我才甘心吗？"

杰克高声答："我说过，我会继续努力的嘛！"

我不理他，继续往前走，就听他问："嘿，那个叫夏夏夏的，你这是打算去哪里啊？"

说实话，我根本没想好，于是我随口答道："我要流浪到很远很远的地方，去西藏，去雪山，去天的尽头，你们都找不到我的地方，谁都不认识我的地方！"

杰克大叫："夏夏夏的，这下完蛋啦，当年此地，我说过，要是你去流浪，我会开车跟在你后面，我很守信用的，就是可怜我的悍马啊，一生一世都得这样像蜗牛一样地爬。"

我说："谁稀罕你跟着了。"

杰克说："各位观众做证，我大叔做人，信誉第一，说出的话，从来不反悔的。"

我这才注意到，街上围观的人已经越来越多。

我又羞又怒："你快别跟着我了，你走啊！"

杰克建议："嘿，我说夏夏夏的，不如你干脆上车来吧，你要去哪里，我开车送你去啊。"

我心里暗自骂，人贩子，十几年前就想把我拐走，现在又来故技重施。

我不作声，自顾自埋头往前走。就听杰克在身后像唱歌一样，大声哼哼着——

> 我有一条可爱的小狗，
> 我要天天带它出去遛，
> 它在前面跑呀，
> 我在后面开车跟着走，
> 它的模样特别美，
> 它的脾气却特别臭，
> 宁愿自己拖着箱子，
> 吭哧吭哧像条被遛的小狗。
> …………

我气坏了，众人哄笑，我脚步更快。

杰克一计不成，又改变战术，他在后面好言好语地开始喊："那个叫夏夏夏的，我说过要养你一辈子的，我顿顿请你吃好吃的，怎么样？我知道你爱吃什么，辣酱面加大排、腊肉煲仔饭、椰子炖竹丝鸡、蟹王粥、烧鹅、冰镇芥蓝……还不够啊，龟苓膏、红豆沙……就算金山银山给你吃完，我也认啦！"

我被他喊得食欲迭起，早上急着离开，连天慧特意做好的早饭也没吃，再加上拖着又沉又大的箱子，汗流浃背地折腾了这一路，我早就饥肠辘辘，前胸贴后背了。

可是他这么一喊，倒好像我是天下第一大胃王一样，我用眼角余光扫视周围，街上围观的人都一路跟着我们往前走，一个个脸上忍俊不禁，我气急败坏，没有台阶可卜。

就听杰克又高声喊："哎呀，夏夏夏的，如果你真的不跟我走的话，德赛洛就只好关门大吉了！"

"什么德赛洛？"

我停步转身。

杰克用夸张的悲伤表情说："是我在深圳特地开的德赛洛酒吧啊，要是你不愿意去做老板娘，那个德赛洛，我就只好忍痛盘给别人啦，你忍心吗，夏夏？"

我收起拉杆，把箱子往地上一扔，拍拍两手的灰尘，又腰瞪着他。

杰克犹疑地小声问："什么意思？"

我喊道："还不下车帮我提箱子！"

杰克顿时欢欣鼓舞，一跃下车，飞快地把箱子提到车后座上，然后坐上驾驶座，扶着方向盘，得意扬扬地等我上车。

没想到，我还是纹丝不动地瞪着他，他只得再次下车，替我拉开车门，躬身请我登车，为我殷勤地关上车门，这才自己就座，重新点火发动。

车缓缓向前，两边围观的人在善意的笑声中陆续散去。

等开出一段后，我悄声对杰克说："我饿了。"

"我也饿了，要不我们一起下车吃点东西？"

"不！"我任性地摇头，"我不下车，你请我上车的，我就再也不下去了。"

"好啦，"杰克摸摸我的脑袋，"我给你买上来吃。"

过了一会儿，他买了饭盒装的酸辣面和两个锅盔。我们在车上吃完，随后继续赶路。

到了中午，我还是拒不下车，又是杰克把午餐端上车来吃。

杰克大惊小怪地嚷嚷："夏夏夏的，你不会一辈子待在车里不下来吧？"

我说："我就是准备一辈子赖在你的车里，再也不出来了。"

悍马行驶在高速公路上，两边尽是陌生的景色，车速快时，车身在道路上飘浮，令我觉得自己如一片细叶，无根无枝，随风而去，不知来处与去处。

我忽然想起问杰克："我都跟你走了，却还从来不知道，你姓什么叫什么呢？"

杰克随口答："我就叫杰克，姓杰，名克。"

"你好好说嘛！"

"那就叫大叔，姓大，名叔。"

我假装沉下脸说："我生气了，你老是没个正经的。"

杰克一边开车，一边敷衍我："姓名有什么要紧的，从此以后，你不也是没名没姓了吗？"

我黯然，确实。

杰克开解我说："嘿，夏夏夏的，没名没姓有什么不好的，过去不开心的回忆，我们都通通丢掉，过去的宝藏，我们可全部藏在心里呢……这样吧，我们现在得想想，给你取个什么新的名字了。"

杰克一手把着方向盘，一手居然从座位底下掏出一副扑克牌来，他把扑克牌递给我："你抽一张，不许耍赖偷看啊，随便在中间抽一张。"

我抽出一张给他看。

"噢——从今以后，你就是我亲爱的皮蛋，红心皮蛋。"

"破杰克，你敢！"

"不敢不敢，你是我亲爱的皇后，红心皇后，行了吧？"

在一路欢笑打闹中，天色渐暗了，杰克还在驾车赶路，我在座位上沉沉睡去。

第一道曙光照在我的睫毛上，我在颠簸中醒来。

我看见身旁的杰克，他胡子拉碴，握着方向盘，时不时用手揉揉酸痛的眼睛。

我从后座拿了一罐可乐，打开，他接过喝了两口，递还给我，顺手揉了揉我的一头乱发，柔声问我："醒啦，睡得好吗，没做噩梦吧？"

悍马还在飞速向前。

已近南方，空气更暖热，似盛夏一般，窗外草木越发葱茏，有一种我从未见过的生机勃勃，天空焕发着奇异的湛蓝，分外高远。

我随着身边这个男人，穿越一个个不知名的城镇，世界正无穷无尽地在我们面前展开，我靠在杰克肩头，在这个漂泊而安宁的清晨，生平第一次，失声痛哭。

终阕

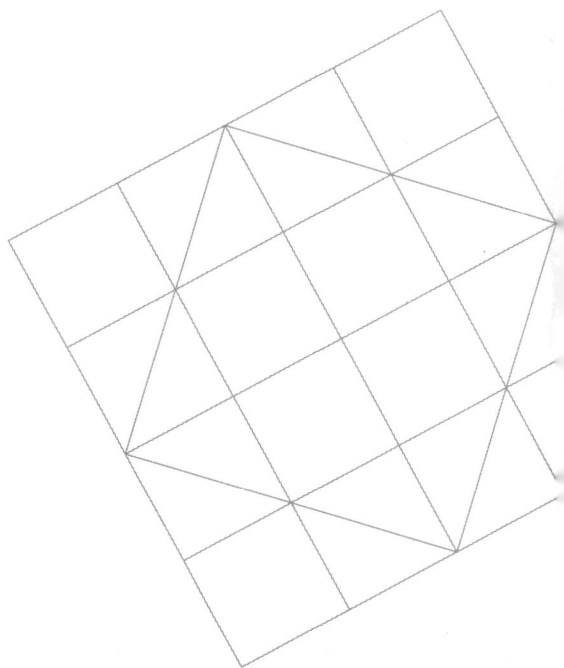

我们也曾终日逍遥，流连在故乡的青山上；
我们也曾历尽艰辛，到处奔波流浪。

30.

2006 年的夏季，深圳靠海的一栋房子里，午后，天高风清，暖意宜人。

丢掉了邓夏这个名字五年，过去的一切仿佛前世的梦境，离我太遥远。我心安理得地做一个平凡的主妇，抱着小七在浴盆里洗澡，孩子咯咯笑着挥舞小手，透明的泡沫一串串飞起来，在阳光下七彩炫目，瞬间又消逝无踪。

小七是我的儿子，今年已经三岁了。他可爱极了，顽皮得像极了杰克，英俊白皙，当然是像极了我。我唯一不满意的，是他的名字，方片七，这是当年他出生时，杰克硬要我抽扑克牌，结果抽了一张方片七。

我后来才想明白，一副扑克牌里，也只有杰克才像个名字，早知道这样，就不该由着杰克胡闹了。

电视机的声音隐约传来，是东方卫视正在播出上海的电视节目，一档比拼舞蹈的大型综艺类节目，可惜如今全都是明星参与的，这是为了更好的收视率考虑吧。一集节目正结束，片尾音乐响起，是《旧日的好时光》。

> 我们也曾终日逍遥，
> 荡漾于碧波上；
> 而如今劳燕分飞，
> 远隔大海重洋。
> 我们也曾终日逍遥，
> 流连在故乡的青山上；
> 我们也曾历尽艰辛，
> 到处奔波流浪。
> …………

我探头望去，片尾字幕正在升起。

制片人：章子翔

制作公司：上海德赛洛文化传播有限公司

节目监制：黄英

频道监制：庄庸

总监制：卢存义

我淡淡一笑，继续和小七在浴缸里打闹玩耍。

这时，耳边传来杰克的大呼小叫："大肥婆，别玩啦，要走啦，咱们该一起去德赛洛上班了。"

我刚要抗议这个难听的称呼，杰克已从背后用一块大浴巾，把我和小七都裹在里面。小七更疯了，咯咯笑着，从我怀里跳出来，去抓爸爸的头发。

杰克抱着小七出去穿衣服，我独自起身，穿上浴衣，在镜子前梳头，镜中的自己，几分熟悉，几分陌生。我想起玫瑰说的，生命如一条盛大的河流。是不是，身在这河流中，终有一天，我们浑然忘却了自己，这才是最善好的爱，最和顺的生活呢？

电视机里的音乐还在继续，完美的华尔兹舞曲，如时间、生命与爱，循环往复，生生不息，宛如一场舞步永恒的盛大庆典。

我再次探头向客厅的电视望去，宽广绚丽的屏幕上，我恍惚看见，无数故人和着音乐，相拥着翩然起舞，庄庸和邓夏，翔子和玫瑰，卢存义和瑛姐，三号机摄像和方芳，刘伟和小黄，还有星星和月亮，罗伯特和伊丽莎白……

窗外，大海辽阔，岁月无垠。

图书在版编目（CIP）数据

双面人格的夏天 / 孙未著 . —长沙：湖南文艺出版社，2018.5
ISBN 978-7-5404-8509-2

Ⅰ . ①双… Ⅱ . ①孙… Ⅲ . ①长篇小说—中国—当代 Ⅳ . ① I247.5

中国版本图书馆 CIP 数据核字（2018）第 006021 号

© 中南博集天卷文化传媒有限公司。本书版权受法律保护。未经权利人许可，
任何人不得以任何方式使用本书包括正文、插图、封面、版式等任何部分内容，
违者将受到法律制裁。

上架建议：畅销·文学

SHUANGMIAN RENGE DE XIATIAN
双面人格的夏天

作　　者：孙　未
出 版 人：曾赛丰
责任编辑：薛　健　刘诗哲
监　　制：毛闽峰　赵　萌　李　娜　刘　霁
特约策划：郑中莉　由　宾
特约编辑：邱培娟
营销编辑：杨　帆　周怡文
封面设计：付诗意
版式设计：梁秋晨
封面插画：周　旭
出版发行：湖南文艺出版社
　　　　　（长沙市雨花区东二环一段 508 号　邮编：410014）
网　　址：www.hnwy.net
印　　刷：北京鹏润伟业印刷有限公司
经　　销：新华书店
开　　本：875mm×1270mm　1/32
字　　数：322 千字
印　　张：13
版　　次：2018 年 5 月第 1 版
印　　次：2018 年 5 月第 1 次印刷
书　　号：ISBN 978-7-5404-8509-2
定　　价：45.00 元

若有质量问题，请致电质量监督电话：010-59096394
团购电话：010-59320018